KB079648

직 필

일러두기

1. 이것은 소설이다.
사건과 주인공이 가상의 사건, 가상의 인물이므로, 거론된 인물들의 행적 역시
소설의 상상력으로 빚은 허구다.

2. 본 편의 날짜는 모두 음력이다.

3. 척관법은 현대의 환산법에 따랐으나 일부 차이가 나는 것도 있다.

직필

주진 장편소설

들어세운 붓

꼬방녘

직 筆 • 들어세운 붓

초판 1쇄 발행 2014년 5월 15일

지은이 주 진
펴낸이 윤승일
펴낸곳 고즈넉

출판등록 2011년 3월 30일 제319-2011-17호
주소 서울시 동작구 등용로 37, 106동 201호
대표전화 02-6269-8166 **팩스** 02-6166-9199
이메일 realfan2@naver.com

ⓒ 주진, 2014
ISBN 978-89-6885-004-2   03810

잘못된 책은 구입하신 서점에서 교환해 드립니다.
이 책은 저작권법에 따라 보호받는 저작물이므로 무단 전재와 복제를 금합니다.
이 책의 전부 또는 일부 내용을 재사용하려면 사전에 저작권자와 본사의
서면 동의를 받아야 합니다.

세종 사후 왕위 계보도

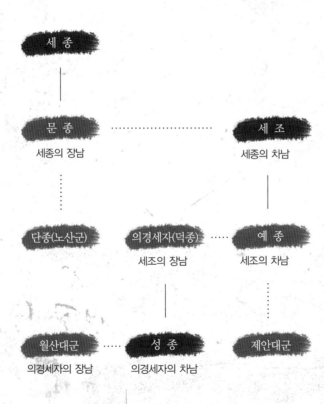

세 종

문 종
세종의 장남

세 조
세종의 차남

단종(노산군)

의경세자(덕종)
세조의 장남

예 종
세조의 차남

월산대군
의경세자의 장남

성 종
의경세자의 차남

제안대군

차례

형제

기축년¹⁾ 11월 28일

임금이……

    사관은 떨리는 붓을 다잡았다. 숙직으로 인한 피로감, 초겨울 새
벽녘의 추위, 망자에 대한 슬픔과 불길한 예감이 응축되어 붓 끝을
어지럽혔다. 그는 오로지 사명감으로 다시 정신을 집중했다.

    자미당에서 임금이 훙하였다.
    上薨于紫薇堂

---

1) 예종 1년(1469년)

상당군 한명회, 고령군 신숙주, 삼정승을 비롯한 조선 최고 권력 자인 여덟 명의 원상들은 도승지 권감으로부터 급박하게 돌아가는 궁 내의 상황을 보고받았다. 용상의 주인마저 갈아치운 전적이 있는 정계의 우두머리들이었다. 누구도 섣불리 말을 꺼내지 않았다. 그러나 오랜 정치 풍파 속에서 살아남은 여덟 두의 노쇠한 머리들은 빠르게 경우의 수를 셈하고 있었다.

임금은 필히 오늘을 넘기지 못할 것이다. 분경[2]과 경저인[3]을 금하며 훈구대신들의 권력과 경제권을 막고, 원상 중 하나였던 김국광을 병조판서에서 해임시켜 그들의 군권마저 무력화시킨 임금이었다. 이것은 천우신조의 기회다. 그러나 시간이 얼마 없다. 해가 뜨기 전에 신속하게 움직여야 했다.

"순(順)을 따라야지요."

상당군 한명회가 먼저 입을 열었다.

순서.

먼저 귀성군 이준이 있다. 세종대왕의 친손자이며 임금의 사촌. 이시애의 난을 평정하고 일등 적개공신의 자리에 오른, 28세 최연소 영의정이자 무인. 왕의 자질은 충분하나 임금의 보호 속에 훈구공신들과 척을 진 왕자.

---

2) 벼슬을 얻기 위해 관리의 집에 분주하게 드나들며 청탁과 엽관 운동을 하는 것.
3) 한양에 머무르면서 지방 관청의 사무를 대행(代行)하던 사람. 이들은 상납물의 대납 과정에서 관리와 서로 결탁하여 지방 관청에 몇 배의 이자를 붙여 청구했고, 지방 관리의 농민 수탈이 더 심해지는 원인이 되었다.

다음으로 일찍 세상을 떠난 의경세자[4]의 적정자인 월산군. 순서 상으로 봤을 때 그리고 열여섯이라는 나이를 감안했을 때 현 상황 에서 당장 보위를 이어도 무방한 왕자.

그 다음 의경세자의 차남, 열세 살의 자을산군. 총명하고 기개가 뛰어나 일찍부터 세조가 총애했으며, 현재 한명회의 사위이기도 하 다. 그러나 형 월산군이 있어 순서상 보위를 잇기에는 타당하지 못 하고 아직 나이가 어리다.

마지막으로 임금의 아들인 제안대군. 원칙적으로는 그가 가장 유 력한 다음 임금이나, 아직 네 살 밖에 되지 않은 어린아이에 불과하 다. 자신들의 손으로 내쳤던 노산군[5]의 경우를 보아도 알 수 있듯이, 훗날 어떤 파국을 불러올지 알 수 없다.

누구를 다음 보위에 앉힐 것인가.

일곱 훈구공신들은 서로 먼저 움직이기를 주저했다. 한 사람, 형 형한 눈빛으로 근정전 쪽을 바라보고 있는 한명회의 결정을 기다리 고 있었다.

날이 밝아오고 새벽닭이 비통하게 울었다. 한명회는 침묵을 깨고 자리에서 일어나 도승지 권감을 불렀다.

밖에서 원상들의 선택을 기다리고 있던 권감은 예상치 못한 결정 에 의아했지만 우물쭈물할 여력이 없었다. 그들의 결정은 확고했고

---

4) 세조의 장남이자 예종의 형, 훗날 추존왕 덕종.
5) 단종.

누구도 돌이키지 못할 것이다. 권감은 한명회의 명에 따라 급히 자미당으로 향했다. 여덟 명의 대신들은 비교적 느긋하게, 뼛속까지 스미는 바람을 털어내면서 사정전으로 천천히 걸음을 옮겼다.

월산군은 어머니로부터 임금께서 위중하시다는 소식을 듣고 이른 새벽에 궁으로 갈 채비를 마쳤다. 동생 자을산군 역시 준비를 마친 상태였다. 어머니께서 오늘 하루 칩거하면서 더욱 경거망동 말라 이르셨지만 좀체 시간이 가지 않아 계속 문간을 드나들었다. 긴 하루가 될 것 같았다.

바로 어제, 그는 정승과 당상관 등 다른 신하들과 임금께 문안을 드렸다. 유일한 숙부이기도 한 임금은 사경을 헤매느라 조카들을 알아보지도 못했다. 임금의 크게 벌어진 눈에 두려움이 어렸다.

월산군은 그의 탁한 눈빛과 푸르스름해진 손을 잊을 수가 없었다. 즉위하신 지 이제 일 년. 개혁적인 정책에 의해 이제 겨우 나라가 안정되기 시작했고, 무엇보다 한 달 뒤면 숙원이던 〈경국대전〉이 반포될 터였다.

아직 어린 동생은 항상 다정했던 작은아버지가 생사의 갈림길에 놓여 있다는 사실을 슬퍼할 뿐이었으나, 월산군은 달랐다. 그는 의경세자의 아들로, 세조의 첫 번째 원손으로, 궁에서 모든 이들의 조아림을 받았던 짧은 시절을 잊지 못했다.

세조대왕의 적정자였던 아버지께서 왕위에 올랐더라면, 월산군은 세자가 되어 만인의 조아림을 받았을 것이다. 행실이 조심치 못했던 한 궁녀는 의경세자께서 왕위에 오르시면 머지않아 조선이 원자님의 것이 될 것이라 속삭이기도 했다. 그러나 갑작스럽게 아버지께서 돌아가신 후, 세자의 자리는 세조의 차남이었던 현 임금에게 돌아갔다. 마치 신기루처럼, 그의 손아귀에 들어올 뻔했던 용상의 영광은 손가락 사이로 흔적도 없이 사라졌다.

그는 지아비를 잃은 어머니와 젖먹이였던 동생과 함께 궁 밖으로 쫓겨나듯 나와야 했다. 궁궐 밖 왕족의 운명이 그러하듯 행여 있을지 모를 음모나 누명으로부터 벗어나기 위해 죽은 것처럼 움츠리고 살아야 했다. 쫓겨난 왕자라는 비웃음도 감내했다.

아버지께서 돌아가시지 않았더라면…….

월산군은 몇 번이고 그 생각을 곱씹었다. 지금도 마찬가지였다. 다만 지금은 다른 방향으로 생각이 흘렀다. 현재 제안대군은 네 살, 왕의 자리는 그에게 너무 높고 크다. 귀성군? 신하들은 영민하고 강건한 군주를 원하지 않는다. 사사건건 그를 역모로 몰아넣으려는 대신들이 귀성군을 왕위에 앉힐 리 만무하다. 그렇다면…….

월산군은 아우의 머리를 가만히 쓰다듬었다. 적장자 계승의 원칙에 따라 두 사람 중 자신이 보위를 잇게 될 것이다. 만약 오늘이 가기 전 임금께서 훙서하신다면, 어쩌면, 자신을 아버지처럼 의지하는 아우와 함께하는 마지막 날이 될 수도 있다.

짧은 인사도 잠시, 궁으로부터 급히 달려온 전령의 발자국 소리를 듣고 월산군과 자을산군은 동시에 자리에서 벌떡 일어났다.

아직 따뜻한 아들의 시신 곁에서 정희대비[6]는 도승지의 전갈을 듣고 정신을 추슬렀다. 훈구대신들이 움직이기 시작했다. 곡을 하고 있을 시간은 사치였다.

그녀는 세조가 거사[7]를 망설일 때 갑옷을 입혀주며 용단을 내리라 했던 그때를 떠올렸다. 길고도 짧은 하룻밤. 운명의 흐름이 방향을 바꾸는 순간. 대비는 또다시 그때가 왔음을 직감했다.

남편 세조와 첫 아들 의경세자, 손자 인성대군 그리고 임금의 자리에 오른 지 고작 1년 여 만에 둘째아들마저 세상을 떠났다. 무엇을 위해 그토록 많은 이들을 희생시키며 궁에 입성했던가. 더 이상 소중한 혈육을 잃고 싶지 않았다.

남아 있는 의경세자의 두 아이들, 아비의 죽음이 무엇인지도 모르는 어린 제안대군……. 이들을 지켜내려면 이미 죽은 아들에 대한 찢어지는 어미의 마음 따위는 접어두어야 했다. 아무도 믿어서도, 의지해서도 안 됐다.

대비는 자신의 대답을 기다리고 있는 도승지에게 대신들의 의견을 재차 확인했다. 모든 대신들의 뜻이라고 했다. 그리고 그들의 뜻이 얼마나 합당한지 고했다. 모든 대신? 원상들의 뜻이겠지. 그녀는 조소했지만, 자신 역시 원상들의 뜻이라면 언제 궁 밖으로 나갈지 알 수 없었기에 무력감을 느꼈다.

---

6) 세조의 정비.

7) 계유정난

원상들이 제시한 대안은 영리하다고 볼 수 있었다. 그것이 종묘사직을 위한 대안은 결코 아니었으나, 몇 명만 다치면 지난 거사 때처럼 많은 피를 보지 않아도 될 터였다. 더불어 훈구대신들은 전에 없을, 왕권보다도 막강한 권력을 손에 쥐게 되리라.

대비는 스스로에게 십여 년 전 거사가 일어났던 밤으로 돌아간다면, 하고 부질없는 질문을 던졌다.

마지막까지 임금의 용포에 남은 온기는 자미당 지붕 끝자락에 걸린 아침 햇살을 타고 멀리 날아갔다. 내관의 절규가 궁 밖까지 메아리쳤다.

상-위-복!
상-위-복!
상-위-복!

유사시를 대비해 굳게 닫힌 경복궁, 그 깊숙한 곳인 강녕전의 동북쪽 편실(便房).

신숙주와 한명회를 위시한 여덟 원상과 도승지 권감 등이 들었다. 대비는 눈물만 흘리며 누가 먼저 무슨 말을 할지 기다렸다.

편실의 모든 이들이 사관의 눈치를 보며, 이 중대한 순간에 혹여 실수하지 않기 위해 말을 아끼고 있었다. 팽팽한 긴장감이 감돌았다.

"신(臣) 등은 다만 성상의 옥체가 미령하다고 들었을 뿐인데, 일이 이에 이를 줄은 생각도 못하였습니다."

신숙주가 대비를 위로할 겸 무난하게 말문을 열었다. 사관의 붓이 그대로 움직였다.

"주상이 병을 앓을 때에도 매일 내게 아침마다 문안인사를 했기에, 나 역시 병이 중하면 어찌 이처럼 움직일 수 있겠느냐 생각하며 심히 염려하지 않았다. 이제 일이 이에 이르렀으니, 장차 어떻게 하겠느냐?"

허를 찌르는 질문이었다. 아무도 말을 잇지 못했다.

장차 어떻게 할 것인가. 임금의 갑작스러운 죽음. 그 진상을 밝혀야 했다. 그러나 자리에 있는 모든 대신들에게 그것은 사소한 문제에 불과했고, 모두 시선을 회피했다.

대비는 아무도 답이 없자 체념하고는 재차 그들이 원하는 질문을 했다.

"누가 임금으로서 좋겠느냐?"

기다리던 대비의 질문에, 원상들은 모두 입을 모아 대답했다.

"이 일은 신 등이 감히 의논할 바가 아닙니다. 원컨대 교지(敎旨)를 듣고자 합니다."

한 편의 광대놀음을 보는 것 같았다. 이미 모든 준비는 끝났다. 원상들의 요구대로 작성한 교지는 미리 준비되어 있었다. 최고 옷전인 대비의 공식적인 승낙이 필요했을 뿐이다. 대비는 이들이 어제의 거사를 함께한 동지들이라고 생각했던 순진한 자신을 탓했다. 어제도 오늘도 그들에게 자신은 한갓 소도구에 불과했다. 세조와 임금도 마찬가지였다. 그들의 의지에 의해 움직이고 말하는 그림자 인형일 뿐. 대비는 다만 모두 무사하기를 바라며, 미리 준비되어 있던 전교를 내렸다.

"원자는 아직 포대기 속에 있고, 월산군은 어려서부터 질병이 있다. 자을산군은 비록 어리기는 하나 세조께서 일찍이 그의 기상과 도량을 칭찬하면서 태조(太祖)에게 견주기까지 하였으니, 그로 하여금 주상으로 삼는 것이 어떻겠는가?"

오후가 되자 일은 일사천리로 진행되었다.

미시(오후 2시경)에 종친과 문무백관들이 근정전 뜰에서 백의와 흑각대 차림으로 거애(擧哀)[8]를 시작했다. 곡소리조차 급했다.

이어서 원상들의 요구에 의해 곧바로 즉위식이 거행되었다. 성복(成服)[9]이 끝난 후에 즉위하는 것이 전례이건만, 원상들은 '마땅히 먼저 즉위하여 민심을 안정시키라'고 요구했다. 조선 역사상 처음 있는 황당한 순서였다.

아직 곡소리가 채 가시기도 전, 신시(오후 4시경)에 새로운 임금인 자을산군이 면복(冕服)을 갖추고 근정문에 들어섰다.

문무백관들은 급하게 백의에서 조복(朝服)으로 갈아입고 새로운

---

8) 상례에서, 죽은 사람의 혼을 부르고 나서 상제가 머리를 풀고 슬피 울어 초상난 것을 알림.

9) 초상이 나서 처음으로 상복을 입음. 보통 초상난 지 나흘 되는 날부터 입는다.

왕에게 축하를 올렸다. 조금 전까지 같은 자리에서 곡을 하다가 '천 천세(千千歲)'를 외치는 기이한 풍경이 벌어졌다.

어린 왕은 이미 짜여진 교서의 말미에 '내가 어린 몸으로 외롭게 상중(喪中)에 있으니 어찌할 바를 모르겠다. 그대들 대소신료는 마음과 힘을 합하여 나의 미치지 못한 점을 보좌하여, 나로 하여금 조종을 욕되게 하는 일이 없도록 하고, 사직을 영구히 보전하도록 하라'고 반포했다.

면류관이 유달리 커 보이는 새 임금은 하루아침에 바뀐 운명에 당황하지 않고 비교적 침착하게 자리를 지켰다. 이를 바라보던 원상들은 모든 것이 계획대로 무사히 끝났음에 안심했다. 이제 어린 임금은 대비의 수렴청정을 받을 것이고, 자신들의 뜻대로 움직이는 대비에 대해서는 걱정할 것이 없었다.

다만 원상들 중 한 명, 신숙주는 오전에 대비의 교서를 작성하며 자을산군을 궐로 불러들인 당시 그의 행적이 내내 마음에 걸렸다. 한명회와 권감 등이 대궐의 장교 20여 인을 시켜 궁 밖의 자을산군을 맞아오려고 했을 때, 이미 자을산군은 궁 안에 들어와 있었던 것이다. 원상들이 이 사실을 미리 알고 있었다면 굳이 장교들을 본가에 보내지 않았을 텐데.

그는 왜 홀로 궁에 왔을까? 대신들이 찾을 때까지 그는 궁에서 무엇을 하고 있었을까?

원상들은 아마도 대비가 갑자기 왕위를 받게 된 자을산군을 미리 불러 상황을 설명해주었을 거라고 추측했다. 왕의 교육은 고사하고 궁의 법도조차 미숙한 재야의 왕자였다. 즉위식 절차를 외는 것만으로도 벅찼으리라.

별다른 일도 없었고 문제될 것도 없었으니 그들은 속전속결로 자신들의 계획을 밀어붙였다. 이제 진정한 공신들의 세상이 온 것이다.

어린 임금은 천천히 어탑으로 올라가 용상에 정좌했다.

조선의 가장 높은 곳에서, 그는 나이에 어울리지 않는 깊은 눈으로 아래를 내려다보았다.

정전을 가득 채운 욕망의 불구덩이를, 그는 차가운 눈으로 모든 순간 하나하나를 가슴 속에 각인시켰다.

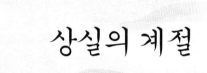

상실의 계절

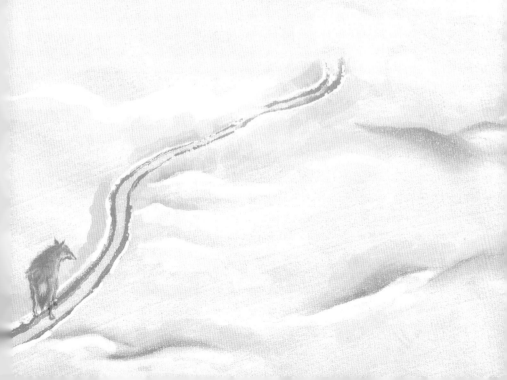

길도 인적도 없는 깊은 산 어귀. 노파는 한 걸음 한 걸음 제 발자국을 지우며 느릿느릿 산 중턱으로 나아갔다.

허리에 가득 진 짐과 험한 산세 때문에 무릎이 더욱 쑤셨다. 새벽 비에 젖은 낙엽이 발목을 감고 땅 속으로 끌어들이는 듯했다. 아직 아니야. 노파는 한결같은 속도로 한 방향을 향해 숙련된 걸음을 옮겼다.

"에미 왔다."

저녁 무렵이 되어서야 목적지에 도착한 노파는 마루에 짐을 내려놓고 조금 휴식을 취했다.

사냥꾼조차 찾지 않는 숲 속에 마치 웅크리고 있는 듯 모습을 감춘 작은 초가집. 인기척도 대답도 없는 방을 두고, 노파는 잠시 어둠 속으로 거대한 몸을 숨기는 산봉우리를 바라보았다. 해가 저무는 시간이 확연히 빨라졌다. 곧 겨울 북풍이 불어올 것이다. 올 겨울도 무사히 지나가기를, 노파는 산봉우리를 향해 합장하며 산신님께 빌었다.

아궁이의 불씨가 살아나고, 솥에서 고기죽이 팔팔 끓어올랐다. 부드럽게 빻은 고기가 고소한 냄새를 풍겼다. 노파는 정성스레 죽을 그릇에 담아 상에 올리고 방문을 열었다.

"아가, 밥 먹자."

초에 불을 붙이자 방 구석구석까지 은은한 빛으로 물들었다.

노파의 세월 묻은 얼굴이 발갛게 드러났다. 정 많은 온화한 눈은 아랫목에 미동 없이 누워 있는 남자를 가득 담고 있었다.

머리를 풀어헤친 채 반듯이 누워 있는 남자는 미세한 맥박 소리가 아니라면 죽은 것처럼 보였다.

촛불 때문인지 파리하게 쑥 꺼진 남자의 볼에 유난히 혈색이 도는 것처럼 보여, 노파는 거친 손으로 얼굴을 쓰다듬어보았다. 제 손보다 차가운 남자의 피부가 노파의 폐부를 찔렀다. 헛된 희망, 관두자.

노파는 남자의 상체를 일으켰다.

흐늘거리는 목을 손으로 고정하고 무릎을 들어 허리를 받친 후, 죽을 떠 입 안으로 조심스럽게 흘려 넣었다. 조금 흘린 죽을 치마로 훔치고, 남자의 턱을 아래위로 움직여 죽이 넘어가도록 했다. 목젖이 슬쩍 움직이자 노파는 다시 처음부터 세심하게 같은 동작을 반복했다.

그릇을 모두 비워낸 다음, 이번에는 상을 밀어두고 남자의 배를 오른쪽 방향으로 문질렀다. 손의 온기가 위와 장으로 충분히 전해 질 만큼.

남자의 배에서 꾸르륵 소리가 날 때까지 문지르던 노파는 배에 귀를 대고 내용물이 움직이는 소리에 귀를 기울였다. 아랫배에서도 반가운 소리가 났다. 깊은 골이 패인 노파의 이마에 어느덧 땀방울이 스몄다.

휴……. 한숨을 한번 내쉰 노파는 남자를 도로 눕혔다. 이번에는 머리끝부터 발끝까지 혈 자리를 꾹꾹 자극하며 지극한 안마를 시작했다. 남자는 기절한 개구리처럼 이따금 움찔거렸지만, 늘 그래왔던 것처럼 헛된 희망을 품지 않았다.

꼼꼼하게 온몸을 주무른 노파는 다시 머리로 올라가 모든 관절을 돌리고 폈다 접었다.

일련의 반복적인 과정을 끝낸 후, 데운 물을 헝겊에 적셔 남자의 몸을 닦아주었다. 잘 다린 무명옷으로 갈아입힌 것으로 일상적인 저녁 일과가 끝났다. 희미한 달이 산봉우리 높이 떠올랐다 이내 먹구름에 가려졌다.

노파는 촛불을 끄고 낮에 장에서 가져온 짐을 풀었다. 두툼한 햇솜과 명목 천이 꾹꾹 눌러 담겨져 있었다. 나타났다 사라지는 달빛에 의지해 언 손을 호호 불며, 노파는 오십 평생 해온 바느질 솜씨로 뚝딱 솜이불을 만들어냈다.

두툼한 이불을 남자에게 덮어주고 마지막으로 이불 속 온기를 확인한 노파는 비로소 윗목에 늙은 몸을 뉘였다. 몇 달 만의 산행으로 온몸이 아우성이었지만 남자의 따뜻한 발바닥을 만지자 고단함이 싹 사라졌다. 오늘은 푹 잘 수 있겠다. 내일은 비가 오려나.

가을비를 잔뜩 머금은 먹구름이 남아 있던 달빛마저 모두 삼킨, 스산한 밤이었다.

아이는 괴로움에 몸부림을 쳤다.

춥고 몸이 아팠다. 무엇보다 무서웠다. 곧 죽을지도 모른다는 공포. 사방이 분간이 되지 않아 여기가 어디인지조차 알 수 없었다. 울고 싶은데 목소리도 나오지 않았다. 속으로 수백 수천 번 비명을 질렀다. 하지만 주변에 도와줄 사람은 아무도 없었다.

아이는 모든 것을 포기하고 까마득해지려는 정신의 가느다란 실을 붙들고 있었다. 이마저 놓아버리면 안 될 것 같았다.

무서워…….

엄마…….

아이의 이마에 차디찬 손이 닿았다.

곧이어 다른 손이 배를 문질렀다. 오래 굶주린 아이가 아무거나 주워 먹고 탈이 나면, 엄마는 늘 오랫동안 배를 문지르며 노래를 불러주었다.

금자동아 은자동아

만첩청산 보배동아 천지건곤 일월동아

나라에는 충신둥아 부모에는 효자둥아
금을준들 너를사며 은을준들 너를사랴
잠잘자고 잘쿄거라
하늘에 구름일듯 뭉실뭉실 잘쿄거라

쾅!
산봉우리를 반으로 가를 듯 거센 천둥이 쳤다.
남자는 필사적으로 소리를 질렀다. 그러나 목에서는 이상한 신음소리만 날 뿐이었다. 안간힘을 써 눈꺼풀을 올려보려 해도 허사였다.
남자는 모든 감각을 집중했다.
비가 나뭇잎에 쉴 새 없이 부딪히는 소리, 비릿한 흙냄새, 오래 산 노인에게서 나는 낯선 냄새, 부스럭거리는 소리…….
그리고 눈물 섞인 기묘한 비명소리.
이어지는 천둥소리.
쾅!
남자의 정신이 번쩍 들었다. 갑작스럽게 뜬 눈의 깊숙한 곳으로 강렬한 빛이 파고들었다. 남자는 다시 눈을 꾹 감았다.
천천히, 남자는 침착하게 눈을 감고 심호흡을 했다. 늙은 여인의 알 수 없는 구슬픈 흐느낌이 귀에서 웅웅거렸다.
눈꺼풀이 제 의지대로 조금 올라갔다. 희미한 사물들의 형태가 뒤엉켜 어지러웠다. 사람의 얼굴 같은 것이 눈앞에서 나타났다 사라졌다. 그러나 눈이 부셔 다시 눈을 감았다. 눈꺼풀을 움직이는 동작만으로 탈진할 것 같았다.

그는 거칠고 차가운 손이 자신의 몸을 연신 쓰다듬는 것을 느꼈다. 엄마일까? 엄마는 늘 아무거나 주워 먹는 상놈의 자식이라고 소리를 질러댔어도, 탈이 나면 항상 기분 좋은 목소리로 자장가를 불러주며 부드럽게 배를 문질러주었지. 이러면 안 되는데, 하면서도 남자는 나른한 기분 속에 의식이 자꾸만 흐려졌다.

기분 좋은 꿈을 꾼 듯했다. 머리는 지끈거렸지만 정신은 맑았다. 입 안에 들어온 차가운 물 한 모금이 마른 웅덩이에 맑은 물이 차오르듯 온몸의 감각을 일깨웠다.

빛에 익숙해지자 조금씩 시각이 돌아왔다. 천장의 서까래에 메주가 미동 없이 매달려 있었다. 고개를 조금 돌리려 했지만 아직 몸은 말을 듣지 않았다. 허벅지 즈음에 누가 있는 것 같은데 누군지 확인할 수가 없었다.

메주 냄새라기엔 역한 냄새가 돌아온 후각을 자극했다. 있는 힘껏 눈을 아래로 내리깔자, 웬 노파가 무언가를 하고 있는 것이 보였다.

남자는 이것이 자신의 몸에서 배출된 냄새라는 것을 깨닫고, 노파가 오물을 처리하고 있다는 사실에 충격을 받았다. 그러나 저항을 할 수조차 없이 수치심과 절망감을 그대로 느껴야 했다.

일을 끝마친 노파는 잠시 나갔다가 다시 곁으로 돌아왔다. 이 노파는 누굴까. 왜 아련한 눈으로 나를 쳐다보고 있을까. 노파의 손이 머리로 다가오더니, 자신의 눈, 코, 입을 하나하나 쓰다듬었다.

"장하다, 장하다…… 내 아들."

남자의 감각은 빠른 속도로 돌아왔다. 혀가 서툴게 돌아가기 시작했고, 입과 코를 실룩거릴 수 있게 되었다.

노파가 젖은 수건으로 몸을 닦을 때마다 살결에 닿는 무명천의 감촉을 느꼈으며, 혈을 누를 때면 저릿한 감촉이 손끝부터 발끝까지 닿았다.

남자는 조금씩 무언가를 말하려고 애썼다. 입과 혀와 목젖을 동시에 움직이는 간단한 동작이 그에게는 처절한 사투 같았다. 그럴 때마다 노파는 너무 무리하지 말고 천천히 하라며 남자를 진정시켰다.

노파에게 가장 무서운 것은 남자가 다시 원래대로 돌아가는 것이었다. 오랫동안 헛된 희망이라고 애써 부인했던 이 기적이 다시 절망이 된다면, 노파는 차라리 그와 함께 죽으리라 생각했다. 남자가 잠이 드는 밤이면 노파는 남자가 깰 때까지 뜬 눈으로 밤을 지새웠다.

마치 단시간에 아기의 성장과정을 보는 듯, 노파는 며칠 동안 환희와 감동으로 꼬박 지새웠다. 그러나 노쇠한 몸이 이를 견뎌내지 못하고 아우성을 쳤다. 결국 가을비가 그칠 때 즈음 어느 오후, 노파는 죽을 끓이다 따뜻한 아궁이 곁에서 꾸벅 잠이 들었다.

죽이 눌러 붙는 구수한 냄새에 화들짝 놀라 깬 노파는 황급히 방안을 먼저 확인했다. 남자는 눈을 감고 있었다.

"아가, 아가야!"

다행히 남자가 스르르 눈을 떴다.

노파는 가슴을 쓸어내리며 이마를 어루만졌다. 눈동자를 굴리며 가만히 노파를 바라보고 있던 남자는 입술을 달싹거렸다.

노파는 남자의 입에 귀를 바짝 댔다. 숨결처럼 가는 소리였지만, 노파는 몇 년 만에 그가 한 첫 마디를 똑똑히 들었다.

"뉘…… 시오……."

처음 정신이 들었을 때부터 지금까지 남자는 오직 몸을 움직여야 한다는 일념밖에 없었다. 일종의 생존본능이었다. 그러나 지금은, 몸은 성치 않지만 머릿속은 치열하게 돌아가고 있었다.

나는 누구인가.

이곳은 어디인가.

노파는 자신이 처음 말을 했을 때 외에는 여느 때처럼 밥을 먹여주고, 몸을 주무르다 이쪽저쪽으로 움직여주었다. 그때의 노파의 표정을 본 남자는 억장이 무너지는 소리를 들은 듯했다.

"네가 많이 아프단다. 그래도 곧 괜찮아질 거야."

노파는 몇 번이고 자신에게 하듯이 그 말을 되풀이하며 남자의 곁을 지켰다. 대소변을 가리는 것조차 노파에게 의지하는 것이 익숙해질 즈음, 남자는 고개를 가눌 수 있게 되었다.

자신과 노파가 겨우 누울 수 있을 정도의 작고 낡은 집. 세간살이도 단출한 그곳에 두 사람 외의 다른 사람은 살지 않는 것 같았다. 열려 있는 창밖으로 낙엽을 떨구고 있는 나무만 보일 뿐, 사람이 지나가는 것을 한 번도 보지 못했다.

남자는 처음엔 이것저것 물어보았지만, 시간이 지나면 알게 될 거라며 슬픈 눈으로 내려다보는 노파의 모습에 까닭 모를 죄책감이 들어 더 이상 묻지 않았다. 저 여인은 아마도 나의 어머니이리라. 그렇지만 흐릿한 기억 속 어머니와 너무 많이 달라서 납득할 수 없었다. 아니, 애초에 어머니가 정확히 어떤 모습이었는지도 기억나지 않았다. 유일하게 기억나는 어머니의 목소리와 다르게, 노파의 목소리는 걸고 탁했다.

남자는 머릿속에 부옇게 낀 안개를 조금이라도 걷어내려고 할 때마다 골이 깨질 것 같은 고통으로 몸부림쳤다. 손가락을 움직이는 데 성공했을 때, 그는 그 고통을 이겨내고서라도 기억의 잔상이나마 되찾기 위해 정신을 집중했다.

한참 동안 아무것도 남지 않은 흙탕물 같은 기억 속을 방황했다.

몇 번이고 참기 힘든 두통이 그의 정신을 현실로 끌어내려 했지만, 그는 그 고비를 이겨냈다.

마침내 파문처럼 무언가가 조금 떠올랐다. 그것은 기억의 파편이라기보다 감정의 끝자락이었다. 괴로웠다. 지금 겪고 있는 육체의 괴로움과 다른 형태였다. 무엇에 대한 괴로움이지?

그 감정은 점점 커져 자신의 모든 것을 쥐고 흔드는 것 같았다. 남자는 이를 악물고 자꾸만 도망가려 하는 한 가닥 남아 있는 감정을 아슬아슬하게 끌어당겼다.

사무치는 배신감.

모든 기운을 소진한 남자는 결국 까무러쳤다.

몇 번을 깨어났다 혼절했는지 모른다.

노파는 안절부절 못하며 남자의 몸 전체에서 활개 치는 열을 다스리기 위해 안간힘을 썼다. 고열로 인한 고통 때문에 말라 죽은 것 같던 사지가 격렬하게 움직였다. 남자가 알아들을 수 없는 헛소리를 하며 몸부림을 칠 때마다 노파는 제가 아픈 듯 흐느끼며 손을 잡아주었다.

노파의 뼈마디가 으스러질 때까지 남자는 손을 놓지 않았다. 열이 조금 진정될 무렵에야 남자는 노파의 손을 놓았다. 평안해야 할 그의 얼굴은 분노로 악귀처럼 일그러졌다.

남자는 팔 힘을 의지해 자리에서 상체를 일으켰다. 머리는 지끈거렸지만 몸은 꽤 상쾌했다. 목이 타고 뱃속이 허전한 것이 조금 아쉬웠다.

벽에 기대어 잠시 어리둥절하게 앉아 있던 그는 새벽의 어스름한 여명을 통해 자신의 손을 잡고 잠들어 있는 노파를 발견했다.

노파가 행여 깰까 슬며시 손을 뺀 남자는 방문 옆에 쭈그려 앉아 있는 낯선 사람을 보고 흠칫 놀랐다. 스물 대여섯 쯤 되었을 법한 젊은이는 몸을 일으킨 남자를 멍하니 보고 있었다.

"뉘신지……."

남자의 물음에 젊은이는 화들짝 놀라며 그를 향해 엉금엉금 기어왔다. 믿을 수 없다는 얼굴이었다. 젊은이는 남자의 몸 여기저기를 만지며 흥분을 감추지 못했다.

"정신이 드시오? 몸은 어떠시오?"

"그럭저럭."

"일어설 수 있겠소?"

남자는 몸을 조금 움직여보았다. 아직 완전히 말을 듣지는 않았으나 살아 있다는 것을 증명하기라도 하듯 팔다리가 파닥거렸다.

젊은이는 그 모습을 지켜보며 기쁨인지 슬픔인지 알 수 없는 묘한 표정을 지어보였다.

그는 부엌문 곁에 놓여 있던 물을 가져다 조심스레 남자의 손에 쥐어 주었다. 아직 사발의 무게를 감당하지 못한 남자의 손은 물을 조금 흘리고 말았다. 젊은이는 혀를 끌끌 차며 이불에 묻은 물을 손수 닦아주었다.

두 남자가 부스럭대는 소리에 노파도 퍼뜩 잠에서 깨어났다. 남자가 몸을 일으켜 앉은 모습을 본 노파는 천지신명께 감사를 올리며 눈물을 쏟았다. 젊은이도 고개를 돌리고 눈물을 훔쳤다. 정작 남자는 덤덤하게 노파의 모습을 바라보고만 있었다. 노파에 대한 측은함은 들었으나 감정을 공유하지는 못했다.

"자자, 형님도 이제 쉬셔야 할 테니 어멈도 그만 진정하시우."

노파는 콧물을 닦고 고개를 끄덕이며 부엌으로 나갔다.

젊은이도 벗어두었던 흑립을 고쳐 쓰며 나갈 채비를 했다. 그러고 보니 아침 햇살에 드러난 젊은이의 차림은 꽤나 호사스러웠다. 높고 테가 넓은 고정립과 비단으로 만든 녹색 도포는 지체 높은 양반임을 보여주고 있었다.

"몸도 성치 않으시니 당분간 편히 계시우. 내 조만간 또 오겠수."

"잠깐."

젊은이는 다정한 눈으로 남자를 바라보았다. 자신을 안다는 듯 바라보는 사람이 누구인지 몰랐기에, 남자는 자신이 바보 천치라도 된 것 같은 기분이 들었다.

"대체 뉘오? 형님이라니, 내 아우인가?"

젊은이는 잠깐 고민하는 기색이었다.

남자는 초조하게 대답을 기다렸다. 선물을 바라는 어린아이마냥 간절히 자신을 쳐다보는 남자를 보며, 젊은이는 쾌활하게 씩 웃었다.

"차차 알게 될 것이니 조급해 마시우. 난 한양 사는 이정이라고 합니다. 동생이라고 여기고 허물없이 대하슈, 형님."

남자는 각고의 노력 끝에 제법 자신의 몸에 익숙해졌다. 그는 남의 몸을 관찰하듯 구석구석 자신의 몸이 움직이는 모양을 살폈다. 팔다리가 붙어 있었고, 손가락 열 개가 꼼지락댔으며, 밥을 먹으면 배가 따뜻해졌다. 신기했다. 살아 있다는 실감이 났다. 그는 제 몸을 살펴보다 오른손의 손등을 뒤덮은 화상자국을 발견했다.

어디서 다친 걸까?

꽤 오래된 상처 같았다. 손을 움직이는 데 불편함은 없었으므로 남자는 곧 그 모양도 자신의 것으로 받아들였다. 이 몸은, 나의 것이다.

도움을 받지 않고 직접 숟가락을 들 수 있게 되자, 그는 새삼 노파의 노고에 감사함을 느꼈다. 남자는 자신을 위해 모든 것을 희생하고 있는 노파에게 더 이상 상처를 주고 싶지 않았기에, 아무것도 묻지 않았다. 몸과 기억이 정상으로 돌아오면 굳이 묻지 않아도 될 일이었다.

남자는 우선 스스로의 힘으로 대소변을 가리겠다는 소박한 목표를 세웠다. 아무리 어머니라고 해도, 다 큰 어른이 맨 정신으로 남에게 자신의 대소변 처리를 맡기기란 수치스러웠다. 그는 노파의 만류에도 불구하고 요강으로 걸어가기 위해 먼저 똑바로 서는 훈련을 반복했다.

노파는 물가에 내어 놓은 어린아이인 마냥 남자의 일거수일투족에서 눈을 떼지 못했다.

먼저 상체를 일으켜 엎드린다. 한쪽 다리를 앞쪽으로 옮긴다. 다리와 팔에 힘을 주고 그 반동을 받아 하체를 편다. 이 간단한 동작을 연이어 하기까지, 남자는 몇 번이고 방바닥에 고꾸라져야 했다.

처음에는 노파의 도움을 받지 않으려고 했지만 그 도움 없이는 쉽지 않았다. 결국 노파의 어깨에 의지해 몸을 일으켰다. 날아오르는 것처럼 몸이 붕 뜨는 것을 느끼며, 남자는 심한 어지럼증을 느꼈다.

완전히 직립한 후, 남자는 몸에 밴 습관에 따라 발을 앞으로 내딛었다. 휘청, 발바닥이 몸의 중심을 잡지 못하고 흔들렸다.

간신히 균형을 잡은 다음 다시 다른 발을 내딛었다. 한 걸음, 한 걸음. 채 세 걸음을 걷지 못하고 남자는 도로 엎어졌다.

자신 때문에 같이 엎어진 노파가 무릎을 움켜쥐자 남자는 죄송한 마음이 들어 노파에게 다가갔다.

무슨 말을 해야 할까.

"감사합니다…… 어머니."

노파가 온 얼굴을 일그러뜨리며 흐느꼈다. 참고 참았던 무언가가 터지듯이. 남자의 부드러운 손과 노파의 거친 손이 포개어졌다가 이내 어색하게 떨어졌다.

이정이 험한 산을 타고 올라와서 처음 본 광경은 남자가 마루에 걸터앉아 떨어지는 낙엽을 구경하고 있는 모습이었다. 그는 우뚝 멈춰선 이정을 발견하고 한결 평안한 얼굴로 빙그레 미소 지었다. 이정은 호들갑을 떨며 남자의 곁으로 뛰어왔다. 비단 옷에 흙과 낙엽이 튀어 더러워졌지만 이정은 개의치 않았다.

"이제 괜찮아진 거요? 천만 다행이우. 하늘이 도우셨나보우!"

"뭘 대단한 걸 했다고 호들갑이시오."

"난 진짜 형님이 이렇게 앉아서 나와 말을 나누는 게 믿기지 않소."

"걱정 끼쳐서 미안하오."

"에이, 형님도. 말 편하게 놓으시우."

남자는 어색하게 헛기침을 하긴 했어도 물색없이 자신을 대하는 이정에게 친근감을 느꼈다.

　그는 오자마자 부산을 떨며 노파와 이야기를 나누고 집 이곳저곳을 둘러보며 보수할 곳을 찾아보았다. 노파는 누가 봐도 평민이었고 이정은 명문가 자제처럼 보였지만 두 사람은 어쩐지 큰 허물없이 지내는 모양이었다.

　지체 높은 이가 팔을 걷어붙이고 처마를 뚝딱뚝딱 수리하는 동안에도 노파는 늘상 그래 왔던 양 부엌에서 제 할 일을 하고 있었다.

　남자는 이정을 돕고 싶었지만 아직 완전히 몸이 나은 것은 아니어서 불편한 마음으로 하릴없이 그의 모습을 지켜보았다.

　"그래도 겨울은 충분히 나겠네. 작년에 눈이 많이 와서 덧대놓은 게 아직 쓸 만하구만."

　"작년?"

　무심코 던진 이정의 말에, 남자는 깜짝 놀랐다. 작년이라니, 내가 언제부터 이곳에 누워 있었던 것인가.

　이정은 알 수 없는 표정으로 먼 산을 바라보며 남자의 시선을 회피했다. 그러다 퓨, 하고는 땅바닥을 노려보며 웅얼거렸다.

　"이놈의 주둥아리."

　"내가 언제부터 이곳에 있었나?"

　"꽤 되었소."

　"오늘이 며칠인가? 아니, 무슨 년인가? 내 나이가 몇인지 아는가?"

　이정은 또 먼 산을 바라보았다. 남자는 답답한 나머지 이정의 옆 얼굴을 자신 쪽으로 돌리고 싶은 충동을 간신히 참았다. 한참 딴 짓을 하던 이정은 툭 내뱉듯 질문했다.

"어디까지 기억나시오?"

"아무것도."

다시 입을 꾹 다물어버린 이정은 다시 퓨, 한숨을 쉬었다.

"형님 사정이야 딱하지마는, 나도 말 못할 사정이 있거든. 좀 봐주시우."

남자는 가슴이라도 퍽퍽 두드리고 싶은 심정이었지만, 이렇게까지 자신을 보살펴주는 이의 간곡한 부탁을 외면할 수 없었다. 시무룩하게 앉아 있는 그에게 미안한 마음도 들었다.

"어린애처럼 굴었군. 미안하네."

"어이구, 형님도. 일단 건강이나 빨리 챙기시구. 아, 맞다, 고기 좀 가져왔는데. 어멈!"

이정은 자연스럽게 자리를 피했다. 남자는 그의 의도를 알아채고 비틀거리며 자리에서 일어나 마당으로 나아갔다. 다시 머리에 통증이 찾아왔다. 왜 과거로 가는 길목을 자꾸 막아서는 것일까. 대체 나는 누구이기에.

얼마나 시간이 지났을까. 이정이 부엌에서 나와 남자를 불렀다.

"형님, 해 지기 전에 내려가야겠수다. 고깃국 따숩게 먹고 푹 주무시우. 여러 생각 접어두고."

"고맙네."

"지난 일 애써 생각지 말구, 지금을 즐겨요. 인생 뭐 있습디까! 봐요, 이 풍광! 한 폭의 그림이 따로 없구만!"

이정은 다소 과장된 몸짓으로 마당을 나와 산세가 잘 보이는 나무 뒤로 남자를 인도했다. 나무에 가려 보이지 않던 드넓은 하늘과 웅장한 산봉우리들이 모습을 드러냈다. 과연 완연한 가을로 물든 첩첩산중이 노을빛에 물들어 장관을 만들어내고 있었다.

남자도 압도적인 자연의 아름다움에 한동안 말을 잇지 못했다. 이런 풍광을 본 적이 있었을까? 남자는 난생 처음 보는 듯, 어디선가 본 적 있는 듯 희한한 기시감을 느꼈다. 또다시 여러 가지 질문들이 머리를 맴돌았지만, 이정의 말대로 마음 편히 지금 이 순간을 즐기자 마음먹었다.

얼마 전까지만 해도 눈꺼풀조차 움직이기 힘들었는데 지금은 마당 밖으로 나와 있지 않은가. 기억 역시 건강처럼 제 발로 되찾아오겠지. 곧 시간이 지나면 해결되리라.

남자는 바위에 걸터앉아 나무에 몸을 기대고 천천히 해가 움직이는 것을 바라보았다. 마치 시간이 지나는 모습을 눈으로 확인하는 양. 그의 손가락이 무의식적으로 바위 위에서 가볍게 움직였다. 이정은 남자가 바위에 흘린 글자를 읽었다.

夕陽

남자는 자신이 무엇을 썼는지도 모르는 눈치였다. 조금 뒤쪽에 서 있던 이정은 소리 없이 경악했다. 습관이란 무서운 것이구나.

"날도 추운데 그만 들어가시죠, 형님."

"아, 내가 그만. 더 늦기 전에 어서 내려가게."

"내 걱정일랑 말구. 조만간 또 올 테니 뭐 필요한 거 있으면 말씀하시고."

남자는 자신이 왜 이런 것을 원하는지 스스로도 딱히 납득할 수 없었다. 그저 퍼뜩 생각이 났을 뿐이었다. 남자는 망설이다 어렵게 말을 꺼냈다.

"실례가 되지 않는다면, 지필묵 좀 가져다주게."

이정은 더 이상 묻지 않고 씩 웃으며 몸을 돌렸다. 돌아선 그의 얼굴은 무서운 것을 본 것처럼 딱딱하게 굳어 있었다.

"한 가지만 더 부탁해도 되겠는가?"

이정은 흑립을 고쳐 쓰는 척 일그러진 얼굴을 가리고 뒤를 돌아보았다.

"내 이름만이라도 알려줄 순 없겠는가."

찰나의 순간 동안 이정의 머릿속에 갖가지 생각이 휘몰아쳤다. 남자의 이름. 노파에게서 그가 아무것도 기억하지 못한다는 사실을 전해 들었을 때부터, 이정은 숱한 고민과 번뇌 끝에 아무것도 알려주지 말고 이대로 살게 내버려두자고 결론지었다. 그것이 모두를 위해 옳은 선택이라 믿었다. 하지만 빠르고 정제된 그의 필체를 알아보는 순간, 어차피 예정된 불행이 아닐까 하는 의구심이 들었다. 이런 거짓된 시간이 어떤 의미가 있을까.

"민수영."

이정은 고목들 사이로 부유령처럼 사라졌다. 그가 떠난 자리로 어둠이 찾아왔다. 남자, 아니 민수영은 노파가 부르는 소리도 듣지 못하고 바위에 붙박인 채 시시각각 찾아오는 어둠을 맞이하고 있었다.

이정은 산을 내려가며 몇 번이나 발을 헛디뎠다. 선택의 문. 그 열쇠를 쥐고 있는 것은 자기 자신. 문을 여는 것이 옳은 일일까? 지금 이대로 아무것도 모르는 채, 누구도 모르는 채 살아가는 게 모두가 행복할 수 있는 길이 아닐까?

차라리 여태 그래 왔던 것처럼 산송장으로 살지.

이정은 다시 처음 택했던 선택으로 돌아왔다. 어차피 그가 기억이 돌아오면 벌어지게 될 일, 조금이라도 그 시일을 미루자. 그것이 옳은 선택은 아닐지 몰라도 지금으로선 최선이다.

이정은 문 밖에서 몰아치고 있을 피바람이 지금의 균형 잡힌 평화를 산산조각 내지 않기를 바라며, 잠시 꺼내들 뻔했던 열쇠를 다시 마음 깊은 곳에 파묻었다.

가지 않은 길

멀리 나무 사이로, 은은한 촛불이 어둠을 뚫고 수영에게로 다가왔다. 이리 와, 이리 와. 흉흉하게 너울거리는 촛불이 수영을 향해 손짓했다. 네가 갈 곳은 없어. 수영은 길도 없는 산 중턱에서 선택의 기로에 놓였다. 더 이상 내려가면 저 촛불마저 보이지 않게 될 것이다. 무기나 튼튼한 신발 하나 없이, 게다가 아직 완전히 회복되지 않은 몸으로 험준한 산을 무사히 내려갈 수 있을까?

수영은 걸음을 멈췄다.

언제나 자신을 보호해줄 것만 같았던 산중 안식처로부터 드리운 불빛이, 이젠 지옥으로 이끄는 염화(炎火)처럼 보였다. 저곳으로 돌아가면 얼마 남지 않은 자신의 모든 것조차 타 없어져버릴 것 같았다.

애초부터 길 자체도 없었으니 산 속에서 길을 잃은 것도 아니었다. 그는 갈 곳을 잃었다. 하지만 세상과의 연결고리가 완전히 단절된 지금, 수영은 절망적인 심정으로 다시 돌아가고야 말았다.

노파는 싸리문을 열고 힘없이 들어오는 수영을 반기며 인자하게 웃었다.

"잘 다녀왔니?"

수영에게 인적 없는 초가는 막 태어나 안긴 어머니의 품속과 같았다.

어머니의 크나큰 희생으로 아기처럼 다시 걸음마를 하고 말을 할 수 있게 되었으며, 웃음을 되찾았다. 그는 며칠 동안 어떤 고민이나 걱정 없이 어머니와 온종일 일과를 보냈다. 차려주는 따뜻한 밥을 먹고 가벼운 운동으로 오전 시간을 보낸 후, 오후에는 어머니를 따라 집 주변으로 나가 땔감을 줍거나 도토리 같은 열매를 모았다.

이른 저녁을 먹고 나면 어머니는 매일 그래 왔던 것처럼 전신을 안마해주었다. 수영이 한사코 말려도 고집을 꺾지 않았다. 결국 어머니의 안마가 끝나면 수영도 당신의 비쩍 마른 몸을 조심스레 주물러주는 것으로 타협점을 찾았다. 어머니가 '아이구, 시원타' 할 때마다 수영은 착한 일을 하고서 달콤한 군것질거리를 받은 것처럼 기분이 좋아졌다.

이대로 사는 것도 썩 나쁘지는 않았다. 자연을 벗 삼아 근심 걱정

없이 가족과 오순도순 사는 것. 무릉도원이 달리 따로 있겠는가.

헌데 무릉도원이 무엇인가?

수영은 몸을 쓸 겸 근처 계곡의 널찍한 바위에 앉아 풍경을 감상하고 있었다. 풍경 속에 잠시 희석되었다가 빠져나왔을 때, 그가 앉은 자리 옆에는 손가락에 물을 찍어 쓴 네 글자가 놓여 있었다.

武陵桃源

수영은 이 한자가 무엇인지 본능적으로는 알 수 있었으나 그 의미와 유래를 한참 생각해야 했다. 어디로부터 이 기억이 삐죽 튀어나왔을까.

평화로운 나날 속에, 그는 이처럼 기습적으로 찾아오는 사소한 기억들로 인해 점점 커지는 불안을 막을 수 없었다.

이정에게서 지필묵을 받은 후부터 수영은 닥치는 대로 기록을 남기려 애썼다. 사소한 것 하나라도 좋았다. 아침에 일어나 무엇을 먹었는지, 구름이 어떤 형태로 흘러가는지, 나무가 어떻게 하늘을 가리고 있는지 세세하게 기록했다.

처음에는 마음먹고 글자를 쓰려 하면 아무것도 쓸 수가 없어 한참 동안 빈 종이만 노려보고 있기 일쑤였다. 정신을 놓고 있을 때만 귀신에 씐 것처럼 저절로 손이 움직여 글씨를 남겼다.

그는 자신이 여기저기에 쓴 글씨들을 종이에 옮기기를 반복했고,

그 글씨의 의미를 곱씹었다. 행여 잊어버릴까 두려웠다.

다른 기억들과는 다르게, 차츰 기억나기 시작한 글자들은 제자리를 찾아가듯 자연스럽게 종이에 스며들었다.

춤추듯 빠르게 펼쳐진 그의 필체는 정갈하면서 날카로웠다. 또한 끝부분이 가늘게 휘어지는 특징이 있었다. 그는 하루 종일 써놓은 기록들을 정리하며 그날을 통째로 암기하듯 읽고 또 읽었다. 아침에 일어나자마자 어제를 새겨놓은 기록들을 하나하나 복기하면서, 기억이 그대로라는 사실에 안도했다. 그는 지필묵을 부적이라도 되는 양 소중히 품에 넣고 다니며 언제든지 기억을 기록할 수 있도록 준비했다.

한 글자라도 빠뜨리지 않으려다 보니 종이가 금세 동이 났다. 그는 이제나 저제나 이정이 오기를 기다렸지만 그는 수일이 지나도록 소식조차 없었다.

한가로이 흐르는 한강이 훤히 보이는 정자. 달빛에 드러난 '희우정'이라는 현판이 멋스러운 이곳에서, 이정은 술과 함께 시간을 흘려보내고 있었다.

추강(秋江)에 밤이 드니 물결이 차노매라

낚시 드리치니 고기 아니 무노매라

무심한 달빛만 싣고 빈 배 저어 오노매라

제법 취한 듯 유난히 혀가 매끄러웠다. 수영에게 준 지필묵이 아쉬웠다. 특별히 아끼던 건데. 쩝, 하고 입맛을 다신 이정은 산 속 어딘가에 있을 수영을 떠올리다가 다시 술을 벌컥 들이켰다. 언제까지 그를 속일 수 있을까.

이정의 앞에 있던 젊은 사내는 그가 다시 잔을 채우려 하자 손을 들어 제지했다. 그 역시 지체 높은 신분인 듯 단정하지만 값비싼 비단 도포를 두르고 있었다.

이정은 피식 웃으며 빈 술잔을 빙글빙글 돌렸다.

"성상께서 덕이 높으시어 바야흐로 태평성대이거늘, 무에 이리 헛헛할꼬."

"추강을 접하여 그런가봅니다. 여름날 왕성했던 기운이 접어들면 대장부는 허탈하기 마련이지요."

"대장부는 무슨. 한갓 고기 하나 낚지 못하는 공선(空船)의 사공이."

"오늘따라 유난히 불평불만이 많으십니다, 애처럼. 산에 놓아준 새 때문에 그러시오?"

사내의 눈매가 조심스러워졌다.

이정은 사내의 질문에도 별 감흥 없이 술잔을 채웠다. 술잔에 달이 둥실 떠올랐다.

"그놈의 새가 어찌나 멍청한지, 아직 아무것도 모르고 있다네."

"어찌하실 요량이십니까?"

"글쎄, 죽일까?"

사내의 얼굴에 그림자가 드리웠다.

이정은 술을 한 모금 마시고 강 너머를 바라보았다. 강은 흐른다. 시간도 흐른다. 언젠가는 그때가 올 것이다.

"좀 더 기다려봐야지. 지금은 이 평화를 즐겨보세."

평화는 느닷없이 깨졌다.

그간 두 사람은 암묵적으로 많은 말을 하지 않았다. 어머니는 거의 말이 없었고 수영은 과거에 대한 언급을 피하다보니 달리 할 말이 없었다. 다만 서로 바라보는 눈빛으로 돈독한 유대감을 느낄 수 있었다. 그러나 수영이 글씨를 문장으로 만들 수 있는 수준이 되었을 즈음, 그는 이 집의 안락했던 공기가 전과 달라졌다는 것을 느꼈다.

어머니의 변화를 감지한 것은 자기 전 그가 자신의 기록들을 살피고 있을 때였다. 문득 바느질 소리가 멈췄다고 느낀 수영은 흘끗 어머니를 쳐다보았다.

어머니는 바느질감이 아닌 다른 곳을 향해 눈을 흘기고 있었다. 자신을 직접 쳐다보고 있는 것은 아니었지만 수영은 어머니가 자신에게 신경을 집중하고 있다는 것을 알 수 있었다. 수영의 시선을 느낀 어머니가 멈췄던 손을 다시 놀렸기 때문이다. 수영은 대수롭지 않게 생각하고 종이들을 머리맡에 놓았다.

다음 날 아침 종이끼리 스치는 소리에 잠에서 깼다. 이제껏 창문에 해가 비칠 즈음 어머니가 부엌으로 나가는 소리에 깼던 수영은 전에 없던 이질감에 화들짝 놀라 눈을 떴다. 언제부터 있었는지, 어머니가 등을 돌리고 종이뭉치를 살펴보고 있었다.

표정은 읽을 수 없었지만 시간이 정지한 듯 꼼짝 않고 있는 모습이 어쩐지 낯설었다. 수영은 어머니를 불러볼까 하다 그만두었다. 어머니가 자신을 향해 등을 돌리면, 봐서는 안 될 것을 보게 될 것 같았다.

다행히 곧 어머니는 늘 그래 왔던 것처럼 부엌으로 나갔다. 수영은 변하지 않은 일상에 안도하며 방금 깬 것처럼 자리에서 일어났다. 그런데 머리맡에 있던 종이뭉치가 보이지 않았다.

당황한 수영이 방 구석구석을 살펴보았지만 흔적도 없었다. 수영은 급히 어제와 그제의 일들을 복기했다. 다행히 기억은 그대로였다.

수영은 부엌으로 뛰쳐나갔다. 어머니가 쪼그리고 앉아 불쏘시개로 아궁이를 쑤시고 있었다. 설마……. 수영은 어머니 뒤에서 아궁이 속을 들여다보았다.

불이 붙은 종이들이 활활 타고 있었다.

"어머니!"

놀란 수영이 생각 없이 아궁이에 손을 넣으려고 했다가 그만 데일 뻔했다. 화끈, 손등에 닿은 불길에 놀라 얼른 손을 뺐다. 손등의 아픔을 느끼기 전에, 극심한 두통이 머리를 강타했다.

수영은 이를 악물고 고통을 참으며 아궁이 가장자리의 아직 타다 만 종이 조각이라도 건져보려고 땔감을 들었다. 그때, 어머니가 앙상한 팔로 수영을 있는 힘껏 밀쳐냈다. 졸지에 엉덩방아를 찧은 수영은 어안이 벙벙해서 잠시 어머니를 바라보았다. 어머니의 손에 들려 있는 마지막 종이들을 본 그는 저도 모르게 달려들었다.

"어머니, 왜 이러세요!"

어머니는 고집스럽게 입을 앙다물고 종이를 뺏기지 않으려 손을 꽉 쥐었다. 다른 쪽 끝을 잡았던 수영이 종이를 당기자 쭉 찢어졌다. 수영은 간신히 만들어낸 지난 며칠의 새로운 기억들이 산산조각 나는 기분을 느꼈다.

어머니는 손에 남아 있던 종이들을 미련 없이 아궁이 속으로 쑤셔 넣었다. 너무도 쉽게, 종이들은 한줌 재로 변했다.

순식간에 벌어진 상황에 수영은 우두커니 서서 어머니와 아궁이를 번갈아 바라보았다. 끔찍한 통증이 머리를 짓이겼다. 한동안 잊고 있었던 두통이었다. 수영은 비틀거리며 부엌 문간에 기대어 앉았다. 어머니는 아무 일 없었다는 듯이 솥을 열어 밥을 휘젓고 그릇에 반찬을 담았다. 수저까지 정갈하게 놓은 어머니는 상을 들고 부엌문 앞에 섰다. 수영은 통증으로 까무러치기 직전이었다. 어머니는 다정한 목소리로 그의 귓가에 속삭였다.

"아가, 아침 먹어야지."

모호한 의식 속에서 그는 떠오르는 감정들을 잡아내려 애썼다. 단편적인 감정의 파편이 조금씩 모였다.

그것은 그리움이었다.

모든 것을 잃어도 영영 잊지 못할 것 같은, 강렬하고 아련한.

수영은 곧 정신을 차렸다.

누군가 자신의 손가락을 펼치려 하고 있었다. 어머니였다. 자신은 아직 문간에 앉아 있었고, 간신히 지켜낸 종이쪼가리를 힘껏 움켜쥐고 있었다. 절대로 빼앗기지 않으려는 듯.

그는 무의식적으로 어머니의 손을 뿌리쳤다. 그래도 어머니는 끈질기게 다시 다가왔다. 수영이 뒤로 물러나자, 이번에는 어머니도 포기한 듯 가만히 있었다. 다만 슬픈 눈으로 자신을 빤히 바라볼 뿐이었다.

침착하자. 수영은 자신에게 되뇌며 어머니에게 다가갔다. 어머니는 혼란스러운 것 같았다. 목구멍까지 차오르는 '왜'라는 질문을 꾹 누르고, 수영은 어머니가 좀 더 진정되기를 기다렸다. 행여 다시 달려들까 경계를 늦추지는 않았다.

멍하니 허공을 바라보던 어머니는 몸가짐을 추스르고 부엌으로 나갔다. 다시 들어온 어머니의 두 손에는 싸늘하게 식은 밥상이 들려 있었다.

이정은 턱에 맺힌 땀방울을 훔치며 마당 안으로 들어섰다. 집은 불안할 정도로 적막했다.

"형님!"

막연한 불안을 떨치려는 듯 이정은 큰 소리로 수영을 불렀다. 응답이 없었다. 이정은 문을 열고 단칸방 안으로 들어갔다.

방 안에 돌아앉아 있는 수영이 보였다. 누가 들어오는지도 모르는 눈치였다. 그는 무아지경으로 사방의 벽 가득히 글자를 쓰고 있었다.

날아오를 듯한 일필휘지.

모든 벽을 가득 메운 글씨들의 향연에 압도되어, 이정은 한동안 말을 잇지 못했다.

한쪽 벽에 새겨진 내용은 단순했다. 아침 해가 떠오르는 모양, 새들이 지저귀는 소리, 자신이 주운 산열매의 개수, 죽은 삵의 시체에 대한 한탄······.

다른 쪽 벽에는 좀 더 휘갈겨 쓴 글씨들이 수영 스스로를 향하고 있었다. 나는 어디에서 왔는가, 어떻게 성장했나, 신분은 무엇인가, 어떤 일을 하던 이였나, 아버지나 처자식은 없는가, 어쩌다 이곳에 유폐되었나, 늙은 어머니는 왜 아무 말도 해주지 않는가, 나는 민수영이 맞는 것일까, 대체 나는 누구인가.

아직 다 채워지지 못한 마지막 벽, 수영이 마주하고 있는 그곳에는 단 한 글자만이 숨 막히도록 반복되고 있었다.

아(我), 아(我), 아(我), 아(我), 아(我), 아(我), 아(我), 아(我)!

그것은 소리 없는 비명이었다.

마루에 걸터앉아 방정맞게 발을 구르던 이정은 수영이 나오자 사람 좋은 미소를 지어보였다. 수영은 그에게 눈길 한 번 주지 않고 옆에 앉았다. 어색한 침묵이 흘렀다.

"어머니는 어디 가셨는가?"

"어머니요?"

이정은 코를 닦는 척하며 복잡한 표정을 감추기 위해 손으로 얼굴을 가렸다.

"올 때부터 안 계셨는데요."

"그런가? 헌데 자넨 언제 왔는가. 왔으면 인기척이라도 하지."

"좀 전에 왔수. 오는 데 시간이 꽤 걸려서. 이제 겨울이 오면 찾아오기 힘들겠어요."

수영은 대꾸 없이 내내 이정을 외면했다. 이정은 오면서 있었던 일들을 시시콜콜 이야기하며 봇짐을 펼쳤다. 종이도 한 뭉치 들어 있었다. 선물을 받은 수영은 기뻐하는 기색을 보이지 않았다.

"자네마저 오지 않는다면, 긴 겨우내 어머니와 단 둘이서 지낼 테지."

수영과 이정은 한순간 서로를 마주보았다. 수영의 눈은 맑고 단호했고, 이정의 눈은 뭔가 켕기는 듯 흔들렸다.

이자를, 민수영을 믿어야 할 것인가.

"어멈이 어디 갔는지 대충 짐작 가오. 따라오시우."

집에서 얼마 떨어지지 않은 장소에, 무성한 잡초들이 누군가의 발자국을 따라 꺾여 있었다.

잡초를 헤치며 앞으로 나아가자 다섯 폭 남짓한 잘 다져진 흙바닥이 나왔고, 오래되어 삭은 작은 비목이 봉분조차 없는 땅에 꽂혀 있었다. 그 앞에, 노파가 비목을 쓰다듬며 말없이 앉아 있었다. 얼마나 오래 있었는지 그녀의 치맛자락에 낙엽이 소복이 쌓여 있어, 썩어가는 비목과 일체가 된 것 같았다.

의외의 광경에 수영은 당황스러웠다.

섣불리 말을 꺼내기 어려울 정도로 그녀의 손길이 너무 경건했다. 이정은 보일 듯 말 듯 살짝 합장을 했고, 수영도 일단 누구인지 모를 망자를 향해 합장했다. 고개를 들어 비목을 자세히 보자 세월에 지워져 흔적만 남아 있는 이름이 보였다. 그나마도 이끼에 덮여 무어라 쓰여 있는지 보이지 않았다.

조금 떨어진 곳으로 간 두 사람은 노파에게 들리지 않게 목소리를 낮췄다.

"저 무덤은 뉘 것인가?"

"그 전에."

이정은 이제까지와 달리 가면 같은 얼굴로 수영을 바라보았다. 냉기가 흐르는 지금의 얼굴이 오히려 그와 더 잘 맞는다는 생각을 하며, 수영은 귀를 기울였다.

"두 가지 길이 있수. 하나는 지금까지 왔던 길과 이어진 길이지. 자식밖에 모르는 지극한 노모와 함께 세상과의 연을 끊고, 이곳에서 남은 생을 유유자적 사는 것."

수영은 침착하게 그의 말이 이어지길 기다렸다. 스스로조차 확신하지 못하는 듯, 이정은 천천히 생각하고 말을 정제했다.

"하나는 약간의 진실로 향한 길. 허나 그 선택이 어떤 방향으로 인도할지는 아무도 몰라. 아마 불행할 확률이 높을 테지."

수영은 고개를 끄덕였다. 이미 이정이 집에 도착하기 전부터 마음을 단단히 먹고 있던 터였다. 이정이 말을 꺼내지 않았더라도 수영이 먼저 끝까지 진실을 캐물었을 뿐더러, 만약 대답을 하지 않으려 했다면 치도곤을 안겨서라도 답을 끌어냈을 것이다.

이정은 동정의 눈빛으로 노파가 있는 쪽을 쳐다보고는 어렵게 입을 열었다.

그날도 북쪽에서 온 칼바람이 무릎까지 쌓인 낙엽들을 휘젓고 다녔다. 중년의 아낙은 멀리, 더 멀리 사람의 발길이 닿지 않는 곳을 찾아 산을 헤매고 있었다. 그녀의 등에는 열 두어 살 되어 보이는 사내아이가 축 늘어진 채 업혀 있었다. 입고 있는 수의는 잔뜩 흙이 묻어 지저분했고, 포동포동 했을 살은 반쯤 부패해 구더기가 들끓었다.

아낙은 쫓기듯 무작정 산을 올랐다.

또다시 사람들이 쫓아와 아이를 땅에 묻어버릴까 겁이 났다. 왜 우리 아이를 산 채로 땅에 묻는 거지? 몇 년을 잠자고 있었다는 걸 다들 알면서 왜 죽었다고 우기는 거지?

등에 업힌 아낙의 아들은 몇 년 전 우물에 빠진 이후 깊은 잠에 빠져들었다. 가늘게 이어지는 호흡만으로 아이의 생명을 확인할 수 있었다. 아낙은 배운 것 없는 가난한 소작농의 아내였지만 이날 이때껏 큰 욕심 없이 성실하게 살아왔다. 뜻밖에 닥친 비극에 대해서도 어찌 대처해야 할지 몰랐다. 그래서 약방 어른의 말씀대로 매일같이 성실하게 아들에게 죽을 먹이고, 몸을 움직이게 하며 아들이 깨어나기를 기다렸다. 다행히 죽지는 않았으니 언젠가 다시 엄마, 하며 품에 안길 것이라 희망했다.

그러나 희망은 무참했다. 아들이 언제 죽었는지 아낙도 몰랐다. 어느 순간 몸이 딱딱해지더니 가늘던 호흡마저 끊겼다. 그래도 아낙은 아들에게 죽을 먹이고 몸을 주물렀다. 아낙의 남편이 더는 보지 못하고 아이의 장례를 치렀다. 아낙은 울부짖었다. 내 아들은 죽지 않았어!

아낙은 몇 번이고 땅 속에 있는 아이를 꺼내 집으로 데려와서 늘 하던 일을 계속 했다. 다시 묻으면 다시 데려오고, 또 묻으면 또 데려오고. 차가운 땅 속에서 엄마를 찾는 모습을 상상하면 견딜 수 없었다. 사람들은 아낙을 딱하게 여기면서도 미쳤다고 손가락질했다. 아낙은 계속 아이를 간호하면 약방 어르신 말처럼 일어날 것이라 믿었고, 아무도 없는 곳으로 떠나기로 결심했다.

남편이 수십 일 동안 북한산을 샅샅이 뒤져 아낙을 찾아냈을 때, 아낙은 아사 직전이었다. 간신히 살아난 아낙은 그만 놓아주자는 남편의 설득으로 아이를 땅에 묻은 후 이곳에 집을 지었다. 그래도 언젠가 아들이 깨어날 것이라는 희망을 놓지 않았던 것이다.

"그렇다면……."

"……저기 묻혀 있는 아이의 어머니입니다."

이정은 수영을 향해 입가에 손가락을 대고 '쉬잇' 한 후 가만히 노파의 어깨에 손을 올렸다.

"어멈, 집에 가야지."

이정의 부축을 받고 일어난 노파는 비목을 지긋이 바라보다 걸음을 뗐다.

수영도 노파를 부축하려 했지만 이제 그녀는 어머니가 아니라 그저 조금 정신이 이상한 노인일 뿐이었다. 다가갈 엄두가 나지 않았다.

뒤를 돌아본 노파가 수영을 향해 손짓했다.

자신을 보고 있지만 그 너머의 다른 무언가를 보고 있다는 것을, 수영은 그제야 깨달았다.

"어떻게 아는 사이인가?"

부지불식간에 수영이 이정을 향해 물었다.

"십여 년 전, 형님 뫼실 곳을 찾다가 똑같은 병을 앓았던 아이가 있다는 소문을 듣고 아이 부모를 찾았수. 내가 여기 왔을 땐 어멈의 남편은 이미 세상을 뜬 후였고."

"아니, 자네와 나 말일세."

이정은 물끄러미 수영의 표정을 살폈다.

"아직 아무것도 기억나지 않으시오?"

수영은 대답하지 않았다. 이정은 노파에 대한 이야기는 줄줄이 읊었으면서 정작 중요한 것은 아무것도 말하지 않고 있었다.

기억을 잃고 자신을 잃은 수영이 가장 믿었던 존재라고 생각했던 어머니는 가짜였다. 자신의 착각이었고, 노파의 광증이었으며, 알면서도 말해주지 않은 이정의 농간이었다. 수영은 그 어느 것도 믿을 수가 없었다. 이 앞에 있는 사내조차도.

"왜 그렇게 과거에 집착하시오? 이미 지난 시간, 무슨 의미가 있다고."

"내 삶을 되찾고 싶네."

"그 삶이 어떤 줄 알고."

실언했다고 생각했는지 이정은 고개를 흔들었다. 그는 더 듣고 싶지 않다는 듯 짐을 챙겨 일어났다.

"모르는 게 약이라는 말도 있소. 그건 기억납니까?"

"자네가 아까 두 갈래 길에 대한 얘기를 했지. 첫 번째 길은 애초부터 없었네. 내게 선택권은 없네. 내가 누군지 찾기 위해, 오직 가야할 길밖에는."

"미안하지만 때가 아니오."

"때라니?"

이정은 주저 없이 싸리문 밖으로 나섰다.

수영은 그가 다시 오지 않을 것이라는 것을 예감하고 그의 옷자락을 붙잡았다. 그마저 없으면, 길은 영원히 찾지 못할지도 모른다.

"사람이라면 어멈이 베풀어준 은혜를 갚아야 하지 않겠소? 내가 당신을 돌봐준 것도. 만약 조금이라도 고맙게 느껴진다면, 내 말을 믿어주시오. 아직은 때가 되지 않았소."

"내 기억을 두고 거래를 하자는 건가?"

수영은 불쾌하게 이정을 쏘아보았다.

이정은 슬쩍 옷자락을 당겨 수영의 손에서 벗어났다.

"겨울이 끝나면 다시 뵙지요."

이정은 황망하게 숲 속으로 사라졌다. 수영은 그의 흔적이 완전히 사라질 때까지 자리에 붙박인 채 서 있었다.

수영은 밤새 잠을 이룰 수 없었다. 노파의 은혜는 자의적인 행동이 아니라 비뚤어진 모정일 뿐이었다. 지금 그는 어머니라 불렀던, 정신이 이상한 노파와 고립된 초가에 있다. 어쩌면 평생 동안 있어야 할지 모른다.

그것을 자신이 원하는가? 아니다. 자신이 누구인지 찾으려는 의지는 더욱 강해졌다. 노파가 어머니가 아니라면 그가 여기에 눌러앉아 있을 이유는 없었다. 진짜 어머니와 진짜 과거를 찾고 나서 이 불쌍한 노파를 돌봐주어도 늦지 않을 것이다. 때를 기다리라는 이정의 말도 거짓이라고 여겨졌다.

수영은 새벽녘에 노파가 일어나기 전 먼저 자리에서 일어났다.

이제까지 없었던 일이다. 평화롭던 거짓된 일상은 무너졌다. 그는 조용히 짐을 챙겨 집을 나왔다. 어제 이정이 떠나는 뒷모습을 유심히 눈여겨본 이유는 이것 때문이었다.

그는 일단 이정이 마지막으로 보였던 곳까지 내려갔다. 남아 있는 흔적이라도 따라가면 길을 알 수 있을지도 모른다고 생각했다. 그러나 이정은 용의주도하게 발자국을 지우면서 하산했기 때문에 그의 자취는 흔적조차 없었다.

수영은 조금 더 내려가려다 앞이 보이지 않아 덜컥 겁이 났다. 안개가 그의 머릿속처럼 자욱했다. 더 내려갔다가는 다시 집으로 돌아가지도 못할 것 같았다. 그는 앞으로 전진하느냐, 뒤로 후퇴하느냐 선택의 기로에 서 있었다.

어차피 저 집은 내가 있을 곳이 아니다, 진실을 찾아야 한다, 더 지체했다가는 영원히 갇혀버릴 수도 있다……. 수영은 성큼성큼 앞으로 나아갔다.

수북한 낙엽에 가려져 땅이 잘 보이지 않았다. 얼마 가지 않아, 갑자기 몸이 쑥 아래로 미끄러졌다. 낭떠러지였다. 튀어나온 나무뿌리 하나를 붙잡지 않았더라면 수영은 무사하지 못했을 것이다.

안간힘을 다해 기어 올라온 수영은 헐떡거리며 몸을 일으켰다. 넘어지면서 발목을 접질렸는지 제대로 걸을 수조차 없었다. 이 상태로 더 내려가기는 무리였다. 후일을 기약해야 했다. 그는 길목에서 가장 눈에 띄는 나무들마다 ×자를 표시해놓으며 집으로 돌아갔다. 노파는 여느 때처럼 태평하게 아침을 준비하고 있었다.

수영은 매일 집을 나섰지만 별 소득 없이 결국 다시 집으로 돌아와야 했다.

무리해서 멀리 갔다가, 해가 지고서야 집에서 새어나오는 빛을 등대삼아 간신히 돌아온 적도 있었다. 이대로는 겨울이 나기 전 하산은 불구하고 사람 다니는 길도 찾기 어렵다고 판단한 수영은 다른 방법을 강구했다. 현재 이 고립된 곳에서 길을 아는 사람은 노파뿐이었다.

"어머니."

수영은 차마 그 호칭을 쓰기는 싫었지만, 꾹 참고 노파의 팔다리를 주무르며 운을 띄웠다.

"내일 마을에 내려가서 장을 보는 날이라고 하셨죠?"

노파는 잠시 고민하다 고개를 끄덕였다.

"저도 데리고 가주세요."

"안 돼. 사람들이 또 너를 잡아 갈 거다."

"정 걱정되시면 어머니 곁에서 떨어지지 않을게요."

"안 돼!"

"언제까지 이곳에 있을 수는 없어요! 그런다고 죽은 아이가……."

노파는 처량한 눈으로 수영을 바라보았다. 이번에는 그를 똑바로 쳐다보고 있었다. 수영은 어쩌면 노파의 정신이 온전한 게 아닐까, 생각했다. 자신이 잃어버린 기억에 매달리는 것처럼, 노파도 잃어버린 아들을 놓지 못할 뿐인 게 아닐까.

노파가 고민하는 동안, 수영은 마음속으로 노파를 향해 수없이 사죄했다. 불쌍하고 가련한 노인을 앞세워야 하는 자신이 혐오스러웠지만 아무리 생각해도 이 방법밖에는 없었다.

잠시 후 노파가 작게 고개를 끄덕였다. 자식 이기는 부모 없다 했던가. 수영은 말없이 노파에게 고개를 숙였다. 사죄와 감사의 의미를 담아. 이제 남은 일은 내일 날씨가 화창하기를 바라는 것뿐이었다.

동이 트기 전, 수영은 노파의 뒤를 따라 산을 내려갔다. 나이는 차이가 났지만 오랫동안 쭉 산을 오르내리며 물자를 조달했던 노파를 따라가기란 쉽지 않았다. 노파는 행여 수영이 다칠까 가다 서기를 반복하며 잘 따라오는지 확인하고는 다시 길을 재촉했다.

가을이 무르익은 산은 질퍽한 낙엽으로 가득했다. 수영은 몇 번이고 낙엽에 미끄러진 탓에 성한 곳이 없었다. 아직 회복되지 않은 몸은 긁히고 멍들어 산행을 방해했고, 새벽 추위에 언 공기가 상처를 찔렀다. 금세 땀에 전 옷을 뚫고 김이 피어올랐다. 다리가 후들거려 주저앉고 싶었지만, 수영은 걸음을 멈추지 않았다. 나중에는 산을 내려가기 위해서라기보단 멈추지 않기 위해 계속 걸었다.

햇살이 조금 비칠 때쯤 두 사람은 가파른 능선을 넘어가고 있었다.

잠시 땅바닥에 앉아 숨을 고르던 수영의 눈에 저 멀리 햇살이 드리운 조그마한 마을이 들어왔다.

수영은 앞이 흐려져 눈을 깜빡였다. 땀과 함께 눈물방울이 툭 떨어졌다.

두 시진[10]이 훌쩍 넘었을까. 낙엽이 잘 다져진, 사람이 다닌 흔적이 역력한 길이 나타났다. 길을 따라 조금 내려가자 심마니로 보이는 사내가 무심히 그들을 스쳐 지나갔다. 수영은 그이의 손을 잡고 인사라도 하고 싶은 심정이었다. 사람이다. 이 세상에 혼자가 아니다. 지쳐 쓰러질 것 같던 피로감이 싹 가시면서, 그는 어느새 노파를 앞질러가고 있었다. 마을이 점차 가까워졌다. 수영의 가슴이 막연

---

10) 네 시간.

한 기대로 한껏 두근거렸다.

　담장 너머로 아이들이 밝게 웃는 소리가 들려왔다.

　구불구불 이어진 골목마다 빼곡히 자리 잡고 있는 초가집들로부터 음식 냄새가 풍겼다. 나이 어린 처자는 수줍은 듯 총총거리며 뛰었고, 나이 지긋한 서생은 배를 내밀고 느긋하게 걸었다. 오후 나절 분주함과 한가로움이 공존하는 마을에는 제법 많은 사람들이 살고 있었다.

　이리 저리 제 갈 길 바쁜 사람들은 남루한 행색의 수영과 노파를 흘끗거리며 쳐다볼 뿐 관심을 두지 않았다.

　정신없이 살아 움직이는 세상. 수영은 딴 데 정신을 팔다가 발을 헛딛거나 사람들과 부딪히기 일쑤였다. 부딪힌 사내들이 내뱉는 욕설마저 그에게는 반가울 따름이었다. 혹시나 자신을 아는 사람이 있을지도 몰라, 그는 사람들 얼굴 하나하나를 살피며 노파를 따랐다.

　노파는 익숙하게 어느 주점으로 들어갔다. 콤콤한 막걸리 냄새가 문 앞에서부터 진동하는 주점에는 이미 불쾌하게 취한 장돌뱅이들로 떠들썩했다. 고요한 산중에만 있던 수영은 귀가 아플 지경이었다.

　노파는 주인을 잘 아는 듯 아는 체를 하며 국밥 두 그릇을 시켰고, 주인장은 수영을 의아하게 보다가 곧 관심을 껐다. 사연 많은 사람들을 상대하는 데 이골이 난 주인장은 군말 없이 국밥 두 그릇을 건네주고 바닥에 쓰러진 고주망태를 들들 볶으며 기어이 외상값을 받아냈다.

　오랜 산행으로 뱃가죽과 등가죽이 들러붙을 지경이었지만, 수영은 뜨뜻한 국밥보다 사람들의 이야기 소리가 더 고팠다. 장돌뱅이들이 목청 높여 하는 이야기들은 그 어떤 산해진미보다 맛깔스러웠다.

강원도 어느 집에서 머리 둘 달린 송아지가 태어났다더라, 함경도 어디에서 남이 장군의 역모 때 살아남은 잔당들이 여진족에게 잡혀 죽었다더라, 마포나루에 들어온 희귀한 송나라 자기가 어느 대감 댁으로 들어갔다더라…….

수영은 급히 초가에서 가지고 온 붓을 들어 경쟁적으로 펼쳐지는 그들의 끝없는 경험담을 종이에 신나게 받아 적었다.

유난히 임금을 들먹거리며 조정을 훤히 꿰뚫고 있다는 듯 젠체하던 장돌뱅이 하나가 이야기의 주도권을 잡았다.

"종묘 수복으로 있는 막동이 말여. 제향(祭享)에 쓰는 사슴고기젓을 훔쳤다는 그 미친 놈. 감히 종묘 물건을 건들다니, 목숨이 열 개라도 모자랐나부지? 헌디 임금께서 사형은 너무 과하다고 감면을 해주셨다지 않어."

"맘씨가 넓어, 우리 임금은."

"것뿐인가? 흉년 땜시 굶는 백성들을 위해 대신들의 녹봉미를 감하구, 장원급제한 자에게는 아예 쌀을 내리지 않았다는 거 아녀."

"성군일세, 성군."

듣고 있던 다른 장돌뱅이가 입을 실룩거리며 비웃었다.

"성군은 얼어 죽을. 어디 이 조선 땅이 임금 것인가? 세조의 공신들 것이지."

"이 사람이 뭘 모르는 소리. 우리 임금님이 여즉 친정[11]하던 애기씨인 줄 알어. 하늘 높은 줄 모르던 그 한명회도 친국해서 내쫓고, 압구정도 헐어버리라고 명한 어엿한 사내라고."

"그래서, 한명회가 쫓겨나고 압구정을 헐었나? 아직도 압구정에서 천하를 호령하고 있구만."

"뭬, 그 잘 나가던 한명회도 이제 늙은 호랭이여. 곧 젊은 송골매의 시대가 올걸?"

"호랭이와 송골매의 싸움? 그것 흥미진진하구만."

장돌뱅이들은 껄껄 웃으며 화제를 돌렸다. 기생 치맛자락 아래 따위의 질펀한 이야기가 이어졌다. 수영은 이야기들을 정리하며 써 내려가다 '한명회'라는 이름에 멈칫했다. 한자를 몰라서가 아니었다. 섬뜩한 기운이 등골을 훑고 지나갔다. 노파가 짐을 챙겨 일어났기 때문에 수영은 문장을 완성하지 못한 채 노파를 따라야 했다.

홍화문을 지나 도성 안으로 들어서면서, 수영은 기시감에 몸이 떨려왔다. 분명 아는 길이었다.

머리는 잊었지만 몸은 기억하고 있었다. 그는 발길이 이끄는 대로 따라갔다. 골목을 지나고, 어느 집을 돌아, 담장 위 늘어진 늙은 감나무 밑으로……. 같은 공간에 다른 시간이 얽혀들었다. 주홍색 감이 풍성하게 열려 있다가, 이내 하나 둘 사라지다가, 잎이 떨어지고

---

11) 수렴청정.

눈이 쌓이고, 다시 순이 올라와 푸르러졌다.

계절은 가을이기도, 겨울이기도, 봄이나 여름이기도 했다. 앞으로, 뒤로 오가는 사람들은 과거인지 현실인지 구분이 되지 않았다. 구름이 빠르게 지나가고 해와 달이 동시에 떴다. 수영은 혼란 속에서 오직 몸이 기억하는 대로 홀린 듯 걸어갔다.

이윽고 펼쳐진 대로(大路)의 끝에서, 수영은 발걸음을 멈췄다.

멀리 하늘로 치솟을 듯 용틀임을 하는 산을 배경으로, 거대한 성문이 그의 앞에 위용을 뽐내며 서 있었다. 광화문(光化門). 임금의 덕치를 만백성에게 펼치는 문. 태양의 기운을 압축한 듯 현판에서부터 강렬한 힘이 느껴졌다.

수영은 경외감에 취해 궁궐의 정문을 바라보았다. 익숙했다. 그는 분명 이 자리에서, 이 광경을 바라보고 서 있었다. 문은 굳게 닫혀 있었지만 저 문이 열리고 그 안에 펼쳐진 거대한 궁궐의 구조가 희미하게 보이는 듯했다. 한 발 더 다가가려는데, 기억에 대한 경고라도 보내는지 두통이 찾아왔다.

갑자기 누군가 넋 놓고 있던 수영의 목덜미를 거칠게 끌어당겼다. 수영은 정신을 차릴 새도 없이 흙바닥에 나뒹굴었다.

고개를 들자, 한 무리의 왈짜[12]패가 그를 둘러싸고 이죽거리고 있었다.

---

12) 검계, 살주계, 홍동계, 활자 등을 가리킨다. 포교, 의금부 나장, 대전별감, 무예별감도 있었고, 장사치와 한량들 같은 중인(中人) 등도 두루 섞여 있었다. 검계나 살주계에서 볼 수 있듯 반사회적 모습을 띠기도 했다.

"무, 무슨 짓이오?"

"아, 길을 막고 있길래, 도움이 필요한 것 같아서."

육조거리를 버젓이 활보하는 왈짜패를 본 사람들은 조금 걱정스럽게, 그러나 휘말리고 싶지 않다는 듯 수영에게서 멀찍이 떨어졌다.

"똥을 싸고 싶거들랑 뒷간에 가야지, 길거리에서 이럼 쓰나."

왈짜패는 저들끼리 낄낄거리며 수영을 희롱했다. 모욕감으로 얼굴이 벌게진 수영은 옷을 털며 일어났다. 마치 아는 사이라도 되는 양, 왈짜들이 수영의 어깨에 팔을 걸쳤다.

"보아하니 시골서 막 상경한 것 같은데, 우리가 좀 도와줄까?"

"고맙지만 사양하겠소."

"에이, 한양 인심 모르는구만. 어리바리 하다간 죄 뜯긴다구."

한 놈이 수영의 바지춤으로 손을 쑥 집어넣어 전대를 찾았다.

수영이 당황하며 전대에 손을 뻗자, 놈은 약을 올리듯 뒤로 물러났다. 얼마 되지도 않는 노파의 소중한 돈, 수영은 이런 무뢰배에게 빼앗길 수 없었기에 앞뒤 가리지 않고 달려들었다. 그러자 다른 왈짜들이 수영의 앞을 가로막으며 밀쳐냈다.

다시 길거리에 나뒹군 수영에게 한 왈짜가 침을 퉤, 뱉었다. 수영의 옷에 놈의 침이 찐득하게 들러붙었다. 그러나 굴하지 않고 수영은 벌떡 일어났다.

"웬 소란이냐."

풍채가 좋은 사내가 그들에게 다가왔다. 보아하니 그들의 우두머리쯤 되어 보였다. 찡그릴 때마다 움직이는 이마의 흉터가 야차 같은 생김새를 더욱 기묘하게 만들었다. 차가운 눈빛에는 단호한 의지 같은 것이 서려 있어 복종하게 만드는 기운을 내뿜었다. 그의 일갈에 왈짜패는 수영에게 더 해코지하지 않고 인파 사이로 사라졌다.

수영은 전대를 찾기 위해 그들을 쫓아가려 했으나 유난히 많은 사람들 틈에 끼어 앞으로 나갈 수 없었다.

모여든 사람들의 시선은 광화문 앞을 향해 있었다. 거대한 문이 서서히 열리고, 그 안에서 평교자를 탄 양반이 나왔다. 호화스러운 백호(白虎) 가죽을 깐 평교자의 주인은 느긋하게 팔걸이에 몸을 기대고 오만한 얼굴로 앞을 바라보았다.

어딘지 모르게 피로한 표정이었지만 땅을 밟고 움직이는 모든 것들을 신경 쓰지 않는 여유가 묻어났다. 몸을 감싸고 있는 백호의 문양은 살아 있는 듯 꿈틀거렸고, 커다란 파초선은 주인을 집어삼킬 듯 펄럭였다.

여유로우면서도 위협적인 기묘한 분위기를 풍기는 양반의 행렬에서, 드넓은 길조차 장악하는 강력한 힘이 퍼졌다.

사람들의 웅성거림이 억눌리듯 줄어들었다. 수영도 육조거리에 감도는 강제적인 침묵에 잠시 급한 마음을 미루고 발돋움을 했다.

"그 유명한 한명회구만."

누군가의 작은 비아냥이 들렸다.

한명회.

마치 저것의 지칭이 산이고 이것의 지칭이 땅이듯, 수영은 그의 이름을 알고 있었다. 아니, 몸에 각인되어 있는 것처럼, 그의 이름과 얼굴을 본 순간 형언할 수 없는 불길함을 느꼈다. 이름은 어떤 주문이라도 되는 것처럼 생각을 빼앗아갔고, 맹수의 앞에 선 상처 입은 피식자라도 된 양 피해야 한다는 본능만이 앞섰다. 그러나 도망친다는 생각조차 하지 못할 정도로 얼어붙은 몸은 본능을 무시했다. 정적 속에 미친 듯이 뛰는 심장 소리만 들렸다.

행렬은 점점 수영의 앞으로 다가왔다. 한낱 미물과 같이 느껴진 수영은 간신히 고개를 숙여 그의 눈을 피했다. 운명이 부딪히는 순간 자신이 산산조각 날 것이라는 예감이 엄습했다. 마주쳐서는 안 된다. 스쳐서도 안 된다. 이대로 털끝 하나 건드리지 않고 서로의 운명이 비켜가기만을, 수영은 눈을 감고 바랐다.

찰랑.

바로 앞에서 금속이 부딪히는 소리에, 수영은 홀린 듯 눈을 들었다. 자신의 전대 속에서 나는 귀금속끼리 부딪히는 소리였다.

평교자를 호위하며 수영의 앞을 지나가던 왈짜가 비웃는 얼굴로 수영의 눈앞에 전대를 흔들었다.

자신도 모르게 한 발 내딛은 수영은 앞에 허리에도 못 미치는 작은 아이가 있다는 사실을 몰랐다. 아이가 수영에 의해 밀려 넘어지면서 놀라 울음을 터뜨렸고, 주변의 사람들이 수영을 주목했다.

작은 소란에 평교자의 양반도 무심히 수영 쪽을 돌아보았다. 짧은 순간, 수영과 양반의 시선이 부딪쳤다.

양반의 눈은 한 번 보면 잊히지 않을 만큼 매섭고 깊었다. 권력도, 재물도, 세상도 모두 빨아들일 것 같은 지독한 늪을 연상케 했다. 그 눈으로 자신의 얼마 남지 않은 모든 것이 빨려 들어가는 착각을 일으켰다. 어둡고 축축한 기억. 비관적인 공포. 절망적인 증오. 꺾여버린 희망. 늪의 밑바닥에 도사리고 있을, 죽음.

두 사람의 시선이 스친 찰나, 평교자의 양반은 발밑의 천것들에게 곧 관심을 끊었다. 제 일상을 찾아가는 사람들 사이에 섞인 수영은 잠에서 깨어난 듯 눈을 끔뻑이며 멀어져 가는 양반의 행렬을 바라볼 뿐이었다.

무언가 놓친 것 같은데. 무엇을 잃은 것 같은데.

수영은 멍하니 주저앉아 일어나지 못했다. 아이의 울음소리가 수영의 귓가에 메아리쳤다.

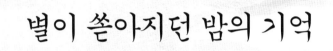

별이 쏟아지던 밤의 기억

유려하게 흐르는 한강 위로 저물어가는 햇살이 흩뿌려졌다.

강물 속 금가루가 걸러진 듯 황금빛으로 펼쳐진 모래사장에서 길 잃은 갈매기 한 마리가 날아올랐다.

가장 높이 솟은 언덕의 전나무에 올라 앉아 잠시 길을 찾던 갈매기는 나무 아래 호화로운 누각을 내려다보았다. 갈매기와 친압(親狎)[13]하다는 뜻의 압구정. 기심(欺心)을 잊고 자연과 물아일체를 이루는 정자. 그러나 압구정 안의 사람들에게선 그 의미와 상반되는, 짙은 권력의 냄새가 풍겼다.

갈매기는 제가 쉴 곳이 못 된다는 양 수면 아래로 가라앉는 태양을 지표삼아 바삐 길을 떠났다.

---

13) 친하여 가깝다.

영의정 정창손, 좌의정 윤필상을 비롯한 훈구대신들이 격앙된 얼굴로 언성을 높이고 있는 사이, 한명회의 시선은 하늘과의 경계를 구분 짓는 남산 자락과 삼각산, 도봉산의 굴곡을 따라갔다.

인생이란 저리 오르락내리락하지만 결국 하늘에 닿지 못하는 법. 그는 수양대군을 처음 만났을 때부터 오늘날까지의 인생이 저 산맥과 같다고 생각했다. 왈패들과 어울리는 경덕궁 궁지기에 불과했던 그가 백두산 호랑이 김종서의 목덜미를 물어 죽이고 원상의 자리에 올랐다. 왕을 바꾸고 왕을 조종하며 두 딸마저 왕의 배필로 궁에 들였다. 천하에 없을 권세였다.

수많은 희생을 통해 쥔 무소불위의 권력은 마치 불가사리처럼 끝을 모르고 거대해지는 습성이 있었다. 임금조차 그를 함부로 하지 못하니 누군들 그에게 도전하겠는가. 그러나 거칠 것 없던 한명회의 위세도 세월이 지나자 서서히 내리막길을 걷고 있었다.

한때 그와 함께 새로운 세상을 만들어 온갖 영광을 누렸던 신숙주나 정인지, 최항······ 일곱 원상들은 이제 이 세상 사람이 아니었다. 몇 달 전에는 양성지마저 유명을 달리했다. 살아 있는 동지들은 임금이 총애하는 신진 사림파에게 제 밥그릇 빼앗길까 전전긍긍할 뿐, 예전의 영광은 신세한탄으로 전락하고 말았다.

이제 그도 예전의 정력적인 야심가가 아닌 정자에 앉아 신선놀음이나 하는 뒷방 늙은이이고 싶었다. 하지만 그 뒷방에 넘치도록 쌓여 가는 금은보화를 끝내 놓을 수 없었다. 한명회는 육회 한 점을 입에 넣고 잘게 씹었다. 육식을 하는 동물이 풀을 먹으면 탈이 날 뿐이다.

한명회가 혼자 딴 생각을 하는 사이, 영의정 정창손이 가장 목소리를 높였다.

"이번에도 주상이 명륜당에서 유생들을 시험했다니, 대체 왜 그리 시험 치르는 것을 좋아하신답니까? 작년에도 정이품 이하 당상관들을 시험하질 않나, 문신들을 놓고 제술 경연을 하질 않나. 이래 가지고서야 글짓기에 신경 쓰느라 제대로 된 정무를 볼 수 있겠습니까?"

작년 시월, 임금은 정이품 이하 당상관들을 상대로 중국 주공의 '동정론(東征論)'을 출제해 시험을 보게 했다. 홍문관원들을 상대로 논문을 쓰게 하는 것은 종종 있는 일이었으나 정이품 이하 당상관들까지 시험을 치른 것은 조선 건국 이후 처음 있는 일이었다.

제상들을 상대로 시험을 보게 한다는 것은 그들의 자존심을 건드리는 일이었기 때문에 반발이 심할 수밖에 없었다. 그러나 임금은 '그 재질의 높고 낮음을 보고자 할 뿐이지 조정에 채용하는 데 성적을 감안하는 게 아닌데 왜 이리 난리인가?' 라며 예정대로 시험을 밀어붙였다. 새로운 인재를 발굴하겠다는 취지였겠지만, 공개적인 시험으로 왕의 위치를 공고히 하겠다는 의도가 훤히 보였다.

"영악한 주상이 대감께 여우털 옷을 하사하고선 시를 지어 바치라고 한 것도 대감을 시험하겠다는 수였지요."

"일인지하 만인지상(一人之下 萬人之上)이다, 이건가? 흥!"

좌의정 윤필상의 말처럼 정창손이 유난히 시험에 민감한 것도 하사품에 대한 시를 바치라 했던 일 때문이었다. 영의정도 임금의 신하에 불과하다는 임금의 뜻이 분명했다.

임금은 그 외에도 원상제[14]를 혁파하고, 관수관급제[15]니 하는 법제들로 거리낄 것 없이 부귀영화를 누렸던 공신들의 숨통을 점점 조여왔다. 사방에서 교묘하게 치고 들어오는 임금의 공격에 대신들은 방어하기에만 급급했다.

한명회는 공신들의 끝없는 투정이 곧 지루해졌다. 이 늙고 둔한 자들이 하는 일이라곤 자신에게 토로하는 애송이 임금의 뒷담화와 꽁지 닳도록 해대는 아부밖에 없었다. 고생 고생해서 길을 닦아주었더니 아예 어부바 해달라고 조르는 꼴이었다. 예나 지금이나······.

한명회는 속으로 혀를 끌끌 찼다. 어서 집으로 돌아가 귀여운 손주의 재롱이나 보고 싶었다.

평소 같으면 공신들의 결론 없는 불평불만쯤이야 너그러운 마음으로 받아주었겠지만, 오늘은 그저 귀찮기만 했다. 실은 아까 궁에서 나오고부터 계속 찜찜한 기분이었다. 그는 이 기분의 진원지가 어디인지 찾기 위해 오늘 일과를 되돌려보았다.

임금과 왕대비는 여느 때와 같았다. 자신을 대접하는 척 경계하는 주상의 태도는 늘 있는 일이었고, 사서 걱정을 안고 사는 왕대비 역시 별다른 낌새가 보이지 않았다.

조금이라도 수상한 느낌이 들었다면 정치 눈칫밥에 도가 튼 그가

---

14) 어린 임금이 즉위할 경우 재상들이 임금을 보좌하는 조선시대 제도.
15) 국가가 직접 토지를 관리 하고, 관리에게는 녹봉을 지급한 제도.

모를 리 없었다. 궁에서는 별 문제가 없었던 것으로 기억한다. 저자를 지나던 길에 뭔가 떨어뜨렸던가?

그 남자, 기억났다. 길에서 눈이 마주쳤던 사내는 분명 낯이 익은 자였다. 어디서 봤는지는 잘 기억나지 않았지만 모진 세월과 오랜 정치 경력이 만들어낸 직감이 그 사내에 대해 계속 경고하고 있었다. 예전 같으면 그 신호를 단박에 알아차렸을 텐데. 그는 자신이 늙었음을 새삼 실감했다.

한명회가 갑자기 자리에서 일어나자 대신들도 따라 일어났다.

그들에게 앉으라고 손짓하고 그는 호젓한 걸음으로 모래사장에 나갔다. 충실한 심복 하나가 그 뒤를 따랐다.

한명회는 한강을 질러가는 뱃사공의 만선을 바라보며 행여 무게 때문에 배가 잠기지 않을까 걱정했다. 나이가 들면 괜한 불안만 드는 법이다. 그는 심복을 불러 무언가 귓속말을 했다. 심복이 조용히 어디론가 사라지자 한명회는 신선이 된 기분이나마 느끼려는 듯 뒷짐을 지고 떠오르는 그믐달을 바라보았다. 짙은 달무리가 내일 비를 예고하고 있었다.

달이 떠오를 때 쯤 산중 초가에 도착했다.

불을 때고 촛불을 켠 노파는 언제 그랬냐는 듯 수영에게 다정하게 굴었다. 노파의 태도에 수영은 순간의 감정에 흔들린 자신의 선

택을 후회했다. 어떤 상황이었든 간에 다시 이 미친 노파를 찾으면
안 되는 거였다. 애초에 왈패들에게 강도를 당하지만 않았어도, 거
리 한복판에서 넋 놓고 있지만 않았어도…….

꼬리를 무는 후회에 대한 책임이 자신에게 있다는 것은 알았지만,
그래도 누군가에게 탓을 돌리고 싶은 비겁한 마음에 수영은 내내 노
파를 원망했다. 민수영이란 자가 이것밖에 안 되는 사람이었나, 스스
로에게 놀라며 자괴감에 빠졌다가도 또 노파를 보면 화가 치밀었다.

육조거리에서 넋을 놓고 있던 수영은 결국 왈패들에게 빼앗긴 전
대를 찾는 것을 포기하고 먼저 노파를 찾기로 했다. 어디에서 찾아
야 할지 걱정하던 수영은 의외로 쉽게 노파와 재회했다. 노파는 시
전 한복판에서 지나가는 사람들을 붙잡고 내 아들 내놓으라며 미친
듯 울부짖고 있었다.

어느 할아범이 불쌍했는지 노파를 달래보려고 애쓰고 있었지만
노파는 말을 듣지 않았다. 수영이 황급히 다가가자 노파는 그를 알
아보고 허둥지둥 달려왔다.

"어머니, 저 왔어요. 진정하세요……. 저 여기 있어요."

노파는 수영을 끌어안고 목 놓아 울었다. 난처해진 수영은 일단
노파를 부축해 자리를 피했다. 웅성거리며 구경하던 사람들이 길을
비켜주었다.

사실 수영은 애초부터 집으로 돌아갈 생각이 없었다. 도성에 들어
오면서 그 생각은 더욱 확고해졌고, 노파를 설득해 며칠만 마을에
있다가 노파를 보내자는 막연한 계획을 세운 상태였다. 그러나 이미

이성을 잃은 노파는 막무가내로 집에 돌아가자고 졸랐다. 절박하게 매달린 탓도 있었지만, 야멸차게 뿌리치지 못하는 정 때문에라도 내버려둘 수 없었다. 결국 그들은 더 늦기 전에 서둘러 도성을 빠져나갔다.

아무것도 사지 못해서 빈손인 데다가 강도까지 당했으니 손해가 이만저만이 아니었다. 수영은 세상과 연결된 길을 알게 된 것만으로도 큰 소득이라 애써 자위하며 떨어지지 않는 발걸음을 옮겨 산길로 향했다. 노파가 서두르는 바람에, 수영은 소란을 피웠던 장에서부터 마을 어귀까지 누군가 그들의 뒤를 밟고 있다는 것을 눈치 채지 못했다.

집까지 무사히 돌아오긴 했지만, 수영은 폭발하려는 감정을 자제하기 힘들었다. 수영의 속을 아는지 모르는지 노파는 늘 하던 대로 안마를 해주기 위해 다가왔다. 수영은 처음으로 노파의 손을 매정하게 뿌리쳤다. 고집스럽게 자신의 몸에 손을 대려는 노파를 보며, 결국 수영은 참지 못하고 참았던 말들을 쏟아냈다.

"이제 전 괜찮습니다."

노파는 의아하게 수영을 바라보았다. 아무것도 모른다는 듯한 그 순진한 표정이 수영을 더욱 자극했다.

"전 내일 떠날 겁니다. 그간 감사했습니다. 은혜는 절대 잊지 않고 꼭 갚겠습니다."

수영은 몸을 정갈히 하고 노파를 향해 큰 절을 올렸다. 노파는 뜻 모를 소리를 내며 허우적거렸다. 한때 어머니라 여겼던 사람이기에 수영도 마음 한구석이 저리는 것은 어쩔 수 없었다. 하지만 원래부터 거짓으로 시작했던 정에 휩쓸려 더 이상 지체할 수도 없었다.

노파는 주섬주섬 짐을 챙기는 수영의 팔을 잡고 고개를 저으며 가늘게 몸을 떨었다.

"안 돼⋯⋯."

"죄송합니다⋯⋯ 놔주세요⋯⋯."

"가면 안 돼⋯⋯."

"전 민수영이에요. 당신 죽은 아들이 아니란 말입니다!"

노파가 멈칫 하는 사이 수영은 노파를 뿌리치고 떠날 차비를 했다. 새벽에 일어나자마자 길을 나설 것이다. 어차피 자신의 짐은 이정에게 받은 지필묵과 직접 꼬아 만든 짚신뿐이었다.

노파는 혼란스러운 듯했지만 더 이상 수영을 막지는 않았다. 마음을 단단히 먹은 수영은 내내 노파를 외면했고 노파는 힘없이 부엌으로 나갔다.

채비를 마친 수영은 마지막으로 그간 쓴 종이들을 읽어보았다. 노파가 자신에게 해주었던 희생에 대한 부분을 읽으며 수영은 죄책감을 지울 수 없었다.

비록 온전한 정신에서 그런 것은 아니었지만 어찌 되었든 노파가 없었으면 그가 이렇게 움직일 수도 없었을 것이다. 고작 자신이 한 일이라곤 노파에게 상처를 준 것밖에 없었다. 수영은 고개를 가로저으며 노파에 대한 연민을 끊기 위해 노력했다.

부엌문을 열고 노파가 들어왔다. 눈물을 훔친 노파는 나뭇잎에 꽁꽁 눌러 싼 주먹밥을 내밀었다. 수영이 뭐라 할 새도 없이, 노파는 초탈한 얼굴로 귀중품이 든 전대와 여벌옷을 챙겨주었다.

"길이 험하니, 내일 아침은 들고 가렴."

흘러넘치는 슬픔을 정제한 듯 야무지게 싼 주먹밥이었다. 먼 길 떠날 사람, 설령 가짜 아들이었다고 해도 굶지 않았으면 하는 모정 혹은 인정. 그래도 아침은 먹이고 싶다는 소박한 어미로서의 바람. 목이 멘 수영은 무의식적으로 '어머니'라고 하려다 간신히 말을 삼켰다. 무슨 말이 필요할까. 수영은 그저 묵묵히 노파의 마지막 정성을 받았다.

여벌옷 두 개를 짐 속에 넣던 수영은 솜으로 누빈 새 옷 아래에 처음 보는 헌옷을 발견했다. 너무 낡아서 입을 수조차 없는 옷이었다. 의아했던 수영이 옷을 펼치자 흙탕물이 튄 것 같은 지저분한 얼룩이 보였다.

그것은 피였다. 오래되어 변색된.

진저리를 치며 옷을 내던진 수영은 또다시 찾아온 두통에 몸을 가누지 못했다.

노파는 슬픈 눈으로 수영을 보다가 등을 돌리고 이부자리에 누웠다. 수영은 직감적으로 이것이 자신이 입고 있었던 옷이라는 것을 깨달았다.

그는 떨리는 손으로 옷을 다시 집었다. 윗옷과 바지 윗부분까지 물들었을 정도로 많은 양의 피가 묻어 있었다. 자신이 흘린 피일까, 아니면 다른 사람의 것일까?

수영은 작은 단서라도 찾기 위해 필사적으로 옷을 뒤졌다. 한쪽 소매가 다른 쪽 소매보다 약간 도톰한 것이 느껴졌다. 좀 더 주의 깊게 소매를 만지자 속에서 뭔가 바스락거렸다.

　실밥을 뜯은 수영은 겉감과 안감 사이에서 피와 얼룩으로 물든 천 쪼가리 하나를 발견했다. 행여 바스라질세라, 수영은 조심스럽게 천을 펼쳤다.

　서방님, 만강하신지요. 저는 잘 있습니다.
　어머님도 건강하십니다.
　무덤까지 함께 하자 약조했던 혼례날 밤처럼 별빛이 환합니다.
　고이 숨겨놓은 가락지를 쓰다듬고,
　남기신 기록들을 읽으며 서방님과의 추억을 좇습니다.
　꿈에서라도 뵙고 싶은데 어찌 찾지 않으실까요.
　하고 싶은 말 끝없어 이만 적습니다. 보고프고 그립습니다.

　수영은 별빛에 기대어 얼룩지고 번진 글자들을 읽고 또 읽었다.
그날 밤도 이처럼 별이 쏟아졌을까.

　꿈에서 그는 슬피 우는 소리를 들었다.
　끊어질 듯 말 듯 흐느끼는 소리는 몽환적으로 그를 유혹했다. 수영은 아래 위조차 구분이 없는 공간에서 소리를 따라 헤엄쳤다. 그리움은 더욱 강해져 몸 전체가 폭발할 지경이었다. 보고 싶었다. 만지고 싶었다. 그러나 그 대상은 여기 없었다. 소리를 따라가면 나타날까, 그는 발을 놀렸지만 앞으로 나아가지 못하고 제자리를 맴돌았다.

애타는 가슴이 뜨거워지면서 데일 것 같은 눈물방울이 떨어졌다.

수영은 젖은 눈을 비비며 일어났다. 편지를 읽다 그대로 잠이 들었는지 온몸이 쑤셨다. 그러나 지체할 시간이 없었다.

수영은 글씨가 적힌 천을 소중히 품 안에 넣고, 인사를 하기 위해 노파를 찾았다. 부엌 아궁이에 올린 솥에서 모락모락 김이 피어오르고 있었다. 노파는 어디 갔는지 보이지 않았다. 마당과 담장 밖에도 없었다. 나물을 뜯으러 갔나, 수영은 노파의 정성에 고마움과 죄스러움을 느꼈다.

수영은 노파를 기다리면서 연서를 도로 꺼내보았다. 연서를 읽을수록 궁금증과 안타까움은 더욱 커졌다. 다시 눈시울이 붉어졌다. 이렇게 면밀하계 옷 속에 숨기고 있었던 것으로 보아 자신도 이 편지를 소중히 여겼던 것 같다.

천은 소렴(小殮)에 쓰이는 멱목이었는데 급히 귀퉁이를 찢은 모양이었고 숯으로 썼는지 글자가 번져 알아보기 힘든 지경이었다. 그럼에도 깔끔하게 떨어지는 정음(正音)은 자신의 글자와 닮은 데가 있었다. 이 소담한 필체의 주인은 누구일까. 이토록 자신을 애타게 그리는 이는 어디에 있을까.

편지를 쓴 여인은 자신의 처일 것이 분명하다. 그리고 무슨 사정으로 인해 멀리 떨어져 있었고, 서로 그리워하는 마음을 편지로 달랬나보다.

멱목에 급히 쓸 만큼 편지를 보내기 어려운 여건에서도 그녀의 절절한 마음은 감출 수 없었다. 그리움이 너무 생생하여, 수영은 누구인지도 모르는 그녀가 보고 싶어 미칠 지경이었다.

그녀를 찾아야 한다. 수영은 한시라도 빨리 이 산을 내려가고 싶었다. 장돌뱅이를 따라다니든 뭘 하든 전국을 돌아다니면 어떻게든 찾을 수 있지 않을까. 자신이 죽었다고 생각하고 장사를 지냈으려나. 생각하고 싶지 않은 다른 나쁜 일이 생기지는 않았을지. 설마 무덤까지 함께 하자고 한 약속을 지키려는 어리석은 생각을 하진 않았겠지.

오 년이 걸리고 십 년이 걸려도 무사히 만나게 된다면 얼마나 기쁠까. 그때가 되면 서로 알아볼 수 있을까.

휘몰아치는 아내의 존재에 대한 의문 속에, 수영은 얼굴을 떠올려보려 머릿속을 헤집었다. 그러나 그녀의 글씨 외엔 관련된 기억이 아무것도 남아 있지 않았다. 조급한 마음에 행장을 차리고 발을 동동 구르며 대문 앞까지 나와서 노파를 기다렸지만, 노파는 아무래도 늦었다. 수영은 하는 수 없이 그냥 갈까 하다가 그래도 인사는 하고 가는 것이 사람 된 마지막 도리라 여기고 간신히 참았다.

반 시진쯤 지났을까. 시간이 너무 지체되었다. 솥에서 끓던 밥이 타는 냄새가 났다. 급히 아궁이에 불을 끈 수영은 그제야 이상하다는 생각이 들었다. 하루도 빠짐없이 규칙적이고 반복적으로 살던 노파였다. 물론 오늘은 자신이 떠나는 날이긴 했지만, 한 번도 밥을 태운 적 없던 사람인데. 혹여 노파가 나물을 뜯다 다치기라도 한 건 아닌지, 수영은 걱정이 되었다. 너무 제 일만 생각했다.

이기적인 자신을 책하며 수영은 짐을 놓고 주변을 살피러 나갔다. 노파가 종종 고사리를 뜯으러 가는 동굴 어귀, 빨래를 할 때나 물을 길으러 가는 계곡, 솔잎을 뜯으러 가는 소나무 숲까지, 수영은 노파가 있을 만한 곳을 뒤지고 다녔다. 노파의 흔적은 아무데도 없었다.

혹시나 해서 아이의 무덤까지 올라가 보았지만, 소복하게 쌓인 낙엽만이 쓸쓸히 무덤을 덮어주고 있었다. 밥을 하던 사람이 그리 멀리까지 갔을 리는 없었고, 수영은 불안한 마음에 근처 낭떠러지 까지 살펴보았다. 불행인지 다행인지 노파의 발자국조차 보이지 않았다.

산 여기저기를 뒤지다 보니 시간이 꽤 많이 흐른 모양이었다. 수영이 집으로 다시 돌아왔을 때 벌써 해가 중천이었다.

곧 비가 오려는지 먹구름이 빠르게 움직였고 바람에 습기가 가득했다. 더 이상 늦으면 비 때문에 오늘 내로 내려가기 힘들지도 모른다. 수영은 조만간 다시 오자 마음먹고 인사 없이 떠나기로 결심했다.

짐을 가지러 방으로 들어간 수영은 자신의 짐이 풀어헤쳐져 있는 것을 발견하고 멈칫했다. 분명 나가기 전 모든 행장을 다 마쳤다. 또 기억을 잃어버렸나? 자신부터 의심하던 수영은 날짜별로 정리해둔 기록들의 순서가 엉망이 되어 있는 것을 보았다. 누군가 짐을 뒤진 것이다. 이곳에 있는 사람은 자신과 노파밖에 없는데, 노파가 돌아온 걸까? 여전히 집에는 수영 혼자였다.

바스락, 문 밖에서 인기척이 났다. 재빨리 밖으로 나갔다. 뜻밖에도 이정이 숨을 몰아쉬며 서 있었다. 지친 기색이 역력했지만 수영을 바라보는 시선은 차가웠다.

"어쩐 일인가? 겨울 전에 오지 않겠다더니."

"어제 도성 안에 갔었소?"

이정은 인사도 없이 거두절미하고 물었다. 노파가 이정에게 일렀나? 그러기엔 시간이 맞지 않았다. 잠시 상황을 파악해본 수영은 그가 자신을 미행했다는 것에 생각이 미치자 불쾌해졌다. 역시 이자는 믿을 수가 없다.

"두 발 멀쩡한데 가지 못할 곳이 뭬인가."

"내 그리 부탁했거늘, 어쩌자고 경거망동이오?"

"그게 부탁이었나? 협박이 아니고?"

두 사내의 기가 팽팽하게 부딪쳤다. 우르릉, 먼 하늘에서 무겁고 둔하게 울리는 소리가 퍼졌다. 이러고 있을 시간이 없다고 생각한 수영은 방으로 들어가 급히 짐을 꾸렸다. 그가 하는 모양에 이정은 당황스러운 듯 붙잡았다.

"어디 가려 그러오?"

"말했잖나. 가지 못할 곳 없다고."

"어멈은 어디 갔소?"

"아침부터 보이지 않네. 인사라도 올리고 가려 했는데 대신 좀 전해주게나."

"어디 갔는지 모른다고?"

이정의 눈빛이 변했다. 그는 동작을 멈추고 밖을 향해 가만히 귀를 기울였다. 왜 저러는지 모르겠지만, 수영은 그가 하는 대로 내버려두고 방을 나서려 했다. 갑자기 이정이 방문을 닫고 나가지 못하게 그의 봇짐을 잡아 당겼다. 화가 치민 수영이 그를 밀쳤다.

"보자 보자 하니 무례가 지나치군! 허락 없이 내 짐을 뒤지지 않나, 나도 더 이상……."

"쉿!"

이정은 그의 입을 틀어막고 주변의 소리에 집중했다. 묵직한 천둥소리가 시시각각 가까워졌고, 바람이 거칠어졌다. 수영은 손을 뿌리치려다가 심상치 않은 그의 얼굴을 보고 잠시 화를 가라앉혔다. 이정은 손을 떼고 최대한 목소리를 낮췄다.

"난 방금 도착했소. 어멈은 아침부터 보이지 않는다 했고. 여기는 내 사유지라 출입이 금지된 곳인데, 누가 짐을 뒤졌단 말이오?"

이정의 그 말은 진실해 보였다. 수영은 이곳에서 노파와 이정 두 사람 외에는 본 적이 없다. 이들이 아니라면 다른 누군가 있단 말인가?

이정은 조심스럽게 움직이며 기척이 있는지 확인했다. 아무도 없다고 판단되자, 이정은 복잡한 얼굴로 생각에 잠겼다. 수영은 그가 왜 그리 조심스러워하는지 모른 채 초조하게 밖을 바라보았다. 빗방울이 툭툭 떨어지는 소리가 들렸다.

"생각보다 빠른데."

혼자 중얼거린 이정은 비가 오는 것을 걱정하느라 딴 데 정신이 팔려 있는 수영을 불렀다.

돌아본 수영은 흠칫 놀라 뒤로 물러났다. 그의 손에 주옥과 칠보로 장식된 단검 한 자루가 들려 있었다.

"무슨……."

"난 비가 더 쏟아지기 전에 먼저 내려가겠수. 일이 이렇게 된 이상 어차피 이곳도 글렀으니, 형님도 비가 그치거들랑 서둘러 도성으로 들어오시우."

"잠깐, 지금 같이 내려가면 되지 않나? 비가 언제 그칠 줄 알고."

이정은 단검을 수영의 손에 쥐어주었다. 갑작스럽게 정반대의 태도를 보이는 그가 수상했지만 극도로 긴장한 얼굴을 보자 어찌해야 할지 갈피를 잡지 못했다. 이정은 수영에게 은밀하게 속삭인 후 서둘러 방을 나섰다.

"같이 있는 걸 누가 보면 썩 좋지 않거든. 도성에 들어오기 전 홍화문 앞에 소나무가 있을 거요. 그 앞에 서 있는 영감을 찾으시우. 그이를 따라오시면 됩니다."

"내가 왜 자네 말만 들어야 하나?"

"목숨을 부지해야 기억을 찾든 어딜 가든 하지."

빗줄기가 점차 강해졌다. 이정은 손을 내밀어 처마의 물을 손으로 받아 입을 적셨다.

"길이 미끄럽겠군."

조금 전의 신중한 모습은 어디 가고, 마치 비싼 신발이 젖을 것이 속상하다는 듯 이정은 짐짓 태평하게 구름떼를 보고 신발을 신었다. 수영은 그가 더 말해주지 않을 것을 알았기에 더 이상 묻지 않았다. 그러나 분명한 것은 이이가 자신에 대해 꽤 알고 있다는 것이었다.

처음부터 그랬던 것처럼, 수영은 그가 가는 모습을 지켜볼 수밖에 없었다. 그가 남기고 간 단검을 쥐고 어둡고 차갑게 식은 방구석에 앉아 비가 그치기를 기다렸다. 가는 빗줄기가 끊일 듯 말 듯 떨어졌다.

혼자임이 분명한데 혼자가 아닐지도 모른다는 공포 속에서, 예민해진 감각이 조그마한 움직임에도 반응했다.

시선이 느껴졌다. 뒤를 돌아보면 누군가 있을 것만 같았다. 빗소리인지 바람소리인지 사람소리인지 귀신소리인지. 차라리 귀를 막고 싶었다. 수영은 자신의 봇짐을 안고 금방이라도 뛰쳐나갈 준비를 했다.

노파는 어디에 있을까. 수영은 빗방울만큼 떨어지는 의문들을 떨쳐내려 애를 쓰며 제발 비가 그치기만을 기다렸다. 비가 그치면, 해가 뜨지 않을까.

똑, 똑. 처마의 빗방울이 댓돌에 떨어지는 소리를 듣자마자 수영은 자리를 박차고 집을 나섰다. 어둑해지기 시작한 하늘에 곧 밤이 찾아올 것 같았다.

어제 오르내리며 눈여겨보았던 지침목들은 비로 인해 잘 보이지 않았고, 젖은 낙엽을 밟고서 몇 번이고 나뒹굴었다. 수영은 넘어질 때마다 아예 데굴데굴 구르며 경사에 몸을 맡겼다. 돌에 부딪히거나 나무에 걸려 멈추면 벌떡 일어나 뛰었다.

사람이 다니는 길에 접어들자 안도의 한숨을 쉬었다. 잠시 숨을 고르던 수영은 조금 떨어진 곳에서 뚜둑, 나뭇가지가 부러지는 소리를 들었다.

산짐승인가? 수영은 다시 걸음을 재촉했다. 뒤에서 뚝, 뚜둑, 하는 소리가 연달아 들렸다. 사람의 발소리였다.

뒤를 돌아보았다. 나무 그림자 때문에 무엇이 있는지 분간이 가지 않았다. 혹은 모든 그림자가 사람의 형체처럼 보였다. 바람에 흔들리는 나무들 뒤로 어른거리는 사람 그림자가 모습을 감추는 착각을 일으켰다. 사람 같기도 하고 아닌 것 같기도 했다. 뒷골이 서늘해진 수영은 손에 쥐고 있던 단도를 조심스럽게 뽑았다. 북두칠성에 보성을 보탠 북극구성(北極九星)을 금으로 새기고, 코등이에는 해와 달을 상징하는 구멍을 뚫어 놓은 화려한 보검이었다.

발 아래로 집집마다 켜진 불빛이 보였다. 조금만 더 가면 된다. 수영은 피로와 두려움으로 잘 움직이지 않는 다리를 달래며 뛰기 시작했다. 자신의 속도보다 더 빠르게, 낙엽을 밟는 소리가 바람 소리에 섞여 들려왔다. 방향을 잃고 흐르는 바람 때문에 거리를 가늠할 수 없었다. 수영이 속도를 늦추자 소리는 다시 잠잠해졌다. 어둠 속에서 그를 지켜보고 있는 것이다. 누구라도 지나가면 좋으련만. 어두운 산중에, 수영은 혼자였다.

쏴아아, 숲을 흔드는 바람에 나무마다 맺혀 있던 물방울이 우수수 떨어졌다. 무언가 수영의 뒤에서 봇짐을 잡아당겼다. 수영은 몸을 휙 돌려 단도를 휘둘렀다. 나뭇가지에 걸린 것뿐이었다. 숨을 몰아쉬며, 그는 동서남북을 돌아보았다. 나를 쫓고 나를 안다는 것은, 내 과거와 연관된 자일 테지. 나타나라. 덤벼 봐라! 수영은 악에 받쳐 소리를 질렀다. 단도의 서늘한 칼날에 기대어, 수영은 맞설 용기를 북돋을 수 있었다. 그러나 추적자는 약 올리기라도 하듯 좀처럼 모습을 드러내지 않았다.

가까워진 인가의 불빛이 자신을 반기듯 어른거렸다. 단숨에 홍화문 쪽으로 달렸다. 사람들이 있는 곳으로 가면 도움이라도 청할 수 있을 것이다. 뒤에서 쫓아오던 소리는 집집마다 흘러나와 골목에 모이는 다양한 소리에 묻혀 더 이상 들리지 않았다.

추적을 포기한 것인지 수영이 못 듣고 있는 것인지 알 수 없었지만 두려움은 한결 가셨다. 긴장을 늦추자마자 험하게 산을 내려온 후유증이 단숨에 수영의 전신을 덮쳤다. 홍화문의 소나무를 찾아야 한다. 수영은 마지막 남은 기운을 짜내서 주저앉고 싶은 유혹을 떨쳤다.

소나무 앞에는 이정의 말대로 할아범이 발을 동동 구르며 수영 쪽을 바라보고 서 있었다. 그는 만신창이인 수영을 향해 상황에 어울리지 않게 너스레를 떨며 손짓했다.

"이 사람, 다들 기다리고 있는데 왜 이리 늦었나? 어서 들어갑세."

할아범은 소나무 앞 초가로 수영을 안내했다. 영문을 모르고 따라간 수영은 집에 들어가기 전 슬쩍 뒤를 바라보았다. 아무도 없었던 듯 골목에 스산한 바람만 맴돌았다.

　집 안에는 여러 명의 사내들이 둘러 앉아 여기저기서 도박판을
벌이고 있었다. 분위기가 한껏 달아올랐는지 고함이 오고 갔고,
은군자로 보이는 여인들이 사내들에게 붙어 앉아 기분을 맞추며
교태를 부렸다. 한쪽 편에서는 이미 멱살잡이가 한창이었다. 수영
은 싸움에 휘말리지 않으려 꿔다놓은 보릿자루마냥 한쪽 구석에
붙어 섰다.

　할아범은 저쪽에서 도박에 한창인 머슴아이를 불렀다. 미리 약속
이 되어 있었던지 수영과 체구가 비슷한 머슴아이는 제 옷을 벗어
수영에게 주었다. 의미를 알아차린 수영도 머슴 옷을 받아들고 넝
마가 된 자신의 옷을 그에게 주었다. 수영은 눈짓으로 자신을 도와
준 두 사람에게 감사의 인사를 전했다.

　따뜻한 방에 들어오자 철갑처럼 두르고 있던 긴장이 스르르 풀렸
다. 어디 부러진 데 없나 살펴보았지만 다행히 옷을 두껍게 입어서
인지 크게 다친 곳은 없었다. 다만 무리하게 몸을 움직인 탓에 여기
저기 욱신거렸다. 잠시 쉴 틈도 주지 않고, 할아범은 수영에게 손짓
으로 따라오라 신호를 보내며 방을 나섰다. 잠자코 따라 나선 수영
이 문득 추적자가 없는지 뒤를 바라보는데, 느닷없이 할아범의 손이
뒤통수를 가격했다.

　"퍼뜩 오라니까 굼떠가지고! 늦었다, 어여 가자!"

　눈물이 찔끔 났지만 덕분에 정신이 번쩍 들었다. 수영은 할아범

을 따라 도성 안으로 들어갔다. 누가 봐도 두 사람은 도박하다 늦어서 허둥지둥 주인집에 돌아가는 노비들이었다. 그래도 수영은 안심이 되지 않아 자꾸 흘끔거리며 뒤를 돌아보았다. 사람들이 잠자리에 들 채비를 하는지 불빛들이 하나 둘 꺼졌다.

수영은 할아범을 쫓아가다가 문득 이 영감이 낯이 익다는 생각이 들었다. 아는 사람인가? 한참 고민하던 수영은 그가 어제 장에서 노파를 부축하던 자였다는 기억을 어렵사리 끄집어냈다. 이 사람이 일러서 이정이 자신의 행적을 알았겠군. 우연치곤 묘하다 생각하며, 수영은 말없이 할아범을 따랐다.

북촌을 지나 골목을 따라 들어가자 으리으리한 저택이 모습을 드러냈다. 세종대왕이 사랑하는 영웅대군을 위해 민가 60채를 헐고 지었다는 왕가의 사저였다. 누가 이곳에 살까, 잠깐 호기심이 스친 수영은 별 관심 없이 지나치려고 했으나 할아범이 저택의 쪽문을 열고 집으로 들어가는 것을 보고 놀랐다. 그는 이 집의 행랑아범쯤 되는 모양이었다.

집의 규모는 실로 어마어마했다. 자신이 왜 여기에서 이 할아범을 쫓아가고 있는지 어리둥절한 수영은 이런 곳에 함부로 들어와도 되는가 몰라 저절로 몸이 낮춰졌다. 집이 어찌나 큰지 여기를 보고 저리를 봐도 계속 건물이 나타났다. 대부분의 집 안 사람들은 일과를 끝내고 자는 듯했고, 어느 외진 뒤뜰에서 여비(女婢) 하나가 조심스레 걸음을 옮기는 두 사람을 바라보았다.

사람이 다니지 않는 길로 이리저리 방향을 꺾으며 익숙하게 사랑채를 찾은 행랑아범은 불 켜진 안쪽을 향해 고개를 조아렸다.

　"나으리, 손이 오셨습니다."

　'나으리'라는 소리에 수영은 본능적으로 고개를 숙였다. 사랑채에서 나오는 버선발은 어울리지 않게 흙탕물에 젖어 있었지만 앞에 높은 신분의 사람이 서 있음을 직감한 수영은 그런 것 따윈 눈치 채지 못했다. 지저분한 버선발은 신발도 신지 않고 마루에서 내려와 자신의 앞에 섰다.

　"뭣하우, 형님? 안으로 들지 않고."

　편안하고 익숙한 말투에 수영은 고개를 들까 고민하다 설마, 하며 그대로 서 있었다. 그런 수영의 코앞으로 불쑥 낯익은 얼굴이 나타났다. 눈에 장난기가 가득한 이정이었다.

　"목 아프게 왜 그러고 서 있수."

　이정은 발을 대충 털고 그대로 방안으로 들어갔다.

　상황 파악이 안 되는 수영은 그의 뒷모습을 보다 행랑아범을 보다 집을 보다, 뭘 어째야 할지 몰라 그냥 두리번거리며 서 있었다. 보다 못한 행랑아범이 그를 툭툭 치며 앞으로 밀었다.

　얼떨결에 사랑채로 들어온 수영의 눈에 비단으로 수놓은 이불과 거하게 차려진 밥상이 들어왔다. 잊고 있던 본능들이 되살아났다. 그러나 함부로 앉을 수 없어 눈치만 보고 있었다.

　"앉으시우, 형님."

　주춤거리며 엉덩이를 바닥에 대긴 했지만, 무엇부터 해야 하는지도 헷갈렸다. 난데없는 호사에 긴장이 풀려 기절하지 않는 게 다행이랄까. 수영은 그가 건네는 두툼한 닭다리에도 침이 고이기 이전에 두 손으로 받아들어야 하는 건지 갈등했다. 이정은 수영이 영 정신을 못 차리자 닭다리를 내려놓고 그를 걱정했다.

"고생이 많으셨지. 오늘은 여기서 푹 쉬시고, 내일부터는 미안하지만 우리 집 가노(家奴)¹⁶⁾로 위장하고 있는 게 좋겠수. 사람들 눈에 띄지 않으려면 그편이 제일 나을 거요. 조금 고되겠지만 일단 형님 뒤를 쫓고 있는 자들의 정체를 알아야 하니까, 그때까지만 참아주오."

이정은 수영의 손을 잡았다. 그의 손은 따뜻했다.

"무사히 와서 다행이우."

수영은 이 손을 놓고 인사를 올려야 하나 고민하다, 이정이 나가려 하자 간신히 정신을 차리고 입을 열었다.

"대체 정체가 무엇…… 이시오? 이런 곳에 거처하다니…….'

"전하께서 주셨으니 이런 데 살지, 내가 무슨 재주로 이리 거창한 곳에 살겠수?"

대수롭지 않다는 듯 대꾸한 이정은 씩 웃으며 사랑채를 나갔다.

밖에 서 있던 행랑아범이 이정에게 인사를 올리고 안을 들여다보았다. 막 찐 두툼한 고기와 공기에 넘치는 쌀밥까지, 진수성찬이 눈앞에 있는데도 수영은 멍하니 앉아 있었다. 행랑아범은 데운 물을 방에 들이고 문을 닫으려 했다. 수영은 급히 그를 불러 세웠다.

---

16) 집 안에서 부리는 남자 종.

"전, 전하라니, 방금 나간 이는 누구…… 십니까?"

뚱하게 그를 바라보던 행랑아범은 의아하게 되물었다.

"월산대군이십니다. 여즉 몰랐소?"

"대군이라고?"

"임금님의 형님 되시는 분이오."

폐허의 끝

반나절도 지나지 않아, 수영은 체면불구하고 우물가에 대(大)자로 널브러졌다. 자신이 양반은 아닐지언정 노(奴)의 신분이 아님은 확실했다. 이런 식으로 일을 했다간 피죽도 못 얻어먹거나 두드려 맞고 쫓겨났을 것이다.

키득거리는 직비(婢)[17]들의 웃음소리가 들려왔지만 수영은 지금 일각이라도 쉬고 싶었다. 그러나 득달같이 찾아온 가노 방실이 콧김을 뿜으며 서 있는 통에, 수영은 군말 없이 물을 퍼 날라야 했다.

"물지게 하나 못 지문서 뭔 종살이를 헌데유?"

방실은 감노(監奴)[18]도 아닌 주제에 수영의 뒤를 따라다니면서 오

---

17) 여종이 일을 할 수 없을 때 종의 임무를 대신하도록 한 여자.
18) 노비의 우두머리.

만가지 텃세를 부렸다. 수영은 괜한 설움이 복받쳐 올랐다. 오기로 물지게를 지고 일어나긴 했으나 어깨를 파고드는 지게끈 때문에 여린 살갗이 화끈거렸다. 양쪽에 매달린 물동이들은 남의 속도 모르고 제멋대로 휘청거렸다. 이미 절반 이상의 물이 물동이에서 넘쳐 수영의 옷과 땅을 적셨다.

　팔짱을 끼고 섰던 방실이 못마땅하게 흘겨보며 쫓아왔다. 그의 말 없는 타박까지 지고 가던 수영은 기어코 물지게의 무게를 이기지 못하고 무릎이 꺾여 흙바닥에 나뒹굴었다. 기껏 우물에서 퍼다 올린 물이 사방에 쏟아졌다. '얼씨구' 하며 튄 흙탕물을 털어내던 방실은 물동이가 깨진 것을 보더니 '절씨구' 하며 도끼눈을 뜨고 수영을 노려봤다. 흠뻑 젖은 수영은 체온을 뺏어가는 찬바람에 몸을 부르르 떨었다. 이게 무슨 굴욕인가.

　"가 옷이나 갈아 입으슈. 당최 제대로 하는 게 없구만."

　방실은 수영을 내버려두고 툴툴거리며 가버렸다. 불쌍한 몰골로 혼자 남겨진 수영은 시무룩한 얼굴로 일어나 도로 우물로 갔다.

　우물 주변의 잡초와 흙을 뭉쳐 구멍 난 물동이를 대강 때우고, 새벽부터 그랬던 것처럼 우물물을 길어 물동이에 채웠다. 묵직해진 물지게의 한쪽 물동이에서 질질 물이 새어나왔다. 수영의 다리가 볼품없이 떨렸다. 그래도 그는 한 발짝씩 발을 뗐다. 직비들이 이번에는 딱하다는 눈빛을 보냈다.

　세월아 네월아 부엌 쪽으로 가던 그는 지금의 신세가 자기와 딱 맞아떨어지는 것이 아닌가, 생각하며 실없이 웃었다. 한 쪽 구멍 난 물동이는 과거, 한 쪽 물동이는 미래. 그 둘 사이의 무게를 견디지 못하고 비틀거리는 자기 자신. 이겨내리라, 끝까지 해내고 말리라, 수영은 구도하는 수도승처럼 이 보잘 것 없는 일에 의미를 부여하며 부엌 뒤켠에 당도했다. 부엌 물 항아리에 물을 부어넣은 수영은 잠시 성취감을 만끽했지만 그것이 작금의 상황에 큰 위로가 되지는 못했다.

간밤에 수영은 눈을 뜨자마자 행랑아범을 따라 솟을대문 옆의 행랑채로 자리를 옮겼다. 널찍하고 포근한 사랑채에서 좁고 추운 노비들의 거처로 옮기자니 견물생심(見物生心)이라고, 괜히 아쉬운 마음이 들었다. 그러나 이제 돌아갈 유일한 장소조차 정체 모를 위협을 받는 지금, 수영이 형편을 가릴 계제가 아니었다. 정체성을 잃어버린 그의 존재를 그나마 증명해주던 사람은 노파와 이정이란 이들이었는데, 이제는 뜻밖의 인물인 월산대군밖에 남지 않았다.

가노로 위장해 당분간 정체를 숨기고 밖에 나가지 말라는 월산대군의 권유는 다른 의미로 자신이 수영의 신변을 책임지겠다는 말과 같았다. 어제의 일이 떠오를 때마다 수영은 오한이 들었다. 숲속에서의 추격은 환각이 아니었고, 짐이 헤쳐져 있었으며, 노파는 자신도 집에 있는 사이에 흔적도 남기지 않고 사라졌다. 누군가 목을 조여오고 있다. 만일 혼자였더라면 자신 역시 어떻게 되었을지 모르는 일이었다. 이런 와중에 조선 임금의 유일한 친형이 사는 집이라니, 이만큼 믿음직한 장소가 또 있을까?

그렇지만, 왜?

수영은 그의 호의가 보호를 위한 것인지, 감시를 위한 것인지 구분이 되지 않았다. 어차피 자신에게 선택지는 하나뿐이니 감사하는 척 받아야 하는 것일지도 몰랐다. 그것이 설령 어떤 의도가 있는 것이라 할지라도.

수영이 여러 번 곱씹어봐도 월산대군은 적이 아닐지언정 아군도 아니었다. 그가 말한 대로 자신이 그와 호형호제할 정도로 친분이 있는 사이였다면 산 속에 정신이 이상한 노파와 가둬놓듯 내버려둘 것이 아니라 어떻게든 친지들을 찾아주었을 것이다. 허락 없이 도성에 다녀왔다고 헐레벌떡 찾아와 추궁하지도 않았을 테고. 게다가 여러 가지 일이 벌어진 지금까지도 민수영이란 사람에 대한 어떠한 언급도 하지 않고 있다. 높은 신분까지 감추고서 말이다. 좋든 나쁘든 분명 목적이 있어 자신을 이용하는 것이다.

벗어날 수 없는 덫에 걸렸다고 버둥거려봤자 다치기만 할 뿐이다. 수영은 덫에서 빠져나오려면 덫이 풀어질 때를 기다려야 한다고 판단했다. 그가 자신을 이용한다면, 자신도 최대한 그를 이용하는 게 합리적이었다. 어찌 되었건 도성 안 가장 안전한 곳에 있으니 그동안 자신의 과거를 최대한 찾아볼 수 있는 기회인지도 몰랐다. 운이 좋으면 아내의 행적도 찾을 수 있을 것이다.

수영은 행랑아범에게 민수영에 대해 아는 사람이 있는지 주변에 물어봐 달라 부탁했다. 행랑아범은 그가 누구인지도 모르고 명령에만 따르는 듯 '민수영?' 이라 되묻더니 별 내색 않고 알겠다고 했다.

이제 작은 소식이라도 들어오기만을 기다리면 될 것이다. 그때까지 이 악물고 버텨내자, 그는 혼자 다짐했다.

삼삼오오 모인 노비들이 아침밥을 먹는 사이에 끼어서, 수영은 복잡한 생각을 정리하고 바가지에 든 찬 보리밥 덩어리를 입에 우겨넣었다. 정신을 차리고 있으려면 뱃속이 든든해야 했다. 문득 노파가 해주던 따뜻한 밥이 그리워졌다. 노파는 어디 있을까. 무사한 걸까.

월산대군의 집 앞을 지나던 달성군 서거정은 짐짓 우연이라는 듯 헛기침을 했다. 마침 집 앞 계단을 쓸고 있던 가노 하나가 멀뚱히 그를 쳐다보고만 있었다. 서거정의 가노가 크게 꾸중했다.

"뭘 그리 보고만 있는 게야, 버르장머리 없는 놈! 가서 대군께 아뢰거라. 달성군이시다."

마당을 쓸고 있던 수영은 갑자기 떨어진 호통에 빗자루를 놓고 사랑채로 달려갔다.

방안에서 시화집을 감상하던 월산대군은 수영의 기척에도 미동하지 않았다. 수영은 그를 어떻게 불러야 할지 난감했다. 어제까지는 손아래 아우였는데, 갑자기 존대하자니 혼동이 왔다.

"……대군나리, 달성군께서 오셨습니다……."

"모시고 오너라."

월산대군은 다른 노비들을 대하듯 수영에게 눈길 한 번 주지 않으며 자연스레 하대했다. 어제와 동일한 인물이라고 믿을 수 없을 정도로 차가운 말투였다. 수영은 그와 자신의 신분 차이를 실감하고는 왠지 모르게 서운해졌다.

수영은 뻣뻣한 걸음으로 서거정을 사랑채로 안내했다.

서거정은 영 어색하게 행동하는 자신 앞의 가노가 이상해 눈여겨보려 했지만, 지나치게 고개를 땅으로 처박고 있는 바람에 얼굴을 확인할 수가 없었다. 그렇다고 표가 나게 얼굴을 확인하는 것도 괜한 의심을 살 것 같아 그만두었다.

"달성군! 어쩐 일로 이곳까지 납시었습니까?"

월산대군은 마치 수영을 처음 봤을 때처럼 쾌활하게 서거정을 맞이했다.

수영은 머리를 조아리며 공손히 물러났다. 서거정이 수영에게 눈길을 떼지 못하는 것을 본 월산대군은 부러 호들갑을 떨며 지나가던 여비에게 다과상을 차려오라 일렀다.

"존경해 마지않는 달성군께서 친히 이곳까지 납시다니, 영광이외다. 안 그래도 달성군께서 지으신 동인시화집[19]을 읽고 있었는데, 이런 우연이 있다니요."

"과찬이십니다."

"오신 김에 최치원의 시에 대하여 논해볼까요? 저도 대감의 의견

---

19) 1474년(성종5) 서거정이 지은 시화집. 최초의 순수시화집으로서 조선 비평문학의 장을 열었다.

에 전적으로 동의한답니다. 당이나 송의 시와 비교해도 전혀 손색이 없을 뿐더러…….”

“여전히 풍류나 즐기는 한량 노릇을 하고 계시는군요.”

월산대군은 싱글 웃으며 이 꼬장꼬장한 문인을 떠보기란 녹록치 않겠다는 생각을 감추고 있었다. 달성군 서거정은 비록 세조의 충신이기는 하나 닳고 닳은 정치가인 훈구대신들보다는 학자에 더 가까웠다. 그런 그가 직접 월산대군을 찾아왔다는 사실만으로도 모종의 일이 진행되고 있음을 의미했다. 물론 서거정 본인은 알아채지 못하겠지만.

“세상 눈치나 보며 사는 보잘 것 없는 왕족 신세가 다 마찬가지지요.”

“알고 계시니 다행입니다만, 나는 대군께서 돌아가신 귀성군의 전철을 밟지 않을까 걱정입니다.”

귀성군의 이름이 나오자 월산대군도 감정의 동요를 쉽사리 숨길 수 없었다. 고요한 분노와 노련한 연륜이 두 사람 사이에서 양보 없이 맞부딪쳤다.

“모를 거라고 생각하셨습니까? 그자들은 무서운 사람들입니다. 상대가 한 수 계획하면 그들은 두 수 앞서 준비합니다. 감추고 있는 발톱으로 피를 보는 데 주저함이 없습니다. 그 발톱이 다시 세상에 나오는 날에 누구도 무사하리라 장담할 수 없습니다.”

“어이쿠, 겁을 주시는 겁니까? 하긴 그들은 임금도 두려워 않는 무도한 자들이니까요.”

명백한 도발이었다. 그의 무례함에 뼛속까지 성리학자인 서거정도 참지 못하고 폭발했다.

"이미 십수 년도 더 된 일, 굳이 들춰내어 무엇을 도모하자는 겝니까? 당신의, 당신 가족의, 당신의 친구들 목숨이 아깝지 않습니까? 그들에게 대군의 존재 따윈 하잘 것 없습니다. 말씀하신 것처럼 용상마저도 그렇게 생각하고 있을지 모릅니다! ……간신히 안정된 조선입니다. 그러니 제발, 그만두십시오. 싹이 있다면 잘라내십시오. 아니면 차라리 그들과 손을 잡고 뿌리까지 도려내든가."

이거였군. 서거정의 목적을 집어낸 월산대군은 이 늙은 전령에게 더 이상 용건이 없었다. 그의 뒤에 숨어서 손가락을 놀리고 있을 인형의 주인들은 아마 관심 없는 듯 하품이나 하고 있을 것이다. 그러나 그들의 근처에 조금이라도 성급히 다가가면 그대로 목이 날아가겠지.

월산대군은 서가에서 자신이 직접 그린 시화를 꺼내 손님에게 내밀었다. 급작스러운 흥분으로 얼굴이 벌게졌던 서거정은 호흡을 고르며 선물을 받아들었다.

"노인의 충고는 법보다 낫다지요. 걱정하실 일은 없습니다. 전 겁쟁이거든요. 시나 그림, 술 한 잔이 더 편하답니다. 언제 한 번 제 시에 대해 평해주시면 더없는 영광으로 여기겠습니다."

"그것이 대군과 가장 잘 어울리는 모습입니다. 부디 유념하시길."

월산대군은 노쇠한 학자를 배웅하고 다시 읽다 만 시화집을 펼쳤다. 나와 잘 어울리는 모습이라. 그는 별안간 심통이 나 책을 집어던졌다.

고된 노동을 하면서 좋은 점은 쓸데없는 생각이 들지 않는다는 것
이다. 처음에 방실은 수영에게 마당과 대문 밖의 낙엽 쓰는 일을 시
켰지만, 시원찮다 핀잔을 주며 물을 긷는 일로 보직을 바꿨다. 수영
은 부엌에서 우물까지 한 번 갔다 오고서야 자신의 안이했던 태도
를 뼈저리게 후회했다. 체력도 바닥이었거니와 요령이 너무 없었다.
　오시(정오 무렵)쯤 되었을 때 수영은 참기 힘든 허기를 느끼고 뭐
라도 얻어먹기 위해 부엌으로 갔다. 취비(炊婢)[20] 두 명이 저녁 때 주
인에게 올릴 재료들을 다듬고 있었다. 수영은 이왕 이렇게 된 거 체
면치레 따위 버려버리자, 마음을 굳게 먹으며 부엌 문간에 서서 헛
기침을 했다. 취비들이 멀뚱히 그를 바라보았다.
　"미안한데, 남은 밥 좀 있는가? 내 허기가 져서……."
　"남은 밥이 어딨소. 농번기도 아니고 웬 낮밥?"
　"내 간만에 일을 했더니 고되어서……."
　"방실이 말로는 한 것도 없다던데. 밥만 축내서야 쓰나."
　수영의 얼굴이 귀까지 벌겋게 물들었다. 그래도 이왕 염치 불구한
것 쉰밥이라도 얻어먹자는 생각에 문간에서 버티고 섰다. 걸쭉한 입
심의 취비는 무심하게 수영 쪽으로 야채 씻은 물을 휙 뿌렸다. 예상
치 못한 공격에 수영은 물러날 수밖에 없었다.
　"거, 말투나 행동거지가 이런 일 하던 사람은 아닌 것 같고, 곡절
이 있어 종놈으로 들어왔나 본데, 대접받을 생각일랑 빨리 집어치우

---

20)　음식을 담당하는 여자 종.

는 게 좋을 거요. 종놈들 중에 양반네들한테 설움 안 받은 놈들 없으니 괜히 신경 긁지 말란 소리요."

노비들이 수영을 고깝게 대하는 이유를 그제야 알아챈 수영은 본인에게 배어 있던 습관을 인지했다. 체면과 예의를 따지는 그의 모습은 노비들과 어울리지 않았다. 수영은 취비에게 꾸벅 인사를 하고 주린 배를 달래기 위해 우물물을 마셨다. 배가 고픈 건 노비든 양반이든 다를 게 없는데. 빈속에 들어온 찬물이 어쩐지 서글피 느껴졌다.

허기를 달래며 돌아선 수영은 뒤에서 주춤거리고 있는 여인과 마주쳤다. 부엌에서 고개를 숙이고 일만 하던 다른 취비였다. 어제 월산대군의 집으로 들어오는 동안 뒷마당에서 자신을 바라보던 여인이기도 했다.

나이를 가늠할 수 없게 선이 곱고 피부가 하얀 그녀는 수영에게 무언가를 쥐어주었다. 고생한 흔적이 역력한 손은 동백꽃처럼 아담하니 작았다. 여인은 수영과 손이 스치자 얼른 팔을 감추고 부리나케 도망갔다. 잘 말린 곶감 두 개가 수영의 손에 살포시 놓여 있었다.

허겁지겁 곶감을 먹은 수영은 이내 여인이 베푼 동정에 감사하단 인사도 못했다는 생각이 들었다. 그래도 외간 남자가 부엌 근처를 들락날락하는 것은 좋아 보이지 않을 것 같아 인사는 나중으로 미루기로 했다. 종놈으로 살고 있는 주제에 예의나 법도 따위가 무슨 소용인가, 하며 수영은 자괴감에 빠졌다.

외양간을 청소한 뒤로는 자신의 몸에 묻은 소똥 냄새 때문에 그토록 먹고 싶었던 저녁밥도 제대로 넘기지 못했다. 아무래도 옷을 빨아야겠다 싶어, 그는 늦은 시간에 살금살금 우물가로 향했다.

웃통을 벗어 물동이에 넣고는 얼음장 같은 우물물을 조심스레 퍼 올렸다. 소리를 내지 않고 빨래를 하려니 더욱 어려웠다. 맨살에 닿는 찬바람은 베일 듯했고, 조물조물 빨래하는 동안 동상에 걸릴 것처럼 손이 욱신거렸다.

대강 냄새가 빠졌을 즈음 수영은 뻐근한 허리를 펴다가 앞에 서 있는 사람을 보고 깜짝 놀랐다. 언제부터 있었는지 낮에 곶감을 주었던 취비가 등을 돌리고 있었다. 그녀는 말없이 품에 안고 있던 물건을 수영에게 내밀었다. 자세히 보니 새 옷이었다.

거의 속고의 차림으로 옷을 빨고 있었던 수영은 그제야 허둥지둥 옷으로 몸을 가렸다. 여인이 뒤돌아 있었던 이유를 알아채고, 민망함에 온몸이 화끈 달아올랐다.

수영이 옷을 챙겨 입는 동안 여인은 소매를 걷고 직접 빨래를 하기 시작했다. 수영은 말리려 급히 여인에게 다가가다가 미처 올리지 못한 바지에 발이 엉켜 돌바닥에 되게 넘어졌다. 버둥대는 꼴이 우스꽝스러웠지만, 여인은 웃지 않고 그를 걱정스럽게 바라보며 일으켜주었다.

여인의 가녀린 팔에 기대 일어난 수영은 저도 모르게 여인의 손을 잡았다. 작은 손이 빨래를 하느라 벌써 차갑게 식어 있었다. 측은지심이 들어 저도 모르게 여인의 손을 쥐고 따뜻하게 감싸주었다. 여인도 싫지 않은 듯 움직이지 않았다. 두 사람의 체온이 녹아 온기가 돌았다.

여인이 문득 손을 빼려 하자, 수영은 잡았던 그녀의 손을 멋쩍게 놓았다. 여인은 다시 빨랫감 앞에 앉아 야무진 손놀림으로 윗옷을 빨았다. 그녀를 말리려던 수영은 하는 수 없이 바지를 집어 통 속에 넣었다.

"왜 이렇게 날 돕는 게요? 다른 이들은 날 싫어하는데."

여인은 묵묵부답이었다. 철벅 철벅, 수영이 빨래하던 바지까지 모두 손을 본 여인은 마지막으로 물기를 짜냈다.

수영이 일어나 묵직한 옷 뭉치의 한쪽 끝을 잡고 비틀었다. 빨래에서 나온 물이 폭포처럼 바닥에 떨어졌다. 서로 마주보며, 두 사람은 각자의 오른쪽, 왼쪽으로 방향을 돌렸다. 무엇이 우스운지 여인이 풋, 미소 지었다. 수영도 따라서 웃음이 나왔다.

"이름이 무엇이오?"

"……춘비라고 합니다."

"감사의 인사도 못해서 미안하오. 그리고 정말 고맙소. 내 잊지 않으리다."

여인은 무언가 말을 하려던 듯 몇 차례 입을 뻐끔거리다 그만두었다. 탈탈 털어내 물기를 뺀 옷을 건네고, 그녀는 몸을 돌려 달빛 속으로 사라졌다. 빨래를 하다 여인의 옷에 제법 물이 튀어, 달빛에 뽀얀 속살이 살풋 비쳤다. 수영은 정신이 들고서부터 한 번도 느끼지 못했던 사내의 본능이 되살아나는 것을 느꼈다. 비록 잠깐이었지만 자신의 손 안에 작은 아기 새처럼 놓여 있던 손의 온기를 놓고 싶지 않았다.

피로에 쫓기듯 잠에 빠져들던 수영은 방에 드리운 사람의 그림자를 보았다. 아직 꿈속인가. 행랑아범이 코 고는 소리를 듣자니 꿈은 아니었다. 문 밖의 그림자는 방안을 지켜보다 수영이 몸을 일으키면서 내는 소리에 가만히 사라졌다. 수영은 베개 속에 숨겨두었던 월산대군의 단도를 빼들고 조심스럽게 문을 열었다.

문 뒤에, 춘비라 했던 여인이 입을 막고 얼어붙은 채 서 있었다.

수영이 뭐라 할 새도 없이, 여인은 자신의 방으로 들어가 문을 잠갔다. 희한한 꿈이다. 수영은 꿈과 현실 사이 무의식의 경계에서 여인의 고운 자태가 자꾸 떠올랐다. 어디까지가 꿈이고 생시인가.

여인은 달빛을 따라 멀어져갔다. 귀기에 홀린 듯 수영이 따라가자 여인이 고개를 돌렸다. 달빛에 슬프게 웃는 입매만 보였다. 여인의 입이 움직였다.

서방님…….

수영은 잠을 설치는 바람에 느지막이 일어났다. 꿈자리가 뒤숭숭했지만 무슨 꿈이었는지 곧 잊어버렸다. 월산대군의 가노로 생활한 지 며칠이 지났다. 여전히 일이 손에 익지 않아 방실과 노비들의 구박을 듣기 일쑤였고, 이따금 마주치는 월산대군은 수영에게 눈길 한 번 주지 않았다.

그마저도 묵묵히 견딘 수영은 민수영에 대한 소식이 들려오기만을 목 빠지게 기다렸으나 별 소득은 없었다. 마음 같아선 직접 도성 안 곳곳을 들쑤시며 자신을 조금이라도 아는 사람을 찾고 싶었지만 행랑아범을 비롯한 노비들이 틈틈이 그의 일거수일투족을 감시하는 것이 보였다. 산에 있으나 도성 안에 있으나 갇혀 있는 건 별반 다를 게 없었다. 하릴 없이 흘러가는 시간을 아쉬워하던 수영은 일하러 나가기 전에 어제 적어놓았던 기록들을 살피며 기억을 확인했다.

별 다를 것 없던 종살이에서 수영이 유독 길게 기록한 부분들이 있었다. 기댈 곳 없는 자신에게 따뜻하게 대해주는 춘비에 대한 묘사였다. 그녀는 보이지 않는 곳에서 계속 수영의 뒷바라지를 해주었다. 종종 감자 찐 것이나 황정엿을 챙겨주었고, 찢어진 옷을 기워 방문 앞에 놓아두고 갔다. 언제나 댓돌 위에 반듯이 정리되어 있는 자신의 신발을 볼 때마다 춘비의 흔적을 찾을 수 있었다. 간밤에는 행랑아범이 달궈진 돌을 가지고 왔기에 어디서 났느냐 물었더니 춘비가 줬다 했다.

며칠간의 기록에서 춘비의 이름이 제법 여러 번 나왔다. 수영은 의심과 불안만 가득했던 일상을 어루만져주는 여인의 흔적이 나쁘지만은 않았다. 노비들에게 따돌림 당하는 자신을 불쌍히 여기는 것뿐이리라, 그렇게 적어놓긴 했으나 춘비를 볼 때마다 다른 의미로 두근거리는 것을 막을 수는 없었다. 눈을 뜨고 처음 만난 아름다운 이성이니 당연히 생기는 사내의 욕구였다.

한편으로 춘비에 대한 기록 말미마다 아내를 찾기에도 한시가 급한데 이 무슨 해괴망측한 일인가, 한탄하고 있었다. 아내에 대한 그리움을 잊은 것은 아니었다. 꿈에서라도 얼굴을 보고 싶은 마음 간절했다. 그 때문에 춘비가 주는 정을 받기만 했음에도 마치 몹쓸 짓을 하고 있는 것 같은 죄책감이 들었다. 지레 켕겨서 괜한 오해라도 받을까 감사 인사도 못하고 그녀의 호의를 쉽사리 거절하지도 못하겠는, 애매한 상황이었다.

기록을 보며 생각에 잠겨 있던 수영은 밖에서 느껴진 인기척에 비밀을 들킨 것처럼 놀라 종이를 숨겼다. 여인의 그림자가 아른거렸다. 수영은 일기들을 정리하고 밖으로 나가보았다. 춘비가 몸을 돌리고 서 있었다.

방금까지 그녀에 대한 생각을 하고 있던 수영의 마음이 반가움 반죄책감 반으로 두근거렸다. 춘비는 들릴 듯 말 듯한 목소리로 수영에게 말했다.

"민수영이라는 사람을 찾고 계신다 들었습니다."

춘비는 주변에 누가 오는지 살피고 있었다. 매우 신중하고 조심스러운 그녀의 행동에 수영은 의아했다. 마치 큰 비밀을 감추고 있는 것처럼 보였다.

저쪽에서 가노들이 지나가는 것을 본 춘비는 얼른 다른 일을 하는 척했다. 그들이 지나간 것을 확인하고서야 춘비는 다음 말을 이었다.

"시전에 그분을 안다는 사람이 있다고 합니다. 주소를 알려드릴 터이니 찾아가보시지요."

수영은 그녀의 입술과 살결에 눈을 빼앗겨 그녀가 무슨 말을 했는지 제대로 듣지 못했다가, 퍼뜩 정신을 차렸다. 여태껏 간절히 기다렸던 말! 그 말이 뜻밖에도 춘비의 입에서 흘러나왔다.

두근거리던 마음이 다른 흥분으로 더욱 빨리 뛰기 시작했다. 그녀가 일러준 주소를 외우느라 잠시 한눈을 판 사이, 춘비는 가노들이 오는 소리를 듣고 도망치듯 가버렸다. 수영 근처에 있는 가노들의 보이지 않는 감시 때문에, 그는 춘비를 붙잡지도 못하고 자리에 못 박힌 듯 멍하니 서 있었다.

집 밖으로 나가지 말라는 월산대군의 당부 따위는 잊은 지 오래였다. 수영은 노비들이 저녁을 먹는 틈을 타 빠져나갈 궁리만 했다. 자신에 대해 드디어 확실한 단서가 나온 마당에 마냥 앉아있을 수는 없었다. 그러나 월산대군의 명을 받은 가노들이 돌아가며 수영을 감시하고 있었기에 몰래 나가기란 수월치 않았다. 어떻게든 그들의 시선을 다른 곳으로 돌려야 했다.

수영은 산책을 하는 척 춘비를 찾아갔다. 춘비는 수영의 방문에 당황해하며 주변을 살폈다. 괜한 소문이라도 날까 겁내 하는 눈치였다. 취비라는 신분이 어울리지 않게 매우 조신해보였다. 수영은 염치 불구하고 그녀에게 도움을 청하기로 했다. 춘비가 자신을 챙기는 이유는 몰랐으나 그녀에게도 노파처럼 어떤 사정이 있으리라 짐작했고, 도와줄 사람이 달리 없기도 했다.

잠시 밖에 나갔다 올 수 있게 가노들의 시선을 끌어달라는 수영의 부탁에, 춘비는 조금 고민했다. 수영은 그녀의 손을 잡고 간절한 눈빛을 보냈다. 절박한 마음을 읽었는지, 춘비는 손을 빼며 살짝 고개를 끄덕였다.

수영은 눈물이라도 날 것 같아서 수줍어하는 춘비에게 연신 고개를 숙였다. 누군가의 도움이 절실했던 그는 그녀의 존재가 고맙고 미안했다.

춘비는 방에서 등불을 가지고 나오더니 그를 두고 어디론가 사라졌다. 곧 저택 반대편에서 '꺄악' 하는 여인의 비명소리와 함께 하늘로 가느다란 연기가 모락모락 피어올랐다. 수영의 주변에 있던 가노들이 '불이다!' '창고다!' 소리를 지르며 저택 창고 쪽으로 달려갔다.

지금이 기회였다. 수영은 가노들이 뛰어간 반대편에 있는 집 뒷문으로 달렸다.

다행히 모두 불이 난 곳으로 갔는지 아무도 없었다. 탈출에 성공한 수영은 집 밖 담벼락에 몸을 기대에 한숨을 돌렸다. 여인에 대한 고마움과 걱정, 자신을 도와주는 이유에 대한 의문, 월산대군의 당부 따위가 수영의 발목을 잡았지만, 시간 안에 돌아오면 해결되리라 생각하고 미련 없이 시전으로 향했다.

자신이 없어졌다는 사실은 곧 알게 될 것이다. 시간이 촉박했다. 그 안에 종로 지전(紙廛)[21]까지 다녀오려면 발을 재게 놀려야 했다.

---

21) 종이류를 취급하던 시전.

직 필 117

수영은 춘비가 말해준 주소를 되새기며 날듯이 뛰었다. 그녀의 말이 심장이 뛸 때마다 메아리쳤다.

민수영을 아는 사람…… 나를 아는 사람!

청계천 광통교 앞에서 수영은 속도를 늦췄다. 한 쌍의 젊은 남녀가 나란히 걸어오다 건너편에서 오는 그를 보고 얼른 멀찌감치 떨어졌다. 괜히 무안해져 헛기침을 하던 수영은 그들 사이를 걸으며 엄한 곳으로 시선을 돌렸다. 요새 젊은 것들은…… 입에 붙은 말처럼 뜻 없이 중얼거렸다. 수영 쪽을 흘끔거리던 남녀는 광통교를 건너자마자 스리슬쩍 들러붙었다.

수영은 피식 웃음을 흘리고 갈 길을 재촉하려다 눈앞에 섬광처럼 지나간 장면에 멈춰 섰다. 같은 장소, 비슷한 시간, 별이 떨어진 듯 길을 환히 비추는 각양각색의 초롱들, 다리를 통과하기 어려울 정도로 복작거리는 사람들, 서로 눈짓을 주고받는 곱게 차려 입은 선남선녀들, 청계천 아래에서 둥실 떠오르는 커다란 연, 꺄르르 맑은 웃음소리…….

수영은 눈을 깜빡거렸다. 그곳에, 자신이 있었다.

수영은 사람들 사이에서 어느 여인의 뒷모습을 바라보며 미소 짓고 있었다. 너울너울 밤하늘 속으로 멀어지는 연을 바라보고 있던 여인이 고개를 돌렸다.

수영은 퍼뜩 정신을 차렸다. 아무도 없는 어두운 다리 위에 혼자 서 있는 자신을 발견했다. 꾸물거릴 시간이 없는 수영은 다시 움직였다. 그렇지만 이미 각인되어버린 아름다운 장면이 머릿속을 떠나지 않았다. 얼굴을 보지 못했던 여인의 모습은 그날의 연처럼 어둠 속으로 멀어져갔다.

물어물어 지전을 찾아간 그는 잠긴 문을 두드리며 안에 있는 사람을 불러냈다. 늙수그레한 상인은 짜증스러운 얼굴로 수영을 위아래로 훑어보았다. 장사 끝났으니 볼일 없다는 표시였다.

다시 들어가려는 그를 다급하게 붙잡았다.

"늦은 시간에 실례하오. 혹시 민수영이란 자를 아시오?"

"그 작자가 누군데 이리 찾는 사람이 많누. 직접 아는 건 아니고 친구라 했던 이는 알지."

볼멘소리로 대꾸하는 상인의 말에 수영의 마음이 요동쳤다.

"누굽니까? 만날 수 있을런지요?"

"조명환이란 자인데, 서쾌[22]라 한양에 있을지 모르겠소만. 운 좋으면 만날 수 있을 테지. 가만있자, 그놈 집이……."

수영은 상인이 설명해주는 주소를 두세 번 되묻고 거푸 감사의 인사를 올렸다. 생판 모르는 사람이었지만 마치 생명의 은인처럼 거룩해보였다. 그의 손을 잡고 방정맞게 춤이라도 추고 싶은 심정이었다.

조명환이란 서쾌가 산다고 알려준 곳은 양반과 서예가들이 사는 곳에 근접한 북촌과 서촌의 중간 즈음이었다. 돌아가는 시간까지

---

22) 서점이 없었던 조선 초기 독자의 요구에 따라 원하는 책을 공급했던 서점 중개상.

고려하면 서둘러야 했다.

수영은 자신이 글을 좋아하니 충분히 서쾌와 친분이 있었으리라 짐작했다. 왜 진작 그 생각을 못했을까. 그러나 이런 잡생각도 곧 친구를 만난다는 기대감과 흥분에 자리를 빼앗겼다. 행여 집에 없지 않을까 하는 불안이 들긴 했지만 이마저도 무시했다. 만날 수 있을 거라 믿고 싶었다. 아니, 믿었다.

상인이 알려준 집에 도착한 수영은 친구를 부르기 전에 숨을 골랐다. 다행히 안에 불이 켜져 있었다. 그는 오래 떨어져 있던 정인을 만나는 기분으로, 비록 추레한 가노의 복장이지만 옷매무새를 단정히 했다. 그는 나를 기억할까, 그와 얼마나 친했을까, 혹시 내 가족에 대한 소식을 알고 있지 않을까, 이런 차림을 하고 있는 날 보면 무슨 생각을 할까…….

한참 망설이다가 안을 향해 '계시오' 하고 부를 때까지 그는 기대를 감추지 못했다. 인기척이 없자 수영은 다시 한 번 큰 소리로 안에 있는 사람을 불렀다.

삐걱, 수영 또래의 평범하게 생긴 남자가 등불을 들고 나왔다.

어두워서인지 눈이 나쁜 건지 실눈을 뜨고 수영 쪽을 보았다. 수영의 얼굴을 보지 못한 듯했다.

등불에 흔들리는 그의 얼굴이 마당으로 나왔다. 늦은 시각 불청객의 얼굴 쪽으로 불을 비춰본 집주인은 거의 울 것 같은 수영의 얼굴을 보며 고개를 갸우뚱했다. 그가 별 반응이 없자 수영의 흥분이 조금 진정됐다. 그래, 오랜 시간이 지났으니 못 알아볼 수도 있지.

"조명환이라는 분 되시오?"

"그렇소만."

"혹시 내가 기억나지 않으시오?"

수영은 자신이 질문해놓고 속으로 참 생뚱맞고 어리석은 질문이라 생각했다. 갑작스레 찾아와서는 자신도 기억나지 않는 자신에 대해 묻고 앉아 있으니. 조명환이란 자는 등불을 이리저리 돌려보며 수영의 얼굴을 살피고는 얼굴을 찌푸렸다.

"어두워서 그런가, 잘 모르겠는데."

"그럼 혹 민수영이란 사람을 아시오?"

명환의 안색이 변했다. 당황한 기색이 역력했다. 그는 황급히 수영을 대문 안으로 끌고 들어왔다. 그가 자신을 알고 있다고 확신했다. 남아 있던 불안이 싹 가시면서 다시 가슴이 뛰었다.

"그 사람을 왜 찾소? 댁은 뉘시오?"

수영은 메이는 목을 간신히 가다듬고 대답했다.

"내가 민수영이오."

약하게 흐늘거리던 등불이 툭 떨어졌다. 삽시간에 어둠이 두 사람을 삼켰다.

한동안 적막이 흘렀다. 수영은 아무 말 없는 명환의 표정을 살필 수 없어 애가 탔다. 무슨 말이라도 하면 좋으련만 명환은 미동도 없었다. 충격을 받은 것일까?

수영은 쏟아질 것 같은 눈물을 참으며 명환의 반응을 기다렸다. 어둠 속에서 먹물 냄새가 묻은 손이 수영의 팔을 잡고 집 안으로 이끌었다. 수영은 잠자코 그가 하는 대로 따랐다.

방에서는 오래 묵은 먹과 종이의 냄새가 훅 풍겼다. 명환은 다시
불을 켜지도 않고 더듬거리며 수영 맞은편에 앉았다. 수영은 친구
의 얼굴을 자세히 보고 싶었지만 그의 윤곽만 간신히 보였다. 단지
오르락내리락하는 어깨가 그의 심정을 말해주고 있었다.

"어떻게……."

"그간……."

동시에 말문을 연 두 사람은 다시 입을 다물었다.

수영은 그의 목소리만으로도 반가워 눈물이 핑 돌았다. 어쩌면 그
간 참아온 설움과 외로움이 터지려는지도 몰랐다. 이 나이에 주책
맞게. 수영은 촉촉해진 눈을 슥 소매로 문질렀다. 감정에 빠져 있을
시간이 없었다.

무언가를 꺼냈는지, 명환의 움직임을 따라 부스럭거리는 소리가
들렸다. 무엇인지는 보이지 않았다. 부싯돌인가? 그러나 안은 여전
히 한치 앞도 보이지 않을 정도로 어두웠다. 그는 한숨을 쉬더니 낮
은 소리로 말했다.

"자네가 죽은 줄 알았네."

목소리의 떨림이 수영에게 전해졌다. 수영은 까닭 없이 고개를 끄
덕였다. 무슨 말을 어디서부터 해야 할까. 그간 잘 지냈냐고 물으려
했지만 불필요한 말이었다. 시간이 없는 수영으로선 빠르게 서로의
정보를 교환하고 다음 날을 기약해야 했다. 그는 최대한 감정을 절
제하고 바싹 마른 혀를 빠르게 놀렸다.

"일각이 여삼추니 간단히 말하겠네. 사고가 있었네. 무엇인지는 모르고. 난 그로 인해 오래도록 빈사 상태였다가 깨어난 지 얼마 되지 않았어. 그리고 과거를 모두 잊어버렸지. 사실 자네가 누구인지도 기억을 못한다네. 어찌 되었건 들은 말로는 자네가 내 친구라 해서 도움을 청하러 왔네."

"기억을 못한다고?"

"당황스럽겠지만 나에 대해 얘기해주게. 얼마나 알던 사이였는지, 기억나는 것은 모두 다. 그리고 지필묵 좀 빌려주겠나?"

"자네 왼편 서안 위에 있을 걸세."

수영이 더듬더듬 붓과 종이를 찾는 동안, 명환은 이 상황을 인지하려 애쓰는 듯했다. 수영은 그에게서 나오는 말을 한마디라도 빠뜨리지 않기 위해 귀를 기울였다. 불빛이 있었으면 좋았을 텐데, 명환은 불을 켤 생각조차 못할 정도로 충격을 받은 것 같았다.

수영은 감각에 의지해 어둠 속에서 닥치는 대로 글자를 써내려 갔다.

"아무 것이라도 좋으니 이야기해주게."

"이거야 원…… 자네와는 뭐, 자네가 워낙 책을 좋아했으니 자주 날 찾았지. 내가 자네를 안 건 십수 년 전인데, 몇 년 되지 않아 좀…… 안 좋은 일이 있어 자네가 멀리 갔다는 소식만 들었어. 궁에서 무슨 중죄를 지었다고."

봇물처럼 터져 나오는 친구의 말에 수영은 철퇴로 머리를 맞은 듯한 충격을 받았다. 육체적으로나 정신적으로나.

흙탕물 같던 기억이 알 수 없는 힘에 의해 크게 출렁였다. 그 파동이 고스란히 그의 머리를 뒤흔들었다. 그가 고통스러운 신음소리를 내뱉자 명환은 말을 멈췄다.

"계속…… 중죄라니……."

다시 한 번 고통이 파도처럼 밀어닥쳤다. 수영의 이빨이 뿌득 부딪쳤다. 명환은 어쩔 줄 모르고 허둥거리다 불안하게 말을 이었다.

"어떤 일이 있었는지는 정확히 몰라. 한양을 떠났다가 와보니 그리 됐다고만 들었네. 극형을 당할 뻔했다가 귀양을 갔다고."

극형이라는 무서운 단어가 수영의 목을 조르는 듯 숨이 턱 막혔다. 무슨 큰 죄를 지었기에 귀양이라는 큰 형벌조차 가볍게 여겨진 것일까? 수영은 과거에 대한 기억을 잃었어도 지금껏 범죄자였다는 생각은 해본 적도 없었다.

물론 사람이 태어날 때부터 스스로를 선인 혹은 악인이라고 인식할 리 만무하지만, 적어도 자신은 누군가를 동정할 줄 알고 고마워할 줄 아는 사람이었다. 헌데 사형이라니, 내가 모르는 나는 어떤 사람이기에?

"그 후로는 가지 않아서 모르겠구먼. 아직 가솔들이 살고 있을지."

"가솔…… 혹 내게 어머니와 아내가 있었나?"

"그래, 둘뿐이었어."

수영은 고통을 씻어주는 안도감을 느꼈다. 그들이 있었다. 착각이 아니었다. 소중한 사람이, 내게도 있었다. 기억을 잃고도 잊을 수 없는 사람들이.

"어디 아픈가? 괜찮나?"

"괜찮네. 다른 건 없나? 내 식솔들의 이름이라든가, 살던 집이라든가."

"집이라면, 아직 기억하네."

명환은 제법 상세히 길을 알려주었다. 월산대군의 집으로 돌아가는 길목에 있으니 조금만 서두르면 그곳까지도 들를 수 있을 듯했다.

과거에 대한 이야기에서 벗어나자 두통이 조금 가셨다. 수영은 묻고 싶은 말이 미어터지도록 많았지만 자신이 살던 집을 찾고자 하는 마음이 가장 간절했다. 시간 내로 갈 수 있을까? 이미 초경(밤 8시 즈음)이 지난 지는 한참 되었고, 곧 통행금지를 알리는 종소리가 울릴 것이다. 쉼 없이 달리면 된다. 오늘만 날이 아니니 조급해 말고 다음에 다시 찾아오면, 눈을 마주보고 더 많은 담소를 나눌 수 있으리라.

어둠에 눈이 익었는지 방을 나서자 그나마 앞이 조금 보였다. 수영은 종이를 소매 속에 꼭꼭 숨기고 신발을 신었다. 명환도 그를 배웅하려 밖으로 나왔다.

"정말 아무것도 기억나지 않는가?"

"이름조차도 기억해내지 못했다네. 누군가 일러주어서야 알았지. 그간 답답하기 이루 말할 수 없었는데, 자네를 만나 광명을 찾은 듯하이."

"사소한 것이라도? 혹…… 어떤 문서 같은 건?"

"문서?"

수영은 그가 하는 질문의 의도가 무엇인지 알 수 없었다. 문서라는 것의 범위는 너무 광범위했다. 그는 곰곰이 기억을 되짚어보았으나 기억의 깊은 늪은 미동도 없었다. 그가 고개를 젓자 명환은 한숨을 푹 내쉬었다.

"중요한 것인가? 내 생각나면 알려주겠네."

"아니, 별것 아닐세. 신경 쓰지 말게."

수영은 더듬더듬 그의 어깨에 손을 올렸다. 가늘게 떨리고 있었다.

"조만간 다시 찾아오겠네. 그때……."

"미안하네만, 다시 찾아오지 말았으면 하네."

수영의 희망은 찬물을 뒤집어쓴 듯 굳어버렸다. 희미하게 보이는 명환의 얼굴에서 괴로움이 배어났다.

"자네와 연루되는 걸 원치 않네. 내가 아는 한은 다 말했어. 그러니…… 다신 나를 찾지 말게."

한순간 절망에 사로잡힌 수영은 그의 멱살이라도 잡고 싶었다. 내가 어떤 처지인지 아느냐고, 친구였다면서 이렇게 외면할 수 있는 거냐고, 자네마저 날 버리면 어디에 의지해야 하느냐고, 잃은 것은 너무 많은데 그것이 무엇인지도 모르는 게 내 불쌍한 처지라고!

"고마웠네."

그는 그렇게 하지 않았다. 자신도 모르는 내면의 악한 감정을 억누르며, 수영은 스스로에게 선한 사람임을 증명해보이려 했다. 조명환은 그를 내치지 않고 의리를 지켰으니, 자신도 친구로서의 도리를 지키고 싶었다. 기운이 빠진 수영은 명환과 이별한 후 뒤도 돌아보지 않고 청계천 방향으로 향했다. 아직 살고 있을 가족들을 만날 수 있지 않을까, 하는 마지막 희망으로 자신을 위로하며.

만약 수영이 감정에 휩싸여 있지 않았더라면 명환의 얼굴에서 두려움을 읽을 수 있었을 것이다. 그러나 들뜬 마음과 비례한 큰 실망 때문에, 또 시간에 쫓기고 있었기 때문에 그의 안색을 오래 살필 수 없었다.

수영이 완전히 사라진 것을 확인한 명환은 털썩 자리에 주저앉았다. 어두운 방에는 분명 수영 외에 다른 누군가가 더 있었다. 등불을 쳐서 떨어뜨린 것도 자신이 한 짓이 아니었다. 그자의 기척은 느낄 수 없었지만 자신의 등을 겨누고 있는 칼날만큼은 생생하게 느껴졌다. 명환은 자신의 인생과 어울리지 않는 거대한 음모에 빠졌음을 직감했다. 날이 밝는 대로 떠나야겠다고 다짐했다. 아랫도리가 축축했다. 오줌을 지린 것이다.

명환이 알려준 수영의 본가는 청계천 가의 가난한 동네였다. 거지 움막촌과 인접해 있어 치안도 나쁘고 도랑에 모인 오물들로 인해 불쾌한 냄새가 나는 곳이었다. 수영은 코와 입을 막고 자신의 집을 찾았다. 불규칙하게 이어진 골목은 까딱하면 길을 잃기 십상이었다.

어디일까, 제대로 가고 있는 걸까, 그가 잘못 알려준 게 아닐까, 내 식구들은 아직 나를 기다리며 살고 있을까. 불안과 의심 때문에 목적지가 더욱 멀리 느껴졌다.

뎅―

인정(人定)[23]의 첫 번째 종이 울렸다. 수영의 발이 더욱 급해졌다.

뎅―

두 번째 종이 울렸다. 막다른 골목에서 수영은 노비들에게 배운 욕설을 뱉으며 되돌아나왔다.

뎅―

세 번째 종이 울렸다. 길에 남은 인적이 사라지고, 집집마다 불이 하나 둘 꺼졌다.

뎅―

네 번째 종소리. 수영은 처음 도성에 들어왔을 때와 같은 기시감을 느꼈다.

뎅―

다섯 번째 종소리. 수영은 이성을 접고 발길이 가는 대로 움직였다.

수영의 발이 어느 집 앞에서 멈췄다.

어두컴컴한 집은 사람이 오래 살지 않았는지 수 겹의 거미줄로 뒤덮여 있었다.

깨진 장독대와 먼지만 가득 쌓인 절구, 부서진 지붕을 받치고 있는 살이 나간 문, 보수하지 않아 후두둑 흙이 떨어지는 벽, 곰팡이가 잔뜩 슨 이불……

---

23) 밤에 통행을 금지하기 위해 종을 치던 일.

어린 수영은 마당에 쪼그려 앉아 바닥에 떨어진 전을 주워 먹고 있었다. 흙이 바슬바슬 씹히긴 했지만 간만의 명절 음식을 버리기 아까웠다. 입에 묻어 반짝이는 기름을 혀로 닦으며 맛을 음미하고 있는데, 무시무시한 주걱 그림자가 수영의 작은 그림자를 삼켰다. 어머니였다. 수영은 잽싸게 도망가려 하다가 잡혀서 호되게 혼이 났다. 탈 나니까 주워 먹지 말라고 몇 번을 말했어, 이 녀석아! 잘못했어요, 다시는 안 그럴게요!

꼭 감고 있던 눈을 떠보니 수영은 세월을 껑충 뛰어넘은 스무 살 젊은이였다. 단정히 관복을 차려 입은 수영은 집을 나섰다. 뒤에서 서방님, 하고 부르는 소리에 돌아보자, 앞치마를 두른 아내가 그의 살짝 삐뚤어진 사모를 바로 씌워주었다.

나이는 들었지만 여전히 엄한 어머니도 따라 나와 늘 그러던 것처럼 '입궐하는 데 옷차림에 신경을 안 썼다'며 꾸지람을 했다. 수영은 웃으며 잘못했다고 대꾸하고 집을 나섰다. 낮은 담 너머로 아내와 어머니가 그의 뒷모습을 끝까지 지켜보고 있었다.

뎅–

스물여덟 번째 종소리가 끝났다.

이미 반쯤 정신이 나간 수영은 자신이 전을 주워 먹었던 마당 한복판에서 전 대신 깨진 장독대의 파편을 집었다. 꽉 쥔 손에서 조금씩 피가 뚝뚝 떨어졌다. 그렇게라도 하지 않으면 육체와 정신의 고통을 이길 수 없을 것 같았다.

개구쟁이였던 유년시절부터 행복했던 신혼시절까지 모두 다 어디

에 있단 말인가. 아내는? 어머니는? 따뜻해야 할 우리 세 가족의 집
이 왜 이렇게 되었을까? 잃어버린 기억처럼 폐허가 된 집은 그의 마
음을 갈가리 찢어놓았다. 유일하게 남아 있던 하나마저 빼앗아 가
야 했을까, 운명이란 잔혹한 놈은.

　바닥이 축축해졌다. 피를 너무 많이 흘린 것일까, 대문 밖에 여인
의 그림자가 어른거렸다. 생생한 그녀의 목소리는 그것이 환영이
아니라고 알려주었다.

　"서방님……."

나는 어디에서 왔는가

월산대군이 수영의 실종 소식을 들은 것은 그가 집을 몰래 빠져 나간 지 한 시진쯤 지난 후였다. 화재로 인한 소란 중에 감시가 소홀해진 틈을 타 없어진 것이다.

　다급히 소식을 전한 행랑아범과는 달리, 월산대군은 읽고 있던 서책에서 눈도 떼지 않았다. 마치 예상하고 있었다는 듯이.

　그는 행랑아범에게 가노들을 풀어 도망친 종놈을 쫓으라 시키고, 특히 믿을 만한 가노들에게 누구의 눈에도 띄지 않게 청계천가의 민가를 샅샅이 뒤져보라고 명했다. 사병처럼 훈련된 충실한 가노들은 즉시 흩어졌다.

　월산대군은 홀로 관복을 정갈히 갈아입으며 입궐 준비를 했다. 윷은 던져졌다. 어떤 패가 나올지 아무도 몰랐다. 상대편의 패를 어느 정도 읽고 있으니 승산이 없는 것은 아니었다. 하지만 어떻게 나올지 짐작조차 할 수 없다는 것이 상대의 무서운 점이었다. 누구도 승패를 예측할 수 없는 지금은 윷보다 윷판, 즉 천기의 흐름이 더 중요했다. 월산대군은 하늘을 올려다보았다. 자미성[24]은 구름에 가려 보이지 않았다.

조용하고 불안한 소란에 여종들이 잠에서 깨어나 수군거렸다. 나이 지긋한 취비는 같은 방을 쓰는 춘비의 이부자리가 싸늘한 것을 발견했다. 그녀의 짐도 보이지 않았다.

수영은 자신의 집이었던 폐가에 홀연히 나타난 여인을 보고, 여인의 입에서 그토록 듣고 싶었던 말이 흘러나온 것을 듣고, 그녀의 떨리는 두 손을 잡고도 믿을 수가 없었다. 환상이 지나쳐 미쳐버린 것일까? 그러나 그녀는 다시 한 번 울먹이며 정확히 말했다.

"서방님…… 저여요."

수영은 눈을 비비고 고개를 흔들며 정신을 차리려 애썼다. 잘못 본 게 아닐까? 잠시 비친 달빛에 드러난 여인의 얼굴이 익숙했다. 차라리 모르는 얼굴이었다면 재회의 기쁨만을 느꼈을 텐데, 수영은 당혹스러웠다.

"당신이…… 어째서……."

딱, 딱, 순라군이 행순을 도는 소리가 들려왔다. 여인은 수영의 손을 이끌어 먼지가 가득한 부엌으로 숨었다. 이제 월산대군의 집으

---

24) 북두성의 동북쪽에 있는 15개 별 가운데의 하나. 모든 별들을 다스리는 별들의 제왕이라고 알려져 있다.

로 돌아가기란 여러 모로 어려워졌다. 순라군에게 잡히면 꼼짝없이 곤장을 맞아야 할 뿐 아니라 이미 자신의 탈출을 알아챘을 월산대 군이 어떻게 나올지도 모를 일이었다.

여인은 한 번 스쳤던 적이 있는 그의 손을 쓰다듬었다. 상처 입은 아기 새 같은 거칠고 작은 손. 몰래 먹을 것을 주고 옷을 빨아주었던 다정한 손. 늘 수줍게 외면하던 새까만 눈동자는 수영을 똑바로 바라보고 있었다. 수영은 어둠 속에서 그녀, 춘비의 얼굴을 하나하나 뜯어보았다.

그대가 정말 내 아내라고?

수영은 한손으로 잘 보이지 않는 춘비의 얼굴을 더듬었다. 자세히 들여다보고 싶었다. 아담한 이마, 붓으로 스친 듯 가는 눈썹, 도톰 한 눈두덩이, 길게 늘어진 속눈썹, 조금 위로 치켜뜬 눈매, 조그마한 코, 차갑고 메마른 볼, 따뜻하게 젖어 있는 입술, 가녀린 턱선……. 그는 손가락 끝으로 그녀를 보았다. 이상하게도 그녀와의 만남이 상상처럼 아름답지도, 참았던 그리움이 불타오르지도 않았다. 그저 아리따운 여인의 체온과 살결에 두근거릴 뿐, 서로를 부둥켜안고 오 열하는 것 따위의 감정적인 동요가 일지 않았다.

"정말 나와 혼인한 이요?"

"……저를 몰라보시겠어요?"

"알았다면 처음 마주쳤을 때 알아봤겠지."

그는 자조적인 대답으로 참담한 심경을 대신했다. 깊은 내면에서 끊임없이 춘비에 대한 의구심을 떨칠 수 없었다. 기억의 파편에 묻

어 있는 감정과 달리 눈앞의 여인에게선 본능 외에 아무것도 느낄
수 없었던 것이다. 마치 처음 보는 사람과 앉아 있는 것처럼 어색하
고 불편하기까지 했다. 기억을 잃었기 때문에 당연한 것일까.

"무엇이든 다 말해주오. 나는, 당신은 어떤 사람이었소?"

춘비가 잡고 있던 손을 놓았다. 툭 떨어진 손이 그녀의 허탈함을
짐작하게 했다. 배신감과 슬픔을 억누르고 있으리라, 수영은 아내
라기보다 한 가련한 여인에 대한 연민으로 그녀의 손을 다시 움켜
잡았다.

"우리의 시간에 대해 이야기해주오. 그대가 기억하는 모든 것은
내 기억일 테니. 그대를 보며 그리움이 다시 떠오를 수 있도록, 그대
를 사랑했음을 기억할 수 있도록."

춘비는 침착하고 빠르게 수영의 시간을 과거로 돌렸다. 메마른
목소리가 마치 다른 사람의 이야기를 읊조리는 듯했다.

가난한 생원의 아들이었던 당신과 보잘 것 없는 집안의 여식인 저
는 중매쟁이의 소개로 처음 만났습니다. 저는 양친이 이른 나이에
돌아가셔서 혼례를 올리자마자 당신과 당신의 어머니를 모시고 살
게 되었지요. 시아버님도 일찍이 돌아가셨다고 하시더군요. 우리
세 가족은 가진 것 없어도 행복했답니다…….

당신은 어린 나이에 당당히 문과에 합격했습니다. 처음에 일등으
로 급제했지만, 무슨 이유에서인지 다른 이에게 그 자리를 빼앗겨
매우 슬퍼했어요. 못하는 술도 참 많이 마셨고요. 하지만 당신의 재

주를 많은 사람들이 알아주었고, 세자저하를 가르치는 등 능력을 인정받으면서 춘추관 서기관에서 종육품 이조좌랑까지 오르게 됩니다. 그리 빠르게 높은 자리까지 올랐던 데는 한명회 어르신의 도움이 컸다 들었습니다.

새 임금님께서 보위에 오르시고, 당신은 봉상첨정(奉常僉正)이 되어 선대왕의 실록 편찬에 참여하게 되었습니다. 곧 출세 가도를 달리게 될 것이라며 들떠 있었던 것이 기억납니다. 며칠간 궁에서 숙직하느라 집에 돌아오지 않던 당신을 기다리고 있었는데, 느닷없이 관군이 몰려와 집을 쑥대밭으로 만들었습니다. 듣기로는 당신이 실록을 만들던 와중 큰 잘못을 저질렀고, 그로 인해 사형을 당할 거라고 했어요. 저와 어머니는 청천벽력과 같은 소식에 당신을 만나려 노력했지만 면회조차 되지 않더군요.

제가 당신을 마지막으로 본 것은 유배를 떠나던 길목에서였습니다. 다행히 사형만은 면했지만 바다 건너 먼 섬에 유배되었다고 했어요. 어머니는 통곡하다 실신하셨고, 저 역시 죽고 싶은 마음뿐이었습니다. 그러나 당신의 당부가 있어 정신을 차려야 했지요.

'집 뒷마당 오동나무 아래 숨겨놓은 물건이 있다. 내가 돌아올 때까지 그것을 지켜야 한다.'

그렇게 당신이 떠나고 소식마저 끊겼습니다.

어머니는 이후 돌아가셨고, 저는 친구 분의 도움으로 장례를 치를 수 있었습니다. 그리고 저는 당신이 목숨을 걸고 숨겨놓은 물건이 무엇이었는지 찾아보았지요. 그것이 당신이 저질렀다는 죄와 연관이 있을 거라 생각했어요. 분명 당신은 그러실 분이 아니라고, 모함이 있었을 거라고, 서방님을 믿었기 때문이었습니다…….

청계천 빈민가로 달려온 월산대군의 가노들은 신속히 흩어졌다. 방실은 혼자 월산대군이 일러준 곳을 찾았다. 그토록 붙어 있으면서 놈을 감시했건만, 방심한 새에 탈출한 것이다. 놈을 잡지 못하면 쫓겨나게 될지도 모르는 일이었다. 내 이놈을 잡으면 요절을 내리라. 어디 하나는 부러뜨려 끌고 갈 것이다. 방실은 이를 갈며 폐가에 도착했다.

발소리를 죽인 방실은 어둠에 익숙해지기 위해 잠시 눈을 감았다 떴다. 마당에 생긴 지 얼마 되지 않는 얼룩이 흩뿌려져 있었다. 물인가, 손으로 찍어 냄새를 맡아본 방실은 회심의 미소를 지었다. 피 냄새였다.

방실은 몽둥이를 다잡고 방안의 기척을 살폈다. 아무도 없는 듯했다. 더욱 신중히 걸음을 옮겨 부엌으로 향했다. 부엌문이 굳게 닫혀 있었다. 방실은 심호흡을 하고 부엌문을 있는 힘껏 발로 찼다. 걸려 있던 걸쇠가 박살나면서 문짝이 떨어져나갔다. 뒷문이 열려 있는 부엌에는 먼지만 가득할 뿐, 사람의 온기조차 남아 있지 않았다.

청계천 다리 밑 걸인의 움막에서, 수영과 춘비는 추노(推奴)들의 움직임을 모른 채 바삐 정보를 교환했다.

월산대군이 수영에 대해 잘 알고 이용하려는 것이라면 그의 집 정도는 금방 찾을 것이라는 판단에서 장소를 옮긴 것이었다. 움막의 주인은 춘비가 준 싸구려 노리개를 들고 희희낙락하며 자리를 비켜 주었다. 고약한 냄새가 풍겼지만 두 사람이 몸을 숨기기에는 부족함이 없었다.

어머니가 돌아가셨다…….

수영은 무슨 정신으로 움막까지 왔는지 몰랐다. 가슴이 먹먹하고 아렸다. 하나뿐인 어머니의 임종도 지키지 못한 불효. 어머니는 얼마나 자식이 원망스러웠을까. 희미하게 남아 있는 기억이 더욱 가슴을 쳤다. 구천에서도 아들이 보고 싶어 기억 속으로 찾아오셨으려나. 슬픔이 너무 커 호흡조차 막혔다. 어찌할꼬, 어찌할꼬.

수영이 더 이상 참지 못하고 울음을 토해내려 할 때, 춘비가 그의 손을 잡았다. 정신이 들었다. 지금은 일단 모든 기억을 되찾아야 한다. 간신히 만난 아내와 자신을 쫓는 추적자들의 손아귀에서 벗어나야 잘못된 과거를 바로잡을 수 있다. 수영의 눈빛이 조금 선명해진 것을 본 춘비는 머리에서 자신의 비녀를 뽑았다.

갑자기 삼단 같은 머리를 풀어헤친 춘비의 행동에 수영은 어리둥절했다. 춘비는 비녀를 두 조각으로 분리했다. 속이 빈 비녀 안에는 작게 말아 넣은 종이 뭉치가 있었다.

"중요하지 않다고 생각한 다른 기록은 딴 곳에 묻어놓았습니다. 하지만 이 부분이 중요한 것 같고, 또 이것 때문에 서방님이 화를 당한 것 같아 늘 가지고 다녔지요."

수영은 움막에 있던 부싯돌을 찾아서 마른 나뭇가지를 모아 약하게나마 불을 켰다. 춘비가 건넨 종이는 잘 밀봉해놓은 탓인지 비교적 상태가 양호했다. 다만 꽁꽁 접어놓아서 조금만 힘을 줘도 결을 따라 찢어질 것 같았다.

조심스레 종이를 펼친 수영은 미간을 있는 대로 찌푸리며 한 글자한 글자 간신히 읽어나갔다. 이것 때문에 자신이 귀양을 떠났다 했다. 이 문서가 모든 비극의 시발점이었을 것이다.

…… 청했다. 임금이 꾸중하기를,

"늦은 시간에 긴밀히 찾아온 연유가 있을 터인데 한갓 안부나 여쭙는 것이냐? 말하고자 하는 바가 무엇이냐?"

하였다. 신숙주가 두려움에 떨며 아뢰기를,

"신이 들은 것이 있사온데, 그 내용이 참담하기 그지없어 차마 아뢰기 황송하옵니다."

하였다. 임금이 재차 추궁하자 아뢰기를,

"월산군이 역심을 품었다는 정보를 입수하였습니다."

하였다. 임금이 크게 노하여 말하기를,

"누구에게 그런 불경한 말을 들었느냐?"

하였다. 신숙주가 아뢰기를,

"신이 월산군의 동태가 수상하여 심복을 붙여 월산군의 집에 노비로 들였습니다. 들은 바로는 이시애[25]를 따르던 자들이 전하께 불만을 품고 월산

---

25) 조선 전기의 무신. 세조가 북방민 등용을 억제하고 중앙집권 체제를 강화하자 반란을 일으켰으나 실패했다.

군을 임금으로 추대하여 역모를 꾸미고 있다 하였습니다. 고변한 자에 따르면 월산군이 '순서를 따지면 선대왕의 첫째 원손인 내가 마땅히 세자 자리를 잇고 왕이 되어야 한다. 내가 세자 자리를 빼앗긴 것은 법도에 맞지 못하다. 한양 모든 이들이 이미 나를 세자로 여기고 있고, 그것이 천기를 따르는 것이라 한다. 이제 잘못된 순서를 바로잡아 조선을 안정시켜야 할 것이다'라며 모의를 주도했다 합니다. 제 목숨을 걸고 한 치의 거짓이 없음을 아룁니다. 이 일을 어찌하면 좋겠습니까?"

하였다. 임금이 이르기를,

"그것이 사실이라 하더라도 내가 부덕한 탓이니 어찌하겠는가. 또한 월산군은 영특하고 심성이 착하여 함부로 역모를 꾸밀 만한 이가 아니다. 허무맹랑한 모략이 분명하다. 내일 월산군을 따로 만나 이야기를 나누어 볼 것이니, 너는 절대로 이 일을 발설하지 말라."

하니, 그대로 따랐다.

수영은 자신의 눈을 의심하며 다시 기록을 읽었다. 분명 자신의 글씨체였다. 몇 번이고 읽어봤지만 오독한 내용은 없었다. 그는 믿을 수가 없어 바닥에 글자를 써보았다. 한자 획의 시작점, 떨어지는 모양 등 어느 것 하나 다르지 않았다. 종이가 파들거리며 떨렸다.

이것은 아무래도 사초[26]인 듯했다. 사초라는 단어가 떠오르자마자 잊고 있었던 두통이 찾아왔다. 까무러칠 것 같은 고통이었지만 그는

---

26) 실록·일기 등 역사 편찬의 첫 번째 자료로서 사관이 매일 기록한 원고.

자신을 걱정할 아내를 위해 내색하지 않았다. 왜 이것을 자신이 가지고 있었을까? 오직 그 이유에만 집중했다.

아내의 말에 따르면 자신은 실록을 작성하는 중책을 맡았다 했다. 춘추관 서기관이었다니 말단 관리 시절 사초를 작성했던 것 같다. 임금에게 일어난 모든 일을 기록하는 사관. 사초는 엄중히 보관하기 때문에 이 문서는 누구도 보지 못했을 터.

그러다 임금이 죽고 실록을 편찬하려던 와중에 자신이 썼던 이 기록을 다시 발견하게 된다. 월산군의 역모. 이 사실은 임금과 대신만의 은밀한 비밀이었으나, 사초를 토대로 실록을 만들자면 다시 세상 밖으로 나올 수밖에 없는 상황.

그때 자신은 이것을 숨겨야 된다고 판단했을 것이다. 만일 숨기지 않았더라면 이미 지난, 확실치도 않은 역모의 죄로 인해 많은 이들이 목숨을 잃었을지도 모른다.

그러나 수영이 실록에 손을 댔다는 사실이 어찌 된 영문인지 밝혀진다. 그 죄목으로만 처벌받았다는 것으로 보아 월산군의 역모는 분란을 일으키지 않고 조용히 묻힌 모양이다. 불행인지 다행인지 모르겠지만.

헌데 십수 년 전의 민수영은 이 무서운 기록을 차라리 태워버리든가 없애버리지, 왜 아내에게 맡기고 떠난 것일까?

"아마도 당신은 이것을 없애는 것은 사관의 도리가 아니라고 생각하셨나 봐요. 그래서 제게 지키라고 당부하셨겠죠. 전 오동나무 아래 깊은 땅 속에서 이것을 발견했지만 글을 몰라서 조명환이란 친구 분께 보여드렸어요. 그분도 내용을 알려주시고 많이 당황하시더군요."

수영은 명환을 만났을 때를 떠올렸다. 두루뭉수리했던 그의 말과 달리 아내로 인해 사초의 내용까지 모두 알고 있었던 것이다. 야속하게만 느껴졌던 친구의 태도를 조금은 이해할 수 있었지만 더불어 그가 믿을 만한 사람인지 의심스러웠다. 누군가에게 이 사실을 발설한다면 두 사람은 꼼짝없이 사초를 숨긴 죄와 더불어 역모를 숨겼다는 죄목으로 목숨을 부지하기 어려울 것이다.

조명환을 믿어도 될까? 수영은 이미 기억을 잃었다는 이유로 어머니라 믿었던 노파와 좋은 동생이라 여겼던 이정에게 완전히 속은 적이 있다. 아무도 믿을 수 없었다. 눈앞의 아내조차도 끝까지 의심의 끈을 놓지 못하였기에, 조명환도 언제든지 배신할 수 있다는 생각이 그를 불안하게 했다.

"유배지에서 갑자기 당신이 사라지셔서 백방으로 찾아보았지만 찾지 못했어요. 전 머리가 나빠 잘은 몰라도, 당신이 사라진 게 월산대군과 관련이 있을 거라고 생각했어요. 혹시 그자의 곁에 있다 보면 당신의 소식을 듣게 되지 않을까 해서요. 그래서 이름을 바꾸고 그 집의 취비로 들어갔지요."

"……무엇이오, 부인의 진짜 이름은?"

수영의 아내는 처연한 얼굴로 그를 바라보다가, 부인이라는 호칭에 비로소 서글프게 웃었다.

"이…… 연화입니다."

오경(새벽 4시 전후)을 알리는 파루의 첫 번째 종소리가 멀리서 울려 퍼졌다. 월산대군도 조금씩 초조해지기 시작했다. 아직까지도 수영을 찾지 못한 것이다.

통행금지가 풀리면 두 사람은 도성 밖으로 빠져나갈 가능성이 높았다. 그렇게 되면 수영이 가진 사초를 영영 못 찾게 될 수도 있었고, 최악의 경우 다른 자의 손에 들어가게 되면 사태가 더 악화될 것이었다.

월산대군은 일단 도성의 각 문마다 도망친 노비들이 있으니 경계를 강화하라는 전갈을 띄워 놓았다. 그리고 취비를 불러 수영과 같이 없어진 여종이 누구인지 물었다. 이상하다 싶을 정도로 춘비라는 여종에 대해 아는 사람이 없었다. 어디 출신인지 어느 댁에서 일했는지 밝혀진 바가 없는, 노비들 사이에서도 수수께끼 같은 인물이었다.

그는 오늘 내로 도망친 계집종의 정체를 알아오라고 호령하고 궐에 들어갈 차비를 했다. 임금을 만나야 한다. 어떻게든 대비를 해야 한다.

수영과 연화는 빈민촌의 어느 백정을 만나, 버리는 내장들을 모아놓은 수레에 자신들을 실어달라고 부탁했다. 연화는 주머니에 숨겨놓았던 가락지 하나를 그에게 건넸다. 그녀의 처지와는 어울리지 않게 주머니에는 어느 정도 팔 만한 장신구들이 들어 있었다. 수영은 이것들이 다 어디서 났냐고 묻고 싶었다. 혹시 시집올 때 가져온 패물이 아닐까. 하지만 그런 의심은 제 처지에 주제넘은 짓이라 여기고 아무 말 못 했다. 어쨌든 그녀의 주머니는 그들이 도망가는 데 요긴하게 쓰일 자금줄이었다.

추운 날씨임에도 썩어 문드러진 고기의 내장 냄새에 구역질이 났지만, 안전하게 나루터까지 가려면 어쩔 수 없었다. 월산대군 정도의 신분이라면 이미 도성의 관군들을 움직였을 테고, 차라리 배를 타고 벗어나는 쪽이 더 안전할 것이라는 생각이 들었다. 두 사람은 최대한 썩은 내장 국물이 몸에 튀지 않게 신경 쓰며 꼭 붙었다. 연화는 수영의 품에 꼼짝도 않고 안겼다. 월산대군의 으리으리한 집에 비하면 시궁창보다 더 끔찍한 장소였지만 수영은 어느 때보다 행복했다.

그는 다시는 아내와 떨어지지 않기로 다짐했다. 단지 자신이 돌아올 때까지 기록을 지켜달라는 한마디 때문에 이름마저 숨기고, 원수일지 모르는 사람의 집에서 종으로 살아야 했던 아내다. 아직까지 오래전 부부의 정은 느껴지지 않았으나 그녀의 정절과 희생은 결코 저버릴 수 없다.

역모, 사초, 신하의 도리, 이깟 것이 다 무슨 소용이란 말인가. 그는 이 종이쪼가리를 태워버리고 멀리 아무도 찾지 않는 곳으로 도망가 살자고 말했다. 일이 잠잠해지면 어머니 무덤에 정식으로 제를 올리고, 끊어졌던 부부의 연을 다시 잇고, 아이도 낳고, 그렇게 소박하게 살자고.

연화 역시 동의했다. 그러나 사초를 태우는 것에는 주저했다. 두 사람이 모든 것을 버리면서까지 지키려 했던 역모의 증거다. 좀 더 신중히 생각해야 한다.

수영은 연화의 말에도 일리가 있다는 생각에 일단 문제의 사초를 다시 비녀에 숨겼다.

필요한 것은 이것뿐이었다. 수영은 급히 나오느라 월산대군의 집에 두고 온 아내의 서찰이 못내 아쉬웠지만, 바로 옆에 그토록 그리워하며 찾던 아내가 있으니 이제 필요 없어졌다고 생각했다. 앞으로 직접 얼굴을 마주보며, 보드라운 살결을 매만지며 서로 못 다한 연심을 표현하면 될 터였다.

덜그럭, 덜그럭. 달구지는 천천히 나루터로 향해 갔다. 과천으로 가는 가장 빠른 나루인 동작진에서 배를 타면 도성은 금방 벗어날 수 있을 것이다. 혹시 잠복해 있을 추적자들을 따돌리는 것이 관건이었지만, 수영은 아내를 안고 있다는 행복에 젖어서인지 행운이 따를 거라고 긍정했다.

인적이 뜸한 나루터 근처에 도착한 두 사람은 덮고 있던 짚단을 벗고 달구지에서 내렸다. 풀 숲 사이로 곧 떠나려는 배 한 척이 눈에 띄었다. 이른 아침이어서인지 사람은 많지 않았다.

어떻게 해야 저 배에 오를 수 있을까, 머리를 굴리던 수영은 문득 이전에 추적자를 따돌릴 수 있었던 행랑아범의 묘책이 떠올랐다. 사람의 심리란 단순해서 옷을 바꿔 입으면 같은 사람이라도 얼른 못 알아보곤 한다. 수영은 아내를 바라봤다. 아내는 자신의 옷을 입으면 될 테지만 자신이 여자 옷을 입을 수는 없는 노릇이었다. 고민하다 공돈 생겼다며 신 나게 길을 내려가는 백정의 뒤통수를 바라보았다.

갑작스런 공격에 미처 대비조차 못하고 픽 쓰러진 백정을 보며, 수영은 마음속으로 수백 번을 사죄했다. 이곳까지 옮겨준 대가치고 가락지 하나는 너무 비쌌다는 식으로 합리화시키면서, 수영은 백정의 옷을 벗겼다.

아내는 수풀 속으로 들어가 자신이 벗어준 옷을 입고 있었다. 수영은 애써 돌아가는 시선을 잡고 백정의 옷으로 갈아입었다. 역시 옷을 갈아입고 나온 아내는 아무래도 선이 고와 남자로 보이지 않았다. 그녀의 얼굴에 흙을 펴 바르고 망건까지 직접 매주었다. 두 사람의 시선이 오고갔다. 서로를 담고 있는 눈망울에서 그는 희망과 믿음을 보았다.

먼저 내려간 연화는 태연하게 사람들 사이로 걸어갔다. 수영은 숨어서 이를 지켜보다 행여나 무슨 일이 생기면 바로 튀어나갈 수 있도록 준비하고 있었다. 주변을 살펴보니 과연 월산대군 집에서 몇 번 마주쳤던 가노 하나가 무심히, 그러나 날카로운 눈으로 주변을 두리번거리고 있었다.

제발 들키지 마라…… 수영은 그녀가 무사히 삯을 지불하고 배에 올라탈 때까지 가슴을 졸였다. 이제 자신의 차례였다.

숨어 있던 곳에서 배까지 너무나 멀게 느껴졌다. 극도로 긴장해서 걷는 방법조차 까먹을 지경이었다. 왼발 다음에 오른발, 그 다음이 오른발이었던가? 수영은 곁눈질로 자신을 바라보고 있는 아내에게 서둘러 달려가고 싶었다. 가노는 수영을 흘끗 보았지만 별 관심을 두지 않았다. 혹시 얼굴을 알아볼까봐 머리를 풀어헤치고 얼굴도 흙으로 지저분하게 꾸며놓은 상태였다. 수영은 널뛰는 가슴을 진정시키며 꾸준히 걸었다.

십 리는 되어 보였던 거리가 어느새 많이 가까워졌다. 뱃사공에게 삯을 주고, 수영은 배의 구석으로 가 아내와 조금 떨어진 곳에 자리를 잡았다. 해냈다는 안도감이 들었다. 이제 멀리 떠나기만 하면 된다. 수영은 아내를 얼싸안고 싶었지만 꾹 참았다. 배에서 내리면 앞으로 실컷 웃고 떠들고 미래에 대해 이야기할 수 있으리라.

배가 출발했다. 배에 탄 몇 안 되는 사람들은 두 사람에게 눈길도 주지 않았다. 수영은 조금쯤 한가로운 기분을 만끽하며 흘러가는 강변 풍경을 바라보았다. 더 빨리 가면 좋으련만. 쌀쌀한 강바람에도 수영은 추위조차 느끼지 못했다.

멀리 강의 남쪽, 금빛 모래사장 위로 수려한 전나무와 화려한 정자가 보였다. 한 폭의 그림 같은 풍경을 넋을 잃고 바라보던 그때, 수영은 머리를 가격한 둔탁한 충격을 끝으로 정신을 잃었다.

서방님…….

꿈결에서 아내의 목소리가 살랑거리듯 귓가를 간질였다. 얼마나 오랜 기다림이었는지, 그대는 알까. 이리 오시오, 어서 오시오…….

서방님, 눈을 뜨세요……

수영은 무자비하게 가해지는 폭력에 몸을 맡기며, 희미하게 미소 지었다.

눈을 떴다. 나는 누구인가. 나는 민수영. 어디에서 왔는가. 한양 청계천 인근 빈민촌. 어머니는 어디 계신가. 알 수 없다. 친구는? 등을 돌렸다. 아내는 어디 있는가. 함께 있었다. 그러나 살았는지 죽었는지 모른다. 이곳은 어디인가. 모른다. 왜 이렇게 되었나. 모르겠다. 살아 있는가. 모르겠다.

수영은 밭은기침을 뱉었다. 아직은 죽지 않았다. 그 모진 몽둥이질에도 숨은 붙어 있었다. 언제 또 시작될지, 언제 끝날지 모르는 집요한 고문은 수영을 죽이려는 목적이 아니었다. 그들은 원하는 대답이 나올 때까지 갈수록 강도를 높여 죽지 않을 만큼만 고문했다.

서까래에 발가락만 묶어 거꾸로 매달아 고문자가 지칠 때까지 몽둥이를 휘두르고, 쉴 때는 엉덩이에 촛불을 대 허공에서 춤을 추게 만들었다. 요강 대용으로 오줌을 갈기고, 기운이 나면 다시 때렸다.

그래도 입을 열지 않자 고문의 빈도가 점점 잦아졌다. 학춤, 원숭이걸이, 골 때리기 등 다양하고 전문적인 고문 방법이 나왔다. 고문자들은 이제 광기 어린 희열을 느끼며 절대적 강자의 지위를 마음껏 누렸다. 누굴까, 나에게 원하는 게 뭘까.

짐작 가는 것은 아내의 비녀 속 사초. 그러나 수영은 질식할 때까지 숨이 막히고 살과 근육이 찢어지는 와중에도 마지막까지 사초에 대해 입을 열기를 주저했다. 정체를 모르는 자들에게 이 중요한 문건을 넘길 수 없다는 사관으로서의 의무감? 이유가 어찌되었든 자신을 보호해주었던 월산대군에 대한 의리? 수영은 자신에 대해서도 납득하지 못한 채 정신력으로 할 수 있는 데까지 버텨보았다. 하지만 점차 한계에 다다랐다.

한명회는 자신의 서재에서 새끼손가락으로 서안을 톡톡 두드리며 바깥쪽의 소식을 기다리고 있었다. 그의 앞에는 매우 구겨진 낡은 종이 한 장이 펼쳐져 있었다. 한명회는 그 종이보다 자꾸 쏟아지는 잠을 이기는 데 더 집중했다. 나이가 들어서 그런지 해가 지면 금방 잠이 온단 말이야. 서안을 두드리던 소리가 멎었다. 꾸벅 잠이 든 것이다.

"대감마님, 손이 오셨습니다."

갑자기 마당쇠가 부르는 바람에 한명회는 팔로 머리를 괴고 졸다가 깜짝 놀라 서안에서 미끄러졌다. 그는 입가의 침을 닦고 종이를 소매 속에 잘 접어 넣은 후, 무거운 몸을 끙, 일으켜 밖으로 나갔다.

스물 중반 정도로 보이는 젊은 손님은 오늘도 희우정에 입고 갔던 비단 도포를 단정히 차려 입고 있었다. 그는 뒷짐을 지고 서서 별빛을 보며 미소 지었다. 어제와 달리 자미원을 가리고 있던 구름이 걷히고 있었다.

"오늘 같은 추야(秋夜)에는 잘 익은 국화주를 마시는 게 제격인데,

아쉽군."

그는 혼자 중얼거리며 간식이 먹고 싶은 어린아이처럼 입맛을 다셨다. 그의 말대로 오늘은 어제와 다르게 유난히 날이 좋았다. 가을밤에 어울리는 가볍고 청명한 공기가 머리를 맑게 했고, 날이 서지 않은 바람이 사지에 적당한 긴장을 불어넣었다.

한명회는 마당으로 내려가 그의 뒤에 공손히 섰다.

"술상을 봐올까요?"

"이리 늦은 시간에 보길 청하였는데 술잔이나 기울일 수는 없지 않나."

"어서 안으로 드시지요, 전하."

임금은 빙긋 웃으며 한명회의 안내를 따랐다.

아프다…….

아프다…….

시간이 얼마나 지났을까.

앞뒤가 잘 분간되지 않는 상황에서, 수영은 꾸역거리는 소리와 코를 찌르는 분뇨 냄새로 이곳이 돼지우리라는 사실을 깨달았다.

온몸에 똥오줌이 묻어 기분 나쁘게 질퍽거렸으나 손발이 결박되어 있어 제대로 설 수조차 없었다. 입이 막혀 있어 소리를 질러봐야 답답한 신음소리만 새어나갈 뿐이었다. 무엇보다 이곳은 인간이 있을 곳이 아니었다. 그는 어떻게든 빠져나갈 곳을 찾느라 몸부림을 쳤지만 출구는 없었다.

어디서부터 잘못된 것일까.

배에 오르기까지 아무 문제가 없었는데, 아내는 어디론가 사라지고 자신은 돼지우리에 묶여 있다. 아아, 기억 조각 조각에서 끔찍한 폭력에 시달리는 자신을 보았다. 팔다리는 어느 한 군데 성하지 않아 움직일 때마다 지독하게 아팠다. 그래도 그는 움직였다. 지금 탈출하지 못하면 아무도 오지 않는 이곳에서 죽을지도 몰랐다. 간신히 만난 아내를 영영 보지 못할 것이라는 두려움. 막다른 벽에 다다른 공포가 그의 의지를 다독였다.

수영이 몸을 비틀며 필사적으로 똥오줌 사이를 헤집고 다니던 와중, 어디에 있는지 분간이 되지 않는 쪽문이 열리면서 누군가 들어왔다.

고문자들이 들어올 때면 소풍이라도 오는 양 신나게 떠들어대는 소리가 들렸는데, 이번에는 조용했다. 문이 열릴 때 얼핏 스친 그림자를 보니 혼자인 것 같았다.

수영은 대항해볼 생각조차 못 할 정도로 폭력에 길들여져 있었기에 더럭 겁부터 났다. 구석으로 최대한 몸을 숨기려 했지만, 이 좁은 공간에서 어디 도망갈 곳도 없었다.

그는 수영의 행동반경을 알고 있는 것 같았다. 수영이 오른쪽으로 조금 움직이면 그도 따라 움직였다. 왼쪽으로 움직이면 같이 따라왔다. 그는 기분 나쁜 콧노래를 부르고 있었다. 장례 때나 들을 수 있는 상여소리였다. 수영이 움직임을 멈추면 알 수 없는 웃음소리를 흘렸다.

털썩, 수영의 발치에 묵직한 중량의 무언가가 떨어졌다. 그것이 부스럭거리며 움직여서야 살아 있는 것이라는 사실을 깨달았다. 그러나 거의 미동도 하지 않아 죽은 것인지 산 것인지도 알아채기 힘들었다.

탁, 탁, 부싯돌이 부딪히는 소리가 나며 작은 촛불이 음울한 빛을 머금었다. 당황과 두려움으로 질려 있는 피투성이의 수영이 드러났고, 그 맞은편에는 순진한 얼굴의 처음 보는 고문자가 수영을 보며 이를 드러내고 웃었다. 마치 자랑스러운 전리품을 들고 온 아이처럼.

서로 대치하고 있기를 얼마쯤, 고문자는 촛불을 바닥에 내려놓았다. 수영 발치의 그것은 커다란 자루였다. 체구가 작은 어른 하나가 들어갈 만한 크기의.

꺼질 듯 흔들거리는 촛불 때문에 잘 보이지는 않았지만 점점이 피가 묻어 있었다. 수영의 머리에 그 자루 안에 들어있을 사람은 하나밖에 떠오르지 않았다.

서방님…… 환청이 들렸다.

수영이 짐승 같은 소리를 내며 울부짖자, 고문자는 히죽거리며 허리춤에 차고 있던 단단한 몽둥이를 손에 쥐었다. 한 치의 주저함도 없이 그는 몽둥이를 내려 쳤다. 퍽, 하며 자루가 꿈틀 했다.

수영은 발작하듯 몸부림을 치며 자신이 맞은 것처럼 신음을 뱉었다. 다시 퍽, 퍽, 번들거리는 몽둥이가 자루 안의 꿈틀대는 무언가를 연속으로 강타했다. 피가 배어나왔다. 자루 안의 움직임이 멎었다.

고문자는 아는지 모르는지 상관 않고 계속 몽둥이를 휘둘렀다. 한 많은 곡조로 느리게 이어지는 콧노래에 박자를 맞추며, 음음음, 퍽, 퍽, 퍽.

수영은 더 참지 못했다. 폭력에 대한 두려움마저 넘어섰다. 수영은 온몸을 던져 고문관에게 달려들었다. 그러나 발이 어딘가에 묶여 있어 앞으로 고꾸라졌다. 희미하게 타던 초가 엎어지면서 마른 건초에 불이 붙었다. 고문관의 얼굴이 적나라하게 드러났다. 크게 치켜뜬 눈, 어이가 없는지 조금 멍청하게 벌어진 입. 그의 손에 쥐어진 피 묻은 몽둥이가 수영을 향해 날아들었다. 어깨에 빗맞은 몽둥이 몇 방에 수영은 의미 없는 반항을 멈췄다.

남자는 몽둥이를 던지고 건초더미에 붙은 불을 밟아 꺼뜨렸다. 어둠 속에서 정적이 흘렀다.

"일에는 순서가 있는 법이야. 순서가 중요해."

누구에게 대고 하는 말인지 알 수 없었다. 악의는 없는 순진한 말투가 수영을 전율하게 했다. 그는 궁시렁대며 다시 초에 불을 붙이고 쓰러져 있는 수영의 앞에 털썩 주저앉았다. 주섬주섬 자루의 끈을 풀던 그는 자루 안의 얼굴을 확인하고 실망한 듯 중얼거렸다.

"에이, 벌써 죽었네."

수영은 간신히 눈을 떠 눈앞에 마주한 피투성이의 얼굴을 바라보았다. 아내의 얼굴이 아니기를 바랐으나, 다른 아는 사람이길 바란 것도 아니었다. 수영의 정면에, 허옇게 눈을 뒤집은 노파의 얼굴이 덩그러니 놓여 있었다.

우우욱, 억눌린 비명소리는 다시 날아온 남자의 몽둥이로 인해 곧 끊어졌다.

"전하께서 밤산책을 즐기신다고는 들었지만, 너무 잦은 것이 아닌 가 염려되옵니다."

"낮에 보이지 않던 것들이 밤에 더 잘 드러나지 않던가. 내가 밤을 좋아하는 건 그 은밀함 때문이라네."

"무엇을 보고 싶으시온지?"

임금은 날카롭게 웃으며 한명회를 지켜보았다. 졸음이 가득한, 늙고 힘없는 노인의 눈빛이 밤의 내밀한 기운을 받아 시퍼렇게 번 뜩였다.

조금이라도 약하게 보인다면 당장 물어뜯을 맹수의 눈. 오늘 밤 은 기로였다. 언제 어디서 공격당할지 모르기에 임금은 해묵은 분 노를 삭이는 데 애를 먹었다. 밤이 길지 않으니 사사로운 감정에 시 간낭비하기보다 속전속결로 일을 진행하는 게 좋았다.

"듣기로, 민수영이란 이름이 밤 기운을 타고 은밀히 퍼지고 있다 지?"

"민수영이라, 그자에 대해 어떻게 아셨습니까?"

"궁 밖을 쏘다니다보니 유행에 민감해져서 말이야. 저자의 싸구려 왈패들도 아는 이름을 어찌 왕이 모를까."

한명회는 속으로 코웃음을 쳤다. 금군을 풀어 왈패들을 잡아들이 라고 한 임금의 밀명을 한명회가 모를 리 없었다. 세조의 장자방인 한명회가 그를 왕위에 올릴 수 있었던 이유 중 하나는 재야에 묻혀 있던 시절 쌓았던 장안의 넓은 인맥이었고, 그중에서 왈패들은 계유정난 때 힘을 보탰던 정보원이자 행동대원들이었다.

왈패들을 캐고 다닌다 해서 자신의 비밀을 들춰낼 수 있으리라 생각했다면 그것은 젊은 임금의 순진한 발상이었다.

"어찌 그자에 관심을 두시옵니까? 오래전 사라진 흉악한 죄인일 뿐입니다."

"알고 있네. 감히 권력이 두려워 사초를 없애고 역사를 조작하려 했다니, 몇 번을 죽여도 시원찮은 죄지."

"선대왕께선 참으로 관대하셨습니다."

"그래. 그때 사형시켰으면 작금 문제될 일은 없었을 텐데."

임금이 먼저 패를 보였다. 한명회는 일단 몸을 사렸다. 임금의 충견인 월산대군을 통해 민수영의 생존 소식을 들었을 것이다. 어쩌면 민수영을 숨긴 것도 임금의 명이었을지 몰랐다.

영악하게도 뒤에 숨겨놓고 있었을 줄이야. 한명회는 모처럼 보인 왕족들의 단합력에 일단 찬탄했다. 늘 골육상쟁만 일삼는 줄 알았더니만.

그러나 모처럼의 협동이 안타깝게도, 일단 한명회의 눈에 띈 이상 그자를 데려오는 건 몇 마디 지시만으로도 할 수 있는 손쉬운 일이었다. 왕까지 직접 납신 것을 봐서는 그의 실종이 자신과 연관되어 있다고 예측하고 찾아온 것이리라.

"그 민수영이란 자의 죄와는 별개로, 그자가 숨긴 사초가 무엇일지 궁금하지 않은가?"

임금은 호기심 가득한 얼굴로 마치 은밀한 비밀을 알고 있다는 듯 한명회를 떠봤다. 한명회는 늙은이만이 할 수 있는 여유로운 미소를 보였다. 그것은 재미난 일을 꾸미고 있는 어린아이의 짓궂은 면과도 닮아 있었다.

"신은 이미 보았사옵니다만."

수영은 어둠 속에서 죽은 이의 얼굴과 마주하고 있다는 두려움에 질려 있었다. 행여 시신의 싸늘한 살갗에 닿을까 움직이지도 못했다. 공포 때문인지, 노파에 대한 사죄의 마음 때문인지, 어딘지 알 수 없는 돼지우리 안에서 비참하게 생을 마감할 자신의 운명 때문인지 부어터진 볼을 타고 쉴 새 없이 눈물이 흘렀다. 눈물과 핏물, 똥물이 범벅이 되어 재갈을 물린 입 속으로 타고 들어왔다.

얼마 지나지 않아 그가 돌아왔다. 영차, 하면서 이번에는 다른 자루를 어깨에 지고 있었다. 아까와는 다르게 여인의 흐느끼는 소리가 자루 안에서 새어나왔다.

잔혹한 상상이 현실로 닥치자, 수영은 모든 것을 포기했다. 가장 중요한 것은 아내, 그뿐이다. 그는 안간힘을 써서 남자를 불렀다. 고문자는 수영의 입마개를 풀어주었다.

"기록을 찾고 있다고 했소? 그 여인의 비녀 속에 들어 있소. 가져가시오, 원하는 것은 다!"

고문자는 실망한 기색이 역력했다. 그는 자루의 입구를 열어 여인의 머리채를 잡고 목을 끌어당겼다. 풀어헤쳐진 아내의 머리는 산발이 되어 짓이겨진 얼굴과 함께 끔찍한 몰골로 수영 앞에 드러났다. 수영은 이성을 잃고 눈물을 쏟으며 이마를 바닥에 찧었다.

"내가 잘못했습니다. 아내는 살려주고, 날 죽이시오, 다 내 잘못입니다……."

"그건 진즉 찾았어. 난 다 알아. 여기선 내가 왕이니까."

한명회는 소매 속에서 낡은 종이 한 장을 꺼내 임금의 앞에 놓았다. 임금의 시선이 종이에 적힌 글자들에 고정됐다. 일순 불길함에 떨리는 임금의 손을, 한명회는 놓치지 않았다.

"월산대군의 역모를 고변한 사초이옵니다."

이미 찾았다니, 그렇다면 왜 죽이지 않고 계속 고문하는 것일까? 수영은 혼란을 느꼈다. 자신이 아는 선에서 그와 주변 사람들이 목숨의 위협을 받을 수밖에 없는 이유는 월산대군의 역모를 적은 사초뿐이다. 그게 아니라면 다른 이유가 있는가?

수영은 극한의 상황에서 아무것도 기억하지 못하는 자신 때문에 미쳐버릴 것만 같았다.

"순서대로, 차례차례, 하나씩 죽는 거야. 넌 가장 마지막이지. 생각나면 말해."

"다 실토하겠소. 뭘 원하는 거요?"

"궁에서 **빼돌린 기록.**"

분명하다. 이들이 원하는 것은 따로 있다. 자신이 그것이 뭔지 기억을 못한다는 게 문제였다. 그러나 이대로 있을 수만은 없었다. 어떻게든 시간을 벌어야 했다.

한명회는 눈을 끔벅이며 졸음을 쫓는 것처럼 보였지만, 실은 임금의 행동 하나하나를 지켜보며 반응을 살피고 있었다.

임금은 별 동요 없이 종이의 글씨를 읽어내려 갔다. 기록의 끝에서 시선을 거두고, 임금은 여유로운 미소를 지었다.

"하고자 하는 말이 있을 텐데."

"내일 당장 국청을 열어야 할 것입니다. 문서의 진위 여부를 알아내는 것이 시급한 줄로 아옵니다."

공론화해서 끝내 피를 보겠다는 말인가.

임금은 속으로 뱉고 싶은 말을 삼켰다. 역모의 고변, 공론화, 실체가 있든 없든 생겨나는 죄목, 억울함과 상관없이 연루된 자들의 피, 숙청, 권력의 이동…… 마치 정해진 교본이 있는 것처럼 진부하지만 간교한 술책. 임금은 평온을 유지하는 듯 보였으나 등에서 흐르는 식은땀을 막을 수는 없었다. 예상치 못한 방향으로 상황이 반전되고 있었다. 목표는 자신의 하나뿐인 형 월산대군 그리고 그 너머의 왕권. 어찌해야 할까.

임금은 생각하는 척 달빛의 방향을 가늠해보았다. 시간을 좀 더 벌어야 했다. 운명의 판도가 그들에게 향하길 바라는 수밖에 없었다.

수영은 남자가 나가고 난 후 더 먼 장소를 댈 것을 후회했다. 노파의 시신을 보고 떠오른 장소였다. 험한 북한산을 넘으려면 그래도 일단 얼마간의 시간이 걸릴 터, 그동안 아내와 이곳을 벗어나야 했다. 그는 어둠 속에 있을 아내를 불렀다.

아내는 몸을 꿈틀거려 수영에게 다가왔다. 어디서 무슨 일을 당했을까. 수영은 불빛이 있을 때 잠시 드러났던 아내의 몰골을 떠올리며 가슴이 미어졌지만, 슬퍼할 새가 없었다.

부스럭, 아내가 몸을 움직여 자루에서 빠져나온 모양이었다. 뒤로 묶인 그녀의 손이 수영의 손에 닿았다.

단단히 묶여 있는 밧줄을 풀기란 쉽지 않았다. 빨리…… 빨리…… 애타는 수영의 마음과 다르게 아내의 손은 자꾸만 밧줄에서 미끄러졌다.

한참 동안 꿈지럭거리던 아내의 손가락이 밧줄을 놓고 수영의 손을 꼭 잡았다. 포기한 것이다. 수영은 아내의 손을 단호히 뿌리치고 이번에는 아내의 밧줄을 풀어보려 했다. 그러나 아까 맞을 때 부러지기라도 했는지 한쪽 손이 말을 듣지 않았다. 시간은 속절없이 흘러갔다. 그는 아내의 몸을 밀쳐냈다. 당신만이라도 여기서 나가오. 아내의 흐느끼는 소리가 수영의 가슴팍을 파고들었다. 수영은 마지막 힘을 주어 그녀를 계속 밀쳤다. 가시오, 멀리 도망가서 날 찾지 마시오…….

아내의 온기가 사라졌다. 온몸으로 바닥을 쓸고 나아가는 소리가 수영에게서 조금씩 멀어져갔다. 수영은 아내만이라도 무사하기를,

허탈한 마음으로 빌었다.

　문이 열렸다.

　꽤 오랜 시간이 흘렀다.

　임금은 한명회가 했던 것처럼 종이를 눈앞에 두고 손가락으로 서안을 톡톡 두드렸다.

　한명회는 임금의 앞에 머리를 조아리고 앉아 그의 결정을 기다렸다. 일찍이 즉위하자마자 귀성군의 역모 사건을 겪은 임금이니, 월산대군의 운명은 이미 끝난 것이나 마찬가지였다.

　귀성군이 누구던가. 한때는 자신과 비등한 권력자였으며, 세조와 태종에 견주는 왕의 재목이었으나, 진위도 확실치 않은 역모 사건에 이름이 언급되었다는 이유 하나만으로 이씨 왕조에서 속적(屬籍) 당한 채 머나먼 영해에서 쓸쓸히 홀로 죽었다.

　더 오래전에는 노산군(단종)이 있었다. 그의 경우 자신이 역도들에게 왕으로 추대되었다는 사실조차 몰랐으나 죄를 물어 사약을 받았다. 그 주변인들과 그들의 삼족까지 모두 비참한 최후를 맞았다.

　월산대군은 스스로 역모를 주동했으며, 그 증거가 임금의 눈앞에 있다. 죽음이 명백하다. 교형인지 참형인지 선택해야 할 뿐.

　한명회는 저려 오는 다리를 몰래 주무르며 오늘 일과를 빨리 끝내기 위해 왕을 재촉했다.

　"얼마나 많은 혈육들이 왕좌를 탐냈는지 전하께서 더 잘 아시잖사옵니까? 특히나 월산대군께서 가진 명분은 너무 많사옵니다. 대역을 모의했다는 게 그 사초에도 나와 있지요."

"명분……. 내가 덕종 대왕의 차남이라는 것? 월산군이란 명백한 계승자가 있음에도 나를 왕으로 추대했던 게 자네였지, 아마."

"모두 왕대비마마의 뜻이었사옵니다."

"누구의 입김이었든, 애초에 순서대로 월산대군이 보위를 이었다면 별 문제가 없었을 텐데. 아니 그러한가?"

"순서는 정하기 나름이지요."

"자네가 정한 순서의 끝에는 늘 피 냄새가 나더군. 내가 정하는 순서에는 조선의 안녕과 평화가 있는데."

"순서의 끝에 놓인 진실이 무엇인지 알려면 피를 두려워해서는 아니 됩니다."

한명회는 웃음을 지어보였다. 순서도, 법도, 조선의 운명조차 피를 보더라도 자신이 정한다는 자만 어린 웃음. 한명회와 원상들에 의해 왕위에 오른 임금은 그 수혜자였다. 그럼에도 자신에게 감사할 줄 모르고 오히려 어떻게든 이겨보려 아등바등하는 임금이 이해가 되지 않았다. 조선과 명나라에 더 큰 영향력을 끼치는 신하에 대한 질투? 임금임에도 제 맘대로 못한다는 투정? 누구 덕에 그 영광을 누리고 있는데, 참으로 어리석은 군주로다.

"부디 사사로운 정에 현혹되지 마시옵소서."

"사사로운 정이라. 염려 말게. 진실이 무엇인지는 곧 알게 될 터이니."

곧? 한명회는 이상한 낌새를 눈치 챘다. 임금은 무언가를 기다리고 있었다. 그 사실을 깨달은 동시에, 밖에서 굵직한 내금위장의 목소리가 들렸다.

"전하."

임금은 한명회가 어찌할 틈도 없이 사초를 들고 밖으로 나갔다. 한명회는 아차, 싶었다. 이미 사초가 임금의 수중에 넘어갔다.

다리가 저린 탓이다. 잠에 취한 탓이다. 월산대군의 역모로 우위를 선점했다고 방심한 탓이다. 사초가 임금의 손에 들어간다고 해도 그것을 없애지는 못할 것이니 아쉬워할 필요는 없었지만, 한명회는 버젓이 눈을 뜨고도 자신의 것을 빼앗겼다는 사실에 어처구니가 없었다. 한명회는 살쾡이처럼 날쌔게 방을 나선 임금을 쫓았다.

마당에 변복을 한 내금위장이 무릎을 꿇고 명을 기다리고 있었다. 임금이 나오자 내금위장 구겸은 거친 숨을 다듬으며 간단히 고개를 끄덕였다. 임금의 표정에 안도의 기운이 스쳤다. 운명의 판도가 자신의 손을 들었다는 자만의 웃음은 아까의 한명회가 지었던 그것과 같았다. 곧 싸늘한 용안 뒤로 사라졌지만.

"진실은, 이 기록을 직접 쓴 자에게 들어보지."

한명회는 뒤통수를 맞은 것처럼 눈을 부릅떴다.

문을 연 것은 아내가 아니었다. 고문하던 남자도 아니었다. 한 무리의 관군들이 좁다란 돼지우리에 몰려 들어왔다. 놀란 돼지들이 꾸엑꾸엑 비명을 지르며 날뛰었다.

관군들은 여기저기 횃불을 비추며 수영과 아내, 노파의 시신을 확인했다.

눈이 멀 것처럼 불타오르는 횃불에 수영은 눈을 질끈 감았다. 그들 중 한 명이 수영에게 무어라고 외쳤으나 이미 제정신이 아니었다. 마치 주문을 외듯 '아내를 살려 달라' 중얼거릴 뿐이었다.

몽환적인 안개 사이로 오라에 묶여 어디론가 끌려가던 수영은 이곳이 이승인지 저승인지 구분이 되지 않았다.

기억나지 않지만, 자신은 죄인이었다. 지옥으로 향하고 있는 걸까. 염라대왕 앞에 서면 무슨 죄를 지었기에 이 많은 고초와 희생을 겪었는지 알려주겠지. 할 수만 있다면 아내를 한 번만 만나고 싶었다. 다음 생에 태어나면 부부의 연으로 만나 못 다한 사랑을 이루기를. 수영은 자신의 앞에 어떤 운명이 기다리고 있을지 모르고 오랏줄에 이끌려 부옇게 밀려오는 새벽안개 속을 끝없이 걸어갔다.

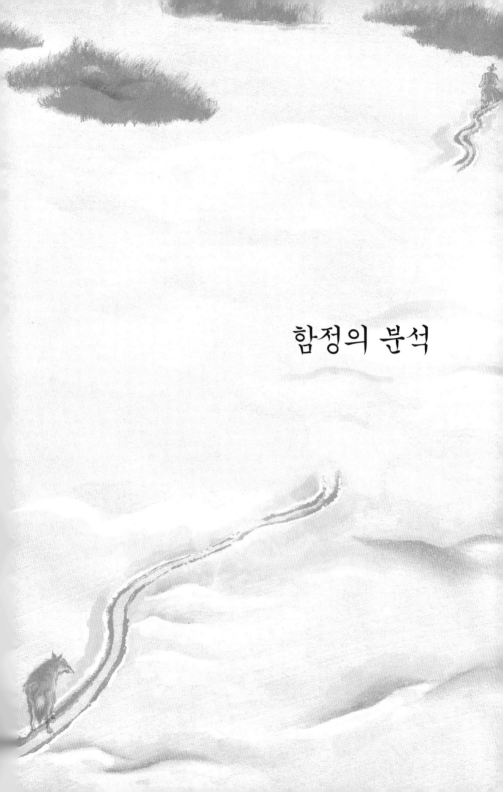

함정의 분석

의금부판사라는 직책은 대부분의 대신들이 꺼리는 자리다. 공명정대함을 증명할 수 있는 일종의 명예직에 가깝지만 죄인들을 마주하고 추국하는 일을 기꺼워할 사람은 아무도 없을 것이다. 재수가 없을 경우, 예컨대 역모 사건이라도 얽히는 날엔 밥 넘길 시간도 없을 정도로 강도 높은 직무의 연속이다.

왕명과 직결된 기관이면서 고귀한 신분의 사람들을 상대하기 때문에 왕 눈치 보랴 대신들 눈치 보랴 내내 똥줄이 타고, 좋으면 청탁, 나쁘면 협박에 시달리기 일쑤다. 내키지 않는 자리니 만큼 권력싸움에서 물러나거나 다음 자리로 올라가기 위한 한시직 정도로 취급받는다. 현 의금부판사 권감도 곧 있을 인사이동만 바라보며 빨리 시간이 가기만을 기다리고 있었다. 공신들의 추대를 받아 이미 병조판서로 내정된 터였다. 그런 그에게 출근도 하기 전 찾아온 반갑지 않은 두 명의 손님은 남은 날이 가시밭길이 되리라 예고했다.

먼저 찾아온 이는 임금이 신뢰하는 젊은 내관 김처선이었다. 속히 의금부에 나가 밤중에 하옥된 자를 철저히 감시하고, 어명 없이는 누구도 접촉하게 하지 말라는 임금의 전언이었다. 그가 돌아간 직후, 이번에는 한명회 대감 댁 가노가 찾아왔다.

그는 마치 앞 사람을 따라하는 것처럼 밤중에 하옥된 자를 철저히 감시하고, 사소한 것이라도 모두 보고하라는 한명회의 명을 전했다. 아무래도 밤중에 누군가 잡혀 들어온 모양이었다. 누구이기에 조선의 정점에 선 두 사람의 주목을 받는 것일까?

권감은 불길한 예감에 대충 관복을 걸치고 정신없이 의금부로 출근했다.

의금부 옥사에는 만신창이의 백정 하나가 들어와 있었다. 내금위에서 끌고 온 자라고 들었다. 누군지, 무슨 죄목인지 적어놓지 않은 숙직 나장에게 호통을 쳤지만, 곧 어명이 있을 것이라는 볼멘 대답만 돌아왔다.

죄인은 곧 황천을 건널 사람처럼 꼴이 말이 아니었다. 고약한 분뇨 냄새 때문에 다른 옥사의 죄인들이 불평을 쏟아냈고, 권감 역시 코를 쥐었다. 물이라도 끼얹고 싶어도 어명 없이는 어쩔 도리가 없었다.

마침 임금이 상침[27]에 들기 전 내관 김처선이 찾아와 몸을 씻기고

---

27) 매일 아침 국왕을 배알하던 약식의 조회.

상처를 치료하라는 어명을 전했다. 내관이 지켜보는 앞에서 나장은 몸에 엉킨 피와 오물을 닦아내고 가져온 흰 무명옷을 입혔다. 엉망이었던 죄인의 얼굴이 드러나자, 권감은 왠지 낯이 익다는 생각에 자세히 들여다보았다. 날 듯 말 듯 기억이 나지 않았으나, 분명 좋은 기억은 아니었다.

권감은 죄인을 직접 치료하려는 내관 몰래 관비 하나를 한명회에게 보냈다.

두 사람의 장단에 맞추느라 그는 진땀을 흘렸다. 골치 아픈 일이 시작되고 있다. 한 명은 조선의 왕, 하나는 왕보다 더 무서운 한명회, 접점이 없는 두 권력 싸움 사이에 낀 이 정체 모를 남자와 자기 자신.

물론 그는 의금부 판사로서 공명정대하게 사건을 처리할 것이다. 하지만 길고 긴 정치 인생에선 어느 쪽에 서야 할까? 몇 년 전까지만 해도 대세는 한명회를 필두에 세운 원상들이었다. 그러나 착실히 쌓아온 임금의 정치적 능력은 원상들의 내공을 조금씩 부수고 있었다. 이번 사건이 두 정점의 향후 패권을 결정지을 대결이 되리라.

권감은 재빠르게 머리를 굴려 실리를 셈했다. 어떻게 기다린 자리인데……. 그는 사건을 공정하게 처리하되, 누가 이기든 눈에 나지 않게 몸을 사려 병조판서 직을 반드시 지켜내리라 마음먹었다.

한명회는 모처럼 푹 자고 일어나 차가운 물로 세안을 마쳤다.
눈이 맑았고 잘 쓰지 않았던 근육에 힘이 들어갔다. 개운했다. 마치 십 년은 젊어진 것처럼.

　그는 어제 궁으로 돌아가는 임금의 뒷모습을 보며 썩어 바스라진 줄 알았던 욕망이 꿈틀거리는 것을 느꼈다. 눈 뜨고 당한 것이나 다름없었다. 사초를 가져갔다 해도 함부로 없애지는 못할 테지만, 그는 오랜만에 자기 것을 빼앗기는 경험을 했다.

　가진 것을 빼앗겨본 적이 언제던가. 그는 갖고 싶은 것을 언제든 가질 수 있는 사람이었다. 그러나 가질 수 있는 것에도 한계가 있었고, 욕망은 한계가 없었다. 채워지지 않는 영욕(永慾)은 서서히 그의 정력을 빼앗아갔다. 오죽하면 신선놀음 흉내나 내고 있었을까. 가진 것을 지키려고 아등바등할 필요도 없었다. 아무도 그에게 대적하려 하지 않았으니까.

　도전하려는 의지조차 꺾이게 만드는 절대 권력.

　한 명, 선대왕인 예종은 그나마 괜찮은 맞수였으나 너무 급진적인 면이 있었다. 그가 조금 더 오래 살았더라면 자신의 권세도 이렇게까지 오래가지 못했을 것이다.

　예종의 죽음은 그의 권력에 완벽함을 부여했다. 그 후 십수 년, 오랜만에 마주한 호적수는 다름 아닌 자신이 세운 임금이었다. 날 때부터 적정자는 아니었지만 꾸준한 배움과 타고난 천성으로 군주의 모습을 하고 자신 앞에 섰다. 태종의 결단력과 세종의 학구적인 면을 골고루 취한 왕이었다. 어제의 사건에선 천운까지 따라주었다고 볼 수밖에 없었다. 친형의 역모라는 완승의 패였는데, 그것의 실체를 증명해줄 민수영을 찾아냄으로써 일단 방어했다.

꾸준히 자신과 왈패들의 연계를 추적한 결과였겠지만, 그 기막힌 시간차라니. 한명회는 즐거웠다. 이제 다음 수를 준비할 차례였다.

한명회는 의금부에서 온 관비를 통해, 임금 쪽이 민수영을 철저히 감시하고 있다는 소식을 받았다. 임금은 오늘 조회도 미루고 경연에만 몰두할 것이라 했다.

아마 민수영을 치료하고 월산대군 건에 대비를 하려는 것이겠지. 머리를 굴릴수록 한명회의 볼에 혈색이 돌았다.

아무도 없었다. 우두머리는 텅 빈 돼지우리를 보며 허탈함을 느꼈다. 우두머리의 앞에 수영을 고문했던 왈패들이 무릎을 꿇고 그를 기다리고 있었다. 그들은 우두머리가 관용을 베풀어 자신들을 살려주지 않을까 기대했다. 그의 낯빛이 나쁘지 않아 다행이라 여겼다.

우두머리는 가볍게 피에 젖은 몽둥이를 쥐었다. 자비란 없었다. 왈패들은 땅에 납작 엎드려 손이 발이 되도록 빌며 용서를 구했다.

둔탁한 소리와 함께 가장 오른쪽에 엎드려 있던 왈패의 머리가 난자당했다. 뇌수가 어지러이 사방으로 튀고, 땅이 붉게 물들었다. 우두머리는 피의 향연을 기분 좋게 즐겼다. 이어 옆 사람의 피가 식기도 전에, 다음 왈패의 머리가 부서졌다. 그리고 다음, 그 다음.

순식간에 장정 넷이 차례대로 시신이 되어 쓰러졌고, 그들의 머리에서부터 시작된 핏물이 모여 냇물처럼 흘렀다. 피를 뒤집어 쓴 우두머리는 명을 제대로 이행하지 못한 심복들을 처벌한다기보다는 오히려 상을 내려주는 듯 기뻐보였다. 그는 흥분에 겨워 마지막으로 엎드려 있는 왈패의 머리를 겨냥했다. 공포에 질린 왈패는 부들부들 떨며 잘못을 빌었다.

"입을 막아야 할 놈들은 이게 다이더냐?"

마지막 남은 왈패는 눈물을 흘리며 고개를 끄덕였다. 살려 달라 애원하는 왈패의 목소리가 절규로 바뀌었다. 듣기 싫다는 듯, 피로 물든 몽둥이가 왈패의 머리를 향해 묵직한 소리를 내며 떨어졌다. 더 이상 아무 소리도 나지 않았다.

"서쾌를 죽이고 증거를 없애라. 그리고 반드시 사초를 찾아내. 두 번의 실수는 없다."

우두머리는 밖에서 대기하고 있던 왈패들에게 명을 내렸다. 그의 눈에 누군가에 대한 증오가 번뜩였다. 시신을 처리한 왈패들은 우두머리의 잔인함에 치를 떨었다. 실수는 곧 죽음이다. 그들의 움직임이 더욱 빨라졌다.

명절날이었다. 어린 수영은 어머니가 가져온 소쿠리에서 풍기는 기름진 냄새에 몸이 달았다. 하지만 아버지 제사에 쓰일 음식이라며 손도 못 대게 할 것이 뻔했다. 어린 수영은 어머니 몰래 소쿠리에서 전 몇 개를 마당에 떨어뜨렸다. 떨어진 걸 주워 먹으면, 그건 훔쳐 먹는 게 아니지. 어린 수영은 기발한 자신의 발상이 기특했다.

흙이 좀 묻었지만 훔쳐 먹는 맛은 더욱 짜릿했다. 회초리를 들고 쫓아오는 어머니를 피해 달리면서도 그 맛을 잊을 수 없었다……

수영은 훔친 사초를 품에 안은 채 집으로 달려왔다. 미친 것이 분명하다. 무슨 정신으로 이것을 훔쳐온 걸까. 심장에 닿아 있는 종이 한 장이 그의 온몸을 떨리게 했다. 태울까? 아니야, 그래도 사초인데.

수영은 방에 있던 자잘한 종이들을 닥치는 대로 긁어모아 부엌으로 갔다. 만의 하나 발각되었을 때 이미 태웠다고 변명하기 위해서였다.

아궁이에 종이들을 넣고 불쏘시개로 정신없이 쑤셨다. 급히 손을 아궁이 깊숙이 넣는 바람에 손등을 데었지만 상처를 돌볼 정신조차 없었다. 죄의식까지 모두 태우려는 듯. 활활 타는 종이들을 바라보며 수영은 털썩 주저앉았다.

"언제 오셨어요?"

화들짝 놀란 수영은 부엌문 앞에 서 있는 아내를 올려다보았다. 등지고 선 달빛 때문에 아내의 모습이 잘 보이지 않았다. 놀란 가슴이 진정되자 짜증이 몰려왔다. 저놈의 여편네, 기척이라도 하지. 그는 아내를 무시하고 괜한 아궁이만 들쑤셔댔다.

아내는 수영에게 한 걸음 다가왔다. 아궁이의 불빛에 아내의 얼굴이 드러났다. 산발을 한 머리에 난자당한 얼굴, 피눈물을 흘리고 있는 뒤집어진 눈. 크게 벌어진 입에서 길게 빼문 혀가 날름거렸다.

서방님?

헉, 숨을 삼키며 수영은 정신이 들었다. 그의 몸을 손보던 젊은 내관이 그를 진정시켰다. 수영은 한동안 아내의 끔찍한 몰골이 선해 현실을 인지하지 못했다.

"상처가 심하니 될 수 있으면 동작을 줄이거라. 다행히 뼈는 무사하다. 빠진 관절은 다시 끼워 넣었으니 염려하지 않아도 되겠군."

수영의 멍한 눈에는 초점이 없었다. 내관이 따귀를 몇 번 때리자 그제야 조금 정신을 차렸다.

수영은 옥사를 두리번거리며 살폈다. 내관은 한시름 놓고 옥사를 나왔다. 기다리고 있던 권감이 뭐라도 파먹으려는 까마귀처럼 내관에게 따라붙었다.

"죄인의 이름과 죄목을 적어놔야 하는데, 어찌할까?"

"월산대군 댁에서 도망친 노비입니다. 민가라고 적어두시면 될 것입니다."

권감은 도망 노비의 일을 왜 의금부에서 처리하느냐고 묻고 싶었지만, 입이 무거운 내관은 총총거리며 궁으로 가버렸다. 권감은 의구심을 거두지 못하고 수영을 내려다보았다. 아무래도 낯이 익어…….

수영은 퍼뜩 아내의 모습을 떠올리며 전날 밤 있었던 참혹한 고문을 기억해냈다. 그는 막 나가려는 권감을 불렀다. 권감이 탐탁지 않은 얼굴로 돌아보았다.

"송구하오나, 제 아내 못 보셨는지요?"

"……아녀자들 옥사에 하옥되어 있다."

"이곳은 어디인지요?"

"의금부다."

수영도 같은 의문이 들었다. 도망친 노비의 죄목이라면 형조나 월산대군의 집에 있어야 할 터였다. 그는 고문을 못 이기고 사초를 내준 일을 떠올렸다. 그리고 저승사자들이 들이닥친 듯 관군들에게 포박되었던 모습까지.

발각되었구나!

수영은 체념했다. 역모에 관한 사실을 숨겼다는 죄목만으로 이미 역모에 가담한 것이나 마찬가지였다. 월산대군의 역모와 상관없이 중요한 사초를 감추고 유배지에서 벗어났다는 이유만으로도 목숨을 부지하기 어려울 것이다.

어제 죽든 내일 죽든 매한가진데 무얼 위해 그리 살겠다 발버둥 쳤을꼬. 수영은 고문당했던 돼지우리에서는 벗어났지만, 도살당할 날을 받아놓은 돼지의 신세나 다를 바 없었다. 갈아입혀진 하얀 무명옷이 수의처럼 느껴졌다.

　　　　　　　　　　　　　　　.

주강(晝講)에 이어 석강(夕講)까지 마친 임금은 야대(夜對)[28]까지 강행했다.

승정원 승지들은 초주검이 되어나갔고, 대제학 서거정마저도 아득해지는 집중력을 붙잡기 위해 헛기침을 하며 정신을 차렸다. 그

---

28) 경연(經筵). 임금이 학문이나 기술을 강론, 연마하고 더불어 신하들과 국정을 협의하던 일 또는 그런 자리로, 시간에 따라 조강, 주강, 석강, 야대 등으로 불린다.

러나 임금은 쉴 틈 없이 공격적으로 신하들에게 질문공세를 펼쳤다.

"논어의 위정 편에서, 법과 형벌로 다스리면 백성이 수치심을 모르지만, 덕과 예로 다스리면 염치를 알게 된다고 했다. 이는 법치(法治)가 덕치(德治)보다 아래에 있다는 말로도 통한다. 그대들의 생각은 어떠한가?"

오늘의 경연 주제는 대체적으로 법에 관련한 것들이었다. 승지들은 이전에도 임금이 〈대전〉[29]과 법치에 대해 강론할 때마다 밤을 지새우던 때를 돌이키며 암담해했다.

현재 존재하는 조선의 법전인 〈경국대전〉에 대해 임금은 늘 불만을 가지고 있었다. 즉위 5년 째 되는 해, 원상들에 의해 모든 정사가 돌아갈 때 〈경국대전〉과 〈속록〉이 반포되었지만 그것은 임금의 의사가 거의 반영되지 않은 법전이었다. 특별히 오늘은 심기가 불편해서인지 아침부터 홍응, 노사신 등에게 대전에서 수개(修改)할 곳을 찾으라 명했고, 본인도 오후 내내 법전이 지켜진 예와 지켜지지 않은 예를 살펴보았다.

법전에 명시된 조선의 법은 지켜지지 않는 경우가 많았다. 임금 스스로가 예외적으로 법전을 무시한 경우도 있었다. 여전히 불완전한 법전은 대신들의 보완 요청에 의해 매번 고치고 또 고치는 중이었다. 거관(去官)[30]과 관련한 어느 법 조항은 두세 번 고쳐지기까

---

29) 경국대전.

30) 임기가 차서 그 벼슬을 떠나 다른 관직으로 옮기는 일.

지 했다. 〈대전〉의 법은 가볍게 개정할 수 없다는 것이 임금의 방침이기는 했으나 실정에 맞는 명을 내리기 위해 임금도 법을 거스르는 모순된 일이 왕왕 있었다.

특히 각 부서나 각 지방의 사정을 반영하지 못한 법전 때문에 혼란을 겪는 경우가 많았다. 병조의 녹봉 지급 기한조차 설왕설래했고, 노비의 송사를 어디서 처리해야 하는지 묻는 상소가 올라오곤 했다. 민가의 송사를 처결하는 일인 결송(決訟) 날짜[31]에 대해서도 지켜지지 않아 임금은 '법은 한갓 글뿐이고 관리가 받들어 행하지 아니 하는가?' 라며 탄식한 적이 있었다.

석강에서 〈자치통감〉을 강독하다가 서거정이 한 말이 임금과의 논쟁에 도화선을 당겼다.

"관리들이 사리사욕을 기준으로 일을 처리하는데 미혹되는 것은 우리나라 법령(法令)이 일치하지 않기 때문입니다. 듣건대 고황제(高皇帝)께서는 후세에 경계하기를, 법령을 고치는 자는 모반으로 논하라' 하였는데 이는 법이 한결같아야만 백성들이 알고 따르기 때문이었사옵니다."

"그러나 그 법이 백성과 덕 위에 세워진 것이 아니라 유력자의 이익만 옹호하는 것이라면? 그 법도 법이기에 따라야 하는가? 진실된 법은 특정 집단의 세를 비호하는 것이 아니라 민의를 따르고 보편적

---

31) 옥사의 판결 기한. 큰 일은 30일, 중간 일은 20일, 작은 일은 10일이다. 일의 크고 작은 데 따라 기한을 세운 것은 처리를 바로 하여 백성들로 하여금 송사(訟事)가 없게 하려 함이다.

인 상식과 정서에 합치되는 것을 말한다. 이런 것들이 모여 조선의 근간을 신뢰로 구축할 것이다. 지금 법이 제대로 지켜지지 않는 이유는 여기에 있다. 아니 그러한가?"

"현 〈대전〉은 태조 때부터 이어온 〈경제육전〉에서부터 조종성헌 존중주의(祖宗成憲 尊重主義)에 의거해 집약되어 실행되고 있는 훌륭한 법전이옵니다. 법률의 소소한 부분을 수개하는 것에 힘을 쏟기보다는, 성상께서는 덕치로서 민의를 다스리시옵소서."

"법치보다 덕치를 논하는가? 허면 좋다."

서거정의 말에서 시작된 법전에 대한 토론은 흘러 흘러 보다 근본적인 이념에까지 도달했다. 점점 가열된 격론은 거의 전쟁터를 방불케 했다. 총동원된 지식과 역사, 스스로의 생각들을 무기로 서로 치고 받았다. 부상자들이 속출했고, 임금과 서거정 두 사람만이 살아남았다. 패기 넘치는 젊은 장수 임금과 오랜 연륜의 장수 서거정은 한 치의 물러섬도 없이 맞섰다. 서거정은 임금의 의도된 질문을 부드럽게 받으며 법보다 덕이 앞선다는 자신의 생각을 피력했다.

"순자의 군도 편에 따르면, 법은 다스림의 수단이고, 법의 근본은 군자다. 군자가 있으면 법이 비록 간단해도 그 법은 온 백성에게 미치지만, 군자가 없다면 법이 비록 갖추어져도 일을 처리하는 순서를 잃어 마땅히 변화의 흐름에 따라가지 못한다고 했습니다. 정치의 근본은 법 이전에 덕(德)과 인(仁)을 갖춘 군자라 볼 수 있지요."

임금은 그의 말이 옳다 여기면서도 바로 반론을 펼쳤다.

"그러나 인간은 본래부터 선한 사람도 있고 악한 사람도 있다. 덕치는 기본이나, 악한 마음을 품은 사람도 자연히 군자를 따르리라 여기는 것은 지나치게 낙관적인 생각이 아닌가?"

"법 또한 인간의 규칙에서 비롯된 것이기에 완전할 수 없거니와, 악인을 강제하는 것은 법이 아닌 덕이옵니다. 완전한 법을 제도하기보다 군주의 덕으로 자연스럽게 따르도록 하는 것이 선현의 가르침이옵니다."

"도덕과 윤리에 기초한 법치에서 법이 집행되면, 언변이 뛰어난 죄인이라도 자신의 변술(辯術)을 이용해 벗어날 수 없고, 무력과 권력으로 백성을 괴롭힌 죄인이라도 감히 싸워 이길 수 없는 것이다. 무능한 폭군이라 할지라도, 후안무치(厚顔無恥)한 권력을 휘두르는 권세가라 할지라도, 법이 바로 서면 나라의 태평성대가 오래 유지되지 않겠는가?"

임금의 마지막 말에 서거정마저 당황했다. 침착하게 반박하는 어조와 다르게 임금의 발언은 피를 볼 듯 날카로웠고, 무언가 의도를 숨기려는 듯 더욱 과감했다. 무능한 폭군은 누구이며, 후안무치한 권세가는 누구인가. 임금의 상태가 자못 걱정스러웠다.

승지들은 불똥이 튈까 아무 말 못하고 눈치를 보았다. 조금 흥분한 임금은 그 모습에 더욱 분통이 터졌다.

"할 말을 않는 것은 가부상제(可否相濟)의 뜻을 어기는 것이다. 이번에는 넘기겠으나 만약 임금의 눈치를 보느라 할 말을 피하면 앞으로 용서하지 않겠다. 모두 물러나라."

임금의 일갈에 야대를 파한 승지들은 뻐근한 몸과 불편한 마음으로 편전을 나섰다.

임금은 홀로 편전에서 깊은 생각에 잠겼다.

불완전한 법으로 나라를 통치할 수 있는가. 불완전한 임금이 나라를 이끌 수 있는가.

복잡한 생각을 떨치고, 임금은 숙의 권씨의 처소로 향했다. 침수에 들겠다며 사관조차 물렸다. 숙의의 빈 처소에는 영의정 정창손과 좌의정 윤필상이 임금을 기다리고 있었다. 임금은 예정되어 있었던 듯 피곤한 얼굴로 곧바로 상석에 앉았다.

"몸이 고단하니 용건만 말하라."

"전하, 아뢰옵기 황송하오나…… 월산대군께서……."

"역심을 품었다, 알고 있다. 그래서?"

두 정승이 긴히 임금을 뵙자 청했을 때, 임금은 간밤의 일에 대해 추궁 받을 것을 눈치 채고 경연을 핑계로 독대를 미루었다. 그들을 따로 후궁의 처소로 부른 이유는 정확하지도 않은 일을 사초에 남기고 싶지 않아서였다.

직설적인 왕의 대꾸에 윤필상이 당황해 고변을 멈추자, 성격이 급한 정창손은 힐난의 어조로 말을 이었다.

"알고 계시면서 어찌 아무런 명이 없으시옵니까? 당장 국문을 열어 진위를 따져야 할 것이옵니다."

"상당군(한명회)이 어디까지 말하던가?"

"……상당군께선 왕실의 안녕을 위해 신들에게만 걱정을 털어놓으셨을 뿐입니다. 그러나 이런 심각한 문제를 신하된 도리로 담아두고만 있을 수는 없는 터라, 이리 뵙고자 청하였습니다."

정창손의 행동반경은 한명회의 손바닥 안이었다. 영의정 정창손은, 단종 복위 음모를 고변한 공으로 우의정에 오르고 남이의 옥사를 처리하여 익대공신 3등에 책록된 전적이 있었다. 이번에도 공을 세워 자신의 정치 기반을 다지기 위해 물불을 가리지 않을 터였다. 정창손은 하루빨리 국청을 열어 이 일을 처리해야 한다고 열변을 토했다.

"몇 년 전 이극배의 모함에 관련된 일을 처리할 때도 전하께서는 월산대군을 감싸고 도시지 않았습니까? 이미 두 차례나 역모와 관련하였는데 두고만 볼 수 없사옵니다. 사사로운 정을 잠시 거두시고, 이번에는 반드시 월산대군의 본심을 들어보아야 할 것입니다. 통촉하여주시옵소서, 전하."

이극배의 모함이란 정유년(1477년)에 두 명의 중(僧)이 역모의 서를 월산대군에게 전한 일을 두고 하는 말이었다. '동토(東土)를 셋으로 나누어서, 국중(國中)은 귀산군(龜山君)을 세우고, 동경(東京)은 강군(康君)을 세우고, 서경(西京)은 나를 세운다'는 투서의 말미에 '이극배는 맹세한다'며 병조판서 이극배를 지목하고 있었다. 조정이 발칵 뒤집혔다.

대신들은 진위 여부와 관계없이 이극배의 역모에 대해 쑥덕거렸고, 귀산군 이계남과 더불어 동경의 강군이 월산대군일 것이라 소문을 퍼뜨렸다. 이극배와 손을 잡았다가 일이 틀어져 자신의 이름만 바꿔 고변했다는 것이다.

증거도 개연성도 부족했지만 기회가 왔다는 듯 신하들은 공론화하려는 움직임을 보였다. 증거는 만들면 되고, 민심은 몰아가면 되니까.

그러나 임금은 단박에 '이 글은 거짓이다' 라며 두 중을 잡아들였다. 투서에 〈상서〉와 〈맹자〉의 글을 많이 인용했는데 이극배는 문자를 잘 알지 못했던 것이다.

임금은 이극배에게 '내가 경을 믿는다' 며 한 치의 의심 없이 투서를 건넨 중을 추국했고, 설은이라는 중은 위서라 실토하고 능지처사를 당했다. 임금의 빠른 판단이 아니었다면 또다시 많은 사람들이 억울한 고초를 당했을지 모를 일이었다.

정창손은 이때의 일이 월산대군과 연루되었기 때문에 임금이 신속히 처리한 것이라고 단정 짓고 있었다. 사실 여부는 중요치 않았다. 자신이 보는 것만 보일 뿐이다. 민수영의 사초와 관련해서도 민수영이 그 기록을 왜 한명회에게 넘겼는지, 그 기록이 어디서 어떻게 왔는지 이들에게는 중요치 않을 것이었다. 가뜩이나 임금과 현 치세에 불만이 많은 정창손이었다. 오로지 임금의 총애를 받는 월산대군을 없애 건방진 왕의 기를 꺾겠다는 목적이 우선이었다.

"만약 역모를 고한 사초가 이번에도 위서라면 어찌할 텐가?"

정창손이 꺼낸 이극배의 모함 건을 듣고, 임금은 불현듯 실마리를 찾았다. 정창손이 우물쭈물하자 윤필상이 재빨리 말을 이었다.

"위서인지 아닌지도 빠른 시일 내에 판가름해야 할 것입니다. 속히 월산대군과 관련자들을 수배하는 것이 옳은 줄로 사료되옵니다."

역모라는 죄는 어떻게 해도 빠져나가기 힘든 굴레였다. 날이 밝으면 이들의 입에서 공론화되는 것은 시간문제였다. 임금은 일단 타협안을 내놓았다.

"진위를 밝혀야 한다는 경들의 말이 옳다. 그러나 월산대군은 왕의 직계혈통이고, 아직 죄인인지 불확실하다. 내일 날이 밝는 대로 월산대군을 의금부 관서에 감금하고, 하옥하지는 말라."

두 정승은 불만스러운 표정으로 무어라 대꾸하려 했다. 임금은 더 듣기 싫다는 듯 강경하게 명했다.

"또한 진상이 밝혀지기 전에 망동하는 경우 엄벌로 다스리겠다. 이만 물러가라."

두 정승이 물러난 후 임금은 곧장 내금위장 구겸을 불렀다. 그는 도성 안의 필사가나 그에 준하는 일을 하는 자들을 모조리 알아보라 명을 내렸다. 임금은 이 종이쪼가리가 조작된 것이기를 바랐다. 만약 위서라면, 아무 일 없을 것이다. 그럼 예전처럼 형님과 시 한 구절 읊으며 술잔을 기울일 수 있으리라.

만약 위서가 아닌 진짜 사초라면?

월산대군이 정녕 역심을 품었다면?

혈육의 배신. 임금은 자신의 어리석은 망상이기를 바랐다. 형님을 의심하는 자신을 경멸하고 싶었다. 무엇에 화가 나는지도 몰라 머리는 복잡하고 가슴이 터질 것 같이 답답했다.

혼란 속에서 부유하던 그는 다 털어버리고 형님과 희우정에 누워 술이나 마시고 싶어졌다. 임금은 애주가였고, 형님과 마음 편히 술잔을 기울일 때를 가장 좋아했다. 그의 앞에서라면 양껏 취하고 속에 있는 말을 다 꺼낼 수 있었다. 아버지 덕종께서 돌아가신 후 어머니 인수대비의 혹독한 교육을 받으며 어린 시절을 보낸 그였다. 사방이 적이었고, 누구도 완전히 믿을 수 없었다. 덕치란 인간애에서 비롯된 것인데, 구중궁궐은 인간적인 면이라곤 찾아볼 수 없는 장소였다. 임금이 인간애를 품을 수 있는 마지막 보루가 형제간의 우애였다.

그는 소중히 품에 넣고 있던 사초를 꺼내보았다. 한명회의 말이 떠올랐다.

얼마나 많은 혈육들이 왕좌를 탐냈는지 전하께서 더 잘 아시잖사옵니까? 특히나 월산대군께서 가진 명분은 너무 많사옵니다.

마지막 보루는 무너졌다. 월산대군은, 임금이기 이전에 동생인 자신에게 칼을 뽑아들 냉혈한 인물인가? 적자의 적손, 명분은 충분했다. 한량 흉내를 내는 월산대군의 품에는 늘 한이 서려 있었다. 마치 한명회가 뒷방 늙은이 흉내를 내면서도 욕망을 감추지 못하는 것처럼.

임금은 머리보다 가슴을 믿고 싶었으나 그 역시 단 한 번도 형님을 의심해본 적 없다 단언하지 못했다. 어린 시절부터 아무것도 몰랐던 그와 달리 왕좌를 향한 욕망은 월산대군이 더욱 컸다. 임금이 하루 종일 날카로웠던 이유는 한명회나 민수영도, 역모 자체도 아니라 '형님마저 나를 배신했다'는 실제일지도 모를 가능성 때문이었다.

임금의 머릿속에 불길하고도 위험한 상상이 휘몰아쳤다. 노산군,

귀성군, 그 비극적 운명을 월산대군이 이을 것인가. 월산대군을 사사하라는 상소가 빗발칠 것이다. 국문이 벌어질 것이고, 자신이 직접 형님의 고문을 명하게 될지도 모른다. 그 어느 때보다 잔혹해질 자신의 모습이 선했다.

월산대군이 진실을 토설할 때까지, 임금은 그의 뼈를 부러뜨리고 살을 태울 것이다. 진위 여부에 상관없이, 자신이 아는 형님이라면 임금인 아우를 위해 역모를 인정할 수도 있었다. 더 이상 누구도 왕좌에 도전하지 못하도록, 어디선가 고개를 드는 또 다른 역심을 짓밟을 수 있게 그를 이용해야 한다. 어린 시절 안아주었던 팔과 함께 뛰놀던 다리를 찢는 거열형에 처하고, 목은 저자에 걸어 감히 자신의 믿음을 저버린 자에 대한 본보기를 보일 것이다.

자신의 정인이자 정실부인도 사사하라 명했던 임금이다. 사초의 내용이 진실로 밝혀진다면, 끔찍한 상상은 가까운 시일 내에 현실이 될 것이다. 눈물이 나려는가? 임금은 미칠 것 같았지만 슬프지는 않았다.

평생의 과업을 이제 막 시작하려고 하는 지금, 흔들렸던 뿌리를 다시 내린 조선이란 거목에 해를 입히는 자는 누구든 막론하고 제거할 것이다.

조명환은 수영이 찾아온 날부터 제대로 잠을 잔 적이 없었다. 책 팔아먹는 장사치가 양심 같은 건 없을 줄 알았는데, 한번 고개를 든 죄책감이란 놈은 질긴 데가 있었다. 그는 고민 끝에 다 버리고 한양을 떠나기로 결심했다. 문자를 쓸 줄 아니 지필묵만 있으면 먹고 살 걱정은 하지 않아도 되고, 어차피 떠돌아다니는 인생이니 특별히 미련도 없었다.

통행금지가 풀리자마자 그는 대강 봇짐을 챙겨 홀가분하게 집을 나왔다. 대문 근처 골목에서 나장들이 명환을 수상하게 바라보다 무심히 지나쳤다.

도성을 떠나기 전 단골이었던 지전을 찾아간 명환은 주인장에게 남은 종이들과 필사본들을 헐값에 되팔고 여비를 보탰다. 투덜거리는 게 일상인 늙은 주인장은 거래할 곳을 하나 잃어 아쉬운 눈치였다.

지전 상인과 작별인사를 나눈 그는 잰 걸음으로 도성의 북문을 향해 서둘렀다. 북풍을 따라가다 보면, 올 겨울은 일찍 오겠군.

"찾았다."

밝은 목소리와 함께 명환의 목에 거친 밧줄이 감겼다. 밧줄은 명환이 걸어가던 한적한 골목 옆 담벼락 사이의 그림자 속에서 느닷없이 튀어나왔다.

저항할 새도 없이, 명환의 목을 파고 든 밧줄이 팽팽하게 조여졌다. 그의 몸이 순식간에 담벼락의 그림자 속으로 잡아먹히듯 빨려들어갔다. 어둠 속에서 명환은 죽음과 싸우며 몸부림을 쳤다. 그러나 밧줄을 쥔 누군가의 힘은 명환이 발버둥을 칠수록 더욱 거세졌다. 명환에게는 억겁의 시간처럼 느껴졌으나 찰나도 안 되는 순간이었다. 둔탁한 소리를 내며 목뼈가 먼저 부러졌음에도 그는 몇 번의 숨을 뱉었다가 곧 끊어졌다.

그림자의 일부가 떨어져 나온 것처럼, 담벼락 그늘 안에서 큰 자루를 진 남자가 나왔다. 그는 담 옆에 기대어 놓았던 지게를 지고 묵직한 곡괭이를 지팡이 삼아 도성 북문으로 부지런히 걸었다. 북풍이 한양까지 찾아왔는지 차가운 기운이 도성 가득 서렸다.

새벽부터 누군가 소리 없이 비명횡사한 그때, 월산대군은 희우정에 서서 멀리 바라보고 있었다.

황해를 향해 고요히 흘러가는 물결. 곧 한강이 얼겠구나. 어쩌면 마지막이 될지 모른다는 예감에 그는 그림을 그리듯 마음속으로 풍경을 담았다.

시 한 소절 읊고 싶은 마음과 달리, 그의 마음은 강물처럼 적막한 평화만 흘렀다.

"나으리, 그만 가시지요."

의금부 나장의 재촉에 월산대군은 못내 아쉬움을 뒤로 하고 순순히 희우정을 내려왔다.

당장 참수라도 당할 줄 알았던 수영은 옥사에서 비교적 편안한 하루를 보냈다. 반나절 정도는 죽음에 대한 공포로 인해 스스로 목이라도 메고 싶은 지경이었지만, 아무 일도 일어나지 않자 점차 상황에 적응했다.

다른 죄수들과 격리된 수영의 옥사는 두툼한 짚더미에 온돌까지

때워 줘서 생각보다 쾌적했다. 두 번 더 찾아온 내관은 죄수라기보다 상전 모시듯 극진히 돌봐주었다. 진통 작용이 있는 약재 덕분인지 몸이 한결 평안해진 수영은 아내에 대한 걱정은 잠시 접어두고, 돌아가는 상황을 인지하기 시작했다.

누가 자신을 그리 가혹하게 고문했을까? 수영의 첫 번째 의문이었다. 분명 사초의 존재를 아는 자일 것이다. 사초가 발각되면 곤란에 처할 인물. 월산대군일까?

그가 바보가 아닌 이상 자신을 초주검으로 만들 셈이었다면 산중에 숨겨놓고 보살피는 번거로운 일을 자처하진 않았을 것 같다. 제삼의 인물? 월산대군의 역모를 알려 이득을 취할 사람? 거기까지는 수영도 알 도리가 없었다. 다만 고문자는 수영에게 다른 기록을 내놓으라고 요구했다.

고문자, 아니 그 배후의 목적은 월산대군의 역모와 무관해 보였다. 혹여 월산대군도 그가 찾던 다른 기록을 쫓고 있던 게 아닐까?

꼬리에 꼬리를 무는 의문은 종착점에 다다랐다. 내가 누구이기에? 자신이 누구인지 모르는 상태에서는 쳇바퀴 도는 것이나 다름없었다. 수영은 답답함을 느끼며 밤새 끝없이 떠오르는 의문에 답을 찾아보았다. 아무런 결론이 나지 않았다.

아침이 밝자 내관이 수영의 상태를 살피기 위해 찾아왔다. 감사의 인사를 표하던 수영은 내관을 따라 온 뜻밖의 인물을 발견하고 죽음의 사자를 만난 양 소스라치게 놀랐다. 월산대군이었다.

"형님 꼴이 말이 아니시네."

그는 처음 만났을 때처럼 너스레를 떨며 창살 밖에 마주 앉았다. 수영은 당혹스러운 눈으로 내관을 바라보았지만 말 없는 내관은 묵묵히 수영의 상처를 돌볼 뿐이었다. 인사를 올려야 하나?

월산대군은 수영이 쩔쩔매는 모습을 보며 장난기 어린 웃음을 지었다. 표정 없는 내관은 맡은 소임이 끝났는지 옥사 밖에 공손히 서서 두 사람을 지켜보았다. 월산대군은 혀를 끌끌 찼다.

"주상도 날 믿지 못하는군. 형님도 내가 역심을 품었다, 그리 생각하시우?"

수영은 그제야 자신의 처지를 깨닫고 넙죽 엎드렸다. 예를 차리는 것이 아니었다. 그가 대역죄를 저질렀다 하더라도, 자신으로 인해 목숨이 경각에 달린 사람을 마주한 것에 대한 속죄의 표시였다. 월산대군은 관두라는 듯 손을 휘휘 내둘렀다.

"차라리 옥 안에 가둬두든가. 이건 가둔 것도 아니요, 풀어준 것도 아니니. 형님이랑 같은 옥사에 있으면 이런 저런 얘기나 할 수 있었을 텐데, 안 그러우? 허긴, 어차피 저승길 같이 걸으면서 못 다한 얘기 할 수도 있겠구만."

월산대군은 초탈하게 웃으며 농지거리나 했다. 수영은 어느 것이 이자의 본 모습인지 의문스러웠다. 이런 상황에서 보이는 모습이라면 그게 진짜 성격이지 않을까? 이 사람이 정말 자신의 동생인 임금을 해하려 할까?

"거참, 역모라니. 내가 작심했다면 그리 어설프게 안 하지."

다시 원점이었다. 수영은 도대체 이자의 본심을 알 수가 없었다.

가만히 기다리던 내관이 월산대군을 조용히 불렀다. 월산대군은 투덜거리며 엉덩이를 털고 일어났다.

"할 말이 참 많은데, 상황이 좋지 않네. 아, 물어볼 게 있수."

수영은 창살 밖의 월산대군을 물끄러미 바라보았다. 그는 어디로 끌려가는 것일까. 다음 번 만나는 곳은 인두로 살 지지는 연기 자욱한 추국청이려나. 아니면 그의 말대로 저승길일까. 수영의 마음을 알 리 없는 월산대군은 재촉하는 내관을 살살 달래고는 조금 빠르게 말을 이었다.

"같이 도망친 춘비라는 취비 말이우. 어찌 아는 사이우? 설마 그 짧은 새 눈이 맞았다는 깃도 이상하고."

일이 이렇게 된 지금에 와서, 무슨 말이 소용 있으랴. 수영은 긴 사연 대신 착잡한 얼굴로 침묵했다. 월산대군은 침울한 수영의 안색을 살피더니 고개를 갸웃거렸다.

"행랑아범에게 듣기로, 그 취비는 들어온 지 며칠 되지 않은 계집종인데, 행실이 바르지 못하고 워낙 상스러워서 다들 기피했다고 하더이다. 장신구 같은 집안 물건에 손을 대지 않나, 사내들에게 요사한 교태를 부리고, 평판이 하도 좋지 않아 곧 쫓아내려 했다지. 그런데 갑자기 형님이랑 사라져서 의아했다고……. 어찌된 사연인지는 모르겠지만, 가까이 하지 않는 게 좋을 것 같수."

월산대군이 남긴 말은 무슨 의미일까? 수영은 자신의 처지도 잊을 정도로 충격에서 헤어나지 못했다. 잘못 들은 게 아닌가 수없이 곱씹어보았다. 자신이 알고 있는 모든 사실과 정반대의 말들만 머릿속을 맴돌았다.

말없이 정절을 지켜왔던 연화. 지아비를 찾기 위해 정체를 숨기면서까지 위험도 서슴지 않았던 아내다.

상스러워서…… 집안 물건에 손을 대고…… 요사한 교태를 부리고…… 가까이 하지 않는 게 좋겠다니. 자신이 아는 여인은 그럴 사람이 아닌데 대체 무슨 말인가.

수영은 숨이 가빠오는 것을 느꼈다.

아니야, 그럴 리 없어.

변복을 한 임금은 직접 의금부를 찾았다.

이렇게 정체를 숨기고 희우정에 찾아가곤 했었지. 임금은 관서에 갇혀 있는 형님을 먼저 찾고 싶었지만 그만두었다. 지금 만나는 것은 서로에게 이로울 게 없었고, 무엇보다 다정하게 웃어줄 형님의 얼굴을 마주하면 겨우 다잡은 마음이 흔들릴 것 같았다.

임금은 권감의 직무실로 향했다. 갑자기 들이닥친 왕의 방문에 벼락 맞은 듯 놀란 권감은 송구스러워 어쩔 줄 몰라 했다.

임금은 그에게 별 관심을 두지 않고 바닥에 엎드려 벌벌 떨고 있는 지전의 주인장에게 질문했다.

"민수영과 친구라는 자를 안다고?"

"예, 예, 팔도를 떠도는 서쾌인데, 최근에 큰돈을 쥐어 한양으로 왔다고 들었습니다요. 제 입으로 민수영이란 자의 친구라고 해서 그러려니 했습죠."

"서쾌라면, 필사하는 재주가 좋을 테지?"

"예, 나으리. 실력이 제법 좋아 영의정 대감이나 윗분들께서 자주 찾으신다 자랑하곤 했지요."

임금은 내금위장과 시선을 교환했다. 내금위장은 보이지 않게 슬쩍 고개를 저었다. 찾지 못했다는 뜻이었다.

벌써 손을 쓴 것이겠지. 임금은 상대의 움직임을 예상하고는 치를 떨었다. 아마도 증거는 더 이상 찾지 못할 것이다. 이제 남은 것은 민수영의 대답이었다.

임금은 권감에게 죄인이 있는 옥사로 안내하라 명했다.

권감은 이 사실을 어떻게 한명회에게 알릴까 궁리하며 임금을 이끌었다. 갇혀 있는 수영을 발견한 임금은 권감은 물론 내금위장까지도 모두 물리고 직접 옥으로 들어갔다.

권감은 바깥에서 내금위장의 눈치를 보며 안의 소리에 귀를 기울였다. 임금이 내뱉은 민수영이란 이름이 낯설지 않은 까닭이었다.

넋이 나가 있던 수영은 누가 들어온지도 모른 채 멀뚱히 벽만 노려보고 있었다. 임금은 창살문까지 열고 들어가 직접 수영과 대면했다. 수영의 눈빛은 초점을 잃어 흐릿했고, 사물을 분간하지 못하는 것 같아 보였다. 임금은 그가 자결이라도 한 게 아닌가 싶어 가까이 다가갔다. 핏자국 같은 것은 없어 보였다.

수영은 고개를 돌려 임금을 바라보았으나 임금이 아닌 현실을 초월한 다른 곳을 보고 있는 듯했다. 임금이 수영의 앞에 손을 휘저어 보았지만 그의 눈동자는 흔들림 없이 임금의 눈을 주시하고 있었다.

문득 수영이 천천히 손을 들었다. 그의 손이 임금의 용안으로 향했다. 임금은 흠칫 놀랐지만 수영에게 나쁜 의도가 있어 보이지는 않아 그대로 두어보았다.

　수영의 손이 용안의 한쪽 볼에 닿았다. 밖에 있는 내금위장이 알면 감히 용안에 손을 댔다며 당장 목이 달아날지 모르는 일이었다. 그 누구도 임금의 용안에 손을 댄 적이 없었다. 처음 당하는 뜻밖의 무례하고 불경한 행동에 임금은 조금 당황해서 어떻게 반응해야 할지 몰랐다.

　수영은 임금의 볼에서 느껴지는 체온에 혼잣말을 중얼거렸다.

　"실존하는 자인가……."

　"그렇다."

　"……나는 실존하는 자인가."

　"그렇다. 여기는 옥사고, 너는 죄인이다."

　임금의 대답에 수영의 초점이 조금 돌아왔다.

　자신이 어떤 행동을 했는지도 모르는지, 그제야 수영은 사물을 분간하고 눈앞의 사내의 존재를 깨달은 듯했다. 수영은 멍하니 주변을 돌아보다가 사내의 차림을 보고 몸가짐을 바로 했다. 한눈에 보이는 서슬 퍼런 위엄에 그가 추국관일 거라 지레 짐작한 수영은 엎드려 고개를 조아렸다.

　임금은 품속에 넣어둔 사초를 꺼내 수영 앞에 펼쳤다.

　"정녕 네가 쓴 것이냐?"

　수영은 체념한 듯한 목소리로 대답했다.

"예, 맞습니다."

"어찌 그리 확신하느냐?"

"제 필체와 일치하기 때문입니다."

"십수 년 전, 세조대왕의 실록을 편찬할 당시 이것을 왜 숨겼느냐?"

"그것은⋯⋯."

대답할 수 없었다. 자신도 왜 그랬는지 기억이 나지 않기 때문이다. 단지 꿈속에서 잠시 느낀 죄책감과 두려움만 생생할 뿐.

수영은 어떻게 대답할까 하다가 이미 끝이 보이는 일, 솔직하게 털어놓았다.

"송구합니다. 제게 무슨 일이 있었는지 모르겠지만, 저는 과거에 대한 기억이 전혀 없는 사람입니다. 단지 예전에 사관이었고, 사초에 손을 댄 일로 유배를 갔었다는 것만 알고 있습니다."

임금은 자신의 일을 마치 남 일처럼 말하는 수영을 보며 기가 막혔다. 월산대군의 말이 사실이었나.

막막해진 임금은 저도 모르게 허, 하고 한숨을 쉬었다. 참으로 어렵게 꼬였구나.

"기억이 나지 않는다면서 조명환이란 자는 어떻게 알고 찾아갔느냐?"

"그, 그것은⋯⋯."

수영은 아차 싶었다. 그가 무슨 불리한 증언을 했을지 불안했다. 모르는 사람이라고 해야 할까? 그러나 눈앞의 추국관은 이미 다 알고 묻는 것 같았다. 거짓말이 오히려 독이 될 수 있었다.

"저도 제가 누군지 궁금하고 답답하여 수소문을 해보았더니, 어떤 이가 소개해주었습니다."

"단지 소개를 받았다……. 증인에 따르면, 그 조명환이란 서쾌가 한양에 정착한 것은 최근 일이라고 한다. 헌데 네 말대로 유배를 가기 전부터 친구였다면 시간과 장소가 맞지 않는다. 그가 정말 친구인가? 친구라는 기억이 조금이라도 있는가?"

이건 당최 무슨 소리인가. 수영은 월산대군이 아내에 대해 말한 이후 두 번째 충격에 휩싸였다. 이연화, 조명환, 이 두 사람은 대체 무엇인가.

아내는 자신이 맡긴 사초를 해석할 수 없어 친구인 조명환에게 보여주었다 했다. 조명환의 말도 아귀가 맞아떨어졌다. 두 사람이 해준 말에 어긋나는 지점은 없었다. 아내가 그와 짜고 거짓말이라도 했다는 것일까? 월산대군의 말이 허튼 소리가 아니었나? 그녀가 들려주었던 과거에 대한 이야기는 모두 거짓인가? 귀신에 홀린 걸까, 아니면 허깨비를 보았나? 수영은 갑자기 현실 감각이 사라졌다.

그들은 누구인가.

나는 누구인가.

수영의 상태가 이상하다고 느낀 임금은 서둘러 내금위장을 불렀다. 내금위장이 단숨에 뛰어 들어왔다. 지독한 고문에 약해져 있던 정신이 연속적인 혼란에 더 버티지 못했는지, 수영은 거품을 입에 물며 발작을 일으켰다.

내금위장은 임금을 안전하게 피신시키고, 같이 뛰어 들어온 권감과 함께 수영을 움직이지 못하도록 찍어 눌렀다. 내금위장이 임시로 응급조치를 취하자 요동치던 수영의 몸은 곧 안정되었다. 하지만 여전히 미세하게 몸을 떨고 헛소리를 중얼거리며 정신을 차리지 못했다.

옥사 밖에서 수영을 바라보던 임금은 묻은 먼지를 털고 옷을 여몄다. 그는 옥사 안의 소란을 뒤로하고 재빨리 자리를 떴다.

아무도 없는 의금부 뒤편에 선 임금은 잠시 생각을 정리했다. 마침내 임금의 입가에 후련한 미소가 떠올랐다.

월산대군의 역모를 기록한 사초는 가짜다.

임금은 민수영의 기억이 조작되었다고 확신했다. 행방이 묘연한 조명환이라는 서쾌는 민수영과 지기가 아니다. 그가 한양에 머물렀던 시기와 민수영이 한양에서 지냈던 시기가 맞지 않으니, 아마도 누군가의 사주를 받고 민수영의 친구라 사칭했을 것이다.

기억을 잃은 민수영은 그가 친구라 믿었던 모양이지만, 불완전한 기억보다는 앞뒤의 사실 관계가 더 정확할 것이다.

임금은 확신과 함께 진짜 사초가 따로 있을 것이라는 추측이 들었다. 그렇다면 이 일이 어떻게 마무리되든 민수영은 여전히 상대의 표적이 될 것이다. 그 기록을 상대보다 먼저 찾아야 했다.

문제는 정작 모든 사실을 알고 있는 당사자인 민수영이 기억을 잃었다는 것 그리고 눈앞에서 본 것처럼 정신력이 너무 나약하다는 것이다. 임금은 곧바로 몸을 돌려 궁으로 향했다. 극도로 긴장한 탓인지 사가에서의 말투가 툭 튀어나왔다. 감정을 다스리지 못할 때마다 나오는 임금 혼자만의 버릇이었다.

"미치겠군."

빗방울이 감질나게 떨어지는 초저녁, 의금부 직무실에는 권감과 정창손, 윤필상이 초조하게 임금을 기다렸다.

맞은편에는 월산대군이 무슨 생각을 하는지 알 수 없는 표정으로 허공에 떠다니는 먼지를 눈으로 쫓고 있었다.

직무실에 있던 사람들은 마침내 임금이 들어오자 모두 자리에서 일어났다. 임금과 월산대군은 서로에게 눈길도 주지 않았다. 친형제라고 보기 어려울 정도로 싸늘한 기운이 두 사람 사이를 감돌았다.

임금의 명에 의해 관련자들이 포박당한 채 끌려 들어왔다.

민수영과 그의 아내 역시 부부라 이르기 무색하게 눈 한 번 마주치지 않고 바닥에 엎드렸다. 민수영은 아직 혼란에서 깨어나지 못했는지 멍한 상태였고, 아내는 무슨 이유에서인지 심히 떨고 있었다.

모두가 한 자리에 모인 지금, 얼어붙은 공기가 금방이라도 유리처럼 쨍 하고 갈라질 것 같았다. 각자의 의문과 관계, 욕망이 뒤섞인 직무실은 서로의 숨소리가 들릴 정도로 적막했다.

가장 거칠게 숨을 몰아쉬던 정창손이 먼저 입을 열었다.

"전하께서 이렇게 비공식적으로 사건을 조사하시는 이유를 납득할 수 없사옵니다. 일각이 중요한 이 같은 사안을 쉬쉬하며……."

"내가 가지고 오라 했던 필사본은 가지고 왔는가?"

정창손은 간신히 역정을 가라앉히고 임금의 명에 따라 가지고 온 서책을 내보였다.

자리에 모인 사람들은 영문을 모르고 뜬금없이 임금이 서책을 뒤적거리는 모양을 지켜보았다. 한참 동안 독서 삼매경에 빠져 있는 임금에게 정창손이 뭐라 한마디 하려 할 때, 임금은 권감을 시켜 지필묵을 가져오게 했다.

"죄인은 아무 것이라도 좋으니 글씨를 써 보아라."

수영은 붓을 들고서 어리둥절한 표정으로 자신을 내려다보고 있는 위세 높은 권세가들을 둘러보았다. 경멸과 조소 어린 두 정승과 판서, 보일 듯 말 듯 희미하게 미소 짓고 있는 월산대군, 근엄한 눈빛으로 자신을 바라보는 추국관까지 둘러보았다. 자신의 옥사 안까지 들어왔던 젊은 양반이었다. 누군가 그를 '전하'라 부르는 소리를 들었던 것 같다.

수영은 얼떨떨한 얼굴로 감히 임금의 용안을 올려다보았다. 조선의 국왕이시라고?

"어서 쓰지 않고 뭘 하는 게야!"

윤필상의 역정에 수영은 급히 붓에 먹물을 묻혔다.

기라성 같은 권세가들과 임금 앞에서 수영의 머릿속이 새하얘졌다. 뭘 쓰라는 거지? 수영이 쥐고 있는 붓이 덜덜 떨리기만 할 뿐 종이 위에 닿을 엄두를 내지 못했다. 그때 허공을 바라보던 월산대군의 입에서 조용한 노랫가락 같은 시조가 흘러나왔다.

가을바람에 괴로이 읊조리나

세상에 알아주는 이 없네

창밖엔 밤 깊도록 비만 내리는데

등불 앞에 마음은 만 리 밖을 내닫네

秋風唯苦吟

世路少知音

窓外三更雨

燈前萬里心[32]

　수영은 가벼운 붓놀림으로 단숨에 최치원의 시를 써내려갔다. 두 정승과 판서는 흥미로운 눈으로 지켜보았다. 그의 글씨는 한 치의 망설임이 없었다. 아름답고 유려한 필체가 잠시 무거웠던 공기를 희석시켰다.

　임금은 그가 쓴 글씨와 정창손이 가져온 서책의 글씨 그리고 사초의 글씨를 번갈아가며 대조해보았다.

　살짝 찌푸린 미간이 조금씩 움찔거렸다. 마침내 무언가를 찾아낸 임금이 모든 이들의 앞에 세 가지 증거물을 펼쳤다. 임금의 입가에 차가운 미소가 어렸다.

　"궁에 들어오기 전 사가에 살 때, 나는 종종 필사한 서책을 빌려

---

32)　최치원의 시(추풍유고음 세로소지음 창외삼경우 등전만리심).

보곤 했지."

　임금은 손가락으로 책상에 사초의 글씨를 따라서 쓰며 운을 띄웠다. 임금은 자신이 사가의 대군이었던 때를 입에 올리기 꺼려했다. 세자나 원자가 아닌 군의 신분으로 신하들에게 추대되어 왕위에 올랐다는 것은 정통성에 대한 치부였기 때문이다. 따라서 임금이 방금 한 말에, 그의 성정을 아는 자들은 생소함을 느꼈다.

　정창손만이 '갑자기 웬 추억담인가' 하며 불만스럽게 임금을 바라보았다. 임금은 사초에서 눈을 떼지 않고 중얼거리듯 말했다.

　"그때 배운 것이 바로 필사가들은 눈에 띄지 않는 자신만의 흔적을 남긴다는 것이었다. 설령 필체까지 베끼더라도 서체 속에 그 흔적을 남긴다. 원본과 사본에 차별을 두어 이름을 알리고 장사를 하려는 목적이지."

　임금은 사초를 가운데 두고 정창손의 서책과 수영의 시문을 양 옆에 놓았다.

　바닥에 엎드린 수영과 그의 처 외에 직무실에 있던 사람들은 임금의 손가락을 따라 글자를 자세히 보았다. 사초와 수영의 시문은 글씨체가 같았고, 서책의 글씨체는 완전히 달랐다. 누가 봐도 수영이 쓴 사초라는 것이 명백했다.

　"자…… 영의정이 가져온 이 서책의 글씨를 눈여겨보라. 자세히 보면 글자 끝마다 붓을 들어 가볍게 뗀 흔적을 알 수 있다. 이 흔적이 사초에서도 보이는가?"

　윤필상은 임금의 의도가 무엇인지 눈치 챘다. 초조해진 그는 임금의 눈을 피해 정창손을 향해 몰래 눈짓했지만, 정창손은 아무것도 모르고 임금의 설명을 따라 자신의 서책을 들여다보고만 있었다. 과연 임금의 말처럼, 사초와 서책은 글씨체는 달라도 획 끝의 모양이 딱 떨어져 갈무리된 느낌이었다.

"반면 민수영이 쓴 글씨와 사초의 글씨는 유사한 듯하나, 그의 글씨에는 끝을 조금 길게 흐리는 특징이 있다."

글씨 끝을 흐리는 것은 사관들 특유의 버릇이었다. 빨리 흘겨 쓰는 버릇이 몸에 밴 그의 글씨는 힘이 있어 칼날처럼 날카롭게 끝났다. 정창손은 뒤늦게 임금의 의도를 알아채고 윤필상과 마주보았다. 용의주도한 한명회가 임금의 탁월한 안목을 간과한 것이다.

윤필상은 오래전 일을 떠올렸다. 언젠가 임금이 역대 왕들의 어서를 수집하다 문종이 귤 쟁반에 썼다는 시를 보고, 모사해서 간직한 것인지 어서가 그대로 있는지 물었다. 한 신하가 어느 곳에 두었는지 알지 못하겠다고 하자 '필적을 보고자 한 것인데'라며 아쉬워했다.

늘 서책을 끼고 사는 임금이 아름다운 글씨에 관심을 가지는 것은 당연했고, 필체나 필적을 보는 눈이 남다를 수밖에 없었다. 왜 이제서야 깨달았을까. 윤필상은 겉으로 태연한 척했지만 초조함에 진땀이 흘렀다.

"나는 이러한 이유로 이 사초가 위서라고 본다. 경들의 생각은 어떠한가?"

두 정승은 임금의 말대로 서책과 사초, 수영의 글씨를 번갈아가며 돌려보았다. 자세히 봐도 알아채기 힘들 정도의 표식이었으나 임금의 말에는 틀림이 없었다. 두 정승은 지금까지의 기세등등한 모습은 어디 가고 입을 꾹 다물었다.

"오늘은 어찌 내 질문에 답을 하는 이가 없는가? 생각이 어떠하냐고 묻지 않는가!"

"신의 생각도 같사옵니다. 주상전하의 안목이 과연 탁월하시옵니다."

분위기를 파악한 권감은 즉시 임금을 극찬했다. 월산대군도 증거들을 보더니 고개를 주억거렸다. 다른 이들의 눈을 피해, 그는 임금을 향해 다정하게 웃어보였다.

임금은 그를 보지 못하고 정승들의 대답을 기다렸다. 다른 한 편에서 두 정승은 난처한 낯으로 임금의 시선을 피했다. 윤필상이 어떻게든 시간을 벌기 위해 필사적으로 목소리를 짜냈다.

"이 서책을 쓴 필사가를 심문하기 전까지 단정 짓기는 이를 것으로 보입니다."

"물론 내 생각도 그러하다. 허나 서책을 쓴 서쾌 조명환은 행방이 묘연하다. 사초를 위조해 월산대군을 역모로 본 것이 두려워 잠적했거나 변고를 당한 것이 아닐까 짐작한다."

"모두 추측일 뿐, 그 어떤 정황도 섣불리 결정할 수는 없사옵니다."

"그렇다. 모두 추측이다. 그렇다면 월산대군을 추국해야 할까?"

"지당하신 말씀이옵니다."

정창손의 실언이었다. 윤필상은 같은 편인 그에게 욕설이라도 하고 싶었다. 임금은 그의 실언을 놓치지 않고 재빨리 낚아챘다.

"만약 월산대군을 추국하는 도중 서쾌를 잡아내어 내 말이 사실임을 증명한다면, 너희는 감히 왕족을 음해하고 임금의 형제를 기망한 죄를 피할 수 없다. 누군가의 모든 것을 짓밟으려 했으면 자신도 모든 것을 내어줄 정도는 되어야지. 너희들은 그 책임을 질 각오가 되어 있는가?"

두 정승의 낯빛이 파랗게 질렸다. 임금의 성정이라면 아무리 원상이 비호해준들 월산대군을 모함한 죄를 가벼이 넘기지는 않을 것이 분명했다. 조급한 마음에, 정창손은 임금의 발치에 엎드려 있는 수영을 보고 소리를 질렀다.

"너는 그 서쾌와 친분이 있다고 들었다. 그에 대해 한 치의 거짓 없이 고하라!"

수영이 뭐라 대답하려던 찰나, 발발 떨고 있던 아내가 자신에게 물은 것이라 착각했는지 머리를 바닥에 박으며 아뢰었다.

"쇠, 쇤네 모르는 자입니다."

수영은 아내의 대답에 기가 막혔다.

거짓말 말라, 내게 그자가 친구라고 알려준 게 당신이 아니느냐, 소리라도 지르고 싶었다. 수영 대신, 이제껏 말 한마디 없었던 월산대군이 불쑥 끼어들었다.

"난 이처럼 아리따운 여인을 취비로 들인 적이 없는데. 무슨 목적으로 내 집에서 취비 행세를 하고 있었지?"

"쇤네 아무것도 모릅니다! 모릅니다요! 살려주십시오, 나으리들!"

정신을 놓아버린 듯 여인은 임금의 발치에서 옷자락이라도 잡아보려고 엉금엉금 기어갔다. 갈수록 가관이었다. 비굴하고 비열한 짐승처럼 보였다. 이제껏 수영이 보아 왔던 여인이 아니었다. 어쩌면 수영이 만들어놓은 환상 속에 여인을 맞춰왔던 것일지도 몰랐다. 그녀는 누구인가? 이제야 실체가 보이는 것 같았다.

수영은 이제까지의 혼란이 확신으로 바뀌었다. 배신감? 처음부터 모르는 여자였을 수 있으니 배신이랄 것도 없었다. 의도를 가지고 접근하여 수영과 월산대군과 임금까지 농락한 여자. 무엇보다 수영의 기억을, 잃어버린 기억 속에서 부여잡고 있었던 아내와의 추억을 더럽혔다. 그것만은 아니기를 바랐는데.

노파가 어머니가 아니라는 사실을 알았을 때보다, 조명환이 친구가 아닐 수 있다는 사실보다, 사초가 가짜라는 사실보다도 아내가 아니라는 것에 수영의 이성이 끊어졌다. 모든 희망을 짓밟은 여자를 용서할 수 없었다. 살려달라고 애원하는 저 여자를 죽여버리고 싶었다.

임금은 더 볼 것 없다는 듯 자리에서 일어났다.

"나는 이 일이 더 이상 공론화되는 것을 원치 않는다. 그대들도 마찬가지겠지만. 하여 지난번 이극배의 모함 사건처럼 조용히 묻고, 다만 월산대군을 함정에 빠뜨린 배후를 찾기 위해 이 두 사람을 증인으로 심문하라. 월산대군은 집으로 돌아가도 좋다."

임금은 뒤도 돌아보지 않고 집무실을 나갔다. 권감이 그 뒤를 졸졸 따라 나갔고, 월산대군도 머리를 긁적이며 남은 두 정승과 민수영 내외를 보더니 히죽거리며 자리를 떴다.

　나장들이 들어와 수영과 그의 아내를 다시 옥사로 끌고 갔다. 수영은 아녀자의 옥사로 가는 내내 흐느끼며 살려달라고 비는 아내, 아니 누구인지 모를 여인의 뒷모습을 살기 어린 눈으로 바라보았다. 여인은 단 한 번도 뒤를 돌아보지 않았다.

　의금부에 남아 있던 두 정승은 입도 벙긋 못하고 서성거렸다. 말은 하지 않았지만 두 사람은 같은 생각을 하고 있었다. 임금의 완승이었다. 자신들의 권세도 이젠 예전만 못한 것일까. 빨리 발을 빼고 살 길을 찾아봐야 하는가.

　깊은 밤, 심문방에서 증인들을 기다리던 권감은 어떻게 처신해야 할지 고민하고 있었다. 민수영…… 민수영…… 월산대군의 역모보다 그 이름이 더 마음에 걸렸다. 정치적 직감에는 도가 튼 권감이었다. 그는 오랜 기억 속에서 민수영이란 이름을 끄집어냈다.

　어쩐지 낯이 익다 싶었다. 권감은 그가 가져왔던, 그리고 앞으로 가져올 파란을 예감하며, 이번 일이 쉬이 끝나지 않을 것이라 직감했다.

　나장들이 증인 남녀를 끌고 들어왔다. 비교적 침착한 수영과 달리 여인은 염라대왕 앞에 끌려온 듯 제정신을 차리지 못했다.

　수영과 여인은 권감을 사이에 두고 마주 꿇어앉았다. 여인은 도망갈 구석을 찾는 짐승처럼 눈알을 굴렸다.

　"우리, 구면이지?"

권감은 수영의 안색을 살피며 툭 질문을 던졌다.

"민가(家)의 사옥(史獄), 이제야 기억났어. 그때 추국장에 나도 있었는데, 기억하나?"

수영이 아무 말 없자, 권감은 재차 그에게 물었다.

"네놈의 악명은 이전부터도 익히 들어 알고 있었다. 버러지처럼 더러운 짓은 골라 하더니 별안간 역모라니, 여전히 그 꼴이군. 아주 대단해. 십여 년 전 다른 이들은 모두 네놈 하나 때문에 죽어나갔는데, 가장 큰 죄를 짓고도 대체 어떻게 살아남을 수 있었지?"

수영은 권감이 자신의 이야기를 하는 줄도 몰랐다. 수영의 눈빛이 정상이 아님을 깨달은 권감은 과거사는 접어두기로 했다.

"뭐, 좋아. 오래전 일이야 그렇다 치고. 네놈 같은 파렴치한이 월산대군의 무고와 아무 관련이 없을 리 없지. 유배지에서 사라졌다고 들었는데 그동안 이런 천인공노할 짓을 꾸미고 있었나?"

수영은 권감의 말이 귀에 잘 들어오지 않았다. 그의 모든 정신이 눈앞의 여인에게 쏠려 있었다. 파리한 얼굴과 달리, 복잡한 감정이 뒤섞인 수영의 눈은 금방이라도 불을 뿜을 것처럼 매서웠다. 혼란, 배신감, 일말의 믿음……. 수영은 들리지 않는 마음의 소리로 여인에게 소리치고 있었다.

당신은 누구냐고.

수영의 시선을 알아챈 권감은 마치 더러운 것을 보듯 혐오스러운 눈빛으로 여인을 내려다보았다. 포식자의 살기에 반응하듯 여인은 즉각 머리를 조아렸다.　　.

"살려주십시오, 나으리. 전 이자와 아무런 관련이 없습니다요, 나으리."

"이자는 네년을 처라고 부르던데?"

"아닙니다요, 전 오늘 처음 봤습니다. 모르는 사람입니다."

여인은 눈물 콧물을 쏟으며 애처롭게 빌었다. 수영은 치미는 분노를 참지 못하고 포승줄에 묶인 손을 꽉 쥐었다.

"이것을 본 적이 있나?"

권감은 문제의 가짜 사초를 여인의 앞에 펼쳤다. 여인은 더욱 필사적으로 고개를 저었다.

"아니요, 처음 봅니다. 진짜 처음 봅니다요! 뭔지도 모릅니다, 쇤네 문자도 모릅니다!"

"거짓말! 당신이 내게 주었지 않나!"

마침내 수영이 울분을 참지 못하고 폭발했다. 의자를 박차고 벌떡 일어나 날뛰는 수영을 나장들이 달려들어 제압했다.

여인은 소리를 지르며 수영과 멀어지기 위해 몸부림을 쳤다. 그녀는 수영을 죽일 듯한 눈으로 쏘아보며 외쳤다.

"억울합니다! 이자는 저를 모함하는 것입니다!"

여인의 눈빛은 수영의 분노에 도화선을 당겼다. 나장들의 몽둥이질에도 수영은 진정할 줄 몰랐다. 권감이 골치가 아프다는 표정으로 수영을 내려다보았다. 권감의 손짓에 문을 지키고 서 있던 호위 나장들이 들어와 수영과 여인을 창으로 겨냥했다. 창날이 뿜는 시퍼런 기운에 수영의 열기가 간신히 진정되었다.

"이봐, 괜히 문제 일으키지 말라고. 전하께서 잘 보호하라 당부까지 하셨으니, 네놈이 소란을 피우면 내 입장이 난처해져."

그는 바들바들 떨고 있는 여인을 향해 비웃음을 지었다.

"그나저나 이거 참 요물이군. 내 뒷조사를 좀 해봤지. 뒷골목에서 몸을 굴리는 것도 모자라, 왈패들이 사주하는 일이나 받아 하는 더러운 창부 주제에, 이 문서를 어떻게 손에 넣었지? 누가 줬나?"

여인의 얼굴에 순간 공포가 떠올랐다. 여인은 세차게 고개를 저으며 울먹였다.

"기, 길에서 주웠습니다. 그뿐입니다."

"주운 것을 이자에게 줬다고? 감히 누구 앞에서 헛소리를 지껄이는 게야!"

권감의 호통에 여인은 입을 다물었다. 그녀는 미친 것처럼 침을 질질 흘렸다. 수영의 분노가 물벼락을 맞은 듯 차갑게 식었다. 몸이나 파는 더러운 창부라고? 그런 여자가 감히 내 아내라 칭했다고?

일순간, 무언가 초연해진 그녀의 눈이 바로 앞 나장들의 창에 닿았다. 누가 말릴 새도 없이, 여인은 횃불에 비쳐 매섭게 빛나는 날을 향해 몸을 던졌다.

포박된 손이 창의 자루를 움켜쥐었고, 창날이 일직선으로 여인의 복부를 깊숙이 뚫고 등으로 솟았다.

갑작스럽게 벌어진 일에, 방에 있던 사람들은 모두 멍하니 여인의 몸에서 울컥울컥 쏟아지는 피를 바라보고만 있었다.

수영이 초점 없는 눈으로 여인에게 다가가 무릎을 꿇었다. 그의 손이 파들거리는 여인의 목을 졸랐다. 잔뜩 쉰 목소리가 수영의 입을 타고 흘러나왔다.

"안 돼…… 누가 거짓 사초를 줬는지 말해……. 내 아내를 어찌했는지 말해!"

정신을 차린 나장들이 광분한 수영을 떼어놓았다. 방에서 끌려 나갈 때까지 수영의 절규가 메아리쳤다. 여인이 마지막 숨을 내뱉은 것을 확인한 나장들이 분주하게 움직였다. 권감은 피비린내에 코를 감싸고는 불쾌한 기색으로 서둘러 시신을 처리하라고 명했다.

멈춰버린 그녀의 눈동자에, 심문방의 작은 창문 너머에서 그녀를 지켜보던 누군가의 얼굴이 비쳤다.

권감은 피가 튄 도포를 툭툭 털며 직무실로 향했다.

어찌 처리할까 고민이었는데 오히려 잘 되었군. 일은 잘 마무리되었고, 자신은 어느 편에게든 눈 밖에 나지 않았다. 이제 포상만 기다리면 될 터였다. 권감은 의금부 밖에서 소식을 기다리던 한명회의 가노에게 소식을 전했다.

곧 병조로 옮길 채비를 하고 있겠다고.

실록, 그날의 사건

의금부에서 벗어나 자유의 몸이 된 월산대군은 예정된 약속이라도 있는 듯 휘적휘적 발걸음을 흘렸다. 가까운 나루터로 간 월산대군은 강 반대편으로 가는 마지막 배편을 잡았다.

　온종일 노 젓기가 고된 뱃사공이 천천히 배를 몰았다. 손님 없는 배에 홀로 탄 월산대군은 한강의 경치를 바라보며 회한에 잠겼다. 한강이라는 이름은 누가 붙였을까. 유구한 역사를 흘러온 저 강에 얼마나 많은 한(恨)이 흘러갔을까. 월산대군은 까닭 없는 우울에 잠겨 있는 스스로를 즐기며 강의 반대편에 발을 디뎠다.

　황금빛 모래사장 위로 다른 이의 발자국이 어지럽게 널려 있었다. 그는 발자국을 따라 벼랑 끝에 세워진 정자에 올랐다. 한강과 그 주변 경관과의 조화를 우선으로 한 자신의 희우정과는 다르게, 압구정은 그 주인을 닮아 오랜 손질로 흐트러짐 없는 화려함과 위용을 오롯이 뽐내고 있었다.

의금부에서 나오기 전, 권감이 전한 서찰을 받지 않았더라도 월산대군은 곧장 한명회를 만나려고 하던 중이었다. 마치 그의 마음을 읽은 것 같은 한명회의 서찰은 짧았다.

압구정에서 기다리겠습니다.

월산대군은 두려웠다. 이제 막 저승문 앞에서 돌아온 터였다. 이자는 무엇을, 어디까지 내다보고 있는 것일까. 강바람 때문만은 아닌 스산한 한기를 느끼며 월산대군은 부르르 떨었다.

사건은 일단락되었다. 자신은 아무 탈 없이 풀려났고, 민수영의 일은 시일을 두고 처리하기로 명이 내려졌다. 다시 일상으로 돌아가면 될까? 그러나 한명회의 서찰을 받고서, 월산대군은 단지 예상치 못했던 우발적인 사건이 종결된 것일 뿐 오히려 더 큰 일을 위한 포석에 지나지 않았다는 것을 깨달았다.

민수영의 진짜 사초는 아직 나타나지 않았다. 한명회는 민수영의 존재와 임금이 그를 추적한다는 사실까지 알아버렸다. 사초를 사이에 두고, 임금과 한명회는 이제 전면적으로 나설 것이다. 임금의 힘은 높고 곧지만 한명회의 힘은 넓고 촘촘하다.

사초와 연관된 민수영이나 자신이 모든 일이 끝날 때까지 무사할 수 있을까? 훗날 살아남을 자가 누구일까? 월산대군은 압구정으로 오르는 길이 죽음의 문턱으로 향하는 길인 것 같아 두려웠다.

압구정에 서서 계단을 올라오는 월산대군을 내려다보고 있던 한명회는 공손히 예를 올리며 그를 맞이했다.

해가 저물며 더욱 거세진 강바람이 두 사람 사이에서 소용돌이쳤다. 한명회는 덮고 있던 백호(白虎) 가죽 담요를 여몄다. 눈처럼 흰 털이 매서운 강바람에 흩날렸다.

"별고 없으셨는지요?"

"덕분에요. 상당군이야말로 안색이 좋지 않으십니다, 그려."

"나이가 드니 어제는 혈기왕성하다도 오늘은 이리 골골대는 형편입니다."

"저런, 내가 살아 걸어 나와 퍽 아쉬우셨나 봅니다."

"무슨 섭한 소리를. 대군께서 삼족(三族)이 멸할 죄를 짓지 아니 하셨다니, 참으로 다행이지요."

느물거리는 한명회를 보며, 월산대군은 잠들어 있던 호랑이를 섣불리 깨운 것이 아닌가 하는 후회가 들었다. 한명회는 머리다. 그 몸통인 훈구파 대신들은 이 기회를 통해 임금의 측근인 자신부터 제거하려고 할 것이다.

역모는 비교적 쉬운 방법이었다. '잃어버린 사초를 찾는다'에서 시작한 작은 일을 종친의 역모로 키우고, 그 일이 성공하면 임금의 수족을 끊고 기세를 꺾는다. 실패하더라도 민수영을 숨기고 있던 월산대군을 제 편으로 만든다. 지금이 아니더라도 언제든지 역모로 몰아넣어 죽일 수 있다는 협박을 몸소 체험시키면서. 그리고 원래 목적했던 바인 사초를 찾는다.

이것은 승부라고 할 수도 없었다. 승패가 어떻든지 간에 손해 볼 것이 없으니까. 아무리 임금과 합심한들 이 희대의 책략가 앞에서는 풋내기들의 재롱일 뿐일까.

"내가 살아 돌아왔고 대감도 이리 버젓이 살아 있으니, 다시 원점이 되었군요. 피차 추한 꼴 보이고 다 까발려진 처지에 계집애들처럼 내숭떨지 맙시다. 그것을 찾아야 우리 모두 살 터이니 말입니다. 역모니 뭐니 구차스러운 가짜 말고, 진짜를 찾으셨습니까?"

"대군께서도 찾지 못한 것을 팔다리도 성치 않은 늙은이가 어찌 찾았겠습니까."

"무슨 내용인지 상당군께서는 알고 계신지요? 궁금해서 죽어서도 원통할 뻔했습니다."

"글쎄요, 요새는 기억이 영 가물가물해서······."

죽어가는 행세는······. 월산대군은 누구보다 형형하게 빛나는 그의 눈빛에서 살아 꿈틀대는 욕망을 보았다. 자신은 이미 오래전에 거세당했던, 이룰 수 없는 욕망이었다. 한층 늙어버린 듯한 월산대군이 탁하게 갈라진 목소리로 물었다.

"하찮은 이 목숨 살려두신 이유가 있으신지요?"

"대군과 민가(家) 놈은 아직 할 일이 남아 있습니다. 그리 쉽게 죽어서는 안 되지요."

"미안하지만 나는 할 수 있는 게 아무것도 없습니다. 방금까지도 작은 바람에 내 목숨이 훅 하고 꺼질 뻔하지 않았습니까."

"글쎄요. 대군께서 이렇게 살아계시니, 또 다른 일을 계획해볼 수 있을 테지요."

"무슨 일? 역모보다 더 재미난 게 있을까요?"

"과정보다는 그 대가에 구미가 당기실 겁니다."

"대가라……. 나는 죽었다 살아났지만 영사께선 관을 짜고 계시지 않습니까. 뭐 받아먹을 게 있을지 모르겠습니다."

"허허, 관에 들어가는 순간까지도 놓을 수 없는 게 있지요. 나는 이미 실컷 맛보았음에도 부족하더이다. 대군께선 그 맛이 궁금하지 않으십니까?"

입맛을 다시며 여유를 부리는 한명회를 보면서, 월산대군은 날고 기어봤자 이자의 책략을 따라갈 수 없음을 체감했다. 제 욕망을 위해 나라를 움직여 두 명의 왕을 추대한 자다. 노쇠한 팔다리를 못 쓰는 지금 몇 십 년의 세월 동안 이쪽으로만 굴려온 머리만이 더욱 비상하게 움직이고 있었다.

월산대군은 오래전 궁에서 한명회를 처음 마주했던 때를 기억했다. 의경세자, 자신과 임금의 아버지가 병을 앓다 돌아가셨을 때였다. 너무 어려서 아버지의 죽음이 무엇인지도 몰랐고, 세자빈이었던 어머니는 강보에 싸인 동생 자을산군을 안고 찬실[33]에서 나올 생각을 안 했다. 월산군은 찬실을 돌아다니다가 누군가와 부딪혔다. 한명회였다. 어렴풋한 기억에 남아 있는 한명회는 차가운 눈빛으로 월산군을 내려다보았다.

그 눈빛은 모든 것을 빨아들일 듯 강렬했다.

어째서인지, 아버지의 죽음보다도 더 강렬하게 남은 월산군의 첫

---

33) 빈궁(殯宮) 안의 왕세자의 관을 두던 곳.

기억이었다. 그 눈빛을 다시 본 것은 수년이 지나 남이의 역모로 조정 대신들이 무참히 죽어나갔을 때였다. 동생과 함께 궁 밖에 효수된 자들을 구경하러 갔던 그는 남이의 잘린 목 앞을 지나가던 한명회와 마주쳤다. 짧은 순간이었지만 그는 보았다. 아버지가 죽었을 때 보았던 소름끼치는 차가운 눈빛을.

한명회에게 누군가의 죽음이란 아무것도 아니었다. 많은 죽음이 그의 곁을 스쳐갔고, 그는 살아냈다. 그것이 한명회의 가장 무서운 점이었다. 아무도 그만큼 살아내지 못했다. 죽음조차 농단하는가. 월산대군은 그의 눈빛이 두려웠다. 그 눈을, 한명회는 지금 자신의 앞에서 부릅뜨고 있었다.

"지금처럼 운명을 한탄하며, 언제 있을지 모를 무고에 떨면서, 죽은 듯 사는 것도 나쁘진 않겠지요. 든든한 임금께서 버티고 계시니 외롭지는 않으시겠습니다."

월산대군은 의금부에서 만난 임금의 생각을 읽었다. 그는 하나뿐인 형을 믿지 않았다. 내내 외면하던 그의 시선에서 월산대군은 한 점의 의혹을 읽어냈다. 영원한 것은 없다. 권력도, 우애도, 월산대군 이정의 삶도.

"인생은 자신이 선택하지 못하면 누구도 선택할 수 없습니다. 대군의 인생은 누구의 것입니까? 월산대군입니까, 이정입니까?"

한명회는 월산대군을 완벽히 이해하고 있었다. 같은 욕망을 가진 자만이 공유할 수 있는 본능일지 몰랐다. 욕망이란 인간이 살아 있음을 알려주는 이정표 같은 것. 월산대군 이정은 궁에서 태어난 순간부터 그것을 갈구해왔다. 가질 수 없는 욕망은 한이 되어 강물에 떠나보냈다. 다 버렸다 여겼던 깊은 곳의 욕망을, 왕을 갈아치운 전적이 있는 자가 끄집어내고 있다. 오래전 종종 떠올렸던 질문이 새삼 생각났다.

아버지께서 돌아가시지 않았더라면…….

어쩌면…….

월산대군은 내려다보고 있던 한강에서 등을 돌렸다. 그의 앞에 오래된 호랑이 가죽의 내음을 풍기며, 한명회가 서 있었다.

살아나갈 수 없으리라 체념했던 수영의 예상과는 다르게, 그는 의금부에서 털끝 하나 다치지 않고 제 발로 걸어 나왔다. 그러나 그가 조선 땅에서 갈 곳은 없었다.

마중 나와 있던 월산대군의 행랑아범이 그를 부르는 것도 모른 체하고, 수영은 의금부를 서성거리며 떠날 줄을 몰랐다. 갈 곳도 없거니와, 자신을 심문했던 판사에게 묻고 싶은 것이 있었다.

'민가의 사옥, 이제야 기억났어. 그때 추국장에 나도 있었는데, 기억하나?'

흘려들었던 판사의 말이 귓가에 맴돌았다. 죽은 여인의 말이 어디까지 사실인지 의심스러웠지만 판사는 분명 자신에 대해 알고 있었다. 게다가 '민가의 사옥'이라는 구체적인 사건까지 지칭하지 않았던가. 수영은 그를 만나봐야 했다. 모든 것이 거짓으로 밝혀진 지금, 과거에 대해 닥치는 대로 붙잡아보아야 했다. 그러나 한참을 기다려도 판사는 나오지 않았다. 나장에게 물어보니 판사는 이미 퇴청했다고 했다.

수영이 좌절하며 어디로 가야 할지 방황하고 있는 사이, 여인의 시신이 수습되어 나왔다. 중요 증인이라고 볼 수 없을 정도로 재빠르게 처리된 것이다.

가짜 아내라 해도, 아내라 믿었던 여자의 시신을 보는 수영의 마음은 혼란스럽기만 했다. 아내라고 믿은 순간부터 느낀 희망은 거짓이 아니었다. 하지만 부풀었던 희망만큼 분노해야 할 대상은 입을 닫고 무책임하게 죽어버렸다. 경멸과 동정, 증오와 안타까움이 뒤섞여 참담할 뿐이었다.

거적에 덮여 있는 싸늘한 시신을 따라 한 중년의 부녀자가 나왔다. 창모(娼母)인 듯했다. 그녀는 흉측한 것을 본 듯 진저리를 치며 밖에서 기다리고 있던 기생아비를 불러 시신을 수거했다.

수영은 가짜에 가려진 진짜를 알고 싶었다. 이제 거짓은 지긋지긋했다. 뒷골목에서 몸이나 파는 더러운 창부. 그런 여자가 어떻게 자신에게 접근했으며, 아귀가 맞아떨어지는 거짓말로 자신을 궁지에 몰아넣었을지. 누군가 사주한 일이 분명하다.

수영은 창모를 불러 세웠다. 창모는 생뚱한 얼굴로 그를 돌아보았다. 여인에 대해 묻고 싶었지만, 그 와중에도 차마 죽은 여인이 자신의 아내라 자처했다는 점을 밝히고 싶지 않았다. 아는 사람이라고도 하고 싶지 않았다. 창모는 귀찮다는 듯 인상을 찡그렸다.

"뭐요? 저 계집에게 돈이라도 떼 먹혔수? 재수가 없었다 여기고 잊어버려요. 원래 계집질 해봐야 좋은 꼴 못 본다우."

"연관 없는 사람입니다. 그저 뭐하던 이인지 궁금하여……."

"별게 다 궁금하구만. 할 일 없으면 집에 가 처자식이나 돌보……."

창모는 갑자기 실눈을 뜨고 수영을 유심히 살폈다. 수영은 자신의 얼굴 구석구석을 훑는 창모의 시선이 민망해 눈을 피했다. 창모는 고개를 갸웃거리더니 이내 끄덕였다.

"사관 나리, 맞지요?"

수영이 아는 체를 하는 창모를 쳐다보았다. 이런 뒷골목의 여인이 자신을 알리라고는 예상치 못했다. 그녀는 표정을 바꿔 해사한 미소를 지었다. 익숙하게 수영의 팔을 꼬집으며, 창모는 주책을 떨었다.

"못 알아보겠네. 많이 늙으셨소. 그간 어찌 지냈소?"

"나를 아시오?"

"알지, 왜 몰라. 젊을 때는 그렇게 뻔질나게 유곽을 드나들더니. 궁합 잘 맞는 조강지처라도 생겼나봐?"

수영은 의금부 안에서 던지는 창부의 질펀한 농에 민망함을 감추지 못했다. 나장들의 시선이 따가웠다.

그녀는 퇴청하려는 의금부 나장들을 교태로운 손짓으로 불러 세웠다. 나장들이 비실비실 웃으며, 안 그래도 오늘 큰일을 치러 뒤풀이를 할 겸 들를 예정이라 일렀다. 창모는 반색하며 준비해놓겠다고 아양을 떨었다. 수영은 다급하게 그녀를 붙잡았다.

"의금부에서 죽은 여인, 뭐하던 이인지 꼭 알아야 하오. 조금이라도 알려주시오."

"내가 유곽의 유녀(遊女)들을 어찌 다 알겠나. 다만 그치가 왈짜들이랑 어울려 다니면서 사기를 치고 다닌다는 둥 뒷소문이 안 좋게 났기에 알고 있었지. 홍등가를 뜬 지는 오래되었소."

"그곳 출신이라는 것은 확실하다는 말이오?"

"그래요. 죽은 아이가 단골이었나? 저리 된 건 안타깝지만, 몸 파는 계집들 신세가 거기서 거기지. 다른 아이 많이 있으니 찾아와요. 내 신경 써 드릴 테니."

창모는 수영에게 작별 인사를 하고 손님을 맞으러 부지런히 갈 길을 재촉했다.

수영은 착잡한 얼굴로 의금부를 나왔다. 유곽의 단골이라니, 알고 싶지 않은 과거였다. 자신은 흉악한 범죄자에, 창부나 찾아다니는 호색한이었을까. 수영은 스스로가 더러워 견딜 수가 없었다. 과거를 찾을 의미도, 살아 있는 이유도 잃었다. 머물 곳도 없었다. 수영은 행랑아범의 부름도 듣지 못하고 비척비척 어디론가 향했다.

발이 가는 대로 걷다 보니, 수영은 폐가 앞에 서 있었다. 이곳조차 자신의 집이 맞는지, 수영은 자신이 기억해낸 기억마저도 믿을 수 없었다.

더 이상 과거를 찾기가 두려워졌다. 애초에 민수영이란 이름도 맞는 것일까? 민수영이란 자가 고작 그것밖에 안 되는 인간이라면, 수영은 차라리 다른 사람이길 바랐다. 그저 평범하게, 어머니를 모시고 아내와 오순도순 사는, 늘그막에 자식이 있으면 더욱 바랄 게 없는 삶을 기대하는 무지렁이 촌부이길 바랐다. 사초? 사옥? 그런 골치 아픈 것들 몰라도 하루 성실하게 살면 감사할 줄 아는 삶.

'하나는 약간의 진실로 향한 길. 허나 그 선택이 어떤 방향으로 인도할지는 아무도 몰라. 아마 불행할 확률이 높을 테지.'

산중 초가에서 월산대군의 말이 저주처럼 메아리쳤다. 이것은 그의 저주일까? 아니, 모두 자신이 저지른 과거이고 과오다. 되돌릴 수도, 복구할 수도 없는 폐허와 같은 기억.

그는 부엌에 들어가 아궁이 앞에 섰다. 무엇이 남아 있을 리는 없겠지만, 수영은 기억나는 순간으로 돌아가 보았다.

검은 아궁이 속은 들추지 말라 경고하는 듯 시커먼 아가리를 벌리고 있었다. 수영은 손을 넣기가 무서웠다. 과거라는 짐승에 잡아먹혀 버릴 것 같은 착각을 일으켰다. 그래도 그는 손을 뻗었다.

그날의 기억은 떠오르지 않아도 몸이 기억하는지, 손등의 화상이 잠시 따끔거렸다. 그의 손에 거미줄과 오래된 재들, 습기를 가득 먹은 곰팡이 슨 나무토막이 잡혔다. 그는 주먹을 쥐어 손에 잡히는 것들을 꺼내보았다.

재투성이 손에 종잇조각 같은 것들도 있었다. 이것이 그날의 종이일 리는 없었지만, 수영은 경건하게 손 위에 놓인 불타 없어진 것들을 얼굴로 가져갔다. 말라 버린 줄 알았던 눈물이 재와 뒤섞여 볼을 타고 흘렀다.

　조촐한 혼례였다. 가난한 생원집 아들과 양반집 서얼의 여식은 혼례를 마치고 첫날밤을 준비하고 있었다. 촛불이 없어도 아내가 된 여인의 고운 얼굴이 드러날 정도로 별빛이 밝았다.

　아내는 혼례복을 입고 다소곳이 앉아 있었지만 떨림은 고스란히 전해졌다. 수영도 어찌할 바를 몰라 연거푸 술만 들이켰다. 아내는 걱정스럽게 흘끔 쳐다보다 곧 눈을 내리깔았다. 수영은 그 모습이 예쁘고 사랑스러웠다. 조금 용기를 낸 수영이 아내에게 다가가 차가운 손을 잡았다.

　"평생을 아껴주겠소. 백년해로 합시다."

　아내의 맑은 눈이 별빛처럼 빛나더니, 이내 별똥별이 떨어지듯 눈물방울이 툭 떨어졌다.

　짹짹, 경쾌한 새소리가 아침을 깨웠다. 수영은 부스스 일어났다. 몇 날 며칠을 광인(狂人)처럼 도성 안을 헤맸다. 청계천 인근과 시전, 기방과 유곽까지 발 닿는 곳마다 민수영이란 사람에 대해 묻고 다녔다.

　십 년이면 강산도 변한다지만 기가 찰 정도로 민수영을 아는 사람이 없었다. 마치 누군가 그의 흔적을 남김없이 지운 듯이. 이제는 아무런 소득 없이 폐가로 돌아와도 허탈감마저 들지 않았다.

폐가에 홀로 남아 있을 때면 그는 고문 받던 때의 환청과 환각에 시달렸다. 어둠 속에서 비웃음소리, 콧노래 소리가 들리며 사람의 형상이 나타났다 사라졌다. 스윽, 스윽, 죽은 몸을 끌고 다가온 노파는 반대로 꺾인 팔을 뻗어 자신의 목을 조였다. 피를 철철 흘리는 창부는 자신의 배에서 창을 뽑아 수영의 심장을 찔렀다. 수영은 환각 속의 사람들에게 죽여 달라 애원했다. 며칠 밤을 꼬박 새웠다. 그들이 나타날까 두려워 수영은 더욱 미친 듯이 사람들과 만나고 다녔다. 폐가 근방의 사람들은 삼삼오오 모여 저 미친놈을 쫓아내야 한다고 수군거렸다.

지독한 피곤에 못 이겨 까무룩 잠든 수영은 폐가의 방에서 쭈그리고 선잠을 자다 눈을 가리는 희끗한 그림자에 일어났다.

아내일까. 그는 부서진 문간에 앉아 눈을 찡그리고 햇빛을 보고 있던 사내를 발견하고 잠시 누구인지 생각해야 했다.

"잠은 편히 주무셨수, 형님."

빙긋 웃는 월산대군을 보고 수영은 저도 모르게 멍청히 따라 웃었다. 그러다 곧 현실로 돌아왔다. 노파, 춘비, 조명환 그리고…… 월산대군은 말없이 그를 바라보더니 작은 봇짐을 건넸다. 수영이 산에서 내려올 때 가져온 짐들이었다.

산에서의 일들을 기록했던 일기와 월산대군이 주었던 단검 한 자루 그리고 아내의 서찰을 숨겼던 낡은 옷.

"이곳이 맘이 편하면 당분간 여기서 지내시구려. 위험할 일은 지나간 듯하니. 그리고 이건 무사히 돌아온 것을 축하하는 내 선물이우."

수영은 그가 내민 지필묵을 덤덤히 받았다. 기록, 모든 것의 시작이었다. 수영은 짐을 풀어 헤쳐 고이 간직했던 아내의 편지를 꺼냈다. 이 편지도 진짜인지 가짜인지 몰랐다. 하지만 수영은 직감적으로 확신했다. 별빛이 쏟아지던 밤, 아내가 흘렸던 눈물……. 단편적인 기억은 수영의 깊숙한 곳에 선명하게 남아 있었다.

기록을 찾아야 한다. 그래야 기억을 되돌릴 수 있다.

수영은 어느 때보다 곧은 정신으로 월산대군을 보았다. 침착하고 맑은 그의 눈빛을 본 월산대군은 무슨 말이든 대답해줄 준비를 했다.

"대군께서도 그 기록을 찾고 계십니까?"

"그렇수."

"그 사라진 기록…… 그것이 있다고 어떻게 확신하십니까? 저조차 기억을 못하는데."

"누군가의 유지이기 때문이우."

"누구의 유지입니까?"

"그것을 밝히기 전에, 무슨 일이 있었는지 알아야 할 것 같수."

월산대군은 숨을 들이켰다. 자신의 선택이 옳은 것인지는 천기가 말해주리라.

"민가의 사옥, 혹은 민수영의 사옥이라는 사건이 있었습니다. 선대왕인 예종 1년 때 일어났던 일이지요……."

수영은 하루 종일 고민했다. 어처구니없는 미친 소리라고 여길 수 있었지만 수영은 진실이 알고 싶었고 월산대군은 믿을 수 없는 자였다. 물론 대군이라는 그의 지위가 그가 말한 계획이 무리한 일은 아니라고 뒷받침할 수 있었다. 그렇다 하더라도 월산대군의 계획은 너무 무모했다. 오히려 주저하는 수영과는 다르게, 월산대군은 적극적으로 자신의 생각을 피력했다.

"형님은 누구보다 충실한 사관이었지. 하루의 대부분을 궁에서 보냈으니, 어쩌면 그곳에서 기억을 찾을 수 있을지도 모르지 않겠수? 그리고 내 말이 진실인지 증명할 방법 중에 실록보다 더 확실한 것이 어디 있겠수?"

월산대군은 궁 안의 춘추관 실록각에 잠입해 실록을 훔쳐보자는 엄청난 계획을, 심심하니 옆집에 놀러가자는 듯 아무렇지 않게 얘기했다.

실록을 훔쳐보다니, 감히 생각지도 못한 일이었다. 혹 이자가 지난 일을 복수하기 위해 이러는 것인가 의심까지 들었다. 그러나 월산대군은 진위를 의심하지 못할 정도로 열성을 다해 수영을 설득했다.

"여즉 기억이 돌아오지 않았는데 마냥 기다릴 수만도 없잖우? 게다가 내 말은 믿지 못하겠다고 하고. 너무 걱정 마시우. 내 가끔 실록각에 숨어 들어가 실록을 보곤 했는데, 이제껏 아무한테도 들키지 않았거든."

자랑스럽게 여기는 그의 행동에 수영은 기가 막혔다. 한 나라의 대군이란 작자가 저 모양이라니. 물론 수영은 자신이 그를 나무랄 처지가 못 된다는 것은 알고 아무런 반박을 할 수 없었다. 그의 제안이 솔깃하기도 했다. 황당하긴 했지만 누구의 말도 믿을 수 없는 상황에서, 실록만은 진실을 간직하고 있을 터였다.

월산대군은 미리 준비해 왔던 사관의 관복을 수영 앞에 내밀었다. 청포(青袍)와 흑각 혁대(黑角革帶), 사모까지 갖춘 관복이었다.

수영은 질겁하며 뒤로 물러났다. 정말 궁에 잠입하려는 속셈인가?

"생각은 해보시우. 만약 결심이 서면 오늘 술시(밤 8시경)에 광화문 앞으로 오시고. 형님이 오든 말든 난 가볼 거요. 나도 당시 정황을 자세히 알아야겠으니."

월산대군이 대책 없이 계획을 던져놓고 가버린 후, 수영은 관복을 신주단지 모시듯 방 한 켠에 놓고 손도 못 댄 채 노려보고만 있었다. 월산대군의 작전은 황당했지만 달리 좋은 수가 생각나지도 않았다. 이제껏 도성 안을 샅샅이 뒤졌다. 가보지 않은 장소는 단 한 곳, 궁궐 안이었다. 만약 정말 자신이 사관이었다면 그곳에 자신에 대한 정확한 기록과 자신이 쓴 기록이 남아 있을 것이다. 가장 확실하고 안전하게.

수영은 복잡한 마음을 달래려 봇짐에 들어 있는 일기들을 꺼내보았다. 어머니라 불렀던 노파, 아내라 불렀던 창부, 아우라 불렀던 월산대군, 도덕적이었을 거라 믿었던 자신의 기억은 이제 없는 것이나 다름없었다. 그는 문득 의금부에서 자신을 살린 임금의 기지를 떠올렸다. 임금이 정승 판서들을 보다 확실히 압박할 수 있었던 힘은 눈앞에 펼쳐 보인 기록이었다. 위서가 아닌 이상, 기록은 거짓말을 하지 않는다.

수영의 마음이 점점 월산대군의 제안 쪽으로 기울어지고 있었다. 그러나 끝까지 결심을 막아서는 무언가가 있었다. 스스로는 깨닫지 못했지만, 그것은 사관으로서의 책임과 긍지에서 비롯된 양심이었다.

술시가 되자 광화문 앞에 서 있던 월산대군은 수문장에게 다가갔다.

수문장은 월산대군을 알아보고 별 제지 없이 홍례문을 열어주었다. 막 궐로 들어가려던 그때, 뒤에서 다급하게 부르는 소리가 들렸다. 월산대군은 돌아보지도 않고 묘한 미소를 띠었다.

수영이 입은 관복은 마치 주인을 찾은 것처럼 잘 맞았다. 수염도 깔끔하게 다듬고 예에 맞춰 정갈하게 옷을 차려 입은 수영은 전혀 어색함이 없었다. 월산대군은 속으로 조금 감탄했지만 내색하지 않고 그를 데리고 궐 안으로 들어가려 했다. 묵묵히 서 있던 수문장이 막아섰다.

"뒤의 나리는 누구십니까?"

"아, 춘추관 기사관일세. 전하께서 보자 하셔서."

표정 하나 바꾸지 않고 뻔뻔하게 거짓말을 한 월산대군과 달리 수영은 쿵덕거리는 가슴을 진정시키기 위해 안간힘을 썼다. 수문장은 조금 의심스럽게 얼굴을 살피다가 '전하'라는 말에 더 이상 토를 달지 않고 비켜섰다.

광화문 오른쪽의 거대한 홍례문이 닫히자 수영은 추운 날씨와는 어울리지 않게 땀으로 흥건한 이마를 닦았다. 두 사람은 잰 걸음으로 홍례문을 지나 금천 위에 놓인 영제교를 건넜다. 겨울이라 물을 뺀 영제교에 금천을 지키는 천록이 크게 벌어진 눈으로 수영을 노려보고 있었다. 마치 호통을 치는 듯했다. 죄인이 어찌 지엄한 궁에 발을 들이느냐! 오금이 저려 서둘러 천록을 지나쳤다.

다리를 건너자 근정전으로 들어가는 근정문이 우람한 자태를 드러냈다. 잠깐 동안이었지만 수영의 머릿속에 저 문이 활짝 열린 순간이 스쳐 지나갔다.

때는 예종의 즉위식이었다. 당당히 고개를 들고 어도 위를 지나 근정전을 향해 걸어 들어가던 젊은 임금, 만조백관 사이에서 근정문을 통해 들어온 새 임금을 바라보던 자신, 어진 임금이 다스리는 조선의 태평성대를 바라던 모두의 희망, 궐을 가득 채운 천세의 외침…….

수영은 기억했다. 월산대군의 안내 없이, 그는 앞장서서 왼쪽으로 방향을 꺾었다. 망설임 없는 발걸음으로 궐내각사로 가는 유화문을 밀고 들어갔다. 궐내각사를 가득 메운 빼곡한 이백여 칸의 행각들이 군데군데 불을 밝히고 있었다.

빈청, 대청을 비롯한 승정원, 홍문관, 춘추관, 주자소, 상서원, 사옹원, 내의원, 오위도총부 등……. 수영은 어디에 어느 관청이 있는지 빠짐없이 알고 있었다. 정일품부터 종구품까지 다양한 직위의 관리들이 저마다의 일에 치여 정신없이 움직였다. 어떤 이들은 수심 가득한 얼굴로, 어떤 이들은 즐거운 얼굴로 돌아다녔다. 수영도, 거기에 있었다.

낮이었으면 관리들로 바쁘게 움직였을 궐내각사에 조용한 휴식의 시간이 흘렀다. 승정원 승지는 하루 업무가 버거웠는지 꾸벅꾸벅 졸고 있었다. 수영은 월산대군보다 앞서 걸으면서 춘추관을 찾았다. 여기를 돌면, 이 건물이 나오고, 여기서 이쪽으로…….

두 사람은 더욱 발소리를 죽여 도둑괭이들처럼 춘추관으로 향했다.

"월산대군 아니십니까?"

화들짝 놀란 두 사람이 돌아보자, 서거정이 막 예문관의 서고에서 나오고 있었다.

눈이 침침한지 실눈을 뜨고 월산대군을 자세히 보던 서거정은 뜻밖이라는 듯 다가왔다. 수영은 얼른 고개를 숙였다. 월산대군 집에서 한 번 마주한 적이 있던 인물이었다. 그가 월산대군 집 마당이나 쓸던 가노를 눈여겨보지는 않았을 테지만, 만의 하나 알아볼 수도 있었다. 월산대군은 앞으로 조금 나서면서 수영을 몸으로 가리며 여유롭게 미소 지었다.

"달성군께서 늦은 시간에 어인 일이십니까?"

"요새 전하께서 경연에 몰두하시다 보니, 늙은이의 학식이 영 달리는군요. 헌데……."

서거정은 눈을 끔벅거리며 수영을 살펴보았다. 수영은 더욱 고개를 조아렸다. 식은땀이 배어 등허리가 축축해졌다. 월산대군이 재빨리 대꾸했다.

"저도 전하와 한비자[34]에 대해 논하다 궁금한 게 생겨 와보았습니다. 서고 어디쯤 위치해 있는지 몰라 여기 승지에게 부탁을 좀 했지요."

"그래요? 허, 전하께서 요새 왜 그리 법치니 덕치니 따지시는지……. 그럼 일 보시지요."

월산대군의 그럴듯한 거짓말에 서거정은 알았다는 듯 고개를 숙이고 자리를 떠났다.

수영은 후들거리는 다리를 진정시키며 춘추관으로 가는 지름길을 택했다. 월산대군도 모르는 길이었다. 덕분에 빨리 목적지까지 당도할 수 있었다.

춘추관에는 사관 하나가 숙직을 서고 있었다. 늦은 시간임에도 흐트러짐 없는 모습이었다. 수영은 그의 모습에 자신의 모습이 겹쳐보였다. 그래, 나도 숙직을 서는 날 추위에 떨며 긴 밤을 지새웠지……. 수영은 애틋한 마음으로 나이 어린 사관을 바라보았다.

월산대군은 수영에게 숨어 있으라고 눈짓하더니 품에서 무언가를 꺼냈다. 술병이었다. 월산대군은 못된 장난을 치려는 어린아이 같은 얼굴로 눈을 게슴츠레하게 뜨더니 술 취한 사람을 흉내 내듯 갈지(之)자로 걸었다.

춘추관 안으로 불쑥 들어온 월산대군을 알아본 사관이 토끼 눈을 뜨고 벌떡 일어났다.

---

34) 중국 전국 시대에 한비 등이 쓴 책으로, 법가 사상을 집대성한 책이다.

"대군께서 또 어인 일이십니까?"

"내 전하와 술을 한 잔 하다 퇴궐하는 길에, 전하께서 고생하고 있을 사관에게 어주 한 잔 하사하고 가라 이르셔서 이리 들렀네."

"전하께서 침수에 드신다고 하셨는데, 또 술상을 보셨습니까?"

반듯한 얼굴의 젊은 사관은 임금을 걱정하며 한숨을 쉬었다. 수영은 그 마음을 십분 공감했다. 귀찮게 따라다니는 사관을 따돌리려는 임금과 그런 임금의 뒤를 따라다니며 일거수일투족을 감시하려는 사관은 종종 술래잡기를 하곤 했다. 수영은 자연스럽게 떠오르는 그때의 감정에 휩싸여 잠시 아련해졌다.

비틀비틀 몸을 가누지 못하던 월산대군은 사관에게 술잔을 내밀었다. 사관은 난처한 표정을 지었다. 월산대군이 눈에 힘을 주며 재차 술잔을 건네자, 사관은 하는 수 없이 술을 받아 마셨다.

어찌나 독한 술인지 밖에 숨어 있는 수영의 코끝까지 술 냄새가 퍼졌다. 사관은 일각도 못 버티고 해롱해롱 하더니 풀썩 엎어졌다. 월산대군이 웃으며 수영을 불렀다. 기가 찬다는 표정으로 수영이 들어왔다.

"술을 못 하는 이자가 숙직이란 소식을 듣고 오늘 밤을 골랐지."

실록각의 열쇠를 찾으며 월산대군이 히죽 웃었다. 수영은 드렁드렁 코를 골며 곯아떨어진 사관에게 남몰래 연민과 사죄를 표하고 실록각 앞에 섰다.

열쇠를 찾은 월산대군이 굳게 잠긴 실록각의 자물쇠를 열었다. 철컥, 소리와 함께 조선 왕조의 실록이 보관되어 있는 실록각의 문이 열렸다.

　사관 이외에 함부로 들어올 수 없는 실록각에서는 사람 손이 타지 않은 묵은 종이 특유의 냄새가 코를 찔렀다. 수영은 막상 들어가려니 겁이 났다. 저곳에 자신의 과거가, 그것도 자신이 저지른 큰 죄로 인해 추국 받던 때가 있을 터였다.

　주저하는 그의 등을 밀며, 월산대군이 서궤 위의 촛불을 들고 들어가려 했다. 수영은 그를 제지하고 촛불을 빼앗아 다시 서궤에 올려놓았다. 불이라도 나면 큰일이었다. 무의식적인 사관 때의 버릇이었다.

　두 사람은 어두운 실록각 안으로 잠입했다. 한 치 앞도 보이지 않았지만, 수영은 어디에 무엇이 있는지 잘 알고 있었다. 조선의 개국을 기록하며 첫 시작을 알린 태조실록에서부터 방대한 양의 세종실록까지. 수영이 기억하는 것은 노산군일기까지였다. 그 이후의 세조실록은 자신이 참여하다가 불충한 이유로 중도 하차했고, '민가사옥'에 관련된 기록은 마지막인 예종실록에 실려 있을 것이었다.

　"예종께서 즉위하시고 반년 정도 후에 사옥이 일어났다고 들었수."

　재위 기간이 짧은 탓에 예종실록은 여덟 권밖에 되지 않았다. 덕분에 수영은 자신이 관련되어 있을 법한 부분을 빨리 찾을 수 있었다.

　어림짐작으로 몇 권을 들고 불빛 앞으로 나왔다. 다섯 권 째 실록을 들춰 보던 수영은 마침내 민수영이란 이름을 찾아냈다. 떨리는 손으로 책장을 넘겼다. 민수영이란 이름은 예종실록 5권 1년 4월 24일 1번째 기사부터 4월 27일 1번째 기사까지 4일에 걸쳐 등장했다.

기축년 4월 24일 1번째 기사

춘추관에서 <세조대왕실록>을 편수하면서 사초를 거두어 들였는데, 누군가 "만약 사초에 이름을 쓴다면, 사관들이 사실을 있는 그대로 적지 않을 것입니다." 하였으나, 다른 누군가 "사초에는 예로부터 이름을 썼는데, 이제 와서 안 쓸 수는 없습니다." 하여, 결국 이름을 쓰게 하였다.

봉상첨정 민수영은 사초에 대신의 득실(得失)을 많이 썼는데, 이름을 쓴다는 말을 듣고 두려워하여 사초를 몰래 내다가 지우고 고쳤다.

기사관 최철관은 민수영이 사초를 고쳐 쓰는 것을 보고 "일이 만약 누설되면 우리들은 죄를 피할 수가 없다."며 수찬관 이영은에게 밀고했고, 이영은이 크게 놀라 찾아보니 지우고 고친 것이 무릇 여섯 가지 일이었다.

영사 한명회, 최항, 정난종, 김수령, 이영은 등이 민수영이 고친 곳을 모두 적은 후 "국사(國史)는 만세(萬世)의 공론(公論)입니다. 민수영이 사초를 몰래 내다가 고쳤으니, 청컨대 국문하소서." 하고 아뢰었다. 곧 의금부에 명하여 민수영을 잡아 오게 하였다.

민수영이 처음 이 일을 듣고 춘추관에 도착해서 말하기를 "나는 이런 일을 한 적이 없는데 누가 이처럼 기망한 일을 꾸몄는가?" 하였다. 민수영은 비록 당당하였으나 두려운 기색이었다.

임금이 사정전에 나아가 한명회, 도승지 권감 등을 불러 민수영의 집을 수색하게 하였는데, 종이를 태운 재가 있어 민수영을 궁으로 잡아 오게 하였다.

임금이 민수영에게 "네가 쓴 사초를 고치고 삭제하였느냐?" 하니, "그렇습니다." 하고 답하였다. 또한 임금이 "네가 고치고 지운 데는 반드시 이유가 있을 것이다." 하니, "처음에 있는 그대로 사초를 적었으나, 고치고 지운 것은 진실로 재상이 두려웠기 때문입니다." 하였다.

임금이 한명회 등으로 하여금 국문하게 하였더니 민수영이 하나하나 진술하기를, "또 처음에는, '이때에 이시애가 거짓으로 신숙주, 한명회가 강효문과 더불어 불궤(不軌)를 함께 도모하였다고 하였다.[35]'라고 썼는데, 뒤에 '불궤(不軌)' 두 자를 지우고 '위난(爲難)' 두 자로 고쳐 썼습니다." 하였다.

한명회 등이 "민수영의 사초는 단지 지우고 고친 것뿐만 아니라 태운 흔적도 있으니, 그것을 모두 물어보아라." 명하니, 민수영은 "사초는 이인석, 최연에게 빌려서 필삭하여 책을 만들어서 춘추관에 납부하고, 그 초고는 즉시 불태웠습니다." 하였다.

한명회는 "민수영이 처음에, '신이 모반을 도모했다.'고 썼다가 지웠으니 신은 춘추관에 근무하기 마땅치 않습니다." 라고 했지만 임금이 허락하지 않았다.

임금은 민수영을 서소에, 원숙강을 북소에 가두게 하였으며, 성숙, 최철관, 양수사 등 관련자들을 모두 의금부에 가두게 하였다.

사관들이 모두 이르기를 "반드시 큰 옥사가 일어날 것이다." 하였다. 의

---

35) 時李施愛詐 以申叔舟韓明澮 與康孝文 同謀不軌

금부에서 들이닥치자 민수영은 다급해졌고, 임금이 친히 국문하자 당황하여 죄를 인정했다. 임금이 매우 올곧기 때문에, 민수영은 장차 목숨을 면치 못할 것이라 여기고 자결하려다 실패했다.

이후 이틀의 기록에는 민수영을 비롯한 관련자들이 국문을 받은 내용이 적혀 있었다. 원숙강, 이인석 등 수영이 알지 못하는 스무 명 남짓한 사람들이 민수영 한 사람의 죄로 인해 고초를 겪었다.

바른대로 고하지 않거나 질문을 피하려 하면 지체 없이 장을 때렸다. 수영은 그들의 원통한 비명소리가 들리는 듯했다. 그러나 죄의식에 젖어 있을 때가 아니었다. 수영은 오로지 실록에 적힌 사실만을, 눈을 부릅뜨고 기억 속에 각인시켰다.

민가의 사옥은 나흘이 지난 4월 27일에 끝났다. 수영은 마지막 장을 넘기다가 임금이 자신에게 한 말을 적은 기록을 보며 끝내 풀썩 주저앉았다.

기축년 4월 27일 1번째 기사

……임금이 말하기를, "너는 옛날 서연관[36]이었기 때문에, 나는 너를 잘 알고 있다. 너는 늘 대신의 허물을 직언하여 쓰지를 않았더냐? 너는 선비로서 어찌 죄를 알지 못하였느냐?" 하였다.

과거에 임금이 세자였을 때 민수영은 서연관이었다. 민수영이 말하기를

---

36) 왕세자의 교육을 담당하던 관리.

"신이 용렬하여 생각이 짧았고, 재상의 원망이 두려워 고쳐 썼으나 그 말만 약간 완곡하게 바꿨을 뿐입니다." 하였다. 한명회가 "민수영은 처음부터 이렇게 말하였습니다." 하자, 임금이 민수영의 말을 믿었다.

민수영은 짧은 편지에도 기이한 말과 아름다운 글씨로 사람들의 눈에 띄었으며, 소소한 장난에도 남에게 지는 것을 부끄럽게 여겼다. 그러나 성품은 의심이 많고 결단성이 없었다.

민수영은 임금이 물을 때마다 눈물로 대답하기를, "신이 범한 죄가 매우 무거우니 법으로 주살됨이 마땅하오나 원컨대 성상께서 불쌍히 여겨주소서." 하니, 임금이 말하기를 "너를 안 지가 비록 오래이나, 국가의 대사에 사사로움을 취할 수가 없다." 하였다. 그러나 임금이 민수영을 측은하게 여긴 나머지 마침내 사형을 감해주었다.

드디어 임금이 의금부에 명하기를, "민수영은 장1백 대를 때려 제주로 보내고, 최명손과 이인석은 장1백 대를 때려서 고향에 보내며, 원숙강과 강치성은 참형에 처하고 이들의 아들을 유배지에 가두도록 하라." 하였다.

술에 취해 잠들어 있던 사관이 꿈틀거렸다. 월산대군은 주저앉아 하염없이 눈물만 흘리고 있는 수영을 재촉해 다시 실록을 제자리에 두고 춘추관을 빠져나왔다. 시간이 없었기에 두 사람은 서문인 영추문을 통해 궐을 나왔다.

궐 밖에 선 수영은 종묘를 향해 큰 절을 올렸다. 자신이 저지른 엄청난 죄에 대한 사실보다 그 죄의 이면에 있었을 많은 이들의 고통 그리고 자신을 아꼈던 선대왕 예종의 하해와 같은 어진 마음이 실록에 적혀 있었다.

죽을 죄를 지었음에도 자신이 지금 숨을 쉬고 살아 있을 수 있었던 것은 예종의 선덕이 있었기에 가능했다. 수영은 몇 번이고 절을 올렸다.

그 옆에서 수영을 내려다보며, 월산대군은 품에 넣고 있던 술을 병 채로 벌컥 들이키고 수영에게도 잔을 건넸다.

"이제 내 말을 믿겠수?"

수영은 독주 한 모금에 정신이 들었다. 월산대군과 수영은 궁의 담벼락에 기대앉았다. 달이 차오르고 있었다.

"어떤 사초를 숨겼는지는 모르우. 단지 형님이 사초를 고쳐 쓴 것 외에도 사초의 일부를 어딘가에 숨겼다는 사실이 비밀리에 알려졌고, 그것을 쫓는 자들이 생겨났지."

월산대군은 취기가 오르는지 눈을 끔벅거렸다. 그러나 그가 토해내는 진실은 더욱 또렷해졌다.

"이후로 형님은 모든 소식이 끊겼지. 그리고 사초의 비밀을 알고 있는 여덟 원상들, 그들은 형님이 숨긴 사초를 찾기 위해 팔방을 뒤졌지만 찾지 못했다우. 세월이 흐르고, 원상들은 하나 둘 세상을 떠났으며, 과거의 진실을 기록한 사초는 영영 사라졌을 거라 생각했지. 단 한 사람, 유일하게 살아 있는 상당군 한명회 외에는."

수영은 자신의 뒤를 쫓던 배후 세력이 얼마나 거대했는지 짐작조차 할 수 없었다. 여덟 명이나 되는 원상들의 손아귀에서 살아남은 것이 기적이었다. 그리고 한명회, 처음 그자를 보았을 때의 불길한 예감은 틀리지 않았다. 수영이 생을 놓을 수 없었던 까닭은 그들의 사념 때문이 아니었을까.

"그날 이후⋯⋯."

수영은 월산대군이 아침에 하지 못했던 모든 대답을 털어놓으려 한다는 것을 깨닫고 덤덤히 그의 말을 듣고 있었다. 사라진 사초의 행방과 그 내용. 월산대군은 남아 있던 술의 마지막 내용물까지 입에 털어넣었다. 취기 때문인지 조금 풀린 그의 눈이 지금껏 감춰왔던 슬픔을 가득 담고 있었다.

"형님⋯⋯ 난 항상 내 위로 형님이 있었으면 좋겠다고 생각했소. 임금이 내게 의지했듯, 나도 의지할 곳이 있었으면 좋겠다고. 그런 형님이 있었소. 나이 차이도 많이 나고 촌수도 조금 멀었지만 내겐 누구보다 커보였던. 당연하게도 대신들이 그런 형님을 가만 놔둘 리 없었지. 그분은 유배지에서 비참하게 생을 마감했소."

월산대군은 잠시 그를 떠올리는 듯 고개를 숙이고 말을 잇지 못했다. 수영은 그의 모습이 지독히도 쓸쓸해 보여 저도 모르게 형의 마음이 되어 어깨에 손을 올리려 했다.

월산대군은 수영의 손이 닿기 전 다시 고개를 들었다. 비감한 얼굴에 분노가 어렸다.

"처음이자 마지막으로 형님이라고 불렀던 사람, 귀성군께선 내게 이렇게 말했소. 민수영이란 자를 누구도 알 수 없는 곳에 숨겨라. 그는 선대왕의 독살에 관한 사초를 가지고 있다."

유배지에 부는 해풍

도성을 떠나던 날, 수영은 기분이 제법 선듯했다.

걷기 좋은 날씨였고, 몸은 거의 다 회복되었으며, 생각은 부질없었다.

때때로 그가 맨 무거운 짐이 어깨를 짓눌렀다. 사초, 실록, 예종, 귀성군, 임금, 월산대군…… 가진 것 없는 초라한 자신이 짊어지기에 너무 버거운 무게였다. 하지만 걸음을 늦추지는 않았다. 천천히, 한결같은 속도로 길을 걷고 고개를 넘었다.

자박자박 발소리를 내며 둔덕을 넘어갈 때 즈음 수영은 눈앞이 흐려지는 바람에 발을 헛딛을 뻔했다. 먹지도 자지도 않고 너무 오래 걸은 탓일까. 그는 눈을 비볐다. 속눈썹에 물방울이 묻어 있었다. 수영은 하늘을 올려다보았다. 하얀 민들레 홀씨들이 점점이 공중을 수놓고 있었다.

봄이 온 걸까? 막 생명력이 움트던 봄날, 압송관을 따라 유배길에 올랐던 그때로 돌아간 것일까? 어머니와 처를 뒤로 하고 먼 길을 떠나며, 그는 요동치는 생명력 사이로 죽음보다 더한 절망을 느꼈다. 한 번의 실수로 현재의 희망과 행복, 미래의 부귀와 영화는 흔적 없이 사라졌다. 섣불리 지폈던 욕망의 불꽃은 한순간 꺼져버렸다.

지금은 모든 생명이 숨을 꺼뜨린 겨울. 그는 나무 꼭대기마다 마지막까지 매달려 생명을 놓지 않는 나뭇잎을 보면서 아직 죽지 않았다고 위로했다. 살아 있기에 매달린다. 살아 있기에 걸어간다. 다른 이유는 없었다.

민들레 홀씨는 너울너울 나뭇잎 사이로 날아와 수영의 손등에 떨어졌다. 환상처럼, 홀씨는 사르르 사라졌다. 아니, 녹아 없어졌다. 이마에, 콧등에, 입술에 떨어진 눈꽃의 씨앗.

첫눈이었다.

몸이 다 나을 때까지 수영은 월산대군 사저의 행랑에서 두문불출했다. 방실이 눈에 쌍심지를 켜고 수영의 일거수일투족을 지켜보았으나 수영은 이전처럼 밖에서 민수영을 찾으려 하지 않았다. 그는 충분히 요양하면서 스스로의 내면으로 침잠했다.

민수영은 자신의 안에 있었다. 과오를 돌아보는 것이 두려웠던 소인배 민수영은 예전과 다름없이 그대로 도사리고 있으면서 그를 말렸다. 실패한 과거로 돌아가지 못하게 하기 위해 몸에 고통을 주는 방식으로 경고했다. 수영은 자신이 살아 있는 의미를 찾다가 그와 마주했다. 민수영은 말했다. 모든 영광을 잃어버린 과거를 찾아봤자 무슨 의미가 있는가. 수영은 말했다. 내가 살아 있는 이유를 찾기 위해서다.

치열하게 내면과 싸우던 어느 날, 그는 오랜만에 붓을 들어 글자를 썼다. 내면의 유혹에 조금씩 마음이 기울고 있을 즈음이었다.

結者解之

수영은 종이의 먹이 마를 때까지 한참동안 '결자해지'라는 네 글자를 바라보며 가슴 깊이 새겼다. 이 글자를 떠올리면 문득 찾아오는 두통도, 약한 마음도 잠잠해졌다. 과거를 바로 잡아야 한다. 그래야 살아 있는 의미를 찾을 수 있을 것이다. 그는 길다면 길고 짧다면 짧은 시간을 거쳐, 마침내 자신이 가야 할 목적지를 정했다. 기억나지 않지만 산중 초가로 오기 전 마지막으로 머물렀다고 하는 귀성군의 유배지, 영해(寧海)[37].

그곳에 있을지 없을지 모르지만 무엇이든 과거에 대한 단서가 있을 거라는 확신이 들었다. 그 단서를 쫓다보면 아내를 찾을 수도 있겠지.

아내를 찾아가면 그녀가 잃어버린 기억으로 인도해주리라. 그리

---

37) 지금의 영덕.

고 나대신 모든 과오를 짊어졌을 그녀에게 진실로 참회하리라.

과거로 가려고 시도할 때마다 그를 괴롭히던 두통은 더 이상 나타나지 않았다.

수영은 월산대군을 찾아 하직 인사를 고하려 사랑채로 향했다. 그러나 월산대군은 어디에도 없었다. 행랑아범에게 그의 행방을 묻자 먼 곳으로 사냥을 나갔다고만 전했다.

떠날 채비를 한 수영을 본 행랑아범은 잠시 기다리라고 하더니 두둑한 노잣돈과 당분간 먹을 찬밥덩이, 두터운 솜옷까지 챙겨주었다. 월산대군의 명령에 따를 뿐이라고 하면서, 행랑아범은 한사코 만류하는 걸 무시하고 아무런 감정 없이 모든 짐을 손수 챙겼다.

노새 한 마리까지 내주려고 했지만 수영은 완강히 거절했다. 더 이상 신세를 지기는 싫었다. 선한 마음에서라기보다는 그에게 더 이상 빚을 지면 언젠가 크게 갚아야 할지도 모른다는 불신 때문이었다.

수영은 간단히 몸을 풀고 월산대군의 집을 나섰다. 먼 길이 될 것이다. 어쩌면 다시 돌아오지 못할지도 모른다. 그는 잠시 성곽 부근에서 한양을 내려다보다 미련 없이 발길을 돌렸다. 삼천 리 밖, 귀성군의 유배지를 향해서.

충청도 어느 작은 마을을 지나면서, 수영은 꽁꽁 언 마지막 주먹밥을 먹고 잘 곳을 찾았다. 소복하게 눈이 쌓인 민가를 돌아다니던 그는 집집마다 대문을 두드리며 조그마한 선행을 베풀어주길 바랐다. 그러나 낯선 이방인을 흔쾌히 재워주는 곳은 거의 없었다. 하는 수 없이 그는 동네 작은 여점(旅店)에서 간만에 전대를 열었다.

　사내들의 체온으로 제법 후끈한 방안은 눈으로 인해 발이 묶인 장돌뱅이들과 여객들, 따뜻한 곳을 찾아 숨어든 이불 속 빈대까지 꽉꽉 차 있었다. 수영은 조심스레 제가 잘 자리를 만들어 간신히 몸을 뉘였다. 빈대가 옷 속으로 기어 올라와 간질였지만 언 몸을 녹이는 온기에 곧 무방비 상태로 잠이 들었다.

　모호한 의식 속에서, 수영은 끊일 듯 말 듯 이어지는 콧노래소리를 들었다. 수영은 가위에 눌린 듯 옴짝달싹할 수 없는 공포에 사로잡혔다. 콧노래는 방안을 휘젓더니 곧 수영의 귓가에서 울렸다. 누군가 수영의 옆을 비집고 들어와 누웠다.

　콧노래가 귓속으로 파고들었다. 비명소리, 피에 젖은 살덩이를 구타하는 소리, 흐느끼는 울음소리……. 수영은 가위에 눌린 듯 지랄병 환자처럼 몸을 떨기 시작했다. 입에서 자신도 모르는 소리가 새어나왔다.

　"내가 잘못했소, 날 죽이시오, 내가 잘못했소……."

　누군가 조용히 하라고 욕설을 내뱉었다.

　수영은 환청에서 깨어났다. 그러나 아직도 콧노래는 계속 들려왔다. 수영은 애써 잊고 도로 잠들기 위해 몸을 뒤척였다. 반대로 돌아눕자, 어둠 속에서 검은 얼굴과 마주했다. 그놈, 꿈에서도 찾아와 자신을 고문했던 고문자였다. 놈은 수영을 향해 손가락을 들어 입을 가렸다. 쉿, 뱀 같은 차가운 숨이 수영의 얼굴에 닿았다.

수영은 벌떡 일어나 뒤로 물러나려 했지만 사람이 많아 여의치 않았다. 잠에서 깬 사람들이 거칠게 투덜댔다. 수영은 황급히 짐을 챙겼다. 놈이 그런 수영의 팔을 잡아끌더니 속삭였다.

"안심해, 안 죽여."

수영의 등에서 식은땀이 주룩 흘렀다. 품에 있는 단검을 꺼내볼 생각조차 하지 못했다. 어떻게든 여기서 벗어나야 한다는 일념밖에 없었다. 누워 있는 사람들을 밟으며 수영은 맨발로 방을 뛰쳐나왔다. 단잠에서 깬 사람들의 거친 욕설이 수영의 뒤통수를 두들겼다. 왜? 어째서 저자가······.

수영은 신발을 고쳐 신고 최대한 멀리 도망쳤다. 놈이 따라오는 것 같아 오금이 저렸다.

초승달을 따라 달려 마을에서 완전히 벗어나고서야 조금 안심이 되었지만 그것도 잠깐, 몰아치는 바람소리가 콧노래처럼 들려왔다.

달빛에 하얗게 반사되는 눈 쌓인 논 건너편에, 놈의 모습이 선명했다.

어깨에 축 늘어진 자루를 메고 있는 것이 보였다. 삐져나온 검은 머리카락에서 핏방울이 뚝뚝 떨어졌다. 자신의 뺨을 세게 때린 수영은 눈에 힘을 주고 다시 자세히 바라보았다. 아무것도 없는 허허벌판이었다.

기억은 그를 놓아주지 않았다. 수영은 고문에 대한 기억과 자신 때문에 죽임을 당한 사람들에 대한 기억은 이제 그만 잊고 싶었다. 수영 안에서 잠자코 있던 민수영이 고개를 쳐들었다. 잊어, 괴로운 기억은 모두 잊고 이대로 떠나.

수영은 주문처럼 결자해지를 외웠다. 내면의 수영은 조용해졌다. 한결 편해진 걸음으로 그는 가야 할 길을 걸었다. 언제 그놈이 뒤통수를 칠지 몰라 뒤가 섬뜩했지만 그 마저도 힘겹게 짊어졌다. 추위에 언 발가락이 쓰라려도, 물집이 터질 대로 터져 피가 흘러도, 그는 죄책감마저 의무처럼 지고 꾸준히 나아갔다.

보름 정도 지났을까. 귀성군의 유배지로 가는 길목의 가장 큰 고비인 소백산을 가로지르면서, 수영은 더 이상 체력이 버티지 못한다는 사실을 뒤늦게 깨달았다.

가장 야트막한 길을 택했다고 생각했으나 눈 쌓인 겨울 산을 얕본 탓이었다. 그러나 이미 온 길을 돌아 민가로 돌아가기에는 갑작스럽게 몰아친 눈보라 때문에 불가능했다. 수영은 눈보라가 치는 산에서 노숙을 해본 적이 없었다. 그는 어찌할 바를 모르고 당황했다.

산속이어서인지 눈보라는 갈수록 강해졌다. 한 치 앞도 보이지 않았다. 이미 종아리까지 쌓인 눈은 위아래 구분 없이 휘돌았다. 수영은 이대로 서 있다간 큰일 날 것 같아 조심조심 비탈길을 내려갔다. 발의 감각만으로 길을 가늠할 수밖에 없었다. 그마저도 잔뜩 젖어 얼어붙은 버선으로 인해 감각이 무뎌지고 있었다.

아차, 하는 순간 길이 뚝 끊겼다. 땅이 쑥 꺼지더니 수영의 몸이 맥없이 추락했다. 다행히 재빨리 몸을 돌려 바위 끝을 붙잡았지만 오래 버티기는 체력이 달렸다. 이대로 손을 놓아보려 해도 눈보라 때문에 발아래 높이를 가늠할 수 없었다. 이제는 버티고 있던 손마저 차가운 돌로 인해 감각이 사라져갔다. 수영은 눈을 질끈 감고 손을 놓으려 했다.

누군가 수영의 두 팔을 잡았다. 그의 손에 수영은 대롱대롱 매달린 꼴이 되었다. 수영이 눈으로 들어오는 눈을 찔끔 짜내며 위를 올려다보았다. 고문자였다. 얼굴과 두 팔만 간신히 보이는 그는 성인 남자 한 명의 무게가 무겁지 않은지 여유롭게 콧노래를 흥얼거렸다. 수영은 그의 손아귀에서 벗어나기 위해 몸부림쳤다.

"안 죽인다니까. 아직 죽을 때가 아니잖아. 순서를 지켜야지."

타이르는 듯한 목소리가 희미하게 들렸다. 놈의 얼굴과 팔만 보이는 것으로 보아 어딘가에 다리를 고정시키고 두 사람의 무게를 지탱하고 있는 것 같았다. 놈의 몸이 조금씩 더 드러나면서 수영의 몸이 천천히 아래로 흘러내렸다.

버둥거리던 발끝에 땅바닥이 닿았다. 수영은 발이 닿자마자 질겁하며 손을 뿌리쳤다. 뒤로 나자빠진 수영은 꽤 높이가 있어 보이는 바위 위를 올려다보았으나 어느새 놈은 눈보라 속으로 사라지고 없었다.

환영이 아니었다. 한양에서부터 계속 따라오고 있다. 아직 죽을 때가 아니라고 했으니, 죽이기 위해 쫓는 것이 아니다. 목적은 당연했다. 사초! 그것을 찾게 되면 바로 처리할 것이다. 사람을 죽이는 데 아무 거리낌이 없는 놈은 먹이를 기다리는 맹수처럼, 그 순간을 기다리고 있다. 수영이 기억을 찾고 사초를 손에 쥐는 순간을.

수영은 몸을 사리지 않고 비탈길을 내달렸다. 어쩌면 눈보라가 기회일지도 모른다. 그는 망령처럼 쫓아오는 놈의 환영에 시달리며 산기슭을 탔다. 눈보라에 숨이 막힐 지경이었다. 이따금 정신이 아득해지고 물속을 헤매는 듯 전후좌우가 구분되지 않았다. 그럴 때마다 놈이 불쑥 나타났다. 정신을 차리고 보면 그것은 나무이거나 혹은 바위였다. 수백 수천은 되어 보이는 놈의 환영을 피해 다니며, 수영은 점점 길을 벗어났다.

짐승의 것으로 보이는 작은 굴을 발견한 수영은 일단 몸을 숨겼다. 자신을 놓쳤기를 바라며, 그는 몸을 작게 움츠렸다. 잠이 쏟아졌다. 놈에게 죽임을 당하기 전에 얼어 죽을지도 모른다는 공포가 그의 정신을 부여잡았다.

"찾았다."

놈의 얼굴이 빼꼼 굴 안으로 들어왔다. 수영은 눈보라가, 내 안의 공포가 만들어낸 환영이라고 쉼 없이 되뇌었다. 그는 단검을 꺼내 환영을 향해 휘둘렀다. 환영이 종이 찢어지듯 사라졌다. 수영은 현실로 돌아오기 위해, 아니면 도피하기 위해 눈을 감았다. 어느 것이 현실이고 어느 것이 환영일까. 수영은 그대로 까무러치듯 잠이 들었다.

걱정스럽게 수영을 내려다보던 노승이 안도의 한숨을 쉬었다. 수영은 벌떡 일어나 주위를 둘러보았다. 호기심 어린 눈을 한 동자승이 따뜻한 물을 가져다주었다.

여기가 어디냐고 묻자, 노승은 소백산 아래 부근의 절이라고 답해주었다. 어떻게 장정 하나를 지고 그 험한 산길을 걸어왔는지, 누군가 수영을 이곳에 놓고 갔다는 것이다.

수영은 마지막 기억을 되살려보았다. 노파, 아니다, 월산대군, 취비, 돼지우리, 의금부, 임금, 도성 밖, 눈보라 치는 산……. 기억이 휙휙 스쳐가다 놈의 얼굴이 떠올랐다. 그놈이 날 살려주었나? 목숨을 구해줘서 고맙다고 여겨야 하는가? 수영은 씁쓸했다. 사초를 찾기 전까지 마음대로 죽지도 못하겠구나.

수영은 아직 하루 밖에 지나지 않았다는 이야기에 마음을 놓으며 채비를 서둘렀다. 떠나기 전 관음보살 앞에 섰다. 세상 속 고통과 두려움을 구제해준다는 관음보살의 선한 미소. 손에 쥐고 있는 꽃봉오리는 이제 막 발하기 시작한 생명력이 응축되어 그 어느 때보다 화사하게 피어날 준비를 하고 있는 듯했다. 모든 여정이 끝나면 비로소 구원받을 수 있을 것이다. 두려워 말자. 가자.

떠나려는 수영의 뒤를 졸졸 따라다니던 염려하던 동자승은 기어코 평탄한 길까지만 안내해주겠다며 앞장섰다. 수영은 동자승에게서 관음보살의 미소를 보았다.

사람은 본디 선하다. 내면의 민수영은 스스로가 만들어낸 죄악의 응축일 뿐, 선한 민수영 역시 자신 안에 있을 것이다. 수영은 앞에서 쪼르르 달려 나가는 동자승과 뒤에서 배웅하는 노승에게 감사했다. 그간 지고 왔던 짐을 나눈 듯 다리가 저절로 나아갔다.

노승은 수영의 뒷모습을 보며 문득 며칠 전 폭설 속에서 절을 찾았던 한 젊은 사내를 떠올렸다.

두 사람의 눈매가 많이 닮았다고 느꼈다. 엄동설한만큼 한이 서린 눈이로고. 노승은 두 운명이 부디 평안하기를 바라며 중얼거렸다.

"나무관세음보살."

동자승과 헤어진 후 수영은 꼬박 사흘을 걸었다.

노승이 알려준 산지기의 초가에서 하루 묵고, 이틀째 해가 저물고서야 경상도에 도착할 수 있었다. 그동안 놈과는 한 번 조우했다. 마을이 보이기 시작하는 산 중턱에 다다랐을 때, 놈은 어디서 구했는지 새처럼 생긴 것을 깃도 뜯지 않고 날 것으로 식사를 하는 중이었다. 손과 입에 피를 묻히고, 수영 쪽을 흘끗 보더니 다리 조각 하나를 내밀었다.

수영은 그것이 하나의 풍경이라도 되는 양 속도를 더 내거나 늦추지 않고 계속 걸었다.

이후 수영의 눈에는 띄지 않았지만 그는 내내 어디선가 지켜보고 있을 시선을 느꼈다. 사초를 찾게 되면 그들의 간격은 알아서 좁혀질 것이다. 수영은 남아 있는 기억의 잔상이 아직은 두려웠다. 그렇지만 더 이상 무조건 도망치지는 않을 것이다.

영해에 다다른 수영은 하루를 묵으며 몸과 마음을 추슬렀다. 곧 귀성군을 만난다. 처음으로 자신을 보호해주었다는 사람. 자신과 달리 끝까지 왕가의 의무를 지고 기꺼운 마음으로 유배지에 고립되었던 왕족. 수영은 얼굴 한 번 보지 못했던 그를 생각하면서 간신히 돌아서려는 발걸음을 붙잡았다.

고행길처럼 걸어왔던 여정의 목적지를 바로 앞에 두고, 초인적인 정신력으로 여기까지 와놓고 막상 진실 앞에 서자니 몸을 돌리고 싶어졌다. 앞으로 어떤 일이 펼쳐질까. 더 나쁜 일이 생기지 말라는 보장도 없는데 무얼 위해 이곳까지 왔는가. 사초의 행방을 찾아봐야 목숨의 위협만 더할 텐데.

수영은 바다가 보일 때까지 생각을 비우며 걸었다. 어느덧 굴곡 하나 없는 수평선이 보이기 시작했다.

마을 사람이 알려준 대역죄인의 유배지는 망자의 한이 귀신을 부른다 하여 아무도 찾지 않은 채 방치되어 있었다.

눈을 머금은 푸르른 소나무 사이로 보이는 귀성군의 배소 뒤로, 탁 트인 바다가 보였다. 그 풍광은 위대하고 아름다웠다. 수영은 운명조차 초라하게 만드는 거대한 바다 앞에서 한동안 말을 잃었다.

해풍을 정면으로 맞고 있는 귀성군의 배소는 원래부터 그러했겠지만, 지붕은 벗겨져 있고 문짝은 창호 한 장 없이 대나무로 대충 얽어놓은 채였다. 빠져나갈 수 없게 촘촘히 둘러놓은 가시넝쿨 담은 세월 속에 더욱 흉물스럽게 자라나 안팎을 가로막았다.

수영은 한양의 고향집이 떠올라 참담한 기분으로 배소를 내려다보며 먼저 큰 절을 올렸다. 왕족으로 태어나 한때는 조선 건국 이후 가장 어린 나이에 영의정에 올랐지만, 그만큼 빠르게 몰락할 수밖에 없었던 왕손. 7년이라는 굴욕적인 안치(安置) 생활을 하면서도, 죽을 때까지 삼천 리 밖 궁궐을 걱정하며 수영을 숨겼던 한 인간. 해풍에 너덜너덜해졌음에도 끝내 허물어지지 않은 배소를 보며 수영은 그의 기개를 느꼈다.

허술하게 잠겨 있는 문을 열고, 수영은 조심스럽게 배소로 들어갔다.

아무도 찾지 않는 곳이니만큼 무언가를 숨기기에도 적합했으리라. 수영은 귀성군이 자신 혹은 사초를 숨겼음직한 공간을 찾아보았다. 방안은 오래전에 죽은 뱀과 지네 따위가 널브러져 있었다. 얇은 흙벽은 성인 남자 하나를 숨기기는커녕 바람조차 막아내기 어려워 보였다. 수영은 날이 저물 때까지 방의 바닥과 마당 밑을 파헤쳤다. 손이 부르트고 다리가 저려도 신경 쓰지 않았다.

수평선으로 햇빛이 가라앉는 광경을 보며, 배소가 내려다보이는 소나무 위에서 놈이 혀를 끌끌 찼다.

"헛수고야."

수영은 배소의 방에서 그나마 무너지지 않은 흙벽에 바짝 붙어 잠을 청했다. 여기까지 왔는데 아무런 소득이 없었다. 낙심하기에 아직 일렀지만 긴 여행으로 인해 심신이 많이 지친 상태였다. 놈이 따라다닌다는 느낌에 편히 잠을 자본 지도 오래되었다. 앞으로 얼마나 더 버틸 수 있을까. 여기서도 찾지 못하면 어디로 가야 할까. 순간마다 마음이 흔들렸다. 수영은 차라리 귀성군의 혼령이라도 나타나 암시를 주기를 바랐다.

파도소리를 자장가 삼아 설핏 잠이 들었던 수영은 밖에서 은은하게 비치는 불빛에 숨을 죽였다. 도깨비불? 소문대로 귀성군의 원한이 귀신들을 불러들이는 것일까? 아니면 놈이? 수영은 구멍 난 흙벽을 통해 밖을 내다보았다.

도깨비불처럼 너울거리는 불빛은 집 뒤편에서부터 돌아 바다가 보이는 방문 앞에서 멈췄다. 수영은 요동치는 심장을 억눌렀다.

불빛이 작아 잘 보이지는 않았지만 키가 조금 작은 남자가 바다 쪽을 바라보고 서 있었다. 방안에 사람이 있다는 사실은 모르는 모양이었다. 그는 잠시 바다인지 하늘인지 멀리 바라보더니 무언가를 돌 위에 올려놓았다. 그리고 무릎을 꿇고 앉아 무어라고 중얼거렸다.

하는 행동으로 보아 정화수를 올리고 바다의 용신께 치성을 드리는 것 같았다. 그는 다음으로 몸을 돌려 마루에 정화수를 옮겨놓고 집을 향해 절을 올렸다. 수영은 자신이 있다는 것을 눈치 챌까 일체의 미동도 하지 않았다.

누굴까? 귀성군을 아는 자일까? 이 야밤에 귀신이 나온다는 소문이 흉흉한 배소까지 찾아올 정도면 분명 귀성군과 연관이 있을 거라는 확신이 들었다. 수영은 그가 치성을 마칠 때까지 기다렸다가 뒤를 밟았다. 남자는 의식을 치르듯 배소 주위를 천천히 돌더니, 할 일을 마친 듯 유배지와 가까운 마을로 내려갔다.

그가 마을의 어느 불 꺼진 단칸방으로 들어가는 것까지 확인한 수영은 아직 불이 켜진 근처 오두막에 들러 남자의 정체에 대해 물었다. 오지랖 넓은 오두막 주인 내외는 몇 년 전부터 동네에 흘러들어와 혼자 터를 잡은 나그네라고 대답했다.

"혹시 다른 건 모르십니까? 어디에서 왔다거나, 무슨 사정으로 왔다거나……."

"무신, 입 뻥끗한 것도 본 적 없어예. 뭐하고 사는지도 모르겠고. 당신 뭐 알아예?"

"내 우째 아노. 말 한 번 해본 적 없다 안 캤나."

"의원집이랑은 자주 왕래하는 것 같드만. 참, 건넛집 과부가 뭐라 카드라, 이름이 민수…… 뭐라 하던데예?"

막 발길을 돌리려던 수영은 멈칫 했다. 설마……. 혼자 골똘히 생각에 잠겨 있던 아주머니가 손뼉을 딱 쳤다.

"맞다, 민수영이랬제."

아침이 밝자마자 수영은 배소에서 내려와 마을에 숨어들었다. 동명이인일지도 모른다. 그러나 귀성군의 배소에서 치성을 드리는 자라니, 민수영을 사칭하는 자라고 생각되기에 충분했다. 귀성군, 민수영 두 사람과 연관이 있는 인물을 발견했다는 사실만으로도 큰 수확이었다. 그러나 섣불리 접근할 수는 없었다. 적인지 아닌지 확인하기 전까지 진짜 민수영이 가까이 있다는 사실을 알리지 않는 것이 이로웠다.

수영은 가짜 민수영이 집을 나갈 때까지 지켜보며 기다렸다가 몰래 집으로 들어갔다. 남자의 집은 단출하고 깔끔하다는 것 외에 특별할 것이 없었다.

수영은 어디서 주워온 듯 다 낡아빠진 문갑의 서랍을 열어보았다. 반짇고리와 남은 천 조각들이 정리되어 있었다. 꼭 삯바느질을 하는 여인의 문갑 같았다. 처가 있나 싶었지만 방에 여자의 물건이 하나도 보이지 않았다. 수영은 서랍을 다 빼내고 문갑의 바닥을 살펴보았다. 과연 그곳에 작은 복주머니 하나가 숨겨져 있었다. 양반집에서 종종 쓰는 방법이었다.

천 조각을 이어 만든 복주머니는 아기자기했다. 복주머니 속에 손을 집어넣었다. 동그랗고 차가운 금속의 촉감. 은가락지가 가볍게 소리를 내며 바닥에 떨어졌다. 기혼한 여인의 손가락에 있어야 할 같은 모양의 반지 두 개. 세공이 우수한 것도 아닌 싸구려 가락지였고 그마저도 오랫동안 끼지 않아 변색되어 있었다. 보관되어 있던 복주머니가 차라리 더 고급스러워 보였다.

가락지를 도로 넣으려던 수영은 복주머니의 원단인 천 조각 하나가 유난히 두툼하다는 느낌을 받았다. 바깥 천과 안쪽 천 사이에 뭔가를 숨겨놓은 것이 분명했다.

실을 뜯어 숨겨진 것을 끄집어냈다. 문갑 속에 비밀스럽게 숨겨둔 복주머니, 그 안에 또다시 숨겨놓은 어떤 것.

그것은 다 낡은 면포 조각이었다. 다림질을 했는지 반듯하게 접힌 천에는 작은 글자가 간략하지만 꼼꼼하게 적혀 있었다.

광통교에서 함께 연을 보았던 때가 기억나오.

숨겨놓았던 가락지로 혼약을 표시했지.

긴히 여기던 가문의 보물이었다오.

잘 보관하고 있소? 그때가 사무치게 그립소.

자신의 글씨였다. 수영은 핏발 선 눈으로 천 조각을 움켜쥐었다. 자신과 이름이 같은, 혹은 자신의 이름을 빌리고 있는 집 주인 남자는 누구이기에 자신의 서찰과 은가락지를 면밀하게 숨겨놓고 있는 것일까. 아내는 어떻게 된 것일까. 남자와 무슨 관계일까. 수영의 머릿속에 의문과 불쾌한 상상이 뒤엉켰다.

그때 밖에서 인기척이 났다. 수영은 재빨리 방문 옆으로 숨었다. 남자가 돌아온 것이다.

수영은 아무것도 모른 채 방에 들어온 남자의 뒷모습을 노려보았다. 남자는 문갑의 서랍이 아무렇게나 꺼내져 있는 광경을 보고 멈칫 했다. 수영은 그 순간을 놓치지 않고 남자에게 달려들었다.

예상치 못한 공격에 남자는 힘없이 밀려 뒤로 나자빠졌다. 수영은 남자의 몸을 깔고 앉아 목을 졸랐다. 분노로 이성을 잃은 손이 남자의 목뼈를 부러뜨릴 듯 짓눌렀다. 수영은 품에서 단검을 꺼내 그의 목에 가져갔다.

"네놈은 누구냐? 왜 나를 사칭하고 다닌 것이냐!"

남자가 저항을 멈췄다. 숨이 끊어진 것은 아니었다. 오히려 남자는 치켜뜬 눈으로 수영을 뚫어져라 보고 있었다. 슬픈 눈. 수영을 담고 있던 검은 눈동자가 부풀어 오르더니 파도가 치듯 일렁였다. 곧 눈물이 꼬리를 그리며 길게 떨어졌다. 수줍고 떨렸던 혼례날 밤 보았던, 별똥별을 닮은 눈물이었다.

수영은 단검을 떨어뜨렸다. 수영의 떨리는 손이 남자의 인중과 턱에 붙어 있던 수염을 떼어냈다. 한때는 고왔을, 그러나 자신처럼 젊은 날의 희망과 생명력이 모두 사라진 초라한 여인의 얼굴이 모습을 드러냈다.

수영은 그 얼굴을 손으로 감싸 안았다. 여인의 눈에서 쉴 새 없이 눈물이 흘렀다. 정화수 같은 맑은 눈물이 수영의 상처 많은 손을 적셨다.

수영의 손아귀에서 풀려난 여인은 몸을 일으켜 몇 번이고 수영의 얼굴을 더듬었다. 수영은 가만히 여인의 어루만지는 손길을 받았다. 오랫동안 짐을 지고 걸은 탓에 피멍이 든 어깨, 앙상한 팔뚝, 긁히고 찢긴 손을 매만지던 여인은 그의 손을 이끌며 일어났다.

그녀는 다시 수염을 붙이고 옷을 매만지더니 말없이 집 밖으로 나와 수영에게 손짓했다. 어디로 가는지 순간 의심이 들었다. 아직 머리는 인식 못했지만 감정과 기억이 여인을 자신의 아내라고 말하고 있었다. 그러나 이미 수차례의 배신으로 인해 그의 마음은 불신의 벽이 높았다. 정말 내 아내가 맞을까? 이번에도 내 등에 비수를 꽂지 않을까? 근처에서 감시하고 있을 놈이 사주한, 적이 아닐까? 여인의 얼굴을 아무리 들여다봐도 예전 아내의 얼굴이 생각나지 않아 더욱 그러했다.

여인을 따라가는 내내 혼란스러웠다. 무엇을 믿고, 무엇을 믿지 말아야 할지 갈피를 잡지 못했다.

수영은 조금 멍한 상태에서 앞서 가는 여인의 그림자를 따라 걸었다. 방에서 서로 꽤 오랜 시간을 보냈는지 어느덧 날이 저물고 있었다.

남장을 한 여인은 아무 말 하지 않았지만, 이따금 뒤를 돌아보며 수영이 잘 따라오는지 확인했다. 눈이 마주칠 때마다 수영과 여인은 서로를 외면했다. 서로의 얼굴과 눈빛에 서린 지난날의 고통을 차마 볼 수 없어서였다.

두 사람은 아무 말도 없이 일정한 간격을 유지하며 걸었다.

여인이 가는 방향은 수영도 익숙한 길이었다. 귀성군의 배소에 도착하자, 여인은 어제 그랬던 것처럼 바다를 향해 한 번, 배소를 향해 한 번 절을 올렸다.

수영은 그녀가 하는 모습을 지켜보았다. 여인의 부르튼 입술 사이로 숨소리처럼 말이 새어나왔다.

"감사합니다…… 감사합니다……."

수영은 여인을 더 이상 지켜보기가 어려워 고개를 돌렸다. 눈길이 닿은 곳에서, 그는 아침까지 보지 못했던 물건이 마루에 놓여 있는 것을 발견했다. 벽에 기대어 눈에 익은 술병이 하나 놓여 있었다. 월산대군이 들고 다녔던 작은 술병이었다.

자신이 한양을 떠나올 때 멀리 사냥을 나갔다고 했던 월산대군.

그도 이 근방에 있는 것일까? 먼저 당도해 수영을 지켜보고 있을까? 자신을 주시하는 자들이 그들 말고 몇이나 더 있을까? 이 여인이 정말 내 아내라면 지금 아내도 위험에 노출된 것일 수 있겠지만, 이 여인은 누구의 편일까? 내 편? 놈의 편? 아니면 월산대군의 편? 수영은 주위를 둘러보았다. 멀리 파도가 치는 소리만 들려올 뿐이었다.

수영도, 여인도, 배소도 감싸 안을 듯 부드러운 파도 소리가 십 수년의 세월과 무관하게 메아리쳤다.

수영은 먼저 아내의 이름을 알려 달라 했다. 그간 수영의 사정을 들은 아내는 담담히 자신을 이연화라고 소개했다. 수영도 익히 알고 있는 이름이었다. 그러나 그 이름에 얽힌 기억은 그저 잊고 싶은 악몽일 뿐이었다.

그의 마음속에 싹튼 불신은 가시덩굴처럼 스스로를 옭아맸다. 연화는 수영의 마음 속 벽을 느꼈는지 방 한쪽에 조금 떨어진 채로 더 이상 그에게 다가오지 않았다. 둘 사이에 혼례날과 같은 서먹함이 흘렀지만 희망에 찬 미래 대신 빛바랜 과거만 방안을 가득 메우고 있었다.

연화는 조용히 일어나더니 부엌으로 나가 곧 상을 차려 들어왔다. 그러고 보니 저녁때가 한참 지나 있었다. 식은 밥과 된장, 젓갈 하나만 덜렁 놓인 밥상이 부끄러운지 연화는 알아들을 수 없게 중얼거렸다.

"혼자 살다 보니……."

모처럼 받은 밥상에 수영은 조금 기뻤다. 한양에서 떠난 뒤로 굶거나 동냥밥을 먹기 일쑤였던 그에겐 호화만찬이나 다름없었다. 양반이었을 때의 모습은 어디 가고 거지마냥 허겁지겁 밥을 먹는 수영의 모습을 본 연화는 보다 못해 물을 떠다주었다.

행동은 차분해 보였지만 수영을 보는 그녀의 눈은 마치 생면부지의 남을 보는 듯했다.

상을 치우러 나간 연화는 한참 동안 돌아오지 않더니, 양손에 한아름 무언가를 들고 들어왔다. 바닥에 내려놓을 때의 소리로 묵직한 무게를 짐작할 수 있었다. 습기를 방지하기 위해 초를 먹인 종이로 잘 싸놓은 형태는 책이나 종이를 보관하는 방법 중 하나였다.

연화가 그 앞에 짐을 놓고 꽁꽁 싸맨 끈을 풀어헤치자, 수영의 생각대로 곰팡이 하나 슬지 않은 서책들이 쏟아졌다.

예닐곱 권 정도 되는 서책에는 제목이 쓰여 있지 않았다. 책 한 장한 장을 넘길 때마다 수영의 글씨들이 가득 채워져 있었다. 수영이 직접 쓴 일기였다. 연화가 불을 켜주며 말했다.

"다 들고 올 수 없어 마지막 몇 권만 들고 왔습니다."

수영은 첫 권부터 펼쳤다. 바쁜 궁 생활에 대한 묘사, 어머니의 건강에 대한 염려 같은 소소한 일상부터 윗 대감들을 모시고 베푼 연회, 아랫사람의 잘못을 눈감아주는 대신 받은 뇌물의 액수 등 보기 껄끄러운 내용까지 세세하게 적혀 있었다. 심지어 주대와 뇌물 값으로 겨우 펴기 시작한 살림은 갈수록 휘청거렸다.

세상 물정 모르는 자신만만한 필체와 거만함이 느껴지는 문체였다. 젊은 수영은 임금도 신뢰하는 문장가였고, 줄서기도 잘 해놓은 편이라 여러 차례 남들보다 일찍 승진의 기회가 주어졌다. 그 전의 책에서는 어떠했는지 몰라도 첫 권의 수영은 마치 세상이라도 가진 양 방자함이 하늘을 찔렀다.

뒤의 두 번째, 세 번째 권으로 갈수록 그 정도는 점점 더 심해졌다. 특히 그는 궁에서 일찍 끝나는 날에는 집으로 가기보다 기방이나 유곽을 찾는 일이 잦아졌다. 간간히 어머니와 처가 꾸중이나 잔소리를 했었는지 두 여인에 대한 불평불만을 적어놓기도 했다.

수영은 구석에 앉아 다른 곳을 보며 생각에 잠겨 있는 연화를 볼 면목이 없어 얼굴이 화끈거렸다. 그녀도 이 일기를 봤을 텐데, 무슨 생각이 들었을까. 무슨 마음으로 이 치욕스러운 일기를 짊어지고 이곳까지 왔으며, 남장을 하고서 귀성군의 배소에 치성을 드리며 살아왔을까.

심지어 직접 지은 조악한 시에 그의 마음이 고스란히 드러나 있었다.

간밤 품은 꽃을 못 잊어 밤길을 헤매네.

향기에 취해 시름을 잊네.

시들한 잡초보다 만개한 꽃에 취함이 본성이거늘,

이제 대장부의 이름만 떨치면 바랄 것이 없으리오.

늘 기록을 소중히 하던 수영이었지만, 그는 시가 적혀 있는 쪽을 찢어버렸다. 남우세스럽고 부끄러워서 참을 수 없었다. 계집을 끼고 술이나 마시는 것이 무슨 훈장이라도 되는 줄 알았던 것일까. 과거로 돌아갈 수만 있다면 어리석은 수영의 뺨이라도 후려치고 싶은 심정이었다. 정신 차리라고. 십여 년을 잊지 않고 기다려줄 조강지처에게 돌아가라고.

마지막 권에는 종사품 봉삼첨정으로서 세조실록 편찬의 중요 역할을 맡고 권력을 향한 열망의 절정을 느끼는 수영의 모습이 그대로 옮겨져 있었다. 언젠가 정승 판서가 될 자신을 그리는 허황된 꿈. 그러나 수영은 순수하고 강직했던 사관 시절 적었던 사초를 보고 비겁한 선택을 하고야 말았다.

이후부터는 실록각에서 본 민가사옥의 전말과 같이 흘러갔다.

다만 수영의 두려움과 죄책감이 생생하게 실려 있어 당시 그의 심리 상태를 알 수 있었다. 그는 제정신이 아니었다. 누가 봐도 불에 섶을 지고 뛰어가는 형국인데 본인만 바로 앞의 불씨를 끄기 위해 전전긍긍 하고 있었다.

어리석고 어리석구나. 수영은 스스로에게 한탄했다.

막다른 길에 몰렸다고 생각한 수영은 오랫만에 집으로 온다. 그가 기억하는 것처럼 태워버렸다고 둘러대기 위해 종이들을 아궁이에 쑤셔넣고, 사초를 자신과 아내만 아는 장소에다 숨긴다.

부디 이번 일이 무사히 넘어가 자신의 진로에 방해가 되지 않았으면 좋겠다는, 지금 와서 보면 소박한 바람으로 일기는 끝을 맺었다.

수영은 끝난 줄 알고 책을 덮으려 했으나, 한 장을 넘기자 작고 동그란 정음(正音)으로 쓰인 다른 일기가 시작되었다.

수영은 그 서체를 본 적이 있었다. 그는 자신의 품에 소중히 간직하고 있었던 아내의 서찰을 꺼내보았다. 두 글씨는 정확히 일치했다. 수영은 보물이라도 찾은 것처럼 감격한 얼굴로 흘끗 연화를 쳐다보았지만, 아내는 미동도 없었다.

연화는 집에 들이닥친 관군을 보고 혼절하신 어머니를 위해 마음을 다잡았다. 무슨 일이 벌어진 게 틀림없었다.

연화는 광화문과 의금부를 서성거리며 무엇이라도 들으려 했으나 어수룩한 아낙네에게 아무도 관심을 가져주지 않았다. 급기야 연화는 수영이 자주 가던 기생집을 찾아가 남편의 소식을 물었다. 여자로서의 자존심은 천 살래로 찢어졌지만 달리 방법이 생각나지 않았다.

수영이 단골로 찾는 기생은 딱한 사정을 듣고 의금부 판사를 꼬드겨, 그가 큰 죄를 지어 목숨이 경각에 달렸다는 정보를 알아냈다.

연화는 눈앞이 깜깜했다. 비록 서방의 무시와 천대로 마음의 상처가 아물 날 없었지만, 연화는 신혼 때 다정하고 성실했던 그의 모습, 그가 주었던 가락지로 위안하며 남편을 사랑하려 노력해왔다. 그런데 큰 죄라니, 목숨이 경각이라니! 연화는 어머니에게 알리지도 못하고 전전긍긍했다.

연화가 마지막으로 수영을 본 것은 예전 춘비가 말했던 대로 귀양길을 떠날 때였다.

수영은 지독한 고문 탓인지, 앞으로 기다리고 있을 형벌의 두려움 때문인지 연화를 알아보지 못했다. 연화도 이성을 잃고 수영에게 달려들었지만 압송관이 그녀를 제지했다. 바닥에 쓰러진 연화는 수영이 떠난 방향을 하염없이 바라보며 오열했다.

연화에게서 소식을 전해들은 어머니는 모든 원망을 그녀에게 풀었다. 하나밖에 없는 외아들이 갈 수도 없는 머나먼 섬으로 유배를 가는데 보지도 못했다며. 손주가 없는 것에 대한 평소의 불만까지 더해져 어머니만큼이나 상심해 있는 며느리에게 지독한 소리를 퍼부어댔다.

어머니는 반쯤 실성해 몇 번이고 유배지로 가겠다고 소란을 피웠다. 연화는 몸도 마음도 망가져버린 어머니를 말리고 잠재우며 눈물로 밤을 지새웠다. 두 사람 다 살아도 사는 게 아니었다.

간신히 유배지의 주소와 연통을 보내는 방법을 알아낸 연화는 서찰을 썼다. 몇 달을 오매불망 기다린 끝에, 수영에게서 온 서찰을 받을 수 있었다.

그가 무사하다는 사실에 감사해 하던 것도 잠시, 종이도 아닌 천 쪼가리에 쓴 짧은 서찰의 내용이 이상했다. 유배지에서 도역을 하는 처지에 그리고 그간 보여왔던 그의 행동과는 어울리지 않는 절절한 연서였기 때문이었다.

연서일 리가 없다. 연화는 곧 그것이 수영이 보낸 암호라는 것을 깨달았다. 그녀는 암호가 일러주는 대로 한 후 수영에게 답장을 보냈다. 또다시 긴 기다림이 이어졌다.

어머니의 장례를 치른 뒤, 연화는 수영에게 어머니의 상을 알리는 편지를 보내고 홀로 삼년상을 치렀다. 더 이상의 답장은 오지 않았다. 그녀는 결국 혼자 팔도를 떠돌아다니기 시작한다. 그의 생사라도 알기 위해서, 자신을 버렸던 남편을 찾기 위해서.

　이전에 자신의 아내를 사칭했던 여자가 했던 말들과 대부분 일치하는 내용이었다. 그 여자는 어떻게 이런 상세한 내용까지 알고 있었을까? 수영은 잠시 의문이 들었지만, 어머니가 돌아가셨다는 부분에 들어서자 아무런 생각을 할 수 없었다. 어머니께서 정말로 돌아가셨구나. 그마저 거짓이기를 바랐건만 하필 진실이었구나. 수영은 연화에게 어머니에 대해 물었고, 일기와 크게 다르지 않은 대답을 들었다.

　"어머니는 어디에 계시오?"

　"서방님께서 오시면 다시 장례를 치러 달라 부탁하시어 일단 살곶이벌[38] 근교에 권조(權厝)[39]하였습니다."

　수영은 '다행이다…… 다행이다……' 중얼거렸다. 어머니는 끝까지 자신을 기다려주셨다. 찾아가 뵙고, 제대로 쉬실 수 있게 해드려야 한다. 수영은 고개를 주억거리며, 자신이 아직 할 수 있는 일이 남았다는 것에 감사했다. 이곳에서 일을 마무리 짓고 어머니께 사죄드리자. 마음의 짐이 조금이나마 가벼워졌다.

　수영은 자신이 아내에게 보냈던 연서와 연화가 보낸 연서를 다시

---

38)　지금의 뚝섬.

39)　정식으로 산자리를 쓸 때까지 임시로 시체를 매장해 두는 것.

펼쳤다. 암호를 주고받았다기에 그 내용은 진실해보였다.

암호를 전하기 위해 꾸며낸 말이나 심정이 아닌 것 같아 보였다. 헌데 이것이 단순히 암호였다면, 수영이 그동안 기억했던 아내에 대한 그리움은 모두 자신이 멋대로 만들어낸 왜곡된 기억일 뿐일까? 연화가 보낸 편지도 단순한 암호일 뿐일지도 몰랐다. 밖으로 나돌며 조강지처를 무시하는 남편에게 과연 사랑이 남아 있었을까? 연화가 어떤 시간을 보내왔을지 수영은 짐작조차 하지 못했다. 그리움보다 원망이 더욱 컸을 법도 한데, 지금은 어떤 심정으로 나를 외면하고 있을지.

연화는 책을 덮는 소리에 수영 쪽을 돌아보았다. 그녀를 똑바로 바라보기 힘들어, 수영은 고개를 숙였다. 생각을 정리했는지 그녀는 방바닥에 떨어져 있던 수영의 편지를 그에게 펼쳐주었다.

편지의 글씨를 손가락으로 가리키며 마치 남에게 하듯 차분하고 짧게 암호에 대해 설명했다.

"혼인 전에, 서방님과 저는 암호를 쓴 연서로 서로의 마음을 확인했었지요. 문장의 앞 단어들을 조합하면 숨겨진 의미를 볼 수 있습니다."

수영은 괴로운 마음으로 자신이 유배지에서 면포에 쓴 암호를 해석했다.

광통교에서 함께 연을 보았던 때가 기억나오.
숨겨놓았던 가락지로 혼약을 표시했지.
긴히 여기던 가문의 보물이었다오.
잘 보관하고 있소? 그 때가 사무치게 그립소.

그녀의 말대로 편지의 앞 글자를 조합해 보니, '광통교에 숨겼다, 긴히 보관하라' 는 의미로 해석되었다.

"광통교 근방을 뒤지다, 서방님이 제게 가락지를 주셨던 다리 난간의 돌 사이에서 몇 장의 문서를 찾을 수 있었습니다. 내용을 보아 서방님께서 가끔 말씀해주셨던 사초라는 것 같더군요."

뒤이어 오랫동안 품고 있으면서 그 뜻조차 해석하지 못했던 아내의 서찰을 다시 펼쳐보았다. 상중이었기에 먹목에 글을 쓸 수밖에 없었던 아내의 사정을 이제야 깨달을 수 있었다. 수영은 흔들리는 마음을 다잡고 암호의 내용을 찾으려 노력했다.

서방님, 만강하신지요. 저는 잘 있습니다.

어머님도 건강하십니다.

무덤까지 함께 하자 약조했던 혼례날 밤처럼 별빛이 환합니다.

고이 숨겨놓은 가락지를 쓰다듬고,

남기신 기록들을 읽으며 서방님과의 추억을 좇습니다.

꿈에서라도 뵙고 싶은데 어찌 찾지 않으실까요.

하고 싶은 말 끝 없어 이만 적습니다. 보고프고 그립습니다.

어머니의 무덤에 숨겨 놓은 기록……

아내가 그에게 전하려 했던 진짜 내용이었다. 모든 이들이 눈에 불을 켜고 찾는 그 사초는, 어머니의 무덤 속에 있었던 것이다.

화살이 겨누는 곳

영해 인근의 마을 어귀, 인적 없는 한밤의 수풀 속에서 음산하게 중얼거리는 소리가 솟았다. 늦은 밤길을 지나가던 여행자가 들었더라면 땅도깨비가 숨어 있는 줄 알고 걸음아, 날 살려라, 도망갔을 것이다.

수풀 속에 기척을 죽이고 몸을 숨긴 몇 명의 사내들은 무장에 기댄 채 지루한 기다림을 이기려는 듯 무용담을 늘어놓고 있었다.

"……숨 가쁜 밤이었지. 입만 산 대신들은 거사를 미루자며 주저하는데, 한명회 대감께서 입을 열었어. '일에는 역(逆)과 순(順)이 있는데, 순으로 움직이면 어디를 간들 이루지 못하겠습니까? 모의가 먼저 정하여졌으니, 공(公)이 먼저 일어나면 모두 따를 것입니다.' 대감의 한 마디에 수양대군은 그 길로 나아가 철퇴를 휘둘러 김종서의 멱을 땄고, 우리는 명을 따라 궁의 제3문에서 놈들이 올 때까지 기다렸지."

나이 지긋한 사내는 그때의 쾌감을 다시 느끼는지 어둠 속에서 잔인함을 드러냈다. 나이가 젊은 축에 속하는 사내는 속으로 짜증스럽게 중얼거렸다. 몇 번째 하는 얘기야.

"조극관, 황보인, 이양이 순서대로 죽어나갔어. 위세가 하늘을 찌르던 양반들께서 철퇴 한 방에 픽픽 쓰러졌다고. 양반의 피를 보았나? 우리랑 다를 것도 없이 붉어. 그렇게 이 손에 피를 묻혀 세상을 바꿨지. 우리 같은 천것들도 때를 기다리고 순서를 기다리면 신세를 바꿀 수 있는 거야."

젊은 사내가 마지못해 대답을 하려던 때에, 누군가 다가오는 소리가 들렸다. 사내들은 다시 기척을 완전히 죽였다. 살기마저도 지웠다. 조금의 움직임이라도 놓치지 않고 주의를 기울였다.

다가오던 자는 수풀 근방에 서서 휙, 휘파람을 불었다. 사내들은 신호를 받고 모습을 드러냈다. 강골의 늙은 사내는 무기를 고쳐 쥐며 쾌감을 느꼈다. 그때 그날처럼, 즐거운 밤이 될 것 같은 예감이 들었다.

수영은 편지의 암호를 읽고서 고개를 번쩍 들었다.

어디선가 희미하게 휘파람 소리 같은 것을 들은 것 같았다.

그저 밤새소리라 생각할 수도 있었지만, 사초가 어디에 있는지 깨달은 것과 동시에 그는 그 소리가 위험 신호처럼 들렸다. 무엇이 옳고 그른지 따질 겨를이 없었다. 수영은 자신을 쫓는 추적자들을 떠올렸다. 그리고 끔찍했던 고문과 잔혹하게 죽은 많은 사람들까지.

여기에 자신이 있는 이상 그리고 연화가 이 편지를 가지고 있는 이상 두 사람은 안전할 수 없었다. 연화마저 그런 일을 당하게 한다면, 수영이 마지막까지 부여잡았던 삶의 의미를 잃는 것이나 마찬가지였다.

수영은 마지막 일기와 편지들을 챙겨 황급히 집 뒷문으로 빠져나왔다. 연화는 영문도 모른 채 수영의 손에 끌려나왔다. 다른 곳으로 도망치기에는 밤이 너무 늦었다. 어느 길목에서 비명횡사할지도 모르는 일이었다. 이곳의 지리를 잘 모르는 수영은 연화에게 숨을 만한 곳을 알고 있느냐고 물었다. 연화는 믿을 수 있는 사람이 있다며, 마을에서 조금 외떨어진 장소로 길을 안내했다.

연화가 이끈 곳은 밖에서부터 약초 냄새가 풍기는 의원의 집이었다. 연화가 조심스럽게 주인을 부르자, 허리가 다 꼬부라진 의원이 연화를 맞이했다. 수염을 뗀 연화의 모습을 보고도 놀라지 않는 것이 그녀의 정체를 알고 있는 모양이었다. 두 사람을 방으로 데리고 들어와 불빛에 수영의 모습을 본 의원은 그를 한참 동안 들여다보다 화상을 입은 손등을 확인했다.

연화가 슬픈 눈으로 고개를 끄덕이자, 의원이 알 수 없는 탄식을 내뱉었다.

의원은 땅을 파느라 너덜너덜해진 수영의 손을 보고 상태를 살피려 다가왔다. 수영은 의심 가득한 눈으로 경계하며 호의를 거절했다. 연화는 수영의 경계심을 읽었는지 의원에 대해 말했다.

"서방님을 찾아서 팔도를 돌아다니며 수소문했지요. 당신의 체구와 생김새, 손등의 화상 자국을 설명하며 알고 있는 사람을 찾았지만, 땅으로 꺼졌는지 하늘로 솟았는지 도통 아는 사람을 만나지 못했습니다. 그러다 두해 전 여기에 당도했을 때, 여기 의원님께서 그런 사람을 본 적이 있다 하셨어요."

의원이 끄덕거리며 연화의 말을 받았다.

"여기서 지척에 어느 종친이 유배를 왔는데, 왕실의 밀명을 받아 건강을 돌보고 있었네. 사정을 들어보니 안됐고 딱하여 몰래 뒷바라지를 해주고 있었다네. 헌데 그분이 생전 안 하던 부탁을 하셨지. 바다 부근 버려진 집에 버려진 사람을 치료해달라고. 제 처지도 저런데 남 신경 쓸 겨를이 있나, 하면서 가보니 피투성이가 된 남자가 쓰러져 있었네. 그래, 손에 화상 자국이 있었어."

숨이 거의 끊어지기 직전이었다고 했다. 죽어도 네 명이고 살아도 네 명이다, 하는 맘으로 치료했더니 어떻게 살아나긴 했다. 하지만 숨만 겨우 쉬고 깨어나지는 못했다. 그러다 어느 날 가보니 정신을 차렸는지 어쨌는지 사라졌다.

귀성군께서도 소식을 듣더니 이제 되었다고만 했다. 강산이 변할 만큼 오래전 일이라며, 의원은 가물가물하지만 또렷하게 남은 그때의 기억을 회상했다.

의원은 말을 마치고 수영을 빤히 쳐다보았다. 기억 속 죽어가던 남자의 모습을 찾으려는 것일까. 수영의 손등에 난 흉한 화상 자국에 가만히 손을 올렸다. '인연일세, 인연이야' 하며, 노인은 뜻 모를 한탄을 한숨과 함께 내뱉었다.

수영은 그에게서 남을 긍휼히 여길 줄 아는 사람만의 온화한 표정을 볼 수 있었다. 관음보살, 동자승, 노파에게서 보았던 자애의 눈빛. 자신을 살려준 사람들. 그리고 죽으려는 사람들. 수영은 자신이 누구와도 인연을 맺지 말아야 한다는 사실을 깨달았다. 수영은 노인에게 깊이 감사하다 전했다. 그리고 곧바로 홀로 떠나기로 결심했다.

복면을 쓴 괴한들이 무기를 들고 연화의 집을 덮쳤다.

아무도 없는 집에는 수영의 일기만이 널려 있었다. 일기를 뒤적거린 우두머리는 욕설을 뱉으며 열린 뒷문으로 달렸다. 한 치 앞도 가늠하기 힘든 어둠 속에서 방금 난 발자국이 어지러이 방향을 일러주었다. 괴한들은 빠르게 뒷문으로 빠져나갔다.

수영은 연화에게 어머니의 묘에 인사를 드려야겠다는 계획을 말했다. 그 계획에 연화는 없었다. 수영은 자신이 겪고 있는 위험을 설명하고, 연화가 가지고 있을 원망을 받아들일 준비가 되어 있다고 털어놓았다.

나는 죄인이다. 대역죄인일 뿐더러 당신과 한 가정도 망가뜨린 죄인이다. 당신의 원망은 달게 받을 것이다. 그러나 당신이 살아 있어야 원망도 한도 풀어낼 수 있다. 무사히 다시 만날 때까지 과거에 관련된 모든 것들을 남김없이 태워 없애고 기다려 달라. 수영은 부탁했다.

연화는 당황한 기색이 역력했다. 다시 떠나겠다는 그의 상황을 납득하지 못한 것인지, 십 수 년 만에 찾아온 남편의 다정한 모습에 적응하지 못한 것인지, 혹은 다른 이유가 있는지 수영은 짐작하지 못했다.

사실 연화는 남편을 찾고 생사를 확인한다는 것까지만 생각하며 살았지 그 이후의 인생은 생각해본 적이 없었다. 마음 깊은 곳에서는 이미 죽었다고, 찾기를 포기했다고 여기며 살았다. 그래서 갑자기 나타난 남편이 반갑거나 화가 나기는커녕, 벌어진 일들이 혼란스럽기만 했다. 단 한 가지 확고한 연화의 생각은, 다시는 예전으로 돌아가고 싶지 않다는 것뿐이었다.

연화는 그녀의 대답을, 아니 허락을 기다리고 있는 수영을 지긋이 바라봤다. 그의 검은 눈동자는 처음 만났을 때처럼 투명하고 흔들림이 없었다. 수영이 세운 당장의 계획에는 연화가 없었지만, 그의 부탁은 마치 혼례날처럼 '백년해로 합시다'라고 들리는 것 같았다. 수영이 계획하는 미래에는 연화가 있었다. 그것이면 되었다고, 연화는 생각했다.

그녀는 수영에게 어머니의 산소가 있는 곳을 설명해주었다. 어머니가 수영이 부탁한 물건을 가지고 아들을 기다리고 계신다고.

일기에 못다 적은 이야기를 마저 꺼냈다.

"어머니께선 누구보다 당신을 잘 알았기 때문에 그 사초를 없애버릴 수도, 그렇다고 간직할 수도 없으셨어요. 어머니는 돌아가시면서 사초를 자신과 함께 묻어버리라고 하셨고, 당신이 돌아오는 날 다시 관을 꺼내 제대로 안장할 때 돌려줄 수 있게 하라고…… 유언을 남기셨지요…….”

수영이 마지막으로 남긴 서찰은 어머니에게는 죽어서까지, 그녀에게는 살아가는 내내 무거운 짐이 되어 그들을 짓눌렀다. 수영이 진 짐이 감당할 수 없는 무게라면, 그들의 짐은 사랑하는 사람이 남긴 의무라는 이유로 감당해야만 하는 무게였을 것이다.

그는 다 내려놓을 때가 되었다고 생각했다. 사초는 세상에 없는 것이나 진배없다. 어머니를 그만 놓아드리고, 연화도, 자신도 그들만의 인생을 살아야 한다.

떠날 채비를 마친 수영은 의원에게 인사를 올리며 돌아올 때까지 연화를 돌봐달라 부탁했다. 연화는 머뭇거리며 수영의 손을 잡았다. 그녀는 불안한 목소리로 수영에게 말했다.

“한양에 가시거든 서방님의 오랜 친구 분을 찾아보세요. 성함은 조명환이고, 저희에게도 큰 도움을 주셨던 분이지요.”

“조명환…… 이라 했소?”

“그분께서 어머니 장례를 치를 때도 많이 도와주셨어요.”

“알겠소. 염두해두리다.”

수영은 연화가 불안해하고 있다는 것을 깨닫자 자신도 모르게 그녀를 조용히 안아주었다. 수영의 품에서 스륵, 천 조각이 스치는 소리가 났다. 무의식중에 품속에 서찰을 넣었나보다.

늘 품에 간직하고 다녔던 아내의 서찰 그리고 자신이 쓴 서찰. 거짓된 연서였지만 수영이 살 수 있었던 이유였다. 아내에게도 마지막까지 부여잡은 희망이었다. 이 짧고 지저분한 서찰 하나가 그간의 짐을 버리지 않을 수 있었던 버팀목이었다.

수영은 방을 밝히고 있던 등불 앞에 섰다. 천을 불에 대려 하자, 연화가 조금 아쉬워하는 듯했다. 수영은 자신을 쫓는 놈들이 행여 이 암호를 읽어낼지도 모르기 때문에 없애는 게 안전할 것이라고 설명했다. 그런 수영도 실은 잠시 머뭇거렸다. 두 사람 다 같은 마음일 것이다. 하지만 이제는 필요 없어졌다.

괴한들은 의원의 집을 둘러싸고 점점 포위망을 좁혔다. 우두머리가 소리를 내지 않고 창문으로 다가가 창호지에 구멍을 냈다. 안에 세 사람이 있었다. 그 중 둘이 낯익은 얼굴이었다. 수영과 그의 처였다.

등잔 밑이 어둡다더니. 우두머리는 연화의 얼굴을 확인하고 이를 갈았다. 부부가 나란히 황천길을 건널 테니 여한은 없겠지. 우두머리는 괴한들에게 손짓했다.

천에 등불이 닿으려는 찰나, 방문이 왈칵 열리면서 시리고 거센 바람이 들이닥쳤다. 불이 훅 꺼지고 바깥으로부터 불어온 바람에 서찰이 날아갔다. 무슨 일이 벌어졌는지 인식할 새도 없이, 정체를 알 수 없는 복면의 사내들이 들이닥쳤다.

방을 가로질러 온 사내 하나가 몽둥이를 들고 곧장 의원의 머리를 노렸다. 수영이 간발의 차로 의원을 밖으로 밀쳐냈다. 몽둥이는 둔탁한 소리를 내며 바닥을 내리쳤다. 방문 쪽에 앉아 있던 의원은 마루 밖으로 나뒹굴었다. 밖에도 사내들이 지키고 서 있었다. 한 사내가 팔뚝만한 단검을 꺼냈다. 달빛을 머금은 단검이 노인의 목으로 달려들었다.

"그분은 아무것도 모른다. 놔주어라!"

수영이 소리를 질렀다. 수영 앞에 선 사내의 복면 뒤에서 피식 비웃는 소리가 들렸다.

"누구든 죽으면 아무 말도 하지 않겠다."

사내가 손을 들자, 의원을 죽이려던 자는 칼을 거뒀다.

의원은 허둥지둥 도망갔다. 수영은 연화를 등 뒤에 가리고 비교적 침착하게 눈앞의 사내를 똑바로 노려보았다. 도망치지 않겠다. 연화를, 고마운 사람들을 지킬 것이다. 수영은 한 손으로 발목에 숨겨둔 단검을 빼들어 꽉 쥐고, 한 손으로 연화의 손을 힘껏 쥐었다.

우두머리는 수영 앞으로 다가와 쪼그리고 앉아 시선을 맞췄다.

수영은 뒤로 물러나며 들고 있던 단검을 위협적으로 휘둘렀지만, 우두머리는 개의치 않고 가까이 앉았다. 그는 복면을 내리고 웃는 얼굴을 보여주었다.

"해봐, 할 말."

연화가 수영의 등을 움켜쥐는 것이 느껴졌다. 수영은 이곳에서 빠져나갈 방법을 강구했지만 방법이 떠오르지 않았다. 수영이 잠깐 주저하는 사이, 우두머리가 몸을 쑥 내밀며 각을 좁혀 들어왔다. 아차 하는 순간, 우두머리는 단도를 쥔 수영의 손을 잡고 비틀었다.

수영이 고통스러운 비명을 지르며 단도를 놓치자 곧바로 우두머리의 몽둥이가 수영의 어깨를 후려쳤다.

수영의 몸이 쓰러지고, 등 뒤에 있던 연화가 비명도 지르지 못한 채 부들부들 떨며 수영에게 다가가려 했다. 괴한 하나가 연화의 머리채를 잡고 끌고 갔다. 숨도 제대로 쉬지 못한 채 어깨를 감싸 쥔 수영이 몸을 일으키려 했으나 우두머리가 그의 팔을 잡아 결박시켰다.

"순서대로 가지."

우두머리는 다른 자에게 수영을 맡기더니 떨어져 있던 수영의 단검을 집어들었다.

보검이 꽤나 마음에 드는 듯했다. 우두머리가 단검을 쥐고 연화에게 다가가는 것을 본 수영은 급히 외쳤다.

"여인도 놔주면 말하겠소. 사초가 있는 곳은 나만 알고 있소."

우두머리는 연화의 머리채를 잡고 있던 자에게 신호를 보냈다. 놈은 연화를 질질 끌고 문 쪽에 섰다. 말하면 놔주겠다는 표시였다.

우두머리는 장난스럽게 단검을 던졌다 받으면서 수영의 말을 기다렸다. 어디든 거짓 장소를 대야 했다. 그러나 절대로 어머니의 묘라는 것을 알려서는 안 됐다. 이 극악무도한 놈들은 사초를 얻기 위해서라면 무덤까지 파헤칠 것이 분명했다. 급박한 상황 속에서 수영의 머릿속에 그럴듯한 장소가 떠올랐다.

"귀성군의 배소 밑에 묻어놓았소. 아무도 찾지 않는 곳이라 숨기기 적당하니."

허공에서 빙빙 돌던 단검 손잡이가 우두머리의 손에 정확히 잡혔다. 다시 던지려는 우두머리의 손동작이 천천히 수영의 눈에 들어왔다. 우두머리의 손목이 지금까지와 다르게 위가 아닌 옆으로 방향을 틀었다. 방문 쪽, 연화가 서 있는 방향이었다.

수영은 아무런 생각이나 계산 없이 몸을 던졌다. 우두머리의 손에서 떠난 단검이 직선으로 허공을 가르며 날아갔다. 단검의 날이 살을 찢고서 펄떡이는 몸속으로 파고들었다.

수영의 몸이 털썩 떨어졌다. 배를 가르고 들어온 단검의 차가운 감촉과 울컥거리며 쏟아져 나오는 따뜻한 자신의 피가 기묘하게 느껴졌다. 입이 막힌 채 내지르는 연화의 찢어지는 비명소리마저 현실감이 없었다. 일어나야 되는데, 아내를 지켜야 되는데.

우두머리는 단검을 도로 되찾기 위해 수영 쪽으로 가다가 바닥에 떨어진 두 개의 천 조각을 발견했다. 천 조각에 쓰인 글씨를 읽어보던 우두머리의 눈빛이 형형하게 빛났다.

"찾았다."

귀성군의 배소에서 바다를 보며 앉아 있던 월산대군은 술병 입구를 할짝거리다 아쉬움을 접고 자리에서 일어났다. 아쉬워해봐야 이미 비운 술병이 채워지지도 않고, 시간도 돌아오지 않는다.

귀성군이 이곳에 온 지 10년 째 되는 해, 그는 결국 돌아오지 못하고 이곳에서 생을 마감했다. 역모를 꾸민 것도, 가담한 것도 아닌 그저 역모 사건에 이름이 언급되었다는 것이 죄라면 죄였다.

즉위한 지 얼마 되지 않은 나이 어린 임금은 국문하라고 빗발치는 상소를 모두 물리며 끝까지 귀성군을 보호하려 했으나, 왕의 머리 꼭대기에 앉아 있는 신하들은 대왕대비를 움직여 귀성군을 물고 늘어졌다. 심지어 세조 조에 궁의 나인과 사통했던 죄가 있다며, 이미 아니라고 결론 난 일까지 들먹이면서 강하게 처벌을 요구했다.

문자를 알지 못한다는 이유로 관여하지 않으려 했던 대왕대비마저 '마지못해서 따른다'며 그들에게 승복했다. 임금이 할 수 있는 것이라곤 '적몰가산(籍沒家産)'이란 4자를 지워 귀성군의 남은 식솔들을 보살펴주는 것밖에 없었다.

아직 약관(弱冠)도 지나지 않았던 월산군은 납득할 수가 없었다. 부당하다. 너무 가혹한 처사다. 임금이 된 동생은 정사와 강연에 바빠 만나뵙기도 어려웠다. 월산군은 두문불출하고 조용히 전교를 기다리고 있는 귀성군을 찾아가 억울함을 호소했다.

"왜 아무도 구명하지 않습니까! 그리 들락거리던 이들은 모두 어디 갔습니까."

귀성군은 어여삐 여기던 어린 당조카를 오히려 엄하게 꾸짖었다.

"이번 일에 월산군의 이름도 오르내렸다. 일이 끝나기 전에 망동하였다간 연루될지도 모른다. 이것이 세상이다. 야속하게 생각 말라."

월산대군은 천둥벌거숭이였던 자신을 떠올리자니 얼굴이 화끈거렸다. 철딱서니 없는 당조카였음에도 귀성군은 무엇을 믿었는지, 일이 조용해지거든 아무도 몰래 유배지를 찾아오라는 부탁을 했다.

귀성군은 목적이 있었다. 임금과 대왕대비 그리고 귀성군은 선대왕의 죽음에 대해 의심하며 대신들의 뒤를 은밀히 조사하고 있던 중이었다. 그러던 중 한명회의 심복이 제주에서 지속적으로 보내는 서찰을 입수했다. 민수영이라는 자를 감시하고 있었던 것이다.

민수영은 사초에 손을 대 제주로 도역을 간 자가 아니던가?

귀성군은 이상하다 여기고 사람을 보내 민수영과 한명회의 심복을 이중으로 감시했다.

한명회는 분명 무언가를 찾고 있었다. 그것이 무엇일까? 왜 아무에게도 알리지 않고 이미 오래전 유배를 떠난 자를 감시하고 있을까?

답은 곧 나왔다. 귀성군의 수하가 보낸 서찰이 왔다. 그는 한명회의 심복이 민수영을 살해하려 했다고 전했다. '민수영이 선대왕께서 돌아가셨다는 말에 얼굴색이 변하며 한명회의 심복에게 의경세자의 죽음을 언급하자 심복이 곧장 죽이려 했다' 는 것이다.

수하는 일단 숨만 붙어 있는 민수영을 아무 배편을 통해 실어 보냈는데 영해로 가는 배였다고 했다. 귀성군의 수하는 이후 행방불명되었고, 기막힌 시점에 귀성군은 역모에 연루되었다. 우연이라고 보기에 모든 일의 흐름이 절묘했다.

귀성군이 임금에게 한 마지막 부탁은 영해로 가게 해달라는 것이었다. 그는 끝까지 충정을 놓지 않았다. 그리고 이제 펼쳐질 훈구대신들의 독주를 막을 수 있는 유일한 단서일 민수영의 보호를 월산군에게 부탁했다. 아직 나이는 어리지만 왕의 형으로서, 종친의 의무로서 그를 지키라고 신신당부했다.

월산군이 처음 민수영을 본 것이 바로 이 부근이었다. 그는 시체처럼 누워 도무지 깨어나지 않았다. 월산군은 무엇이 어떻게 돌아가는지 그때까지도 잘 몰랐지만 이자 때문에 모든 것이 틀어졌다는 생각에 민수영을 주먹으로 때리고 발로 찼다. 그래도 미동도 없었다. 그렇게 한참을 죽은 것 같은 자와 함께 바다를 바라보았다. 분도, 원망도 표류하는 것처럼 방향을 잃었다.

월산군은 귀성군의 계획에 따라 민수영을 보호할 사람을 찾아냈다. 의원들을 이 잡듯이 뒤져 수영과 비슷한 증상의 어린아이가 있었으며, 그 모친이 각고의 노력으로 그나마 아이의 명을 늘렸다는 소문을 들었다.

월산군은 수영을 자신의 사유지에 옮기고 노파에게 간호하도록 시켰다. 노파는 처음에는 멀쩡했는데 고립된 곳에서 수영을 간병하다 그가 자신의 자식이라고 착각하기 시작했다. 어찌 되었건 살아만 있으면 되겠다는 생각에, 그들은 외딴 곳에 방치된 채 수 년을 살았다.

월산대군은 차라리 민수영이 죽기를 바랐다. 세월이 지나면서 의무감은 서서히 사라졌고, 대신 가지지 못한 것에 대한 아쉬움이 권태롭게 남았다. 그는 귀성군만 한 그릇이 못 되었다. 노산군(단종)을 내치고 왕위에 오른 세조, 정종을 내치고 왕위에 오른 태종, 고려를 내치고 조선을 건국한 태조께서는, 후세의 평가가 어떠하든 대단한 그릇이었다. 그리고 세조의 총애를 받았던 자을산군, 그 역시 큰 그

룻이었다. 이전부터 현명하고 똑똑하며 대범했던 아우를, 월산대군은 조금 질투했는지도 모른다.

월산대군은 귀성군과 술잔을 나누고 싶었다. 귀성군이라면 자신을 이해해줄 것 같았다. 그가 서른여덟의 젊은 나이에 세상을 뜬 이유도 한이 많아서였으리라. 공신들에 의해 제멋대로 돌아가는 세상을 멀리서 지켜보며 들끓는 피를 진정시키기 어려웠겠지.

"얼마 전 서거정 그 노인네가 그럽디다. 시나 그림, 술 한 잔이 나와 가장 어울린다고. 그래, 그렇게 한량 대군 행세를 하며 세상을 속여왔지. 그렇지 않으면 형님 꼴을 못 면하니까. 그런데 이제는 그렇게 사는 것도 지쳤수. 나도 좀 내 편한 대로 살고 싶수. 내가 하고 싶었던 것, 원래 내 것이었던 것들, 내 인생들을 찾고 싶단 말이우."

월산대군은 귀성군의 대답을 기다렸다. 파도소리가 월산대군의 마음을 어루만지는 듯했다. 우렁한 파도소리에 섞여, 숨죽인 발자국 소리가 월산대군을 향해 다가오고 있었다.

"형님도 이런 생각 하지 않았수? 내가 이상한 거요? 그런 생각도 들었수. 만약 그날, 순서에 따라 내가 그 자리에 올랐더라면, 하나뿐인 내 동생은 나와 같은 생각을 했을까?"

궁궐 뒤쪽 활터의 횃불이 대낮처럼 불을 밝혔다.

임금은 활시위를 당겨 과녁을 조준했다. 바람을 찢으며 날아간 화살이 과녁에 꽂혔다. 뒤이어 연속으로 두 발의 화살이 날았다. 평소 사냥에 일가견이 있는 임금이었으나 이날만큼은 모두 홍심(紅心)을 빗나가고 말았다. 마음이 어지러운 탓이다.

임금은 귀성군의 배소에 진즉 도착했을 월산대군에게서 소식이 없자 초조해진 마음을 다스리기 위해 활터로 나왔다. 활쏘기에 자신 있었기에 소소편혁을 준비하라 일렀으나 장전이 자꾸만 급해졌다.

자만해서는 안 된다. 사람 간의 믿음 역시 과신하면 다친다.

임금은 월산대군이 역심 따위 품은 적 없다고, 진실하게 말해주길 바랐다. 하지만 그는 지난 사건과 관련된 어떠한 언급도 하지 않은 채 단지 영해에 다녀오겠다는 말만 남기고 떠났다.

그러고 보니 지금까지 월산대군은 자신에게 단 한 번도 진짜 속내를 털어놓은 적이 없었다. 임금은 어린 시절 월산대군이 자주 하던 말을 떠올렸다. 아버지께서 돌아가시지 않았더라면…… 왜 그 말이 지금에서야 생각나는 걸까. 사실은 그 완성되지 않은 문장이 형님의 진짜 모습을 대변하는 말일지도 몰랐다.

한명회는 알고 있었다. 임금의 자리에서 영원한 아군도, 적도 없다는 사실을. 일을 벌인 이는 따로 있었으나 그의 장단에 춤을 춘 사람들은 결국 임금과 대군, 두 형제였다.

군관이 친 쇠(金) 소리를 들은 임금은 짜증스럽게 다시 활시위를 당겼다.

"좌방입니다."

한명회가 임금의 장전(帳殿) 뒤에 서서 눈을 찌푸리며 화살이 꽂힌 변(邊)을 가리켰다.

임금은 내관을 노려보았다. 아무도 들이지 말라고 그리 일렀거늘.

내관도 믿을 수 없다. 아무도.

"쏴보겠나?"

임금은 한명회에게 활을 내밀었다. 의미가 담긴 말이었다. 한명회는 아는지 모르는지 손사래를 치며 물러나 머리를 조아렸다.

"늙어서 손이 떨리고 과녁도 보이지 않아 다른 것을 맞출지도 모릅니다."

"그래, 시위를 잘못 놀렸다 누가 다치기라도 하면 곤란하지."

임금은 다시 과녁을 조준했다. 역시나 서두르는 바람에 빗나갔다. 변을 맞췄다는 쇠 소리에 한명회가 혀를 차며 훈수를 두었다.

"순서가 잘못되었습니다."

"활 쏘는 순서도 모를 줄 아는가?"

"마음이 먼저 평안해야 과녁도 보이는 법이지요. 전하께서 더 잘 아시지 않습니까?"

임금은 활을 내려놓았다. 활시위를 먹인 채였다.

"그렇군. 순서가 잘못되었어. 그러니 보위에 오른 후에도 마음이 평안한 적이 없었지."

"아직까지도 적자가 아니라는 것에 마음을 쓰십니까? 지금이야 건강하시지만 당시 월산대군께선 몸이 허약하시어……."

"아니, 보위에 오르는 순서가 잘못되었단 말이다."

한명회의 미간이 꿈틀거렸다. 활시위에 걸린 화살은 바닥을 향해 있었지만 화살촉이 미세하게 움직이고 있었다.

"아무런 문제가 없었습니다. 선대왕께서 갑작스럽게 홍서하시는 바람에 급히 진행되긴 하였으나……."

"갑작스럽게 훙서하셨다……. 거기서부터 순서가 뒤엉켰지. 먼저 선대왕께서 급서하신 원인을 찾았어야 했지 않은가?"

"본디 옥체가 허하시었고, 잔병을 의관에게 보이기 싫어하셨으니 족질[40] 따위를 키우셨던 게지요."

"자네가 그렇게 중요시하는 순서를 따르자면, 병세를 살피지 못한 어의를 처벌하는 것이 순서 아니던가?"

"왕대비마마께서 처벌하지 말라 이르셨지, 신의 판단이 아니었습니다. 유념하여주시옵소서."

임금이 한명회에게서 몸을 돌려 활시위를 당겼다.

이번에는 크게 빗나갔다. 한명회가 왕대비를 언급하면서 임금의 손이 눈에 띄게 분노로 떨렸다. 왕대비의 뒤에 선 여덟 개의 그림자. 아직도 그 그림자에서 벗어나지 못하는가. 임금은 곧바로 활시위를 먹였다.

"마음이 어지러운 이유를 깨달았지. 목표물이 희미했으니 맞추기 어려울 밖에."

한명회는 눈을 가늘게 뜨고 과녁을 바라보았다.

대낮같이 횃불을 켜놓고 보이지 않는다니, 정사를 무리하게 돌보시다 눈이 흐려지셨나? 아니면 성총이? 대꾸하려던 한명회가 고개를 돌린 순간, 천하의 한명회도 잠시 숨을 멈출 수밖에 없었다.

---

40) 발에 생긴 질병.

활시위를 먹인 임금의 화살 끝이 흔들림 없이 한명회의 찌푸린 미간을 향하고 있었다.

"이제 조금씩 그 실체가 보이는군."

파열음을 내며 맹렬한 속도로 쏘아져 나간 화살이 괴한의 뒤통수에서 미간을 뚫고 나왔다.

연화의 머리채를 잡고 있던 괴한은 그대로 앞으로 쓰러졌다.

그 바람에 연화는 즉사한 놈의 몸에 깔리고 말았다. 필사적으로 빠져나와 엉금엉금 기어 배에 꽂힌 단도를 부여잡고 쓰러져 있는 수영의 앞을 막으며 숨을 헐떡였다. 우두머리는 연화에게 눈길도 주지 않고 방문 밖에서 자신을 향해 조준하고 있는 화살촉을 노려보았다.

팽팽하게 당겨진 활시위에 의해 부러질 듯 휘어진 활대는 화살이 머금은 힘을 보여주었다. 우두머리가 슬며시 몸을 일으키자 화살은 지체 없이 쏘아져 나갔다. 한쪽 귀를 스친 화살은 뒤쪽 벽에 깊숙이 꽂혔다. 투둑, 흙이 튀어 떨어졌다.

우두머리는 피가 흐르는 귀에 무의식적으로 손을 대려 하다 동작을 멈췄다.

"움직이지 마라."

월산대군의 경고에 그는 천천히 두 팔을 들어올렸다. 그 순간에도 시간과 공간을 계산해보았다. 민수영이나 연화 둘 중 한 명이라도 인질로 잡기 위해서는 두 보(步) 정도 뒤로 물러나야 했다. 화살이 자신의 머리를 꿰뚫을 수 있는 충분한 시간이었다.

우두머리는 손에 들고 있던 두 장의 천 조각을 흘끗 보았다. 이 정도면 되겠지. 그는 다른 괴한들을 향해 아래로 눈짓했다. 놈들이 들고 있던 무기들이 모두 바닥에 떨어졌다.

월산대군과 대치하던 우두머리와 괴한들은 천천히 밖으로 걸어나왔다. 월산대군의 뒤편으로 그의 가노 몇이 창칼을 들고 호위하고 있었다. 월산대군 하나뿐이라면 어떻게든 제압할 수 있겠지만 가노들의 기세가 웬만한 장수 못지않았다.

괴한들과 가노들 어느 한 쪽이 섣불리 움직였다가는 필시 어느 한 쪽은 전멸할 것이다. 노박을 하겠는가? 서로의 전력이 어느 정도인지 가늠할 수는 없었지만 불필요하게 피를 볼 필요는 없었다. 특히 상대는 월산대군. 도발해봐야 이쪽이 손해였다. 우두머리는 일정한 간격을 두고, 자신의 머리를 조준하고 있는 월산대군과 반대편으로 움직였다.

우두머리를 노리고 있던 월산대군은 활시위를 당긴 어깨의 힘이 부쳐오는 것을 느꼈다. 더 이상 시간을 끌 수 없었다. 화살이 금방이라도 날아갈 듯 부들부들 떨리며 앞뒤로 움직였다.

괴한들이 하나 둘 어둠 속으로 자취를 감췄다. 마지막까지 남아 월산대군을 마주보던 우두머리는 횡 쏘아진 화살과 함께 사라졌다.

월산대군은 가노들에게 말을 몰아 놈들을 쫓으라 이르고, 가노들이 추적을 시작하는 것을 확인한 후 떨리는 팔을 진정시키며 방안으로 뛰어 들어갔다. 담장 뒤에 숨어 있던 의원도 월산대군을 따라 들어왔다.

연화는 눈물을 쏟으며 피로 물든 수영의 손을 잡고 있었다. 서둘러 불을 켠 의원이 수영의 상태를 확인했다. 의원은 연화를 타이르며 데운 물과 깨끗한 천, 실과 바늘 등을 가지고 오라 일렀다.

연화가 자리를 비우자 의원이 준비하고 있던 월산대군에게 고개를 끄덕였다. 월산대군은 자신이 수영에게 주었던 단도의 손잡이를 있는 힘껏 잡고 수영의 배에서 빼냈다. 피가 확 튀면서 수영이 고통스러운 비명을 내질렀다.

왈칵 쏟아지는 피를 막으며 의원이 다급하게 연화를 불렀다.

연화는 넋이 나간 채로 치료에 필요한 물건들을 가져다 건넸다. 숙련된 솜씨로 응급조치를 한 의원은 상처를 꿰매고 붕대로 감았다. 한시름 놓은 의원은 떨고 있는 연화를 향해 위로의 말을 건넸다.

"상처가 깊지 않아 다행이네. 걱정 말게. 내 오래 환자들을 돌보다 보니, 명이 길고 짧음을 짐작할 수 있네. 이이는 한 번 죽었다 살아 돌아오지 않았는가. 그리 쉽게 죽지는 않을 게야. 아무렴."

월산대군은 의원이 약초를 찾는 동안 수영의 피로 물든 손을 닦고 털썩 주저앉았다. 아직 벽에 박혀 있는 화살이 보였다. 간발의 차였다. 수영의 고함과 연화의 비명소리를 듣고 곧장 달려온 덕에 더 끔찍한 일을 막을 수 있었다. 분명 한명회의 심복이다. 순순히 물러난 까닭이 무엇일까? 무언가를 얻어낸 걸까? 그는 난장판이 된 의원의 집을 둘러보았다. 의원은 치료에 여념이 없었고, 연화는 멍하니 벽에 꽂힌 화살을 바라보고 있었다.

월산대군은 연화를 위로하기 위해 다가갔다. 연화는 알아들을 수 없을 정도로 작게 중얼거리고 있었다. 월산대군은 그녀의 목소리를 듣기 위해 귀를 기울였다. 그녀의 시선은 먼 곳을 향해 있었다.

"왜, 저분이…… 왜 서방님을……."

수영은 아득해지는 의식 속에서 월산대군이 자신을 향해 달려오는 모습, 땀을 흘리며 치료하는 의원의 걱정스러운 얼굴 그리고 연화가 잡고 있는 손의 온기를 느끼며 정신을 잃었다. 어디선가 거친 파도소리가 들려왔다.

수영은 도역으로 지친 몸을 이끌고 보수주인[41]의 집으로 돌아왔다. 처음부터 죄인을 맡는 것을 탐탁지 않아 했던 보수주인은 수영에게 거적때기 하나와 헛간 구석도 겨우 내주었다.

고된 도역을 마치고 돌아와도 밥 한 끼 주는 법이 없었다. 신물이 올라올 정도로 배가 고팠지만 수영은 주인에게 더 이상 밥을 구걸하지 않았다. 달라고 해봐야 '그러게 누가 죄를 지으랬느냐'며 타박이나 돌아올 게 뻔했다.

수영이 헛간 구석에 누워 잠을 청하려는데, 밖에서 누군가 휘파람을 획 불었다. 수영은 반가움을 겨우 억누르고 조용히 밖으로 나갔다. 조명환이었다. 그는 수영에게 식은 밥덩이를 건넸다. 수영은 허겁지겁 밥을 먹어치우고서야 명환과 인사를 나누었다.

---

41) 집을 유배지로 제공하고 죄인의 감호를 책임지던 사람.

명환은 어머니와 처의 부탁을 받아 이 머나먼 제주까지 내려와준 고마운 친구였다. 그가 없었더라면 험한 귀양살이를 견디지 못했을 것이다. 명환은 어려서 청계천 빈민가에 살 적에 우정을 나누었던 죽마고우였다. 비록 수영이 출셋길에 오르면서 관계가 소원해지긴 했지만, 그의 딱한 소식을 듣고 한걸음에 달려와 주었고 세월이 가면 방면될 것이라고 위로해주었다. 명환이 있어 험한 도역살이 중 그나마 희망이라도 품을 수 있었다.

 "나도 늘 뭍에서 오는 배만 보면 사면령을 가지고 온 나장이 타고 있지 않을까, 기대한다네. 헛된 희망이긴 하지만."

 "곧 그날이 올 걸세. 얼마 전에 임금께서 돌아가시고 새 임금이 보위에 올랐으니, 좋은 소식이 있을지도 모르지."

 "임금께서 훙서하셨다고? 춘추가 아직 한창이신데 어찌 그런!"

 "갑자기 병이 깊어져 그리 되었다고 하더군."

 수영은 아, 하고 탄식을 내뱉었다. 선덕을 베풀어 자신의 목숨을 구명해준 임금이었다. 이제는 선대왕이 된 젊은 임금이 애석하여 수영은 눈을 감았다.

 "많은 일을 하실 성군이셨는데……. 의경세자께서도 그랬고 세조의 자손들에게 정녕 노산군의 저주라도 내린 것일까…… 혹은……."

 "혹은?"

 명환의 눈빛이 교활하게 바뀐 것을 수영은 눈치 채지 못했다. 그는 오천 리 밖 한양이 있을 북쪽 하늘을 바라보며 아무 의심 없이 중얼거렸다.

"원상들 중 누군가가…… 의경세자를 죽였던 것처럼……."

수영은 명환이 말도 없이 자리에서 일어나자 의아해하며 고개를 들었다. 명환의 눈빛을 보았다. 기쁨의 희열을 만끽하는 눈빛. 수영은 머리에 큰 충격을 받으며 쓰러졌다. 흙바닥에 번지는 선혈을 밟고서, 명환의 뒷모습이 멀어져갔다.

수영은 죽음의 공포도 잊을 만큼 분노로 몸을 떨었다. 부풀었던 만큼 크게 무너진 희망이 모두 분노로 화해 친구에게 향했다. 내게 희망을 떠먹인 이유가 그것이었나. 내가, 그 비밀을 알고 있었기에? 가장 마음을 놓았던 이가 실은 사초의 내용을 알아내기 위한 첩자였다는 사실보다, 그 마음을 이용하여 농락한 친구의 간교함에 치가 떨렸다.

한양에 남아 있는 어머니와 처를 어찌할 것인가. 놈은 분명 자신과의 친분을 이용해 어머니와 처에게 접근할 것이다. 나에게 그러한 것처럼, 숨긴 사초를 찾기 위해 내 가족에게도 서슴없이 무기를 휘두를 것이다. 안 된다. 제발 그것만은 안 된다.

놈이 흥얼거리는 노랫가락이 점점 멍해지는 수영의 머릿속을 맴돌았다. 상여소리였다.

슬프도다 슬프도다 어찌하여 슬프던가
애시당초 이 세상에 생기지나 말을 것을
죽어서 하직하니 불쌍하고 설운지고
이제 가면 언제 오나 내년이면 오시련가
초로 같은 우리 인생 일장춘몽 꿈이로다

망자를 보내는 노랫소리에도 수영은 이승의 끈을 놓지 못했다. 죽음의 문턱에서 마지막까지 부여잡은 것은 살아내겠다는 욕망이었다. 저승사자마저 그 서슬에 뒷걸음질 친 사무치는 배신감이, 잠시 꺼졌던 생명의 불씨를 다시 타오르게 만들었다.

 한명회는 임금이 겨누고 있는 화살의 끝을 보지 않고 임금의 분노로 타오르는 눈을 보았다. 그는 거리낌 없이 임금을 향해 한 보 다가왔다. 화살촉이 한명회의 눈앞으로 가까워졌다. 임금의 눈빛이 흔들리는 것을 본 한명회는 야유하듯 웃었다.
 "과녁이 보인다고 해서 맞출 수 있다는 보장은 없사옵니다. 그 화살이 누구를 향해 날아갈지도 모를 일입니다. 전하께서는 화살을 믿으십니까?"
 길게 뒤로 당겼던 활시위가 힘을 이기지 못하고 툭 끊어졌다. 갈 곳을 잃은 화살이 임금의 손을 베고 힘없이 땅에 떨어졌다.
 한명회는 내관을 불러 어의를 부르라 명하고는 유유히 자리를 떠났다. 달려온 내관이 놀라 피가 흐르는 임금의 손을 살피려 했지만, 임금은 거칠게 뿌리치며 한명회의 뒷모습을 노려보았다.

 월산대군은 가쁜 숨을 뱉으며 달리는 말에 채찍질을 더했다. 혼절해 있던 수영은 깨어나자마자 월산대군의 옷자락을 움켜잡으며 절실하게 매달렸다. 놈들을 막아달라고. 놈들이 어머니의 무덤을 파헤치는 천인공노할 짓을 하지 못하도록 도와달라고.

월산대군은 수영을 안심시키고는 곧장 말을 달렸다. 놈들이 아직 말을 가지지 못했을 것이니 쉬지 않고 달리면 한양에 먼저 당도할 수 있을 터였다.

그러나 먼저 당도해서 무얼 할 것인가?

사초는 그 누구도 부술 수 없었던 원상들의 견고한 권력의 벽을 일격에 무너뜨릴 수 있는 무기가 될 것이다. 제 아무리 원상들이라도 사초에 적힌 내용이 정녕 왕의 아들을 죽인 증거라면 죄를 면치 못할 것이다. 만일 그것이 내 손에 들어온다면, 나는 그것을 가지고 한명회를 겁박하고, 그의 입으로 원상들이 지은 죄를 토설하게 할 수 있을 것인가? 월산대군은 쉽게 확신이 들지 않았다.

세조 때부터 원상들이 쌓아 온 이십여 년의 권력이 철벽처럼 한명회를 두르고 있다. 지금까지 숱한 풍파 속에서도 살아남은 그라면 분명 어떻게든 빠져나갈 구멍을 만들 것이다. 지난번처럼 섣불리 건드렸다가 되려 화를 자초하게 될지 모를 일이었다. 궁지에 몰린 한명회는 가장 먼저 임금을 제외하고 유일하게 사초에 대해 아는 자신을 제물로 삼을 것이다. 피할 수 있을까? 임금이 자신을 지켜줄 것인가?

다그닥, 다그닥, 최면적인 말발굽 소리에 월산대군은 판단이 흐려졌다. 말고삐를 어느 쪽으로 당겨야 할 것인가. 임금인가, 한명회인가? 월산대군인가, 이정인가? 권태로운 평화인가, 욕망을 위한 모험인가? 갈피를 잡지 못하는 그의 마음과 다르게, 한양이 빠른 속도로 가까워지고 있었다.

억새밭의 비밀

살곶이벌의 끝자락인 허허벌판에, 오랫동안 관리하지 않아 눈과 얼음, 억새밭과 죽은 잡초로 무성한 봉분이 숨겨져 있었다.

명환에게 그것은 누군가가 묻혀 있는 신성한 곳이 아닌, 흙의 일부분으로밖에 보이지 않았다. 저 밑에 썩은 시신이 품고 있는 사초가 있다.

그는 주변을 경계하며 다가갔다. 휙, 찬바람이 불었다.

억새 속을 누비는 바람에 살기가 실려왔다. 누군가 감시하고 있는 게 틀림없었다. 월산대군의 패거리일까? 굶주린 멧돼지일까? 아니면 끝까지 자식의 소명과 구명 모두를 원하는 한 서린 어미의 혼령? 명환은 죽기 직전까지 수영을 걱정하던 그의 어미를 떠올렸다. 수영과 닮은 고집스러운 눈매. 이제 그만 세상에 내놓고 황천으로 떠나셔야지.

명환은 혼령도 겁을 먹을 악귀 같은 얼굴로 마른 억새 숲을 몽둥이로 쳐냈다.

스륵, 무인들만 알 수 있는, 칼이 칼집에서 빠져나오는 소리가 들려왔다. 명환은 누군가 숨어 있다고 확신하고 발길을 돌렸다. 어느 쪽이든 자신이 이곳에 왔다는 사실이 발각되면 이득 될 것이 없었다.

그는 조급함을 억누르고 짐짓 무심히 봉분을 지나쳤다. 한명회에게 이 사실을 보고하면, 다음 명을 내려주리라.

한파가 불어 닥친 한양은 모든 것이 얼어붙어 있었다. 뭍도, 바다도, 사람들의 마음도 움츠러드는 추위였다. 오가는 사람 없이 한적한 육조거리에 때아닌 화려한 행차들이 줄을 이었다. 종친들과 원로대신들, 각 부서의 유능한 신하들이 교자나 말을 타고 속속 궁으로 들어갔다.

전날 임금이 '근래 흉년으로 인하여 회례(會禮), 중삭(仲朔) 등을 모두 행하지 못하였고 특히 상당(上黨)[42], 청송(靑松)[43] 등은 더욱 자주 보지 못하니 잔치를 베풀고 인견하고자 한다' 는 전교를 내렸기 때문이다. 단순한 잔치가 아닌 〈대학〉과 〈중용〉을 강(講)하고 난 후의 뒤풀이 형식이었기 때문에 대신들은 마냥 즐겁지만은 않았다.

---

42) 한명회
43) 심회

느지막이 한명회가 광화문 앞에 모습을 드러냈다.

때마침 월산대군도 문을 통과하려던 참이었다. 마주친 두 사람은 일상적으로 인사를 나누고 나란히 입궐했다. 항상 물색없이 떠들던 월산대군은 조금 핼쑥해진 얼굴로 별 말이 없었다. 그런 월산대군을 본 한명회는 걱정스럽게 물었다.

"안색이 좋지 않으신데, 무슨 걱정거리라도 있으십니까?"

"그저 몸이 조금 무거울 뿐이니 걱정 마시지요."

"몸이 아니라 마음이 무거운 건 아니신지요."

"곧 괜찮아질 것입니다. 오늘 밤이 지나면."

의문스러운 말을 남긴 월산대군은 먼저 선정전으로 향했다.

한명회는 월산대군이 한 '오늘 밤이 지나면' 이란 말이 무엇을 의미하는지 어렴풋이 눈치 챘다. 오늘 밤 전에 어떤 결단을 내리겠다는 뜻이었다. 어느 쪽을 선택할까.

선정전에는 월산대군, 덕원군 등의 종친을 비롯해 정창손, 심회, 윤필상, 노사신, 이극배, 서거정, 손순효 등 임금이 친애하는 재상들이 지정된 자리에 앉아 있었다. 그들은 오랜만에 궁에 모습을 보인 한명회에게 반가이 인사를 건넸다.

한명회는 인사를 받으며 상석에 앉아 대신들을 둘러보았다. 오랜만에 이 자리에 섰다. 예전에는 모두 자신과 생사고락을 같이 했거나 자신을 따르는 자들로 가득한 편전이었다. 이제는 반절이나 낯이 생소한 젊고 패기 넘치는 대신들이, 적대감을 숨기며 한명회를 주시하고 있었다. 그들은 한명회의 뒤를 이어 편전에 들어선 임금에게는 호의적인 태도를 취했다.

노인의 연륜으로 잡아낼 수 있는 미묘한 감정들을 훔쳐보며, 한명회는 격세지감을 느꼈다. 또렷하게 잡히던 권력이 흘러넘쳐 분산되고 있는 시점이었다.

한명회는 임금이 이들을 부른 저의를 생각했다. 갑작스럽게 주연(酒宴)이라니. 그것도 자신과 월산대군을 한 자리에 부른 것은 아무래도 수상했다. 그러나 임금은 별다른 언질이 없었고 월산대군과도 눈조차 마주치지 않았다.

공기(工妓)들이 풍악을 연주하고 속속 주안상이 나오자 분위기는 한결 흥겨워졌다. 한명회는 어지러운 술자리 사이로 흐르는 냉기의 근원지를 찾아냈다. 월산대군은 공식적인 자리에서는 늘 그렇듯 한 치의 흐트러짐 없이 꼿꼿했으며, 임금은 대신들이 나누는 소소한 이야기들을 가만히 듣고만 있었다. 그들 사이에 우애는 사라졌고 대신 불편한 기류가 흘렀다.

틀림없다. 임금은 아무 소식을 듣지 못했기 때문에 잔치를 빙자해 두 사람을 부른 것이다.

한명회는 말실수를 하지 않기 위해 입을 다물고 주연이 끝나기를 기다렸다.

모처럼의 잔치라서인지 대신들은 연거푸 술을 들이키며 거나하게 취했다. 그 중 애주가로 소문난 손순효가 비틀거리며 임금의 용상 앞으로 나아가 넙죽 엎드렸다.

"성상께서는 단주[44]처럼 오만하지 마소서."

흥겹던 분위기가 순간 찬물을 끼얹은 듯 싸늘해졌다.

황급히 나선 신하들이 손순효를 나무라며 그를 자리에 앉혔다. 손순효는 임금의 총애를 받는 명문(明文)가였으나 고약한 술버릇으로 유명했다. 그때마다 임금은 너그럽게 용서해주었는데, 많은 신하들이 있는 앞에서 단주에 비유한 것은 아무리 술에 취했기로서니 임금을 모독하는 발언이었다. 가만히 있던 임금의 미간이 꿈틀거렸다.

"단주라, 내가 그처럼 어질지 못하거든 그 연유를 말해보라."

"성상께서 이번에 또다시 〈대전〉을 수개하라 명하셨다 들었사옵니다. 성헌의 뜻에 따라 이미 반포된 법전에 어찌 또 손을 대려 하시옵니까? 고려공사삼일(高麗公事三日)[45]이라 하였습니다. 고려의 법이 존중받지 못했던 예를 잊으셨사옵니까? 이러한 이유로 대신들 사이에서 불만이 높아져 가는데, 어찌 귀를 막고 듣지 않으시옵니까."

"대신들이 법전의 수개를 두려워하는 이유가 무엇이더냐? 그것이 백성들이 아닌 자신들을 위한 법전이기에 탐탁지 않은 것뿐이 아니더냐?"

"그러하시다면 성상께서 법전을 다시 재고하시려는 연유가 순수하게 백성들을 위함이옵니까? 아니면 신권이 두려운 왕권을 위함입

---

44) 요(堯)임금의 장자로, 현명하지 못하여 요가 제위를 순(舜)에게 선양하였다고 전해진다.

45) 고려의 법은 사흘만 지나면 흐지부지된다는 뜻. 고려 때는 빈번하게 법령을 수정하고 적용에 일정한 기준이 없어 실질적으로 법의 효력이 없었다.

니까? 법을 다시 만드는 연유가 스스로의 안위만을 위해서라면, 신하들의 권력욕과 왕의 권력욕의 다름이 무엇이겠사옵니까?"

임금은 매서운 눈으로 손순효를 노려보았다. 그의 얼굴은 불콰하게 취기가 올라 있었으나 눈빛만은 형형했고 혀는 매끄러웠다. 자신이 가장 아끼는 신하마저 공공연히 자신을 의심하고 탄핵하다니. 임금은 내색하지 않았지만 크게 실망했다. 손순효가 아니라, 그렇게 노력했음에도 아직까지 쌓지 못한 자신의 부덕을.

손순효의 무례에 당황한 몇몇 대신들이 '이 사람 많이 취했네' 하며 그를 끌고 나갔다. 마지막까지도 손순효는 임금을 향해 묻고 있었다. 누구를 위함인가. 무엇을 위함인가. 그것이 임금의 지극히 개인적이고 사사로운 욕망 때문이 아닌가! 반박하지 못했다. 할 수 없었다.

임금은 자리를 파하라 명하고 서둘러 침전으로 돌아갔다.

손순효는 임금의 측근이다. 그런 그가 한 발언은 무엇을 의미하는가. 한명회는 자신의 반대세력 내부에서도 임금에 대한 불신이 싹트고 있음을 감지했다. 권력은 살아 움직이는 생명체와 같아서 어느 한 곳에만 머물지 않는다. 한명회와 원상들이 쥐고 있던 권력의 흐름은 잠시 임금에게 넘어가는 듯했지만 임금이 키운 삼사[46]는 다시 임금을 넘어서는 권력을 만들어냈다. 일이 틀어질 경우를 대비한 명분을 찾은 한명회는 남몰래 웃음을 지었다. 그는 월산대군의

---

46) 조선시대 언론을 담당한 사헌부, 사간원, 홍문관을 가리키는 말.

뒤를 쫓아 나갔다. 월산대군은 작별 인사를 나누는 듯 다가오더니 그의 귀에 대고 속삭였다.

"희우정에서 뵙지요."

압구정에서 한명회를 만났던 게 엊그제 같은데 이번에는 그가 희우정으로 직접 찾아온다니, 월산대군은 그 늙은이의 몸을 닳게 했다는 사실이 즐거웠다.

조금 더 놀려먹고 싶은 마음을 참으며 그는 한명회를 맞이했다. 후들거리는 무릎을 짚으면서 올라오는 그의 모습은 애처로워 보이기까지 했다. 한명회는 볼품없이 떨면서 월산대군에게 다가왔다.

한기를 가득 머금은 강바람은 오래 버틸 수 없을 만큼 스산했다. 꽤 마셨던 술이 깨는 듯했다. 월산대군은 자신이 입은 도포를 한명회에게 친절히 덮어주었다. 한명회는 감사해하며 그의 옆에 섰다. 단단하게 언 한강은 죽은 듯 움직임이 없었다.

"별고 없으셨는지요?"

"덕분에요."

압구정에서와 같은 말로 입을 연 한명회의 뜻 없는 안부인사에 월산대군도 그때와 똑같이 대답했다.

상황은 비슷했지만 패는 월산대군이 쥐고 있었다. 그의 의중에 따라 한명회는 여러 경우의 수와 최악의 경우를 대비한 무리수를 생각해야만 할지도 몰랐다.

"사초가 있는 장소는 알고 계시겠지요. 어찌하실 생각이십니까?"

"사초라…… 춘추관에 있는 것을 어떻게 하란 말씀이신지."

"일이 이렇게 된 것 허심탄회하게 털어놓읍시다. 시간도 얼마 없으니."

"먼저 하실 말씀이 있으신 것 같은데, 그간 묵혀둔 말을 털어놓아보시지요."

한명회는 노련했다. 월산대군은 주도권을 쥐기 위해 한마디 한마디를 신중하게 내뱉었지만 좀처럼 틈을 찾을 수 없었다. 월산대군은 그에게 사초를 내주기로 결심했다.

"영해에서 한양까지 부상자가 걸릴 시간은 대략 오 일. 저는 다만 무덤의 제를 지내야 할 손이 오길 기다리고 있었을 뿐입니다. 사람 된 도리로, 임종도 지키지 못한 제 어미 무덤에 절이라도 한 번 올려야 하지 않겠습니까. 이후의 일은 상당군 마음대로 하시지요. 저는 상관하지 않겠으니."

한명회는 어처구니가 없어서 추위도 잊었다. 고작 그런 이유로 시간을 끌고 있었단 말인가. 그 말을 믿으라고? 한명회는 의구심이 들었다. 월산대군은 분명 자신과 같은 어두운 면을 숨기고 있었다. 올라가고자 하는, 더 높은 곳을 탐하는 바람.

"무덤 안에 무엇이 있는지 알고 계시겠지요. 그것을 내가 취해도 보고만 있겠다?"

"쉬 납득이 되지 않으십니까? 내내 고민해보았습니다. 무덤에서 사초를 찾아내어 전하게 바치면 어떨까. 그 사초의 내용이 정확히 무엇인지는 모르나, 대감이 이토록 애달게 찾는 것이라면 분명 전하께 매우 유용하게 쓰이겠지요."

월산대군과 한명회의 사이에 찬바람이 맴돌았다.

"허나 대감이 가만히 있을까? 당연히 아니겠지요. 내 대감의 성정을 누구보다 잘 이해하고 있기에, 대감이라면 어떻게 할지 훤히 보입니다. 목에 칼이 들어와도 사초를 부정할 테고, 가장 먼저 그 진위 여부를 알고 있는 유일한 증인인 나와 민수영을 가만 두지 않으실 테지요."

한명회는 가만히 월산대군의 눈을 바라보고 있었다. 월산대군의 깊은 속에 각인되어 있는, 이겨낼 수 없는 눈빛. 아버지가 돌아가셨을 때 찬궁에서 그는 월산대군보다 거대했지만, 이제는 늙고 쪼그라들어 월산대군보다 눈 아래 있었다. 그럼에도 월산대군은 그 눈빛을 보자 그가 여전히 자신의 위에 있음을 실감했다. 벗어날 수 없다. 처음부터 정해져 있었다.

"반면 사초가 대감의 손에 들어간다면, 대감은 그것을 없애버리실 테지요. 그리고 사초를 알고 있는 나와 민수영을, 역시 놔두지 않으실 테고요. 어차피 이리 죽으나 저리 죽으나 마찬가지더이다."

"살고 싶으십니까?"

"다 살자고 사는 것 아니겠습니까. 나는 살려주시지요. 그 민수영은, 무덤 속 사초가 진짜인지 확인하신 후 처리하시고요."

의심 많은 한명회는 그래도 그의 말을 믿지 않았다. 든든한 방패인 임금이 있거늘 무엇이 부족하여 자신에게 회심의 패를 넘긴단 말인가. 월산대군은 쓸쓸한 얼굴로 남은 말을 이었다.

"전하께서 날 살려주시리라 생각했다면 이리 하지는 않았을 텐데……. 자충수(自充手)[47]라, 한 번 믿음을 저버리니 그 골이 쌓아온 우애만큼 깊어지외다."

한명회가 계획한 가짜 사초는 임금과 월산대군의 폐부를 정확히 찔렀다. 권력 앞에서 믿음이란 오히려 독이다. 혈육의 우애란 사치다. 한명회는 사정전에서 눈으로 본 그들의 어긋난 관계가 거짓이 아님을 알았다. 자충수, 그 우애를 버리지 못한 것이 임금의 자충수였다.

"아무 일 없이, 언제나처럼 이곳 희우정에서 자연과 술을 벗 삼아 여생을 즐기실 수 있을 것입니다."

"그것이 내가 바라는 가장 크고 소박한 바람입니다."

한명회는 그를 비웃으며 몸을 덮고 있던 월산대군의 도포를 돌려주었다.

월산대군은 옷을 여미고 한명회가 머금고 있던 온기로 잠시 몸을 덥혔다. 이것으로 된 것일까. 월산대군은 지금 상황에서는 불필요하지만 알고 싶은 것이 있었다. 그는 몸을 돌려 나가려던 한명회의 뒤에 대고 질문했다.

"상당군께서는 무엇이 가장 두려우십니까?"

불쑥, 뜬금없는 월산대군의 물음에 한명회는 조금 짜증스러운 얼굴로 그를 돌아보았다. 걸치고 있던 것을 벗고 나니 강바람에 쿡쿡

---

47) 스스로 행한 행동이 결국 자신에게 불리한 결과를 가져오게 됨을 비유적으로 이르는 말.

관절이 쑤셔왔다.

"늙은이에게는 가는 세월이 가장 두렵더이다."

"가는 세월이라면, 죽음과 가까워지는 게 두렵습니까?"

"그렇지요."

"죽음, 그 이후에 대해 생각해보셨는지요?"

"그 이후는 부질없지요. 의미 있는 삶이 있을 뿐이니. 무슨 말씀이 하고 싶으신지?"

"법이 무섭지 않고 하늘이 무섭지 않습니까? 남의 무덤을 파헤친 다면 그건 중죄입니다. 그에 앞서 인간의 도리가 아니지요."

월산대군의 목소리는 차분했지만 분노하고 있었다. 한명회는 코 웃음을 쳤다. 법, 하늘, 도리, 한명회도 잘 알고 있었다. 다만 누가 그것을 정하고 만드느냐의 차이였다.

"무덤을 파헤치다니, 누가 그런 천벌 받을 짓을 한답니까. 나는 보 물찾기를 시켰을 뿐입니다. 상을 바라는 자에게 상을 줄 뿐, 이 늙 은이는 굿이나 보고 떡이나 먹어야지요. 남은 시간도 많지 않으니 이만 가보겠습니다."

한명회는 꼿꼿한 걸음으로 희우정을 떠났다. 홀로 남은 월산대군 은 숨어서 기다리고 있던 행랑아범을 불러 무덤을 지키고 있던 가 노들을 치우라는 명을 내렸다. 자신의 선택이 옳은 지는 확신이 서 지 않았지만, 후련한 기분이 들었다. 후우, 긴 한숨을 쉬자 마음을 누르고 있던 짐이 하얀 입김이 되어 허공에 흩어졌다.

한명회는 희우정에서 나와 살얼음이 언 한강을 헤치며 강의 남쪽으로 향했다. 이미 강의 상류 쪽은 물이 얼어붙어 배가 다닐 수 없었다. 한강변 살곶이벌에 우거진 새하얀 숲이 신기루처럼 아득하게 보였다.

늘 즐겨왔던 경치 속에 그토록 찾던 것이 있었다. 한명회는 우롱당한 것처럼 약이 올랐다. 손에 닿을 듯한 살곶이벌에 사초가 있다는 정보를 입수한 지금도 함부로 다가갈 수 없어 괜시리 심통이 났다.

도성 문지기가 월산대군이 한양에 들어왔다는 전갈을 보낸 지도 수 일이 지났으나 그간 월산대군 쪽에서는 어떤 움직임도 보이지 않고 있어 내내 그를 초조하게 만들었다. 월산대군이 임금의 편이라면 한양에 오자마자 임금에게 사초가 있는 곳을 알렸을 테고, 임금 쪽에서 어떤 반응이라도 보였을 것이다. 그러나 무덤 근처에는 월산대군의 가노들이 지키고 있었을 뿐, 아무런 기별이 없었다. 만약 그가 한명회의 편에 섰다면 굳이 가노들을 시켜 무덤을 지키게 할 이유도 없었다. 이도 저도 아닌 그의 태도가 한명회의 심기를 건드렸던 것이다. 그러나 조금 전 알아낸 그 속내는 겨우 제 목숨이나 보전하고픈 보잘 것 없는 것이었기에, 한명회는 그간 소인배 같이 전전긍긍했던 자신에게 화가 났다. 무엇에 쫓기는가. 결국 자신이 뱉은 말을 자신이 쫓고 있는 형국이 아닌가.

사초. 세조와 민수영, 자신만이 아는 대화의 기록. 그때 무슨 말을 했는지 이제는 정확히 기억나지 않았다. 나이가 들수록 실언을 하는 경우가 많아져 곤란한 경우도 종종 있었다. 그때마다 유야무야 넘길 수 있었던 것은 그만큼의 힘이 있어서였다. 아무도 그의 말에 토를 달지 못했기 때문이다. 그러나 지금 상황은 달랐다. 임금이 키운 사간원의 사간들은 사사건건 한명회의 말과 행동에 시비를 따지고 들고 있으며, 그 바람에 용봉차일을 쓰겠다는 말 한마디로 굴욕적인 국문까지 받았다.[48]

이런 시기에 선대왕의 죽음과 관련한 기록이 있다는 사실이 드러나면 정세는 다시 소용돌이칠 것이다. 그 모든 사실을 알고서도 숨겨온 사실이 밝혀지면 천하의 한명회도 자리를 보존하기 힘들 것이 자명했다. 이제껏 어떻게 지켜온 권력인데, 그 모든 것이 한순간에 물거품이 될지도 모를 일이었다. 한명회가 초조해하는 이유였다.

한강 중간 정도에 다다랐을 때 배가 잠시 멈췄다. 나이 든 사공은 얼음을 깨부수며 뱃길을 만들었다. 한명회의 긴 인생에서 강이 몇 번 얼고 녹았는지 모른다. 그만큼 오랜 세월을 살아냈다. 살아남을 수 있었던 것은 앞의 장애물을 모두 부쉈기 때문이었다. 그간 가장 큰 장애물을 맞닥뜨린 때는 세 번 정도였다. 첫 번째 장애물은 마치 성벽과도 같았던 김종서. 당시에 그는 먼저 살아남기 위해 김종서를 한 발 앞서 쳐냈을 뿐이었다. 살기 위해서는 어쩔 수 없는 선택이

---

48) 성종 12년 6월, 한명회가 중국 사신이 압구정에 방문했을 때 정자가 좁다며 임금의 용봉차일(임금의 행차 때 쓰는 장막)을 쓰겠다고 하자 임금이 허락하지 않고 다른 정자에서 오찬을 차리라 명했다. 한명회가 아내의 병을 핑계로 따르지 않자 임금이 즉각 한명회의 국문을 명했으며, 압구정을 헐고 직첩을 거두라는 명을 내렸다. 그러나 압구정을 헐지 못하였으며 빼앗은 직첩도 4달 후 돌려주었다.

었다고, 그는 돌이켰다.

제 손으로 세운 것이나 다름없는 세조가 물러나면서 꾸준히 쌓아 올린 입지가 흔들리기 시작했다. 흐름을 막은 두 번째 장벽은 예종 즉위 직전에 무섭게 치고 올라온 두 개의 신진세력이었다. 정권은 크게 구세력인 한명회와 훈구파, 이시애의 난으로 공을 세우면서 빠르게 성장한 병조판서 남이의 파 그리고 신진세력의 지지를 받으며 영의정의 자리까지 올라온 귀성군 이준의 파벌로 나뉘어 있었다.

훈구파는 둘 중 하나를 빨리 제거하지 않으면 위태로운 지경에 놓였다. 그들은 왕위에 오른 직후부터 남이의 세력이 커지는 것을 막으려 하던 예종의 심리를 이용했다. 예종은 훈구파를 누구보다 견제하고 있었으나 한편으로 셋 중 어느 하나를 무너뜨리고 본보기를 보여주어 왕권을 공고히 할 필요가 있었다. 예종과 훈구파는 목적을 위해 잠시 서로에게 드러낸 이빨을 감추고 남이를 몰아냈다.

팽팽하던 세 개의 세력 중 하나가 무너지자 마지막 벽은 쉽게 무너졌다. 예종의 죽음은 훈구파의 권세에 날개를 다는 격이었다. 그 앞에서 귀성군 파의 어설픈 결집은 파도 앞의 모래성이나 다름없었다.

귀성군 역시 이를 깨닫고 있었던 듯 담담히 받아들였다. 목숨이라도 부지했으니 다행이었을까. 이후 훈구파는 자신들이 일궈낸 잔잔한 평화 속에서 유유자적 권세의 배를 몰아갈 수 있었다.

지금 그 배를 가로막은 벽은 다름 아닌 자신이 세운 임금이었다. 임금은 훈구파를 부수기 위해 눈에 불을 켜고 사초를 찾고 있다. 친형인 월산대군마저 믿지 못한 채.

어떤 경우가 앞에 놓여 있는가. 최상의 경우는 자신이 사초를 손에 넣을 경우. 아무 일도 일어나지 않는다. 모두 그대로이고, 여전히 평화로울 수 있다. 그러나 임금 쪽에서 먼저 사초를 손에 넣는 경우는 최악이다. 훈구파의 수장 격인 한명회에게 모든 죄를 덮어씌울 것이다. 이번에는 정말로 압구정을 빼앗기고 쫓겨나는 선에서 그치지 않을지도 모른다. 중간은 없다. 지키거나, 빼앗기거나. 실은 처음부터 한명회에게는 잘 되어야 본전인 판이었다. 그는 입맛이 썼다. 얻을 것이 없는 전쟁은 흥이 나지 않았다. 그렇다면 어떻게 수비할 수 있을까. 최선의 방어는 공격이다.

한명회는 지난날들을 돌아보았다. 누가 임금을 하늘이 내린다 하였나. 임금의 재목은 얼마든지 있다. 당시 강보에 싸인 아기였던 예종의 적자 제안대군도 현 임금이 왕위에 올랐던 나이가 되었다. 그밖에도 탐욕을 감추고 살아가는 수많은 종친들이 있다.

다시 나아가기 시작한 배의 움직임 때문에 그만 중요한 생각이 날아가 버렸다. 한명회는 문득 이상할 정도로 강바람이 잔잔하다는 사실을 깨달았다.

조용했다. 폭풍전야처럼.

같은 시각, 한산하던 동작진이 모처럼 모여든 남사당패로 인해 북적거리고 있었다. 곧 있을 신년을 맞아 돈을 벌기 위해 한양에 들어온 남사당패는 한곳에 몰려 소란을 피웠다. 무슨 일이 난 모양이었다.

꼭두쇠가 빨리 의원을 부르라며 주변 사람들에게 부상자를 알렸다. 호기심에 모인 뱃사공과 동작진에 항시 진을 치고 세를 받던 왈짜 하나도 소란의 중심으로 모여들었다. 남사당패들에 둘러싸여 쓰러져 있는 사내 하나가 눈에 띄었다. 그는 큰 부상을 입었는지 상의가 온통 피로 물들어 있었다.

왈짜는 무심히 지나치려다 그의 얼굴이 낯이 익다는 생각에 다시 쓰러진 사내를 들여다보았다.

남사당패의 차림을 하고 있었지만 얼굴 생김새가 틀림없었다. 왈짜는 벼락이라도 맞은 듯 번쩍 고개를 들고 자신이 의원을 불러오겠다며 황급히 어디론가 달려갔다. 남사당패들은 사내의 피를 지혈하며 빨리 의원을 데리고 오기를 기다렸다.

잠시 후 몇 명의 왈짜들이 남사당패를 밀치며 다가왔다. 그들은 쓰러진 사내를 살펴보더니 긴장한 표정으로 호흡을 살폈다. 아직 숨은 붙어 있었으나 곧 끊어질 것처럼 불규칙했다. 그의 몸을 조금 움직이자, 사내는 울컥 피를 토해냈다. 왈짜들은 사내를 어깨에 지고 어디론가 사라졌다.

남겨진 남사당패는 조금 어리둥절해 있다가, 처음부터 그런 사람이 없었다는 듯 짐을 정리하고 배에 올랐다. 어차피 사내는 자신들의 무리가 아니었고, 한양까지 숨겨달라는 부탁은 들어주었으니 그가 죽든지 말든지 자신들의 소관이 아니었다.

남사당패는 악기와 탈을 손보며 유유히 자리를 떠났다. 동작진에는 이전처럼 다시 조용한 평화가 찾아왔다. 바닥의 핏자국만이 방금 전 소란을 기억하고 있었다.

　명환은 어린아이들이 죽은 쥐나 새에 장난을 치듯 수영의 이곳저곳을 건드려보았다.

　단검이 박혔던 상처를 손으로 헤집어봐도 수영은 작은 신음소리만 낼 뿐 미동도 없었다. 명환은 왈짜 하나를 대감에게 보내고 수영과 단 둘이 남았다.

　그는 유심히 수영의 얼굴을 들여다보았다. 많은 세월이 지났다고 해도 그의 얼굴은 낯설기만 했다. 단지 살을 찢어 무참하게 죽여야 할 대상으로 각인된 얼굴일 뿐, 아무리 기억을 되살려보려 노력해도 어릴 때의 우정이나 연민이 생기지 않았다.

　예전 제주에서 수영을 향해 휘두른 몽둥이에는 일말의 동정이라도 남아 있었기에 그를 완전히 죽이지 못했는데, 이제는 원망과 분노 외에는 어떠한 인간적인 감정도 잊어버린 지 오래였다.

　사람의 얼굴은 이상하다. 같은 사람임에도 상황이나 마음가짐에 따라 얼굴의 생김새까지 변한다. 명환은 어린 시절 알았을 때부터 수영의 얼굴을 보아왔다. 어릴 때 기억은 남아 있지 않지만 아마도 조금 똘똘해 보이는 인물이었던 것 같다.

　성장해서 서로 관직을 받았을 즈음의 수영은 답답해 보이는 샌님 같은 느낌이었던 것으로 기억한다. 그러나 수영이 권세에 맛을 들이기 시작하면서 그의 얼굴도 전혀 다른 사람처럼 변했다. 탐욕으로 날카롭게 변한 얼굴. 인지상정이라고는 찾을 수 없는 차가운 눈매……

그는 자신의 아버지를 구명해달라고 찾아갔을 때 수영의 얼굴을 알아보지 못해 당혹했던 스스로를 기억해냈다. 그래, 그때 네놈이 그 아귀 같은 눈으로 나를 내쳤더랬지.

많은 것을 바라지도 않았다. 옛정에 기대어, 아비의 목숨만 살려달라 청했을 뿐이다. 당시 수영의 지위로 보았을 때 그리 어려운 일도 아니었다. 몇 번을 찾아갔는지 모른다. 아비의 사형일은 시시각각 다가오는 와중에 다른 곳을 찾아갈 수도 있었지만, 명환은 수영이 가장 확실하게 자신의 부탁을 들어줄 것이라 믿었다.

그의 처가 나와 오늘은 안 계신다며 없는 척해도 내일은 만나주겠지 하며 원망하지 않았다. 허나 끝내 수영은 그의 절박한 처지를 외면했다. 재물이라도 가져갔으면 거들떠라도 보았을까. 수영은 아무 필요도 없고 득도 되지 않는 명환의 부탁을 들은 척도 하지 않았다. 낭비한 시간을 주워 담을 수 없었다. 아버지의 처형은 예정대로 진행되었다.

이후 명환이 수영을 다시 만난 것은 수영의 도역지에서였다. 모질게 살아남은 명환의 얼굴도 변해 있었다. 그러나 수영은 명환이 변한 것도 몰랐다. 자신의 처지만으로도 버거웠던 수영은 망가질 대로 망가진 축 늘어진 얼굴로 명환을 맞이했었다.

어린 시절로부터 많은 시간이 흘렀다고 하지만, 두 사람의 얼굴은 각자의 고통 속에 변형되어 본 모습이 온데간데없었다. 맨 처음 육조거리에서 한명회의 행차 때 스쳐 지나면서도, 그리 모진 악연에 얽혀 있으면서도 서로 얼굴을 알아보지 못했다. 그리고 지금은 모든 것을 잃고도 잃을 것이 남은 중년의 사내와 피로 몸을 씻는 것이 익숙해져버린 한 짐승이 마주하고 있었다.

명환의 기억은 아버지가 사지가 찢겨 돌아가신 때부터 새로 시작되었다. 그 이전의 기억은 어째서인지 남아 있지 않았다. 그날의 기억이 너무 강렬해서 마치 이전의 모든 기억을 잡아먹어 버린 듯했다.

남이의 역모로 정국에 피바람이 몰아친 예종 즉위년, 남이와 연루된 명환의 아버지는 스물 네 명의 다른 죄수들과 함께 육조거리 한복판에 앉아 망나니의 칼을 기다리고 있었다.

능지처사(陵遲處死), 차례차례 망나니의 칼 아래 몸이 토막토막 조각나는 모습을, 명환은 사람들 틈바구니에서 바라보았다. 고문으로 알아볼 수 없게 뭉개진 아버지의 얼굴은 팔 한 쪽이, 다리 한 쪽이 잘려나갈 때마다 고통으로 형언할 수 없이 일그러졌다. 그 얼굴 그대로 떨어진 머리가 명환 쪽을 바라보며 땅을 굴렀다. 명환의 기억은 그때부터 다시 시작되었다.

삼 일간 아버지의 머리가 효수되었다. 명환은 삼 일 동안 온갖 모욕을 받은 아버지의 머리를, 조각난 아버지의 시신을 모아 자루에 담아넣고 짊어졌다. 그는 머리가 매달려 있던 피 묻은 장대도 함께 들고 왔다.

이미 가산은 적몰되었고, 첩이었던 어머니는 누군가의 종이 되었다. 고향의 땅마저 어느 양반이 가져갔다. 시신을 거둘 이도 없었고 수의조차 살 돈도 없었으며 선산마저 빼앗겨 묻을 땅도 없었다. 그는 토막 난 아버지를 아무 땅에 묻고 장대를 잘라 이름을 새겨 넣었다. 장대의 나머지 부분은 복수를 위해 남겨놓았다.

장대에 튄 아버지의 피 얼룩이 다른 피에 가려져 지워질 때까지, 명환은 장대의 일부분인 몽둥이를 한시도 손에서 놓지 않고서 지금 껏 수영을 죽일 날만을 꿈꾸며 살았다. 정확한 이유는 이제 기억도 나지 않았다. 수영이 그간의 우정을 저버린 배신자이자 아버지와 가문의 원수라는 것밖에는. 달리 생의 이유를 찾지 못했던 명환에게 수영은 삶의 목적을 준 고마운 존재이기도 했다. 그를 죽이기 위해, 명환은 모진 목숨을 끊지 않고 살아왔다.

그런 지금, 수영이 마치 죽여 달라는 듯 제 발로 찾아온 것이다. 명환은 몇 번이고 몽둥이를 들었다 놨다. 당장이라도 죽여버리고 싶었다. 지금껏 명환이 살아온 목적이었다. 그러나 한명회의 명이 있기 전까지 함부로 움직일 수 없었다.

왈짜들과 어울려 해소할 길 없는 복수심을 삭히던 명환에게 한명회는 손을 내밀어주었다. 복수할 기회를 줄 테니 자신의 수족이 되라는 한마디. 명환은 정확히는 모르지만 한명회에게 은혜를 갚아야 했고 그의 말은 절대적이었다. 생각이나 판단 따위는 잊은 지 오래였다. 명과 본능에 따라 움직이는 그는 옷을 입고 말을 할 수 있다는 것만 제외하면 잘 훈련된 사냥개와 같았다.

한명회의 명이냐, 자신의 숙원이냐. 명환은 잊고 살았던 생각이란 것으로 인해 혼란을 겪고 있었다. 죽이고자 하는 마음은 짧은 순간 동안 수백 수천 번 명환을 충동질했다. 죽일까? 기다릴까? 죽여도 될까?

명환의 몸은 의지와 달리 몽둥이를 들고 수영에게 점점 다가갔다. 네가 죽고, 내가 죽고, 모든 것이 끝났으면, 차라리 다 끝났으면…….

명환의 눈이 시퍼렇게 빛났다. 아버지의 잘린 머리가 뿜어냈던 안광처럼.

기별 없이 문이 열리면서, 한명회가 눈보라와 함께 들어왔다. 명환은 치켜들었던 몽둥이를 슬그머니 내렸다.

한명회는 흘끗 수영을 내려다보았다. 길에서 스친 것을 제외하면 정면으로 마주한 것은 사옥 때 이후 처음이었다. 자신이 이렇게 마주할 만한 상대는 언제나 모두 한가락 하는 인물들이었다. 이까짓 사관 놈이 이렇게까지 자신의 목을 조일 줄이야. 지긋지긋했다.

명환은 한명회의 명이 떨어지길 애타게 기다렸다. 한명회는 수영의 얼굴을 확인하고 몸을 돌려 나가려 했다. 허락인가? 명환은 몽둥이를 고쳐 잡았다.

"사초가 손에 들어올 때까지 끝난 게 아니다. 죽지 않게 감시해라."

한명회가 나가고, 명환과 수영은 단 둘이 남겨졌다.

깊은 밤, 살곶이다리를 건넌 몇 명의 장정들이 소리를 죽이고 살곶이벌로 숨어들었다.

살곶이벌의 몇 안 되는 초가들은 문을 걸어 잠그고 밖으로 나오지 않았다. 불이 모두 꺼진 초가 안에서는 아무도 살지 않는 듯 인기척조차 느껴지지 않았다.

무리의 줄 끝에서 쓰러질 것 같은 걸음으로 따라가던 수영은 자꾸만 뒤를 돌아보았다. 그 바람에 몇 번이나 발을 헛딛고 미끄러져 넘어졌다. 왈패들은 욕설을 뱉으며 짐짝처럼 그를 끌고 갔다.

살아서 저 다리를 다시 건널 수 있을까. 수영은 자신의 명이 얼마 남지 않았다는 것을 예감하고 있었다. 명환이 낸 상처가 아물지 못하고 결국 치명상이 되었다. 아득해지는 정신을 차릴 때마다 수영은 자신이 어디로 가고 있는지 깜박깜박 잊어버렸다. 어머니의 무덤으로 가고 있었지. 아니면 나의 무덤인가.

어머니가 계신 곳은 살곶이벌의 주변, 강과 닿아 있는 어느 억새밭 사이였다. 여름에 강이 크게 범람이라도 하면 물에 휩쓸려갈 듯 아슬아슬한 위치에 어머니가 잠들어 계셨다. 억새와 죽은 잡초, 살얼음으로 뒤덮여 있는 어머님의 무덤을 찾는 데 시간이 꽤 걸렸다.

오랫동안 아무도 찾지 않아 자세히 보지 않으면 그저 흙이 조금 솟아 있는 정도로 보이는 무덤에는 표식 하나 없었다.

왈패들은 주의 깊게 주변을 살폈다. 섬 전체에 사람은커녕 생명의 기척도 느껴지지 않았다. 눈보라만이 살아 있는 생명체처럼 거칠게 날아다녔다. 목표한 지점에 다다른 왈패들은 각자 들고 온 도구들을 꺼내 작업을 할 준비를 마쳤다.

명환은 수영을 돌아보았다. 수영은 멍한 눈으로 오목한 봉분을 바라보고만 있었다. 어머니의 무덤이라는 것을 인지하고나 있는지도 의심스러웠다.

명환은 이 순간이 감격스럽게 느껴졌다. 운명의 안배일까? 그는 수영의 눈앞에서 빨리 썩은 시신을 꺼내어 토막 내고 싶은 욕망에 휩싸였다. 어버이의 육신이 조각나는 광경을 똑똑히 지켜볼 수 있도록, 자신이 느꼈던 고통을 그대로 느낄 수 있도록, 괴로움에 미쳐 눈이 돌아가도록 만들고 싶었다. 명환은 수영의 뺨을 몇 차례 때리고 손으로 그의 머리를 고정시켜 자신의 얼굴을 바라보게 했다. 수영은 눈을 들어 명환을 바라보았다.

"곧 어머니를 만날 텐데 정신 차리고 있어야지."

수영의 손이 명환의 팔목을 잡았다. 그 손아귀의 힘이 생각보다 세서 명환은 조금 놀랐다. 수영은 흐릿한 눈으로 명환의 눈을 피하지 않고 똑바로 노려보았다.

"죽어서 만나자."

수영은 지금까지 힘을 비축해두었던 것처럼, 명환의 허리춤에 매달려 있던 단검에 손을 뻗어 뽑아들었다. 순식간에 수영의 손에 들어간 단검은 명환의 복부를 노리고 달려들었다. 그러나 이미 힘이 빠진 수영의 손보다 명환의 움직임이 더 빨랐다. 칼은 명환의 팔만 베고 허무하게 땅에 떨어졌다.

팔을 감싸 쥔 명환의 눈에서 불꽃이 일었다. 그는 그대로 수영의 목을 조르며 달려들었다. 다리에 힘이 풀린 수영은 그대로 뒤로 넘어갔고, 이성을 잃은 명환이 수영의 목을 조르다 땅바닥의 돌을 집어들었다. 왈패들이 말리려 달려들었지만 쉽지 않았다. 이미 수영을 죽이려면 몇 천 번은 죽이고도 남았을 것이다. 아슬아슬한 경계는 약간의 자극에도 금방 끊어졌다. 왈패들은 한명회를 운운하며 간신히 그를 진정시킬 수 있었다. 명환은 분을 참지 못하고 씩씩거리다 분풀이하듯 돌을 멀리 던져버리고 왈패들에게 빨리 무덤을 파라 명령했다. 왈패들이 분주히 움직이기 시작했다.

곡괭이가 봉분의 한가운데를 갈랐다. 수영은 이제 다 끝났구나, 체념하고 버르적거리며 무덤 앞으로 기어갔다. 왈패들이 그를 멀리 떨어진 곳으로 끌고 가려 했으나 수영이 그들의 바짓가랑이를 붙들었다.

"마지막으로…… 어머니께…… 인사라도 올리게……."

쥐어 짜내듯 애원하는 수영의 목소리에 명환이 끌고 오라 손짓했다. 그의 입가에 야비한 미소가 떠올랐다. 수영은 질질 끌려 무덤 앞에 던져졌다. 수영은 가만히 손을 뻗어 곡괭이가 꽂혀 있는 어머니의 무덤을 쓰다듬었다.

"어머니…… 불효한 아들이 왔습니다."

수영은 몇 번을 넘어진 끝에 간신히 자리에서 일어나 두 발로 섰다. 그는 손을 앞으로 모아 두 번 큰 절을 올렸다. 수영을 둘러싼 왈짜들도 그 숙연한 모습에 잠시 동작을 멈추고 그를 내버려두었다. 비웃어주기 위함이었다. 엎드린 수영의 등이 들썩거렸다. 흐느끼는 소리를 들은 명환은 마침내 큰 소리로 웃었다. 그의 웃음소리가 눈보라 속에 섞여 휘몰아쳤다.

땅이 굳어 있어 흙을 파내기가 쉽지 않았다. 왈패들의 이마에 구슬땀이 맺혔다. 두려울 것 없는 그들도 내심 동티가 날까 두려운지 연신 침을 뱉으며 작업에 착수했다. 얼어붙은 흙이 쌓여갈수록 수영의 울부짖음이 더욱 커졌다. 다들 지쳐가는 와중에, 명환만이 수영의 절규에 힘을 얻어 삽질에 박차를 가했다.

눈발이 잠시 잠잠해졌다가 곧 방향을 바꿔 다시 몰아쳤다. 순간 멈춘 소리의 간극. 명환은 희미한 발자국 소리를 들었다. 왈패들의 발자국이 아니었다. 조금 떨어진 땅에서 여러 사람이 바삐 움직이는 소리가 울렸다. 땅 속에 있던 명환에게 그 희미한 울림이 느껴졌다. 왈패들도 무언가 기척을 느꼈는지 긴장 상태로 주변을 주시했다.

억새 사이로, 희끗한 그림자가 나타났다 사라졌다. 왼쪽인가? 아니, 오른쪽이었다. 아니, 중앙이었다. 밖에서 경계를 보던 왈패들은 당황하며 뒤로 조금씩 물러났다.

눈보라로 인해 시야가 확보되지 않아 불리했다. 누군가 무장을 한 자들이 이쪽으로 접근하고 있었다. 누구일까? 갑작스럽게 나타난 것으로 보아 어딘가에 매복해 있었던 것이 틀림없다. 자신들을 지켜보고 있었다면 결코 같은 편은 아닐 것이다. 명환은 삽질을 서두르라 외쳤다.

그때, 명환과 함께 흙을 퍼내던 왈패 중 하나가 손을 들었다. 검은 흙 사이로 하얀 뼈가 드러났다. 명환은 손으로 신중하고 섬세하게 나머지 땅을 파냈다. 검은 빛의 토양과는 어울리지 않는 백발의 머리칼이 명환의 손가락 사이에 얽혀들었다. 이윽고 드러난 늙은 여인의 두개골의 텅 빈 눈이 명환을 노려보고 있었다.

명환은 두개골을 밖에 버리고 주변 부분을 뒤졌다. 밖에서 무덤이 파헤쳐지는 현장을 두 눈으로 지켜볼 수밖에 없었던 수영은 백발의 두개골이 굴러가는 모습을 보고 짐승 같은 소리를 내질렀다.

그와 동시에 망을 보던 왈짜 하나가 억, 소리를 내며 눈보라 속 억새 숲 사이로 흔적 없이 사라졌다.

무덤 주위에서 경계를 늦추지 않던 왈패들이 긴장하며 무기를 들었다. 꽤 많은 무리가 그들을 향해 다가오고 있었다.

또다시 다른 쪽에서 무기끼리 맞부딪치는 소리가 들려왔다. 마치 그 소리가 신호라도 된 양, '이야아' 하는 소리와 함께 왈패들과 의문의 무리가 전투를 개시했다.

명환은 곡괭이도 팽개치고 손으로 흙을 박박 긁어냈다. 어느 편의 것인지 모르는 고함소리와 비명소리가 눈보라 속을 오갔다. 고기를 찾는 개처럼 흙을 파헤치는 명환의 손이 빨라졌다. 잠시 후, 그의 손가락에 차갑고 매끈한 감촉이 전해졌다.

흙이 된 시신의 가슴께에 완벽하게 밀봉된 작은 술병용 백자가 놓여 있었다.

명환은 떨리는 손으로 백자를 들었다. 이것이었다. 오랜 추적의 시작. 오래전 은밀하게 나누었던 대화의 기록. 권력의 정점에 선 자들이 죽어서도 손에 넣고자 안달했던. 드디어 그것을 찾아냈다.

명환은 오랫동안 맡았던 임무를 마침내 완수했다는 감격에 전투 중이라는 사실도 잊고 땅 속에서 하늘을 올려다보았다. 왈짜 하나와 가노로 보이는 사내 하나가 뒤엉켜 땅 속으로 떨어졌다. 명환은 가노의 목을 잡고 그대로 부러뜨렸다. 우둑, 목뼈가 으스러지는 감촉에 명환은 쾌감을 느꼈다.

땅 속에서 기어나온 명환은 이미 벌어진 전투를 바라보며 나갈 때를 기다렸다. 이미 아수라장이 된 살곶이벌의 한 편은 눈보라 때문에 어느 쪽이 이기고 있는지도 분간할 수 없을 정도였다. 무엇보다 중요한 임무는 한명회에게 이것을 가져다주는 일이었다.

명환은 남아 있는 왈패들의 대열을 정비하고 퇴로를 확보하기 위해 경계를 강화하면서 자리를 옮겼다. 바닥에 쓰러진 수영을 발견한 명환은 목을 완전히 따고 갈까 하다가 한명회의 명이 기억나 그를 끌어당겼다. 거치적거렸지만 어쩔 수 없었다.

명환은 짜증스럽게 수영의 멱살을 잡아 일으켰다. 그의 얼굴을 본 명환은 순간 불길한 예감이 들었다.

수영은 편안하게 웃고 있었다. 그의 눈은 명환이 아니라 명환 뒤의 행랑아범과 방실을 향하고 있었다. 그리고 그의 두 손은 아까 같은 실수를 하지 않겠다는 듯 모든 힘을 다해서 단검의 손잡이를 쥐고 있었고, 단검의 날은 명환의 살 속에 깊이 파묻혀 보이지 않았다.

한양 근처에서, 수영은 영해에서부터 숨 가쁘게 달려오던 말을 잠시 멈춰 세웠다. 상처는 이미 돌이킬 수 없을 정도로 악화되어 있었고, 펄펄 끓는 고열은 한겨울의 추위도 식힐 수 없었다.

연화에게 말했다간 당장 멈추자고 할 것이 뻔했기에 고집스럽게 알리지 않고 여정을 강행해왔다. 그러나 더 이상은 한계였다. 그는 근처 여점에서 결국 상처를 보기 위해 동여맨 붕대를 걷었다. 피가 굳어 얽은 붕대를 본 연화는 하염없이 울었다.

이 상태로 무리하게 한양까지 가는 것도 시간낭비였고, 한양에는 한명회의 영향력이 뻗치지 않은 곳이 없었기 때문에 몰래 어머니의 무덤까지 가겠다는 것은 어불성설이었다. 간다고 해서 그곳에 진을 치고 있을 것이 뻔한 명환과 왈패들을 이길 수도 없을 터였다.

더 이상 자신의 체력으로는 어머니의 무덤을 지킬 수 없다고 생각한 수영은 다른 합리적인 방법을 강구했다. 어쨌든 어머니의 무덤까지는 가야 했다. 그럴 거면 차라리 같은 목적지를 가진 사람들과 동행하는 편이 빠르지 않을까. 무덤이 명확한 목적지인 두 사람, 한명회와 월산대군. 그 중 강 건너의 월산대군을 찾아가는 것보다 강의 남쪽에 있을 한명회에 붙는 것이 더 빠르고 편할 것이다. 그들의 눈을 피하는 것보다 눈에 들어가는 것은 어렵지 않을 테니까.

너무 무모한 계획이 아니냐는 연화의 걱정에, 수영은 한명회 정도 되는 자라면 목적한 바를 이루기 전까지 자신을 죽이지는 않을 것이라며 안심시켰다.

그는 여점에 묵고 있던 남사당패들에게 함께 동작진으로 가달라고 부탁했다. 동작진은 왈패들이 세를 받는 나루터 중 하나였다. 남사당패는 수영이 끌고 온 말을 대가로 받고 군말 없이 일행에 끼워주었다.

어머니의 무덤을 지키기 위해서는 왈패들과 맞설 만큼의 군사가 있어야 했다. 연화는 관아에 고발하면 어떻겠냐고 물었지만 한명회의 입김이 닿지 않은 곳은 없다고 봐야 했다. 수영은 그만한 사병을 가지고 있는 사람 그리고 자신을 도와줄 만한 사람으로 월산대군밖에 떠오르지 않았다.

수영은 어차피 한양에 들어서기 전에 연화와 떨어지려고 마음먹고 있었다. 다칠 것이 뻔히 보이는 위험한 늪에 연화를 끌고 들어갈 수는 없는 노릇이었다. 수영은 연화에게 미리 앞서서 월산대군을 찾아가달라고 부탁했다. 월산대군이라면 자신을 도와줄 가능성이 크다. 그는 자신을 몇 번이고 살려주었고, 영해에서는 연화의 목숨도 살려주었다.

더 이상 나은 수는 없었다. 그러나 수영은 월산대군이 완전히 자신을 도울 것이라는 확신이 들지는 못했다. 그간 보여왔던 월산대군의 태도는 애매모호했다. 도박을 걸기에 그의 상황은 너무도 절박했다. 만약 어머니의 무덤이 그들의 손에 짓밟힌다면, 그는 스스로를 용서할 수 없을 것 같았다.

수영의 마음을 읽었는지, 연화가 굳은 결의가 가득한 눈빛으로 수영을 주시했다.

"그분께서는 저희를 도울 수밖에 없을 것입니다. 제가 그렇게 만들겠어요."

당연히 이 위험한 곳에 연화가 오지 않았기를 바랐지만, 그래도 마지막이 될지 모른다는 생각에 연화가 보고 싶어졌다.

그는 단검을 쥔 방향 그대로 명환에게 기댄 채 쓰려졌다. 수영에게 깔려버린 명환은 언 땅에 뒤통수를 찧고 깊은 신음소리를 냈다.

수영은 억지로 몸을 일으키려 했지만 잘 되지 않았다. 백자가 아직 명환의 손에 쥐어 있었다. 수영은 백자를 향해 몸을 꿈틀거렸다. 그의 손이 백자에 닿았다. 명환의 손가락을 풀어 백자를 빼앗으려 했다. 조금 힘이 풀린 듯했던 명환의 손가락에 다시 힘이 들어갔다. 수영이 놀라 그를 올려다보았다.

명환은 기괴하게 웃고 있었다.

명환이 배를 움켜쥐고 몸을 일으켰다. 그는 머리를 흔들며 정신을 차렸다. 배가 뚫려도 상관하지 않는 듯한 모습이었다. 자신의 삶보다 바라는 원수의 죽음. 수영은 자신도 몸을 일으키려 했지만 마치 처음 산중 초가에서 그랬던 것처럼 팔다리에 힘이 들어가지 않았다.

명환은 숨을 헐떡이면서도 그런 수영을 보며 히죽거렸다. 그는 자신의 배에 꽂혀 있는 단검을 스스로 뽑아들었다. 울컥 피가 쏟아졌지만 고통도 느끼지 않는 듯 미소를 거두지 않았다. 오히려 단검에 묻어 있는 자신의 피를 핥았다. 달콤한 복수의 시간이 왔다.

수영은 악귀 같은 명환의 모습에서 시선을 떼지 않았다. 두렵지 않았다. 이미 죽음을 각오한 그는 아직 명환의 손에 있는 백자만을 노렸다. 무덤까지 능욕당한 어머니가 지키려 했던 유품이다. 지켜야 한다. 백자를 빼앗을 기회는 단 한 번뿐.

수영은 마지막 힘을 짜내어 몸을 웅크렸다가 반동으로 몸을 날렸다. 명환은 온몸으로 부딪혀오는 수영을 막지 못하고 다시 나뒹굴었다. 그 바람에 손에 들고 있던 백자가 떨어졌다. 백자는 바닥을 한

바퀴 돌며 두 사람 사이에 놓였다.

둘은 거의 동시에 백자에 손을 뻗었다. 수영이 간발의 차로 먼저 잡았다. 그러나 그 바람에 수영의 등이 명환에게 완전히 노출됐다. 명환은 주저 없이 자신의 몸에서 뽑은 단검을 수영의 등에 꽂아넣었다. 수영의 허리가 크게 휘었다. 비명조차 지르지 못했지만 수영은 사력을 다해 백자를 움켜쥐었다. 다시 단검이 등을 파고들었다. 두 번, 세 번, 네 번……. 근육이 끊어지고 뼈가 드러났다.

명환은 수영을 무차별하게 난도질했다. 수영의 등이 너덜거릴 지경이었다. 피가 튄 입술을 핥으며, 명환은 마지막 숨통을 끊어놓기 위해 비틀거리며 자신의 무기를 찾았다.

몽둥이를 들고 온 명환은 숙이고 있던 허리를 펴고 두 손으로 몽둥이를 높이 들었다. 아버지의 머리가 매달려 있었던 몽둥이가 향하는 목표는 수영의 머리였다. 피눈물을 흘리고 있는 아버지의 잘린 머리가 장대 끝에서 너울거리는 듯 했다. 찰나의 순간, 명환은 짙은 눈보라로 인해 새하얀 하늘을 올려다보며 중얼거렸다.

"이제 끝내자……."

눈발을 머금은 바람이 방향을 바꾸면서, 바람을 타고 화살 하나가 쏘아져 나왔다. 화살은 명환의 가슴팍을 관통했다.

명환은 비틀거리면서도 몽둥이를 놓지 않았다. 화살은 연달아 같은 과녁에 명중했다. 명환이 들고 있던 몽둥이가 퍽, 소리와 함께 수영의 머리 옆 얼어붙은 흙바닥에 내리꽂혔다. 명환은 털썩 무릎을 꿇었고, 곧 숨이 멎었다.

억새 숲 사이에서 모습을 드러낸 월산대군은 쓰러진 수영의 상태를 살폈다. 근처의 행랑아범을 불러 수영을 수습하라고 하려다가 그가 손에 필사적으로 움켜쥔 백자를 발견했다. 명환과 엎치락뒤치락 하는 와중에 깨진 모양인지 수영의 손에 깨진 조각이 쥐어져 있었다. 그리고 그의 팔 밑에 낡은 종이가 깔려 있었다.

월산대군은 종이를 집어 들었다. 수영은 눈에 들어오지도 않았다. 그는 종이가 찢기지 않게 바람을 등지고 몸을 숙였다. 몇 줄 되지 않는 낡은 종이의 글씨들을 본 월산대군의 얼굴이 파리하게 질렸다.

"모두 포박하라!"

월산대군의 등 뒤에서 고함소리가 들렸다.

월산대군은 뒤에서 누군가 창을 겨누고 있음을 깨닫고 동작을 멈췄다. 의금부의 나장이었다. 그는 월산대군이라는 사실을 모르는지 손을 올리고 일어나라 명령했다.

낭패였다. 간신히 진짜 사초를 손에 넣은 지금, 의금부가 출동했다는 것은 한명회의 사주를 받은 권감이 움직였다는 의미였다. 이미 왈패들과 가노들 모두 나장들에게 체포당하고 있었다. 한명회는 역시 월산대군을 믿지 않고 다음 수를 계산하고 있었던 것이다.

"월산대군 아니십니까?"

권감이 의외라는 듯 월산대군에게 다가왔다. 월산대군은 종이를 감추려고 했지만, 권감의 목적이 바로 그것이었기에 놓치지 않았다.

"왈패들이 패싸움을 한다는 투서가 들어와 와봤는데, 대군께서 이런 곳에 계신다는 소문이 돌면 좋지 않을 것입니다. 어서 자리를 피하시지요.”

“고맙다.”

“손에 든 것은 무엇입니까?”

권감은 노골적으로 월산대군의 손에 들린 종이를 바라보았다. 월산대군은 태연하게 종이를 소매 속에 넣으려 했다.

“개인적인 물건이다.”

“이리 주시지요. 현장에서 나온 물건인 듯한데, 사사로이 가지시면 아니 됩니다.”

“이곳과는 상관없는 것이다. 비켜서라.”

“부디 사정을 이해해주십시오. 범죄 현장의 물건을 가져가신다면 저도 어쩔 수 없이 무력을 사용할 수밖에요. 그 물건만 주시면 모른 척해드리겠습니다.”

나장들이 조심스럽게 포승줄을 꺼내들었다. 월산대군은 이를 갈았다. 절대로 이것이 한명회의 손에 들어가면 안 된다. 그러나 지금 내주지 않으면 의금부에서 자신의 손으로 사초를 공개하게 될지도 모른다. 한명회는 거기까지 생각을 하고서 다른 사병이 아닌 의금부를 보낸 것이리라.

권감은 정중히 손을 내밀었다. 그 뒤의 나장들은 당장이라도 포박할 듯 긴장을 늦추지 않았다. 월산대군은 종이를 쥐고 있던 주먹을 앞으로 내밀었다. 그의 손이 펼쳐지면서, 눈보라를 타고 종이가 휙 날아갔다.

차라리 멀리멀리 날아가 사라져버려라, 월산대군은 마음속으로 바랐다. 그러나 하늘이 한명회의 편이었는지, 바람은 방향을 바꿔 다시 권감 쪽으로 향했다. 일순 바람이 잦아들고, 사초는 권감의 근처 억새풀 위로 사뿐히 떨어졌다.

권감은 행여 사초가 젖을까 미리 준비해 온 봉투에 넣었다. 그는 월산대군을 향해 꾸벅 인사를 하고 싸움을 벌이던 왈패들과 월산대군의 가노들을 모두 끌고 갔다. 억새 숲 사이에 우두커니 홀로 선 월산대군은 허무하게 그 모양을 바라보았다.

만약 방금 본 사초의 내용이 사실이라면, 임금은 용상을 지키기 어려울지도 몰랐다.

의금부 관비에게서 사초를 건네받은 한명회는 회심의 미소를 지었다. 하늘은 아직 한명회의 편이었다.

비극에 이르는 순서

한명회, 신숙주, 홍윤성, 김국광 등 공신 여럿이 입시하였다. 한명회가 임금에게 아뢰기를 "자식 잃은 어버이의 비통함이 이루 말할 수 없음은 부족한 신들이 헤아릴 길이 없사옵니다. 허나 작금과 같은 때일수록 종묘사직을 위해 하루 빨리 세자를 정하시어 불안한 정국을 안정시키셔야 하옵니다."

임금이 눈물을 흘리며 "이제 겨우 소렴을 마쳤다. 이는 아직 논할 바가 아니다."라고 하자, 신숙주가 재차 "지금 저자에 불경한 소문이 돌고 있사옵니다. 세자께서 갑작스럽게 졸하신 연유가 어린 조카의 왕위를 그 숙부가 빼앗았기 때문이라는 소문이 퍼지고 있사옵니다. 평소 세자께서도 노산군을 다시 궁에 들여야 한다고 주장하시며 노산군에 대한 동정을 아끼지 않으셨는데, 만일 이러한 사실이 알려지면 간신히 안정된 왕권이 흔들리고 백성들의 불안이 커질 것이옵니다. 부디 통촉하여주시옵소서."하였다.

임금이 노한 목소리로 "그대는 세자가 아비의 왕위를 부정했다고 이르는 것이냐?" 하며 공신들을 꾸짖었다. 홍윤성이 크게 머리를 조아리며 "세자께서는 누누이 노산군을 감싸는 발언을 하시어 신들이 염려하곤 했사옵니다. 세자께서 '내가 즉위하면 반드시 노산군을 복권시켜 그의 억울함을 풀어주리라'고 하셨고, '노산군의 운명이 가엾기 그지없다. 상왕의 자리에 있었어도 조용히 지내셨을 뿐이다. 권력에 눈먼 자들이 죄 없는 그를 몰아내었으니, 그 과오를 내가 바로잡아야 하지 않겠느냐'고 하셨습니다. 궁 내의 많은 이들이 세자전하의 마음을 알고 이를 궁 밖에 전하니, 세자전하의 측은지심은 왕재의 덕목이오나 그 의도가 와전되어 불온한 무리들의 빌미가 되지 않을까 염려되옵니다." 하였다.

임금이 크게 노해 "세자의 착한 성정에서 나온 실언일 뿐이다. 만일 세자를 모독하는 자들이 있다면 이유여하를 막론하고 모조리 참형에 처할 것이다." 하자 신숙주가 "하루빨리 해양대군에게 세자로 봉한다는 교지를 내리시어 어지러운 민심을 위로하고 종묘사직을 도모하시옵소서."라고 하였다.

눈보라가 잦아든 어스름한 새벽, 부름을 받은 대신들이 속속 한명회의 저택으로 모였다.

신년 전에는 별다른 정쟁거리를 만들지 않는것이 암묵적인 법칙이었는데, 제안대군의 이혼 문제[49]로 조금 시끄러운 와중이라 예민하게 서로의 눈치를 가늠하며 대문을 지났다.

아직 새벽잠이 덜 깬 정창손과 윤필상은 한명회가 갑작스럽게 부른 연유에 대해 짐작조차 하지 못하고 있다가 좌부승지 강자평을 비롯한 정적(政敵)들과 마주하고 더욱 의문이 들었다.

강자평은 귀성군 사건에 연루되어 문책을 받았던 일을 계기로 한명회와 적대적 관계에 섰고, 대사간 시절 집요하게 한명회를 탄핵했다. 그런 그를 한명회가 직접 찾았다니, 적과 동지를 가리지 못할 만큼 어지간히 급한 일이 생겼음을 의미했다.

한명회가 일을 이렇게 서두른 경우는 예종이 죽고 임금이 용상에 오른 이후 처음일 것이었다. 촌각을 다투는 위급한 일이 벌어졌다는 것을 짐작할 뿐, 이들은 죽은 듯 눈을 감고 있는 한명회의 입이 벌어지기만을 기다릴 수밖에 없었다.

여덟 명의 대신들이 모두 모이자 한명회가 마치 잠에서 깨어나듯 기지개를 켰다.

목이 뻣뻣한지 이리저리 돌리고 미리 받아놓은 약수를 쭉 들이켠 그는 말없이 모인 사람들을 둘러보았다.

새벽닭의 울음소리가 유난히 비통하게 들리던 어느 밤, 현 임금을 용상에 올리던 그때 모였던 머릿수와 같았다. 그러나 그때의 동지들은 없고 자신의 입지는 좁아졌다. 정창손과 윤필상을 제외하고는

---

49) 제안대군은 성종 10년(1479년) 본처 김씨와 이혼하고 박씨와 재혼하였는데, 동성애를 이유로 다시 이혼하고 김씨와 재결합하였다.

모두 임금이 권력의 분산을 위해 키운 사헌이나 사간 출신 인물들이었다. 임금의 총애를 업어 자신들을 호시탐탐 노리고 있는 자들이다.

허나 권력맛을 보면 사람은 변하는 법, 전날 손순효의 망언을 본 한명회는 이들 역시 자신들과 다름없이 변했다고 확신했다. 어제의 적이라도 목적에 접점을 찾으면 오늘의 동지가 될 수 있다. 한명회는 한 장의 종이를 그들 앞에 던졌다.

정창손이 부주의하게 종이를 펼쳐보려다 끝을 조금 찢고 말았다. 순간 느껴진 한명회의 시선은 오싹할 정도로 무시무시했다. 착각인가, 하며 다시 조심스럽게 종이를 펼친 정창손은 종이에 적혀 있는 내용을 읽어 내려갔다.

곁눈질로 훔쳐보던 윤필상은 필체와 형식을 보고 그것이 사초임을 깨달았다. 결국 찾던 것을 손에 넣었구나! 속으로 감탄과 안도를 삼키고는 그 내용이 궁금해 체통도 잊고 목을 길게 뺐다. 글머리에 적힌 날짜를 본 윤필상은 재빠르게 그때 무슨 일이 있었는지 돌이켜 보았다.

세조 3년 9월 3일…….

그날은 세조의 첫째 아들이었던 의경세자, 현 임금의 아버지인 덕종이 이른 나이에 졸(卒)한 다음 날이었다.

대신들은 한명회가 던진 종이를 돌려보고 저마다의 표정을 지어 보였다. 심각한, 파리한, 의문스러운, 각자의 심경을 대변하는 다양한 면면들이 한명회를 주목했다.

한명회는 자신이 벌인 심각한 이 상황에서 딴 생각을 하는 듯 보였다. 조금 고단한 듯 서안에 몸을 기대고 잠에 취한 듯 멍하니 허공을 바라보고 있는 그의 의중을 알 도리가 없었다. 사초를 왜 이런 방식으로 공개한 것일까? 이 사초로 무엇을 얻고자 함일까? 성미가 급한 정창손마저 분위기를 감지하고 섣불리 말을 꺼내지 않았다.

불안하고 묵직한 침묵을 깬 것은 뜻밖에도 밖에서 들려온 어린아이의 수줍은 목소리였다. 한명회의 손자였다. 아이는 문안인사를 하러 왔는지 밖에서 할아버지를 불렀다가 안에 손이 있다는 것을 알고 우물쭈물하고 있었다.

한명회는 개의치 않고 손자를 안으로 불렀다. 날카로운 긴장이 감도는 분위기를 뚫고 잔뜩 얼어붙은 손자가 한명회의 눈치를 보며 들어왔다. 손자는 어르신들에게 서툴지만 귀엽게 인사를 올렸다. 그 덕에 분위기가 한결 온화해졌다. 손자는 익숙한 할아버지의 품으로 달려갔다. 할아버지의 무릎에 앉아 서슬 퍼런 대감들의 눈치를 살피며 더욱 할아버지의 품속으로 파고들었다. 한명회는 그런 손자가 귀여운지 연신 머리를 쓰다듬었다.

"겁낼 것 없다. 대장부가 이리 겁이 많아서야 쓰겠느냐."

"안 좋은 일이 생겼습니까?"

"별일 아니다. 다만 살다보면 순(順)을 따져야 할 때가 있는 법이다."

"무엇이 순입니까?"

"나 어린 네가 복잡한 세상사를 어찌 이해할꼬. 이것만은 기억해

두어라. 내 모든 것이 곧 네 것이다. 그러나 내가 세상이 정해놓은 규칙을 거스르고도 그 책임을 면했다면 내가 네게 준 모든 것은 도로 돌려놓아야 한다."

"왜 저의 것을 돌려주어야 한단 말입니까?"

"처음부터 네 것이 아니었기 때문이다."

"조부님의 말씀은 이해하기 어렵습니다."

손자는 고개를 갸웃거리더니 한명회의 품을 떠나 사랑방을 나갔다.

아이는 날고 긴다는 대신들이 경악한 이유를 알지 못하고 이른 아침이라 다들 졸리신가 보다 했다. 한명회는 아이가 앉았던 무릎을 주무르며 대신들을 둘러보았다. 의미가 담긴 눈빛이었다.

모든 것을 도로 돌려놓아야 한다.

여덟 명의 대신들이 한명회의 의중을 파악하려 애쓰는 사이, 한명회는 기지개를 한 번 펴고 결국 아무런 언질을 하지 않은 채 방을 나갔다.

남겨진 대신들은 어찌할 바를 모르고 있었다. 눈앞의 사초는 정국의 판도를 뒤바꿔놓을 소용돌이의 핵이었다.

현 임금의 아버지가 세조의 왕위찬탈에 반대하는 입장이었다는 기록.

뜬소문에 불과했던 이 이야기 때문에 임금은 의경세자에게 덕종이라는 시호를 내려 자신의 정통성을 입증하려 하지 않았던가. 헌데 오래된 사초에서 의경세자의 문제가 사실이었음을 증명하는 명백하고 결정적인 증거가 나왔다. 한명회는 오랜만에 제대로 된 무기를 손에 쥐었다.

그가 정적들에게 사초를 공개한 것은 선전포고나 다름없었다. 편전이 아닌 자신의 사랑채에서 이를 보인 이유는 협박과 회유가 목적이기 때문일 것이다.

자리에 모인 대신들 모두 이 사실을 알았기 때문에 신중할 수밖에 없었다. 고요한 가운데 의경세자가 죽은 날을 적은 사초만이 미세하게 흐르는 공기를 타고 조금씩 떨리고 있었다.

정창손이 사초를 가져가려고 손을 뻗었을 때, 강자평이 먼저 움직여 사초를 들었다. 정창손이 머쓱한 손을 숨기며 강자평의 눈치를 살폈다. 강자평은 처신을 어떻게 할 것인지 갈등하는 모양이었다.

"결정을 하시지요."

밖에서 들려온 한명회의 목소리가 강자평의 움직임을 막았다. 이 작은 방에서 향후 정국의 흐름을 결정하겠다는 태도였다. 누가 나서든 그에게 손해될 것은 없었다. 정창손 같은 자신의 비호세력이 먼저 나서 사초를 공론화한다면 비교적 평행선을 그리던 세력의 균형이 한명회 쪽으로 기울 것이다.

정적이던 강자평 등이 사초를 문제 삼는다면 사간과 사헌부 등의 대간들의 세가 높아질 수는 있겠지만 이는 임금과 척을 지는 악수가 될 것이므로 자기 살을 깎아먹는 형국이 될 가능성이 높았다. 강자평에게는 선택의 여지가 없었다. 조금이라도 실리를 취해야 했다.

강자평이 사초를 들고 한명회를 뒤따라 나갔다.

이따금 들리는 격앙된 목소리가 서로 합의점을 찾기 어려운 듯했다. 정창손은 한명회가 자신들을 버리는 것이 아닌가 불안해 두 사람의 대화를 엿듣기 위해 귀를 기울였다. 잘은 들리지 않았지만 '덕종'이나 '정통성'이란 단어가 종종 들렸다. 곧 대화는 끊겼다. 정창손이 더 참지 못하고 방을 나가려 할 때, 마지막으로 두 마디가 들려왔다.

"때는 내일."

월산대군이 찾아왔다는 내관의 알림에 임금은 내치고 싶은 마음을 감추고 그를 맞았다.

공석 외에 오랜만에 마주한 형님이었다. 그의 얼굴에 드리운 그늘을 보고 싶지 않아, 임금은 차라리 몸을 돌렸다. 아마 자신의 눈빛에서도 원망이 보일 것이다. 어째서 지금까지 찾지 않았는지, 사초를 놓고 무슨 일이 있었던 것인지 월산대군이 아니면 임금은 알 도리가 없었다. 그만큼 월산대군을 믿었다. 이제는 둘 중 누구라도 언제든지 등에 칼을 꽂을 수 있다는 불신이 그들 사이를 갈라놓고 있었다.

월산대군이 어렵게 말문을 열었다.

"이른 시간에 송구합니다."

"더 빨리 오셨더라면 반가웠을 테지요."

임금의 싸늘한 대꾸에 월산대군은 고개를 떨궜다. 어떤 변명도 필요치 않았다. 그가 한양에 오자마자 바로 임금을 찾았다면 무너진 신뢰를 다시 복구할 수 있었을 것이다. 순간의 판단이 지금껏 쌓아온 탑을 한순간에 무너뜨렸다. 임금이 그를 비난해도 할 말이 없었다. 단지 진심만을 알아주기를 바랄 수밖에. 그러나 용상의 자리는 우애보다 높았다.

"사초가 훈구파의 손에 들어갔습니다."

월산대군은 덤덤히 사실을 이야기했다. 십 수 년 동안 철저히 계획했던, 귀성군이 모든 것을 희생하면서까지 지키려 했던 그 모든 노력들이 수포로 돌아갔다. 임금은 부지불식간에 한숨을 내쉬었다.

"한명회가 새벽부터 조정 대신들을 불러 모았다고 합니다. 짐작하고 있었습니다."

"강자평의 무리와 연대하여 전하를 탄핵하려 할 것입니다."

"사초의 내용을 보셨습니까?"

"보았습니다."

"그것이 훈구파에게 불리한 내용이라고 들었는데, 어떻게 탄핵으로 이어질 수 있겠습니까?"

월산대군은 임금의 처소를 둘러보았다. 아버지께서 돌아가시지 않았더라면 이곳은…….

아버지의 죽음으로부터 모든 이들의 운명이 비틀렸다. 그리고 이제 아버지의 죽음 이면에 있었던 일들이 수면 위로 떠오르려 하고 있다.

"의경세자, 덕종께서 돌아가신 때, 전하께선 궁에서 이제 막 태어난 갓난아기였지요."

월산대군은 탄식처럼 말을 이었다. 임금이 가장 꺼려하는 이름이

자 치부, 덕종. 임금은 정상적인 절차를 밟아 용상에 오른 적정자가 아니었다. 즉위는 순식간에 이루어졌고, 임금의 형의 둘째 아들은 얼떨결에 왕좌에 올랐다.

예비된 임금이 아니었기에 그는 칠 년이라는 세월 동안 수렴청정을 빙자한 원상들의 허수아비 왕 노릇을 해야만 했다. 정통성은 임금에게 치명적인 약점이었다. 의경세자를 왕으로 추존한 깊은 속내에는 임금의 자격지심이 숨겨져 있었다.

"모두 쉬쉬했지만 덕종께서 일찍 돌아가신 것은 인과응보라고, 세조께서 충신들을 죽이고 어린 왕을 내쫓은 벌이라는 소문이 파다했습니다. 그 말인즉슨, 우리의 조부께서 정당한 반정이 아닌 모반을 통해 왕위에 올랐다는 인식이 자리 잡고 있었다는 것입니다. 물론 아무도 그 사실을 입 밖에 낼 수 없었지요. 현 왕조를 부정하는 자는 모두 죽였으니까요. 여기까지는 전하께서도 잘 아시는, 그러나 외면하려 했던 부분이지요."

"형님, 지금 말씀은 불경한……."

"덕종께서 민심을 모르셨을까요? 아니, 누구보다 잘 알고 계셨을 겁니다. 노산군이 상왕의 이름으로 궁에 있을 때, 아버지께서는 세자의 신분으로 매일 문안인사를 갔을 테고 매일 그 얼굴을 마주해야 했을 테니까요. 자신과 같은 또래의 왕이 유폐되어 있는 모습을 보며 괴로우셨을 거라 짐작합니다. 제가 아버지의 심성을 닮았기 때문이지요. 불쌍한 이를 보면 측은지심이 드는 유약한 성정을요."

월산대군은 수영을 생각하며 한 말이었지만 임금은 알 도리가 없었다. 같은 배에서 나고 자랐지만 형인 자신은 온량(溫良)한 성품이라고 평가받는 아버지를, 동생인 임금은 강하고 대쪽 같은 성정의 어머니 인수대비를 닮았다.

"게다가 상왕이 노산군으로 강등되어 유배까지 가게 되었으니, 그 모든 광경을 두 눈으로 지켜보기 괴로우셨을 테지요. 아마도 그리 깊은 생각에서 하신 말씀은 아니겠지만, 누누이 노산군에 대한 동정 어린 마음을 표했다고 합니다. 덕종께서 돌아가시기 직전 썼던 고시(古詩)에 대해 별 의미를 둔 자들이 없었으나 저는 알 것 같습니다."

> 비바람 무정하여 모란꽃이 떨어지고,
> 섬돌에 펄럭이는 붉은 작약(芍藥)이 주란(朱欄)에 가득 찼네.
> 명황(明皇)이 촉(蜀) 땅에 가서 양귀비를 잃고 나니
> 빈장이야 있었건만 반겨 보지 않았네.

덕종이 병을 얻었을 때 자신의 운명을 예감한 듯 유언처럼 썼던 시였다.

"꽃 중의 왕 모란이 지고, 피에 물든 월대로 오르는 계단에는 부귀 영화를 욕망하는 작약들로 차 있다……. 궁에는 들어왔으나 민심을 잃었고, 새 세상이 왔지만 반갑지 않았다……. 덕종께서 이런 시를 남긴 연유에는 그만한 심적 고통이 있었을 겁니다. 그것이 몸의 병으로 번진 것인지도 모르고요."

타인에 의해 세워진 왕좌는 위태롭다. 방법은 달랐어도 세조가 그

랬고, 임금 또한 같은 상황이다. 임금은 아버지의 어쭙잖은 동정심과 정의감이 이제 자신을 공격할 빌미가 될 것이라 짐작했다.

"한명회가 가진 사초는 분명 민수영이 쓴 것이 맞았습니다. 지금 말씀드린 바를 증명하는 사초였습니다. 문제가 될 소지가 크지요."

월산대군은 씁쓸히 말을 맺었지만, 그 여파는 생각보다 엄청날지도 모른다. 수세에 몰려 있던 훈구파가 이 절호의 기회를 그냥 내버려둘 리 없다. 게다가 발 빠르게 강자평 등을 끌어들였다.

대간들의 세력이 커지면서 본연의 의미를 상실하고 무조건적인 비판에 매달리기를 수어 번, 때로는 임금의 인사권까지 트집 잡는 등 지나친 월권으로 임금과 대립하기도 했다. 대간들의 성격상 이번 일을 눈감아줄 리 없다.

한명회는 이 일을 더욱 크게 벌릴지 어느 정도 선에서 타협을 볼지 고민하고 있을 것이다. 그에 반해 임금은 어떤 경우라도 정통성에 큰 흠집이 날 것이다. 남은 재위 기간이 위태로울 정도로.

"대책이 없겠습니까?"

"……시간을 끌어볼 밖에요."

"알겠습니다. 이만 나가보시지요."

임금은 더 필요가 없다는 듯 월산대군에게 퇴청을 명했다.

월산대군과 달리 임금은 정에 이끌리지 않았다. 선택을 하는 데 주저함이 없었고, 목적을 위해서라면 단호하게 실행했다. 이제껏 우애라는 울타리 안에 있던 월산대군은 그의 진면목이 이제야 보이는 듯했다. 그가 한명회와 많은 부분이 닮아 있다는 것을.

월산대군이 자리를 떠난 후, 임금은 긴 시간 침전에서 나오지 않았다.

매년 제야에 열리는 신년 나희가 하루 앞당겨져 열린다는 명이 내려졌다. 원래는 설날 하루 전에 열리는 게 관례인데, 평소 나희 자체도 탐탁지 않게 여기던 임금이 예상치 못한 명을 내린 것이다.

그 바람에 궁은 나희를 준비하느라 분주히 돌아갔고, 사정을 모르는 대신들은 의아해했다. 특별히 강희맹, 서거정, 손순효 등 몇몇 중도파의 대신들을 초대했다는 것도 이상했다. 단순한 연례행사에 굳이 대신들을 초대할 이유도 없었다.

눈치가 빠른 이들은 대궐의 경계가 소리 없이 강화되고 있다는 것을 알고 까닭 없는 불길함에 주변 정보를 캐고 다녔다.

사정전에 임금과 신하들이 들었다. 그저 놀이라고 하기에 경계가 삼엄하여 긴장감이 감돌았다. 임금은 표정 없는 가면 같은 얼굴로 나희의 시작을 알렸다.

음악소리에 맞춰 붉은 옷을 입고 탈을 쓴 어린아이들이 춤을 추며 등장했다. 이어서 북과 피리 소리에 맞춰, 황금사목(黃金四目) 가면을 쓰고 곰가죽을 걸친 방상시[50]가 창과 방패를 들고 위협적인 동작으로 악귀를 쫓는 춤을 추었다.

창을 휘두를 때마다 황금색 눈이 사방으로 번뜩였다. 그 눈은 임

---

50) 궁중의 나례 의식에서 악귀를 쫓는 사람.

금을 향하기도, 대신들을 향하기도 했다. 악귀를 쫓는 것인지 불러들이는 것인지 구분이 가지 않았다. 붉은 옷을 입은 진자들이 방상시 주위를 빙글빙글 돌며 춤을 추었다. 나희의 분위기가 점점 고조되었다.

둥둥, 가슴을 울리는 북소리가 커지고 옆 사람의 말소리도 잘 들리지 않을 정도로 악기들의 소리가 높아졌다.

손순효가 임금의 앞으로 다가와 술잔을 올렸다. 임금은 그의 잔을 받았지만 입에 대지 않고 내려놓았다. 손순효는 일전의 실수가 있어서인지 오늘은 술을 절제하는 중이었다.

"강자평이 오늘 덕종대왕의 묘호를 폐하라는 상소를 올리려 했으나 나희로 인해 내일로 미루었습니다."

임금의 얼굴이 방상시의 탈처럼 무섭게 일그러졌다. 손순효는 죄인이라도 된 양 눈을 내리깔았다. 당대의 문장가인 강희맹과 서거정은 난처하게 용안을 살폈다. 각자 구(舊)세력과 신(新)세력에 닿아 있지만 비교적 중도적 입장을 취해오던 이들마저도 덕종의 문제를 좌시할 수는 없었다.

"그대들을 부른 연유는 권력에 눈이 멀어 오직 저만 옳다는 이들과 다르다고 생각해서였다. 그대들의 생각을 한 치의 거짓 없이 논해보라."

강희맹은 오방으로 벌려 선 오색 무동들이 추는 처용무가 어지러워 눈을 감았다 떴다. 임금은 강론을 원하고 있다. 임금에게 바른 말을 고하는 것이 신하의 도리다. 서거정도 같은 생각이었는지 먼저 입을 열었다.

"덕종대왕께서 생전에 하신 말씀이 진실이라 할지언정 이제 와 돌이켜 논쟁하려 하는 것은 불필요하고 소모적인 일이라 사료되옵니다."

"그러나 과인의 부친께서 세조대왕의 정난을 부정하셨다면 이는 스스로 왕조를 부정한 것이 된다. 이 또한 소모적인가?"

"만일 전해 들은 대로 대왕의 발언이 적힌 증거가 남아 있다면 후대에 문제가 될 소지가 있을 것으로 보이옵니다."

"애매모호하게 답하지 말라. 내일이면 대간과 대신들이 벌떼처럼 달려들어 이 일을 문제 삼을 터. 대왕의 발언이 정녕 묘호를 폐할 정도로 잘못된 일이라고 생각하는가!"

임금의 언성이 높아지자 무동들과 악공들이 동작을 멈췄다. 내관들과 궁녀들이 불안하게 용안을 살폈다. 임금은 계속하라는 손짓을 하고 심호흡을 했다. 목이 타들어가 술을 벌컥 들이켰으나 정신은 팽팽한 긴장으로 인해 또렷했다. 임금은 손순효를 노려보며 그의 답을 기다렸다.

"묘호를 폐할 정도의 중한 일이라고 여겨지지는 않으나, 목적이 용상의 정통성에 흠집을 내는 데 있다면 명분은 충분히 될 수 있을 것이옵니다."

"허나 묘호의 폐는 전례에 없던 일입니다."

"덕종께서는 추존왕이시니 대소신료들이 강경하게 밀어붙인다면 불가한 일도 아닐 것이고, 곧 명에 신년 사신을 보낼 때 이러한 일이 알려질 경우 명 황제가 세조대왕 이후 현 왕조 전체를 트집 잡을 수도 있을 줄로 아뢰옵니다."

"과인은 사실 여부를 듣고 싶다. 전후 사정은 과인도 모르는 바 아니다. 다시 묻겠다. 대왕의 발언이 잘못된 일인가, 아닌가?"

서거정이 바닥에 엎드렸다. 이어 강희맹과 손순효도 엎드렸다.

"잘못되었습니다. 정난을 부정했다면 그 의도가 무엇이었든, 누가 되었든 불충한 발언이옵니다. 통촉하여주시옵소서."

"묘호를 폐할 만큼 잘못된 일인가?"

"노산군(단종)은 세조대왕의 정통성에 반하는 왕이었기에 상왕에서 물러났습니다. 스스로의 정통성을 부정한 왕이 어찌 왕의 묘호를 받을 수 있겠사옵니까."

"만일 덕종대왕의 묘호를 폐한다면, 그의 아들인 과인 역시 정통성을 의심받는가?"

북소리가 더욱 빠르게 사정전을 메웠다. 엎드린 신하들은 답을 하지 못했다. 지독한 열사처럼 이글거리는 임금의 눈빛이 편전의 모든 이들을 압도했다. 내관과 궁녀들은 북소리 때문에 무슨 말이 오가는지는 몰랐으나 임금이 내뿜는 분노에 고개를 조아리며 눈치를 살폈다. 무동들의 춤사위만이 최면에 걸린 듯 멈추지 않고 계속되었다.

마지막 나희 순서인 황토우(黃土牛)를 제물로 바치는 의식이 진행되었다. 역기(疫氣)를 쫓는 제물인 황토우의 주변을 맴돌며 창수가 주문을 외웠다. 악공들의 음악에 맞춰 핏빛 곡선을 그리던 방상시의 창이 황토우의 몸을 꿰뚫었다.

장시간의 논란이 끝났다. 강관했던 대신들 사이에 어떤 말이 오갔는지는 아무도 몰랐다. 한명회는 궁에서 온 소식에 별다른 반응 없이 손자와 놀아주며 비교적 평온한 하루를 보냈다. 몇몇 대신들이 뵙기를 청하며 찾아왔으나 한명회는 몸이 좋지 않다는 핑계로 모두 돌려보냈다. 그러나 아무리 한명회라도 임금까지 내칠 수는 없었다.

임금은 밤 산책을 나온 듯 가볍게 변복을 하고 한명회를 찾아왔다. 주위에 무장 하나 없었다. 한명회는 임금의 방문을 달가워하며 그를 사랑채로 모셨다.

피곤한 기색이 역력한 임금은 침착하게 한명회 앞에 앉았다. 그가 직접 찾아올 거라는 예상은 어느 정도 했지만 사실상 그것은 임금 스스로가 자신의 패배를 인정하는 것이나 다름없었기에 한명회는 조금 실망했다.

임금은 서안에 놓인 종이를 물끄러미 바라보았다. 한명회도 그의 시선을 따라갔다. 사초의 내용을 읽은 임금은 종이를 들어 촛불 가까이에 가져갔다. 설마 태우려는 것인가? 한명회는 저도 모르게 몸을 앞으로 내밀었다.

그의 반응을 본 임금은 재미있다는 듯 사초를 불 가까이에 대고 눈을 찌푸렸다. 흔들리는 촛불에 글씨가 이리저리 모양을 바꿨다.

"종이의 질이나 글씨체를 보니 당시 민수영이 쓴 사초가 맞는 것 같군."

한명회는 순간의 속내를 들킨 것이 수치스러웠지만 내색하지 않고 침착하게 웃었다. 승리의 미소였다.

"사초가 공공연히 세상에 돌아다니다니, 당시의 책임자를 알아내어 문책해야 할 것입니다. 또한 세조실록을 일부 수정해야 할 것입니다."

"당연하다. 그 이후에 계획한 일을 말해보라."

"정치에서 소외된 구시대의 퇴물이 무슨 발언권이 있겠사옵니까. 대신들의 의견을 따를 밖에요."

"대신들의 의견은 어떠하던가?"

"내일 조강 이후 상소가 올라갈 것입니다. 신이 상소를 어찌 미리 알겠습니까."

임금이 서안을 쾅 내리쳤다.

그의 손에 금방이라도 사초를 구겨버릴 듯 힘이 들어갔다. 한명회는 조소했다. 이만한 일로 흥분하시다니, 이제 시작인걸. 한명회의 비웃음을 읽은 임금은 으르렁거리듯 낮은 목소리로 말했다.

"무엇을 원하는가? 나를 왕위에 앉혔던 것처럼, 구미에 맞는 다른 자를 왕으로 추대할 셈인가?"

"먼저 덕종대왕이 사후 왕으로 추대될 자격이 있는지 다시 검토해보고, 그 다음 일을 결정하는 것이 순인 줄로 아옵니다. 아울러 명 황제의 고견도 들어보아야겠지요."

"그대의 고견을 말해보라."

한명회가 허리를 쭉 폈다. 궁궐 안 용상에서 세상을 통치하는 임금의 위엄과는 다른, 세상을 만들고 시대를 풍미한 자가 가질 수 있

는 오만과 여유가 느껴졌다. 노쇠한 체구에서 뿜어져 나오는 기운
은 먼 높이에서 임금을 내려다보는 착각을 일으켰다.

"신은 세조대왕을 도와 조선을 다시 세웠고, 전하를 도와 조선의 기
틀을 잡았사옵니다. 신은 조선의 충신이며 임금의 충신이옵니다. 조선
의 근간을 흔들거나 위협하는 어떤 것도 용납하지 않을 것이옵니다."

"덕종대왕께서는 세조대왕의 아들이시고 내 부친이시다. 그분에
대한 충정 또한 충신의 의무이다. 헌데도 감히 그분의 자격을 운운
하는가?"

"전하, 잊으셨사옵니까? 노산군도 임금이었습니다."

군주란 나라와 신하와 백성을 다스리는 최고 통치자다. 임금은 조
선의 군주가 자신이 아니었음을 그제야 통탄했다. 태조 이성계와
태종 이방원은 자신의 의지로 새로운 나라를 위해 신하를 이끌었다.
그러나 세조는 자신의 야망을 훈구대신들에게 맡겼다. 그 결과 군
주가 바뀌면서 군주의 위상도 잃었다. 한 번 뒤엉킨 순서는 다시 되
돌려놓기 어렵다.

임금은 지난 세월 조선의 진정한 통치자가 되기 위해 스스로의 뼈
를 깎고 살을 베었던 나날들이 허무해졌다. 한명회에서부터 잘못
꿰어 맞춘 단추였다.

"원하는 바가 있는가?"

마침내 임금이 백기를 들었다. 한명회는 뜸을 들였다. 그는 언제
나 절대적 우위를 점하고 있었다. 아무리 임금이 한명회를 공격한들
그는 압구정 하나 빼앗을 수 없었다. 임금보다 더 오랫동안 절대적

통치자의 자리에 있었던 인물. 한 나라의 군주라는 이가 할 수 있는 것이라고는 거래밖에 없었다.

"이번 탄핵은 대간들에게서 시작되었습니다. 그들이 왕의 정통성을 문제 삼는다면 앞으로 더욱 심한 월권을 행사할 것입니다. 전하께서 왕권을 유지하시려면, 삼사의 규모를 축소시키십시오."

마치 임금을 위해서 하는 조언처럼 들렸지만, 한명회는 이번 탄핵을 계기로 두 세력 모두 꺾어버릴 심산이었다. 왕이 탄핵을 받아 위상이 줄어들고 대간의 영향력이 좁아지면 훈구대신들은 어부지리로 권력을 헌납 받을 수 있다. 실제로 대간들이 임금을 정면으로 공격한다면 임금은 그들의 힘이 비대해지는 것을 막아야 할 수밖에 없다. 한명회가 미리 짜놓은 판에서 모두 자멸하게 될 것이다.

임금은 사초의 마지막 부분을 바라보며 한동안 깊은 생각에 잠겨 있다가, 인정을 알리는 종소리에 시선을 거두었다. 궁으로 돌아가야 할 시간이었다.

한명회가 배웅하기 위해 임금의 뒤를 따랐다. 태사혜[51]를 신은 임금을 보던 한명회는 그 밑창에 진흙이 묻어 있는 것을 보고 의아했다. 어디를 다녀온 길일까?

임금은 한명회의 배웅을 받으며 마당으로 나섰다가 저녁 문안 인사를 온 한명회의 손자와 마주쳤다. 손자는 앞에 서 있는 양반이 임금인 줄 모르고 여태처럼 인사를 올리다 한명회에게 꾸중을 들었다.

---

51) 사대부나 양반계급의 나이 많은 사람이 평상시에 신었던 남자용 신.

임금은 한명회에게 그만 두라는 손짓을 하고서 허리를 굽혀 손자와 눈을 맞췄다. 어린 손자는 호기심과 경계심 사이의 미묘한 눈빛으로 임금을 올려다보았다.

"영민한 눈이구나. 조부님께 누가 되지 않도록 글공부에 매진하여 현명한 군자가 되거라."

"예, 명심하겠습니다."

"사서삼경은 깨쳤느냐?"

"배우고 있으나 아직 미숙합니다."

"구인공휴일궤(九仞功虧一簣)라는 말을 아느냐?"

손자는 미간을 찌푸리며 공부한 내용을 떠올리려 애썼다. 임금은 그 모습이 귀여워 너털웃음을 지었다. 손자는 뜻을 기억해내고는 표정이 밝아지며 자신 있게 답했다.

"아홉 길의 산을 쌓는 데 한 삼태기의 흙이 모자라서 지금까지의 공이 한꺼번에 무너진다는 뜻입니다."

"똑똑한 아이로고. 그래, 마지막까지 학문을 수양하는 데 게으름 피우지 말고 정진하여야 한다."

"명심하겠습니다."

칭찬을 받아 기쁜지 손자는 조부와 함께 이름 모를 대감님을 배웅했다. 잠들기 전 자신을 어여삐 여기는 조부님께 어리광을 부리려 찾아왔던 손자는 그의 안색이 어두워 의아했다.

무슨 실수라도 했나? 평소 다정한 조부님이지만 가끔 다른 사람처럼 보일 정도로 무서울 때가 있다. 손자는 시무룩하게 자리를 비켜드렸다.

임금은 막 떠나려던 차에 문득 뒤를 돌아보았다.

"참, 오늘 방문한 목적을 잊을 뻔했군. 내일 일찍 오랜만에 매사냥을 하지 않겠나? 새로 훈련시킨 어린 보라매[52]가 있는데 상당군의 백송골[53]과 견줄 정도로 용맹하니, 꽤 재미있는 시합이 될 게야."

한명회는 제안을 받아들이고 웃으며 임금의 뒷모습을 바라보았다. 그의 모습이 사라지자 한명회의 입가에 있던 미소도 사라졌다.

한명회는 사랑채 뒷마당에서 임금이 떠나기를 기다리고 있던 왈패들에게 상황을 보고받았다. 아무 소득이 없다는 답은 한명회가 원하는 답이 아니었다. 한명회의 수족처럼 움직이던 심복이 죽어버려서 영 불편했다. 가장 부지런히 움직여야 할 때 죽다니, 그동안 베푼 은혜가 아까웠다. 지금까지 참아 왔던 인내가 폭발했다. 쓸모없이 밥만 축내는 것들.

구인공휴일궤.

아홉 길의 산을 쌓는 데 한 삼태기 흙이 모자라 공이 무너진다.

임금은 무언가를 알고 있는 것 같았다. 아니, 초조한 마음에 성급히 결론지을 수 없다. 사람은 보는 것만 보이는 법. 별 뜻 없이 던진 말일 수 있다. 만약 무언가를 알고 있더라도 임금이 어찌할 방도는 없다. 민수영은 그 자리에서 죽었다고 했으니까.

---

52) 알에서 깬 지 얼마 안 된 어린 매.
53) 털빛이 흰 송골매. 매 중에서 가장 뛰어나다고 하였다.

한명회는 석연찮은 기분을 지울 수 없었다. 울화가 치민 그는 서안 위의 사초를 구겨 던졌다. 민수영, 끈질긴 악연이다. 그렇게 뒤를 봐주었건만 감히 주제를 모르고 자신을 겁박하고, 십 수 년 동안 뒤를 쫓게 만들었다. 끝 모르는 권세 속에서도 내내 불안하게 한 마지막 족쇄, 사초. 마침내 해묵은 족쇄에서 벗어날 수 있게 되었다고 여긴 순간, 민수영은 또 한 번 그를 우롱했다.

한명회의 손에 들어온 것은 사초의 앞부분이었고, 뒷부분은 없었다. 자신의 노쇠한 기억력이 잘못 되지 않았다면 결정적인 내용은 사초의 말미에 있을 터였다. 약삭빠른 민수영이 앞부분만 남겨놓지는 않았을 것이다.

나머지 사초는 어디에 있는가. 분명 어딘가에 있다. 그것을 찾지 못하면 이 오랜 추적이 무용으로 돌아간다.

한명회는 민수영의 귀신이라도 찾아서 찢어 죽여버리고 싶었다.

웅웅거리는 이명(耳鳴), 눈알이 튀어나올 것 같은 두통, 자신을 내려다보고 있는 명환의 비웃는 듯 일그러진 얼굴……. 어머니 그리고 부인…… 내 명은 여기까지인가 보오…….

연화의 모습이 아련하게 보였다.

도역지인 제주로 가는 배에 오르기 전, 수영은 아직 희망의 끈을 놓지 않고 있었다. 다시 돌아갈 수 있을 것이다. 훈구파의 약점을 쥐고 있었기 때문에 처형당하지 않고 살아남았다. 머지않아 사면령이 떨어지리라.

수영은 거친 파도로 이리저리 흔들리는 배 안에서 토악질로 죽을 것만 같았지만 독기를 품고 견뎠다. 부인에게 맡긴 사초만 있다면 다시 육지를 밟게 될 날이 올 것이다.

연화의 입술이 움직였다.

힘을 내세요…….

수영은 의금부 옥사에서 임금의 교지를 받고 임금의 자비에 수없이 감사했다. 장 백 대를 맞고 살이 찢어진 둔부로 인해 기절할 만큼 고통스러웠으나 처형되는 것보다는 나았다.

그는 어쩌면 훈구대신들이 더 힘을 써 자신을 방면해주지 않을까 기대했다. 그래도 한때는 한명회의 최측근이었고, 수영이 약점을 쥐고 있는 한 훈구대신들은 자유로울 수 없을 테니까. 그러나 이후 수영은 더 이상 누구도 만나지 못했다.

수영은 쓸쓸히 죄인의 몸으로 한양을 떠나면서 자신의 신세를 절감했다. 아니야, 이렇게 떠날 수는 없어! 어떻게 얻은 부와 명예인데, 어떻게 그에게 충성했는데, 이렇게 나를 버릴 수는 없어!

연화의 눈물이 볼에 닿았다.

데일 것 같은 뜨거운 눈물이었다.

연일 이어진 고신에 대한 고통보다, 수영은 참형을 당할지도 모른다는 걱정에 제정신이 아니었다. 그는 옥사의 창살을 흔들며 한명회를 불러달라고 악을 썼다. 다행히 수영이 뇌물을 받고 자리를 얻는 데 힘을 써주었던 의금부 나장이 수영의 서찰을 한명회에게 전해주었다.

깊은 밤, 옥사를 지키던 나장들이 갑자기 옥사를 비우자 수영은 그가 왔다는 것을 짐작했다. 홀로 찾아온 한명회는 경멸 어린 눈으로 창살 밖에서 수영을 내려다보았다.

"죽을 때가 되니 제정신이 아닌 모양이구나."

"죽기 아니면 살기, 이렇게 죽을 수는 없잖습니까."

"네 까짓 게 나를 겁박한다고 살 수 있을 것 같으냐?"

"제가 숨긴 사초를 공개한다면 대감을 비롯한 원상들께서도 무사하지는 못할 것입니다."

한명회의 살기에 수영은 굶주린 짐승 같은 눈으로 맞섰다. 생에 굶주린 짐승은 뵈는 것도, 거칠 것도 없다. 한명회는 당장이라도 수영의 목을 조를 듯 꽉 쥔 손을 부들부들 떨었다.

한명회의 반응을 본 수영은 사초의 내용을 한명회도 알고 있다 확신했다. 그 내용이 밝혀지면 자신의 죽음과 상관없이 한명회도, 원상들도 위험할 것이다. 동귀어진(同歸於盡), 절체절명의 수영은 한명회라는 거물에 도박을 걸었다.

"사초의 내용이 무엇이냐?"

"아직 말씀드릴 수 없습니다. 허나 원상들께서 두려워할 내용을 한 치 거짓 없이 적어놓았습니다. 오직 세조대왕과 당신들과 나만이 알고 있는 일을! 만일 대감의 힘을 이용해 저를 살려주신다면 숨긴 사초를 모두 드리겠습니다."

"죽을죄를 짓고도 살기를 바라느냐?"

"죽을죄를 짓고도 사는 이가 저뿐이겠습니까? 대감들께서도 부귀와 권세를 누리며 살아계시지 않습니까? 저라고 살지 못할 것이 무엇이겠습니까?"

한명회는 이미 이성을 잃은 수영을 노려보았다. 경험상 수영은 그에게 대적할 만한 위인이 못 되었다. 담도 작고, 어떤 신념도 없이 금방 꺾는 줏대에, 주제 넘는 야욕만 넘치는 데다 잘못된 판단력으로 사초를 손에 대는 어처구니없는 일을 저질렀다. 수영은 이제 쓸모없어진 소모품이었다. 그런 그가 다른 일로 한명회를 협박했다면 거들떠보지도 않았을 것이다. 어떤 협박도 한명회를 움직인 적이 없었는데, 수영이 처음으로 그를 움직이게 했다.

밖에서 재촉하는 나장의 목소리에 한명회는 이를 갈았다. 시간이 없었다.

"그것이 공개되면 네놈의 모든 것을 찢어발겨주마. 허나 공개하지 않고 내게 내어주면 목숨만은 살려주겠다."

"살려만 주신다면 모든 것을 드리겠습니다. 특히 사초의 마지막 몇 문장을 유념하셔야 할 것입니다."

한명회가 나가고 수영은 창살에 기대어 섰다. 살 수 있다. 한명회
가, 임금보다 위에 있는 원상들이 자신을 살려줄 것이다. 하지만 살
아나도 수영은 사초를 어느 누구에게도 줄 생각은 없었다. 누구도
믿을 수 없었다. 살 길은 스스로 찾아야 했다. 지금까지 그렇게 살았
다. 살아난 이후의 명과 잃어버린 명예를 되찾기 위해서는, 절대적
으로 사초가 필요했다.

수영의 몸이 점점 차갑게 식어갔다.

명환이 찾아왔다.

명환은 수영의 손을 잡고 애원했다. 너는 한명회 대감의 최측근이
지 않느냐, 아버지를 살려 달라고 청해 달라, 남이의 역모는 내 아비
와는 상관없다, 어릴 때 정이 조금이라도 남아있다면 말이라도 한
번 올려 달라, 목숨만은 살려달라고…….

수영은 그가 귀찮았다. 연회 때 술을 많이 마신 탓에 그가 하는 말
이 잘 들리지도 않았다. 속이 메스껍고 빨리 방으로 들어가 몸을 뉘
이고 싶을 뿐이었다.

"내가 한명회 대감의 권세를 등에 업은 것처럼, 너와 네 아비도 남
이의 권세를 업고 출세하려 하지 않았더냐. 그때부터 우리는 가야
할 길이 갈렸다. 네가 선택을 잘못하여 자초한 일인데 왜 내게 와서
소란이냐?"

명환은 어릴 때 친했던 죽마고우였다. 양반집 자식이지만 서자였던 명환과 가난한 생원 집 홀어머니를 모시고 사는 자식인 수영은 서로 불쌍한 처지의 동문수학이었다.

　수영이 관직을 얻었을 때 누구보다 기뻐해주었던 명환은 글재주보다 무예에 관심이 있었고, 별 재능이 없었기에 그보다 한참 늦게 궁에 들어갈 수 있었다. 수영이 명환의 청탁을 몇 번 거절하다 하는 수 없이 들어준 것이었다. 다시는 찾지 말라는 조건과 함께.

　수영은 이후 한명회의 눈에 들었고, 명환은 당시 겸사복장이던 남이와 가까워졌다. 갈 길이 갈린 두 사람은 궁에서 이따금 부딪혀도 서로 외면했다.

　수영은 명환을 뿌리치다 참지 못하고 울컥 토악질을 했다. 명환은 토사물을 뒤집어쓰고도 처절하게 수영에게 매달렸다. 소란에 나와 본 창기가 수영을 부축해 방으로 이끌었다. 명환은 기생아비들에게 끌려 나가면서 끝까지 수영의 이름을, 친구의 이름을 불렀다.

　연화의 속삭임이 들렸다.
　서방님, 일어나세요…….

　수영은 한명회가 들어오자 허겁지겁 자리에서 일어났다. 한명회의 사랑채에 직접 발을 들였다는 영광에 잔뜩 긴장한 수영은 그의 얼굴도 제대로 쳐다보지 못했다. 인수부승(仁壽副丞)에서 종육품 이조좌랑의 자리에 오를 수 있었던 것은 훈구대신들의 천거가 있었기에 가능했다.

　제법 빨리 처세를 익힌 수영은 지금껏 훈구대신들에게 착실히 뇌물과 접대를 바쳤다. 그로 인해 집안 주춧돌이 뽑힐 뻔했다. 어머니와 아내의 품팔이로 근근이 생활을 이어갔다. 그 덕에 한명회의 귀에 그의 이름이 들어갔고, 이렇게 마주할 기회까지 얻었다.

　한명회의 눈은 권력도, 재물도, 세상도 모두 빨아들일 것 같은 지독한 늪을 연상케 했다. 수영은 그 늪에 정신없이 빠져들었다. 흙탕물이 귀를 막고 눈을 가렸다. 자신의 능력은 힘을 얻어 더욱 빛을 발해 임금의 신임까지 얻을 수 있었다.

　도리를 버리고 실리를 쫓으니 이렇게 편히 살 수 있는 것을.

　이제 더 멀고 높은 자리에 향하는 길이 열렸다. 그는 훈구대신들에게 충성을 맹세했다. 하지만 그는 권력 앞에 영원한 것은 없다는 것을 알고 있었다. 한명회 같은 자들에게 수영은 단물이 빠지고 나면 언제든 내칠 수 있는 일회성 도구였다. 수영은 언제든 그가 자신을 버릴 때가 오면 절대 당하고만 있지 않도록 그의 약점을 잡기 위해 호시탐탐 눈을 빛냈다.

　연화의 물기 어린 까만 눈동자에 죽어가는 수영의 모습이 비쳤다.

　수영은 장원에 이어 두 번째로 과거에 합격했다는 기쁨을 안고 처음으로 궁에 입궐했다.

　첫 날이다 보니 의복도 어색하고 궁의 모든 것이 놀랍기만 했다.

그런 수영의 설렘에 찬물을 끼얹는 소문이 그의 귀에까지 들려왔다. 사실 자신이 장원이었는데 다른 이가 그 자리를 빼앗았다는 것이다.

실력만으로는 정치를 할 수 없었다. 그가 장원을 빼앗긴 것도 이러한 현실의 연장선상이었다. 수영은 그래도 스스로의 문장력에 자신이 있었고, 성실히 사관으로서 책임을 다하면 조금씩 지위와 명예를 얻을 수 있을 것이라 믿었다. 그러나 현실은 공자나 맹자의 이상과 거리가 멀었다. 실력보다 인맥이 중요했고, 성실함보다 돈이 우선되었다. 혼자 멍청하게 군자 운운하다가 도태되고 있는 자신을, 수영은 깨달았다.

이머니는 그런 그를 말렸다. 어머니는 언제나 법도와 신의를 지키라 하셨다. 그런 어머니에게 수영은 외쳤다. 법대로 해서 되는 세상이 아니다. 사람의 법과 세상의 법은 다르다. 어머니는 틀렸다. 지금까지 틀린 길을 가르쳐 자신을 바보로 만들었다. 이제부터는 나도 세상의 법을 따르겠다. 책에서 배운 군자의 도리 따위는 모두 헛소리다.

수영의 홀쭉한 볼을 타고 마른 눈물이 주룩 흘렀다.

수영은 공부를 하다가 집중이 안 돼서 책을 덮었다. 이처럼 글씨가 눈에 들어오지 않은 적이 없었다. 그는 광통교에서 만났던 처자가 보고 싶어 지필묵을 꺼내 자신의 마음을 표현해보고자 했다. 말보다는 글씨가 자신 있었다. 그런데 웬일인지 한 글자도 생각나지 않았다.

어떻게 시작해야 할지조차 망설여져 애꿎은 먹만 벅벅 갈아댔다. 그는 결국 멋없게 '지난 번 보았던 광통교에서 만나 다리밟기 때 함께 가자'는 한 문장을 밤새도록 고심하고 끙끙대며 썼다가 구겨버렸다. 뭔가 멋있게 보이고 싶었던 그는 아녀자들이 연서를 주고받을 때 쓴다던 방법을 기억해냈다.

지난 번 민생원이 다리를 다쳤다 하오.
보았을 때는 건강했는데
광통교에서 넘어졌다 하오.
만나자마자 헤어져 안부도 묻지 못했소.
다리밟기 때 같이 가기로 했는데
함께 가기는 어려울 듯하오.

수영은 암호를 쓴 연서를 처자에게 무심하게 건넸다. 당황해하는 처자를 놓고 그는 사내답지 못하게 후다닥 도망쳤다.

처자를 기다리는 반나절 동안 수영은 도통 마음이 진정되지 않아 이곳저곳을 쏘다녔다. 처자가 암호를 읽지 못하면 어쩌지? 그냥 남자답게 솔직히 말할 것을. 수영은 제 머리를 쥐어박으며 미친놈처럼 중얼거리고 다녔다. 그러다 시전 어느 한 귀퉁이에서 노점상이 파는 가락지가 눈에 띄었다. 여자들의 취향이라고는 눈곱만큼도 관심이 없었던 수영의 눈에는 투박하게 생긴 싸구려 은가락지가 예뻐

보였다. 그녀의 흰 손가락에 잘 어울릴 것 같았다.

수영은 큰 맘 먹고 가락지를 사고 광통교에 서서 처자를 기다렸다.

광통교는 다리밟기를 하는 사람들로 인해 통과하기 어려울 정도로 복작거렸다. 별이 떨어진 듯 길을 환히 비추는 각양각색의 초롱들, 서로 눈짓을 주고받는 곱게 차려 입은 선남선녀들, 청계천 아래에서 둥실 떠오르는 커다란 연, 꺄르르 맑은 웃음소리……

수영은 사람들 사이에서 여인의 뒷모습을 바라보며 미소 지었다. 너울너울 밤하늘 속으로 멀어지는 연을 바라보고 있던 여인이 고개를 돌렸다. 연화였다.

연화는 수영을 발견하고 살풋 수줍게 웃었다. 수영은 어찌할 바를 모르고 차마 다가가지도 못하다가 용기를 내어 인파를 헤치고 그녀를 향해 걸어갔다.

연화의 얼굴이 가까워졌다. 별에 꽃이 핀다면 이렇게 빛이 날까. 수영은 터질 듯한 심장을 억누르며 떨리는 손으로 연화의 손을 잡았다. 조금 차가운 손이 움츠러들었다가 이내 수영의 손 안에 가만히 놓였다. 수영은 서툴게 그녀의 손가락에 가락지를 끼워주었다. 연화가 놀란 눈으로 수영을 올려다보았다.

연화의 손이 수영의 손을 잡았다. 잡으면 부스러질 듯 마르고 거친 그녀의 손. 꼭 잡아주고 싶은 수영의 마음과 달리, 그의 손에 힘이 들어가지 않았다.

조금 더 오래전 일이었다.

수영은 어머니께 혼날까봐 무서워 명환과 함께 집을 나왔다.

어머니는 항상 수영을 엄하게 훈육했다. 예의에 어긋나는 행동을 하거나 글공부를 소홀히 하면 어김없이 불호령이 떨어졌다. 아마도 아비 없는 자식이라고 손가락질 받을까 더욱 매정하게 대한 것일 테지만, 수영은 어머니가 야속하기만 했다. 서자인 명환은 그래도 제 어미에게는 귀애하는 아들이었다. 수영은 친어머니가 아닐지도 모른다는 의심까지 들었다.

만약 자신이 없어진 것을 알고도 모른 척한다면 정말 주워온 자식일 거라는 철없는 생각에, 과감히 가출을 감행했다.

어머니가 없는 시간은 자유로웠다. 명환과 함께 발 닿는 대로 쏘다니며 세상을 구경했다. 시전에서 엿을 훔쳐 먹기도 하고, 개천에서 개구리도 잡았다. 한참을 놀다 해가 질 무렵 조심스럽게 집으로 가 담 너머로 안을 훔쳐보았다.

어머니는 여느 때와 다름없이 삯바느질을 하고 있었다. 눈물이 핑 돈 수영은 크게 실망하고 집을 떠나려 몸을 돌렸다. 하필 옆집 아낙이 수영을 발견하고 냉큼 달려 나와 귓불을 잡았다.

수영은 아낙에게 질질 끌려 어머니 앞에 설 수밖에 없었다. 아낙은 어머니가 하루 종일 얼마나 애를 태웠는지 아느냐며 수영을 나무랐으나 수영의 눈에 어머니는 화난 기색조차 보이지 않았다.

어머니는 수영을 방으로 불렀다. 어머니의 손에는 늘 맞던 회초리가 쥐어 있었고, 수영이 울먹이며 종아리를 걷자 가차 없이 회초리를 휘둘렀다. 이번에는 수영도 입술을 피가 나도록 깨물며 눈물을 참았다. 자신의 잘못이 무엇인지 인정할 수 없었다. 수영의 여린 종아리에 무수히 난 회초리 자국이 점점 선명해졌다. 어머니는 결국 매질을 멈췄다.

더 버티지 못한 수영은 그 자리에 풀썩 주저앉아 씩씩거리며 어머니를 원망스럽게 바라보았다. 등을 돌리고 앉은 어머니의 어깨가 가늘게 떨렸다. 수영은 그날 처음이자 마지막으로 어머니의 눈물을 보았다. 단 한 번도 따뜻하게 안아준 적이 없었지만, 이후 수영은 어머니를 거스르는 행동을 하지 않았다. 어머니에 대한 원망도 그만두었다.

수영아…….

어머니의 목소리가 들렸다. 드디어 어머니를 만날 수 있어, 수영은 기뻤다.

수영은 문득 정신이 들었다. 고통도 느껴지지 않았고, 마음은 평온했다. 조금 졸려서 멍한 것 외에는 머리도 맑았다. 눈꺼풀을 조금 들어올리자 연화의 얼굴이 보였고, 그 옆에 어머니의 얼굴이 보였다.

"서방님, 어머님이세요. 기억하세요?"

수영이 작게 고개를 끄덕였다. 어머니는 울고 있었다. 자신이 기억하고 있던 어머니보다 몇 십 년의 세월이 할퀴고 간 듯한 얼굴이었지만, 수영은 기억이 났다. 철모르고 가출했을 때 매를 들면서도 미어지는 마음을 감추었던 그 고집스러운 눈매.

어머니가 살아계시다. 어머니가 나를 보고 울고 계시다. 수영은 힘없이 미소를 지었다. 다행이었다. 어머니가 어째서 살아계시는지 따위는 중요치도, 생각지도 않았다. 그저 언젠가 배를 쓸어주던 어머니의 따뜻한 손길을 느끼고 싶었다. 그러나 몸이 움직이지 않았다. 그런 수영의 마음을 읽었는지 어머니는 가만히 피에 젖은 수영의 배에 손을 올렸다.

"이제 편히 쉬렴……."

어머니의 목소리가 잦아들었다. 늘 그랬듯이 많은 말을 하지 않았다. 수영은 그것이 허락이라도 된 듯 편안히 눈을 감았다.

금자동아 은자동아

만첩청산 보배동아 천지건곤 일월동아

나라에는 충신동아 부모에는 효자동아

금을준들 너를사며 은을준들 너를사랴

잠잘자고 잘커거라

하늘에 구름일듯 뭉실뭉실 잘커거라

양법미의의 나라

어머님의 초상을 치르고 팔도를 유랑한 지 몇 년이던가. 십년이면 강산이 변한다더니, 저 멀리 이전과는 같은 듯 다른 한양의 모습에 연화는 새삼 세월을 체감했다.

한양이나 자신의 변한 모습과 다르게 한강만은 이전처럼 고요한 아침을 품고 한 방향으로 흘렀다.

동작진에서 배를 기다리며 차가운 강물에 세수를 한 연화는 물에 비친 자신의 얼굴이 낯설어 잠시 바라보았다. 젊고 생기 있는 처녀의 아름다움 대신 풍파에 물든 단단한 중년의 사내가 비쳤다. 이제는 조신함보다 사내다운 거친 행동이 더 자연스러울 정도로 남장에 익숙해져 있었다.

수영보다 하루 먼저 나루터에 도착한 연화는 자리에서 일어나 강 저편을 주시했다. 장을 보러 시전에 가는 것이 가장 멀리 나가는 일이었던 연화에게 처음 본 한강은 까마득하게 넓고 깊어보였다.

정말 이 작은 배로 저 멀리까지 갈 수 있을까? 강물에 휩쓸리지 않을까? 그렇게 대단해 보이던 한강도 이제는 대수롭게 여겨지지 않았다. 행여 배가 전복된다 해도 헤엄을 쳐서 빠져나오면 되기에 두렵지 않았다. 연화가 본 세상은 이보다 넓었고, 바다의 파도는 이보다 거셌다. 긴 세월이었지만 세상을 모두 다 담기에는 짧은 시간이었다.

뱃사공은 부탁대로 살곶이벌에 연화를 내려주었다.

겨울의 살곶이벌은 황량했다. 몇몇 사람들은 겨울이 오기 전 뭍으로 거주지를 옮겼고, 갈 곳이 없어 남아 있던 사람들도 쥐죽은 듯 집 밖으로 나오지 않았다.

연화는 강의 경계를 따라 어머니의 무덤에서 반대편의 가장 끝까지 걸어갔다. 외따로 떨어진 작은 초가 한 채에 도착한 연화는 주저하다가 크게 심호흡을 하고 조심스럽게 집 주인을 불렀다.

"저 왔습니다."

방문이 열리고, 화상 자국으로 인해 얼굴이 일그러진 노파가 버선발로 뛰쳐나왔다.

반가움에 상기되었던 흉한 얼굴이 혼자 서 있는 연화를 보고 이내 실망으로 바뀌었다. 노파는 주위를 살피고 연화를 방으로 들였다. 아침을 자시고 계셨는지 반쯤 비운 밥상이 놓여 있었다.

낡고 볼품없는 방은 주인의 성정을 말해주듯 정갈하고 단출했다. 오래된 물건들은 기약 없이 집을 떠났던 그때 그대로 자리를 지키고 있었다.

처음 시집 왔을 때 실수로 떨어뜨려 이가 나간 밥그릇, 다리에 금이 간 밥상, 방구석에 놓인 옆이 터진 바늘쌈지 그리고 늘 못마땅한 눈으로 연화를 주시하던 어머니의 눈빛까지……. 연화는 그리움보다 반감이 먼저 들었다.

연화는 어머니에게 절을 올리고 어색하게 앉았다. 서로를 알아보기 힘들 만큼 연화도 어머니도 많이 늙어 있었다. 깊게 패인 주름이 본 얼굴을 가늠할 수조차 없게 했고, 꼿꼿했던 등은 더욱 구부정해졌다. 여기저기 기워 입은 옷은 냉골 같은 방을 견디기에 얇아 보였다. 그러나 눈빛만은 예전처럼, 아니, 그보다 생기 넘치는 강한 집념이 깃들어 형형하게 빛났다.

한 대접 찬물도, 짧은 안부인사도 없이, 어머니는 거두절미하고 수영부터 찾았다. 연화는 숨이 막혔다.

"아범의 소식은 있느냐?"

연화는 괴로운 마음에 떨리는 목소리로 대답했다.

"아직…… 찾지 못하였습니다."

연화는 추적자들이 자신을 쫓아 영해까지 내려왔으며, 그 바람에 사초의 행방을 기록한 서찰을 빼앗겼다고 알렸다. 그들이 곧 이곳으로 들이닥쳐 무덤을 뒤질 것이라는 이유를 들어 어머니를 모시고 살곶이벌을 빠져나왔다.

어머니는 연화의 말을 믿고 순순히 뭍으로 가 며칠 묵을 곳을 찾았다. 이제 수영과 어머니는 만날 일이 없을 것이다.

　사람의 평가는 상대적이다. 수영에게 훌륭한 어머니였지만 연화
에게는 어렵기만 한 시어머니였고, 자랑스러운 외아들의 배필로는
처음부터 눈에 차지 않았던 며느리였다. 수영마저 자신을 버린 이후
의지할 곳 없었던 연화는 그곳을 벗어나고 싶어도 갈 곳이 없었다.
　거기다 수영이 제주로 도역을 떠난 후 한양에 남아 있던 가족들에
게 죄인의 멍에가 씌워지자, 걷잡을 수 없이 나락으로 떨어졌다. 어
머니는 더 버티지 못하고 몸져누워버렸다. 정신이 없고 힘겨운 와
중에 어머니의 원망과 분노, 슬픔은 모두 연화에게 쏟아졌다. 연화
가 감당하기에는 벅찬 시간이었다. 차라리 목을 매고 싶어 어머니
가 잠든 새벽 서까래에 무명천을 묶기도 했다. 죽으면 서방님이 계
신 곳으로 훨훨 날아갈까.
　수영이 없는 가족이 붕괴되어 가고 있을 무렵, 언제부터인가 집
에 도둑까지 들끓었다. 며칠 간격으로 연화가 집을 비운 사이 어머
니 혼자 잠든 방에 누군가 뒤진 흔적이 보였다.
　처음에는 착각인 줄 알았으나 연화가 버젓이 집에 있는데도 침입
한 괴한들을 보고 그녀는 위기를 직감했다. 관에서 사람을 불러봤지
만 귀중품은 그대로 남아 있어 비웃음만 샀다.
　수영이 마지막으로 집에 온 날 무언가에 쫓기듯 부엌에서 쓸데없
는 종이들을 태우던 모습, 사초에 손을 댄 수영의 죄, 귀중품을 훔치
는 것이 목적이 아닌 괴한들……. 연화는 모종의 음모가 아직 진행

중임을 깨달았다.

수영의 연서가 도착한 것은 그 즈음이었다.

절망으로 하루하루를 간신히 넘기던 두 사람에게 수영의 소식은 삶의 목적으로 바뀌어버렸다. 어머니는 언제 그랬냐는 듯 자리를 털고 일어났고, 연화가 연서에 적힌 암호대로 광통교에서 찾아온 사초를 받아 읽었다.

연화는 누가 보기 전에 빨리 태워버리자고 했지만 어머니의 생각은 달랐다. 그녀는 아들을 누구보다 이해하고, 누구보다 위했다. 이 사초는 아들이 다시 돌아올 수 있는 희망이었다. 어머니의 집념이 시작된 것은 그때부터였다.

다음 날 어머니는 모처럼 단정하게 옷을 차려 입고 외출 준비를 했다. 어디 가시냐는 물음에 사초를 잘 보관하고 있으라는 대답만 남기고 떠난 어머니는 이틀째 밤, 지친 모습으로 돌아왔다. 손에는 낡은 보자기로 싼 보따리를 들고 있었다.

방으로 들어온 어머니는 연화를 앞혀놓고 굳은 얼굴로 보자기를 풀었다. 보자기 안에서 썩은 냄새와 함께 공처럼 생긴 무언가가 반바퀴 굴러 나왔다. 사람의 잘린 머리였다.

입을 막고 물러선 연화에게, 어머니는 아무런 표정의 변화 없이 자신의 계획을 설명했다.

"명심하거라. 앞으로 어떤 일이 있어도 사초를 빼앗기면 안 된다. 그것은 너와 내 아들, 우리 가문의 명예를 다시 세울 수 있는 유일한 수단이다. 그러나 사초를 노리는 자들은 필경 무서운 놈들일 것이다. 빼앗기지 않으려면 절대로 찾을 수 없는 곳에 숨겨야 한다. 또한 우리의 행방도 추적할 수 없도록 해야 할 것이다. 너는 내일 바로 내 장례를 치르고 관 속에 이 머리와 함께 사초를 넣어 무덤 속에 묻어라. 아범의 친구였던 명환이에게 도움을 청하면 모두 내가 죽었다고 믿겠지. 상을 치른 후에 너는 아범을 찾아 한양을 떠나거라. 나는 이곳에서 사초를 지키며 아범을 기다리겠다."

잘린 머리와 한 방에 있다는 것이 끔찍했던 연화가 토악질을 하는데도 아랑곳없이, 어머니는 떼어온 흰 무명으로 자신의 수의를 직접 만들기 시작했다.

어머니의 치밀한 계획은 거기서 그치지 않았다. 행여나 연화가 보낸 서찰이 그들 손에 들어가 암호를 알아챘다면 무덤을 파헤쳐서라도 사초를 얻으려 할 것이 뻔했다. 어머니는 사초의 중요한 부분을 죽었다고 알려진 자신이 가지고 있는 것이 더 안전할 거라 판단했다. 두 장의 사초 중 한 장은 무덤에, 남은 뒷부분은 어머니가 보관하기로 했다.

그래도 안심이 되지 않은 어머니는 유민들이 모여 사는 살곶이벌로 거주지를 옮긴 이후 뜨거운 기름을 자신의 얼굴에 들이부어 흉터로 얼굴을 망가뜨렸다. 아무도 알아보는 사람이 없도록.

연화는 정체 모를 괴한보다, 그들 뒤에 숨어 사초를 노리는 자들보다 어머니가 더 무서웠다. 연화는 사초를 굳이 그렇게까지 지켜야 하는지 납득하지 못했지만 어머니가 시키는 대로 움직였다. 지금까지 그렇게 살아왔다. 어머니가 반찬을 만들라면 만들었고, 가세가 기울 때 품을 팔아야 한다고 하면 했고, 남편이 외도를 할 때 참아야 한다고 하면 그렇게 했다.

어머니의 계획대로, 연화는 주변에 어머니께서 충격으로 돌아가셨다고 부고를 알리고 급히 장을 치렀다. 명환에게 묘 자리를 알아봐달라고 부탁해 어머니의 죽음에 증인으로 세웠다. 죽지도 않은 사람의 삼년상을 치르며 한양을 떠날 날만을 기다렸다.

제주로 향하는 길은 멀고도 험했다. 몸도 마음도 만신창이가 된 연화가 간신히 제주에 도착했을 때, 이미 수영은 그곳에 없었다. 시체가 발견되지 않았다는 보수주인의 말이 그나마 위안이 되었다. 연화는 수영이 도망쳤다고 믿고 수영의 행방을 찾기 위해 먼 길을 나섰다. 그때의 출발이 십여 년이라는 세월이나 걸릴 줄은 예상치 못했다.

고되고 외로운 길이었을 것이라고 수영은 연화를 동정했지만, 연화는 한양을 벗어난 순간부터 해방감을 느꼈다. 연화는 자신도 믿지 못할 정도로 강단이 있는 여자였다. 남장만 들키지 않으면 혼자 떠돌며 사는 것도 큰 문제가 없었다.

시간이 지날수록 체험한 세상의 크기는 어머니와 수영이 전부였던 그녀의 생각과 사고를 송두리째 바꿔놓았다. 자유로웠다. 수영을 잊은 적은 없지만 그와 별개로 연화는 제법 즐거움까지 느끼며 역마살을 맞은 것처럼 팔도를 유랑했다. 일 년에 한 번씩 한양에 들러 어머니를 찾아뵙던 것도 영해에 머무르면서 그만두었다.

민수영의 이름 뒤에서 혼자 사는 것이 익숙해질 무렵, 운명은 연화의 앞에 살아 있는 수영을 마주하게 했다.

연화는 혼란스러웠다. 수영을 찾는다는 목적은 달성되었다. 하지만 다시 예전으로 돌아가고 싶지는 않았다. 수영이 기억을 잃기 전, 한양에서의 삶이 행복했던가? 연화는 지금이 좋았다. 처음 만났던 그때처럼 진실하고 깨끗한 눈으로 연화를 지켜주겠다고 하는 남편, 사초니 뭐니 하는 복잡하고 위험한 일과 동떨어진 바닷가 마을의 평화로운 일상 그리고 단 두 사람……. 어머니를 다시 만나면 모두 원래대로 돌아갈 것이다. 그런 인생을 수영도 원할까? 이대로 살면 안 될까?

한양으로 가려는 수영과의 동행을 고집했던 이유 중 일부는 연화의 욕망 때문이었다. 무덤 근처에서 수영을 기다리고 있을 어머니만 마주치지 않는다면, 수영은 무덤을 확인하고 어머니가 돌아가셨다고 믿을 것이다. 명환이 무덤을 파헤치든 말든 어차피 가짜 무덤이었고, 그 속에 숨긴 사초의 일부로 인해 어떤 일이 벌어지든 연화가 상관할 바 아니었다.

그러나 연화의 계획은 예상 외로 악화된 수영의 부상으로 인해 틀어졌다. 수영은 한양으로 가던 중 스스로 추적자들의 소굴로 들어가겠다며 연화를 남겨두고 떠나버렸다. 수영을 구할 사람을 찾아야 했다. 연화는 어머니를 만나 뭍에 숨긴 후 월산대군을 찾아갔다. 마침 연회에 참석하러 궁으로 출발하려던 월산대군과 만날 수 있었다.

"무덤 속에 중요한 사초는 없습니다. 서방님을 구해주신다면 그것을 대군나리께 드리겠습니다."

욕망. 임금은 왕권을 확립시킨다는 욕망으로 한명회와 맞섰다. 한명회는 부귀영화를 더 연장하고픈 욕망으로 평생 동안 왕권과 대립했다. 월산대군은 거세된 욕망으로 인해 삶의 의욕마저 잃었다. 수영도 그 권세에 대한 욕망 때문에 모든 것을 망쳤다. 명환은 복수하겠다는 욕망에 사로잡혀 인간이기를 포기했다. 어머니는 아들에 대한 집착 어린 욕망을 부여잡고 살아왔다. 연화에게도 욕망이 있었다. 행복했던 때로 돌아가고 싶은, 남들에 비해 보잘 것 없어 보일지언정 누구보다도 간절한 바람.

연화의 제안은 모든 상황을 역전시킬 수 있는 기회였다. 월산대군은 궁에서의 연회 내내 고민했다. 연화의 말을 전부 믿을 수도 없었다. 시간상 수영이 한명회의 손아귀에 잡혀 있을 터, 오늘 밤이 가기 전에 어느 쪽에 설 것인지 결정해야 한다. 그는 결국 안전한 쪽으로 생각의 갈피를 잡았다.

제 손을 더럽히지 않고 사초를 찾을 수 있는 방법. 그때를 노려 덮치자. 연화의 말이 진실인지 사초를 직접 보면 알 수 있을 것이다. 모든 것이 명확해질 때까지 신중히 움직여보자. 모두를 감쪽같이 속여야 한다. 아우인 임금마저도.

월산대군은 희우정에서 한명회를 만나 그가 계획대로 움직일 수 있도록 속내를 감추고 이 일에서 발을 빼겠다고 연기를 했다. 한명회의 경멸스러운 표정에서 완전히 속였다고 판단한 그는 가노들을 철수시키는 척하며 살곶이벌의 빈 집에 매복시켜놓았다. 수영의 안

위보다 사초를 위해서였다.

왈패들과 가노들, 관군마저 합세한 싸움이 잠잠해질 때를 기다리며, 연화는 어머니가 머물던 집에 숨어 있었다. 생각보다 싸움이 너무 오래 걸렸다. 수영만 구출하면 될 일인데 왜 이리 오래도록 소란스러울까. 불안에 떨던 연화는 관군들이 철수하는 것을 보고 급히 무덤 쪽으로 달려갔다.

월산대군이 왈패들 쪽에서 먼저 사초를 찾아낼 때까지 기다리지 않았더라면 수영을 구할 수 있었을지 모른다. 아니, 그 전에 연화가 무덤이 어머니의 것이 아니라고, 어머니는 살아 계시다고 밝혔더라면 수영이 명환을 제 발로 찾아가지 않았을지도 모른다. 차라리 다시 만나지 않았더라면, 서로 모른 채 그대로 살았더라면, 수영이 다시 깨어나지 않았더라면, 도역을 떠나지 않았더라면, 상처 입히지 않았더라면, 사랑하지 않았더라면……. 어디서부터 잘못된 것일까.

명환의 시신 옆에 피투성이로 쓰러져 있는 수영을 발견한 연화는 비통한 비명을 질렀다.

수영의 마른 입술이 달싹거렸다. 월산대군은 정신을 차렸다. 사초에 홀렸던 걸까? 눈앞에서 수영이 죽어가고 있었다. 연화가 월산대군에게 매달렸다. 살려달라고, 무엇이든 내줄 터이니 살려달라고. 월산대군은 몸을 숨겨 관군에게 잡히지 않았던 행랑아범에게 서둘러 의원을 불러오라 명하고 빈 집으로 수영을 옮겼다.

아직 완전히 숨이 끊어지지는 않았지만 얼음보다 창백한 얼굴에 죽음의 그림자가 짙게 드리워져 있었다. 수영도 자신의 죽음을 예감했는지 필사적으로 무언가를 말하려고 하고 있었다. 연화는 그의 입가에 귀를 대어 수영의 말을 들었다.

"어머니…… 불효…… 사초……."

드문드문 이어지는 단어에 절망이 어렸다. 연화는 절박하게 수영의 손을 잡았다.

"어머님은 살아 계십니다. 사초도 가지고 계세요. 어머님을 모셔 오겠으니, 조금만 기다리세요. 견디셔야 합니다."

수영의 눈에서 안도의 눈물이 떨어졌다. 연화가 화급히 달려 나가고 월산대군은 수영의 곁에서 그에게 계속 말을 걸었다.

"형님, 어머니께서 오신답니다. 정신을 차리셔야 합니다."

"부탁…… 어머니…… 연화……."

"내가 책임지고 어머니와 부인을 잘 돌보겠습니다. 전하께도 형님의 죄를 사면시켜 달라고 주청해 올리겠습니다. 형님과 형님의 일가는 충분히 죗값을 받았습니다."

"전하……."

수영은 스르르 눈을 감았다. 덜컥 겁이 난 월산대군이 그를 흔들어 깨웠다. 수영은 곧 눈을 떴다. 단지 눈을 감았다 떴을 뿐인데, 그의 얼굴이 다른 사람처럼 보였다. 울컥, 피를 뱉어낸 수영은 가쁜 호흡을 가다듬으려 애썼다. 마침 행랑아범이 의원을 불러왔다. 의원이 맥을 짚으려 하자, 수영은 손을 움직여 거부를 표시했다. 그는 숨한 번도 아끼며 월산대군을 향해 말했다.

"대군에게만…… 할 말이……."

잠시 고민한 월산대군은 의원과 행랑아범을 내보내고 그의 말을들을 준비를 했다. 유언이 될 것만 같아 불안했지만, 더욱 더 한마디라도 놓쳐서는 안 되었다.

"신하로…… 사관으로…… 마지막 의무…… 긍지……."

새벽닭이 비통하게 울었다.

한명회는 알 수 없는 기시감에 평안한 잠에서 깨어났다. 잠은 푹잤지만 개운치가 않았다. 무엇 때문일까. 한명회는 해야 할 일을 잠시 잊어버렸다. 어제의 일도 가물가물할 때가 늘었다. 그는 손주의문안 인사를 받고서야 오늘 매사냥에 대해 기억해냈다.

밖에서는 이미 사냥을 나갈 준비가 한창이었다. 어제부터 굶주린백송골은 매서운 눈으로 사냥감을 찾았다. 백송골이 신기하면서도무서운지 배웅을 나온 손주는 유모의 뒤에 숨어 나오지 않았다. 손주는 머리만 내밀고 한명회를 전송하며, 빨리 오시라 신신당부했다.곧 올 터이니 글공부 열심히 하고 있으라 충고한 한명회는 준비해둔 말에 올랐다.

화려하게 장식한 말 위에 오른 한명회는 가노들의 호위를 받으며매사냥을 할 살곶이벌로 향했다. 그 위용이 대단하여 신년을 맞이

할 준비로 분주히 지나다니던 백성들이 길을 멈추고 한명회의 행차를 구경했다.

행렬의 머리에, 봉꾼의 팔에 앉은 백송골이 당당한 몸가짐으로 백성들의 시선을 한 몸에 받았다.

살곶이다리 앞에서 임금이 한명회를 기다리고 있었다.

매를 들고 있는 봉꾼, 망을 보는 보꾼, 몰이하는 털이꾼과 몇 명의 호위무사 외에 수행하는 사람 없이 단출했다. 임금의 무장 또한 허리에 찬 어도(御刀) 외에는 보호구 하나 걸치지 않았다. 그렇지만 그 뒤에 임금이 행차했음을 알리는 독기(纛旗)[54]는 무엇도 견줄 수 없는 위엄을 알렸다.

먼저 인사를 한 한명회는 임금의 팔에 앉아 있는 푸른 보라매를 발견했다.

"새로운 매로군요."

"이번에 훈련시킨 어린 해동청이지. 용맹함이 단연 발군이라 하더군."

백송골과 보라매는 서로의 영역을 견주는 듯 매서운 눈으로 상대를 주시했다. 노련한 백송골이 움직임을 죽이고 상대를 살핀 반면, 보라매는 혈기를 이기지 못하고 거대한 날개를 퍼덕였다. 임금은 그런 보라매를 진정시키며 한명회에게 제안을 했다.

"자네와 내가 직접 매사냥을 해보는 게 어떠한가? 매사냥의 백미

---

54) 임금의 행차를 알리는 소꼬리나 꿩꽁지로 장식한 큰 깃발.

는 매가 먹잇감을 낚아 채는 순간인데, 뒷짐 지고 구경만 하기에는 재미없지 않은가?"

"매를 쫓기에는 신의 노구가 따라줄까 염려되옵니다."

"그렇다면 구미가 당기는 내기를 제안하지. 먼저 꿩을 잡는 매의 주인이 원하는 것을 들어주기로."

임금은 말을 몰아 한명회의 옆으로 갔다. 임금의 말을 아무도 듣지 못했으나, 한명회에게만은 똑똑히 들렸다.

"원하는 것이 목숨이라도."

사냥을 위해 한껏 굶주린 보라매가 길게 울었다. 정중한 제안이었다. 구차한 수법을 쓰지 않는 일대일 정면승부.

한명회는 그가 분명 나머지 사초를 손에 넣었으리라고 확신했다. 어젯밤 임금이 손주에게 간접적으로 한 말은 한명회의 반응을 떠보거나 협박을 하려는 의도였을 것이다. 그러나 사초의 뒷부분을 공론화시키지 않았다. 왜일까? 아마도 한명회를 섣불리 건드렸다가 덕종의 일과 관련하여 역공을 당할지 모르기 때문에 몸을 사리는 것이리라. 한명회는 자신의 각오를 피력했고, 임금은 상황을 만들고 있는 것이다.

각자에게 치명적인 패를 쥐고 있는 상황, 가장 간결하고 조용하게 마무리를 지을 수 있는 방법은 정면승부뿐이었다. 한명회가 먼 옛날 수양대군에게 종용했던 방법이었으며, 자신이 왕이었다면 했을 법한 생각이었다. 임금의 대담함이 마음에 든 한명회는 모처럼 껄껄 웃었다. 어깨를 펴는 그의 행동이 마치 긴 잠에서 깨어난 호랑이가 기지개를 켜는 듯했다.

"좋습니다."

한명회는 봉꾼에게 장비를 받아 차고 백송골을 건네받았다.

오랜 시간 길들인 백송골은 주인을 알아보는 듯 한명회의 팔에 안정적으로 옮겨 앉았다. 그는 앞장 선 임금을 따라 당당히 백송골을 들고 나아갔다. 백송골은 사냥 준비가 되었다는 듯 낮게 울었다. 흰 깃털이 눈부시게 빛났다.

독기가 걸린 살곶이다리를 지나 사냥터로 들어가는 입구에서, 내금위의 몸수색을 마친 한명회는 임금과 함께 털이꾼의 신호를 기다렸다. 독기 뒤로는 누구의 출입도 금했다. 임금과 한명회, 두 사람은 방해받지 않고 승부를 볼 수 있을 것이다.

한명회와 임금의 생각이 같다면, 최악의 경우 임금은 숲 속에서 소리 소문 없이 한명회를 없앨 수도 있다. 죽을 각오 없이 누구를 죽일 수 없을 터. 한명회는 흥분한 매를 다독이며 자신의 흥분을 가라앉혔다. 누가 먼저 사냥감을 죽일까.

숲 저편에서 사냥의 시작을 알리는 북소리가 둥, 둥 울렸다. 임금과 한명회는 동시에 매를 날렸다. 푸른빛의 보라매는 땅에 스치듯 낮게 비상하여 사냥감을 찾았고, 흰빛의 백송골은 둥실 떠올라 높은 하늘로 날아올랐다.

보라매를 보고 숲 안으로 말을 달리는 임금을 따라, 한명회는 백송골이 주시하는 목표 지점을 살피며 천천히 말을 몰았다. 성급히 움직일 필요는 없다. 어차피 목표는 하나이니.

두 사람이 숲속으로 사라지자, 한명회의 심복들은 술과 고기를 담은 수레를 뒤졌다. 사냥 후 연회를 위해 가져온 음식 아래에는 칼과 활 등의 무기들이 숨겨져 있었다. 그들은 몇 안 되는 임금의 호위무사들을 가볍게 제압하고, 심복 중 발이 빠른 이 하나가 숲 가장자리로 숨어들어 나무의 그림자 사이로 모습을 감췄다. 사냥이 시작되었다.

해를 가린 구름 때문에 숲의 그림자가 더욱 짙게 드리웠다. 한명회는 나무 사이로 말의 고삐를 이리저리 움직이며 백송골이 노리는 지점을 찾았다. 하늘 저편에서 빙빙 돌고 있는 백송골도 나이가 들었는지 쉽사리 사냥감을 찾지 못하는 듯했다. 한명회는 같은 사냥감을 찾고 있을 임금이 어디 있는지 가늠하기 위해 귀를 기울였다. 이따금 푸석거리는 소리와 말발굽 소리가 숲 어딘가에서 메아리쳤다. 어제 쌓인 눈으로 인해 동서남북도 짐작하기 어려웠다.

멀리서 꿩을 몰기 위해 울리는 북소리를 따라 심장이 쿵쿵 뛰었다. 한명회는 임금이 자신과 같이 군사를 매복시켜놓았을 것이라 생각하고 한시도 긴장을 놓지 않았다.

구름의 그림자에 따라 변화하는 나무들의 모습이 흡사 사람처럼 보였고 방향을 바꾸는 바람이 숨을 죽인 발소리처럼 들렸다. 제법 긴장했는지 금세 온몸이 땀으로 젖었다. 뜨거운 입김이 안개처럼 시야를 어지럽혔다. 역시 직접 움직이기에는 체력이 달렸다. 속전속결. 한명회는 더 이상 꿩을 쫓지 않고 다른 것을 쫓기 위해 말머리를 돌렸다.

어제 쌓인 눈으로 덮인 새하얀 땅 위에 말발굽 자국이 어지러이 나 있었다. 한명회는 흔적을 따라갔다. 발자국은 깊은 숲 안쪽으로 이어지다가 숲 복판에서 뚝 끊겼고, 아무런 소리도 들리지 않았다. 상대가 말을 멈춘 것이다. 한명회도 말에서 내려 추적을 계속했다. 문득 위를 바라보니 백송골이 매서운 눈빛으로 고도를 낮추어 빙빙 돌았다. 이즈음에, 사냥감이 있다.

나무에 임금이 타고 있던 말이 묶여 있었다. 말까지 두고, 임금은 어디 갔을까? 한명회는 주변을 살폈다. 날선 긴장으로 인해 환각이 보였다. 나무 뒤, 옆, 앞에서 사람의 형상이 나타났다 사라졌다. 무기가 없는 것이 아쉬웠다. 그는 자신을 따라왔을 심복이 언제라도 활을 쏠 수 있게 신호를 보낼 준비를 했다. 핏발 선 눈으로 한명회는 조심스럽게 앞으로 나아갔다.

그때, 저쪽 편에서 나뭇가지가 꺾이는 소리가 들렸다. 한명회는 소리가 난 방향으로 몸을 휙 돌렸다. 임금인가? 임금의 군사인가? 한명회의 뒤에서 무언가 쏜살같이 쏘아져 나갔다.

화살인 줄 알고 몸을 숙인 한명회를 스친 푸른 빛깔의 그것은 순식간에 숲속으로 사라졌다. 임금의 보라매였다. 거의 동시에 하늘을 돌고 있던 백송골이 '삐이익' 하는 울음을 내며 땅으로 내리꽂혔다. 종과 횡이 맞닿는 지점, 사냥감을 찾은 것이다.

검은 숲 저편에서 치열한 몸싸움을 벌이는 소리가 들려왔다. 퍼덕이는 날갯짓 소리와 꿩의 비명소리. 누가 꿩을 잡았을까. 매 사냥의 백미인 사냥의 순간. 한명회는 잠시 하려던 일도 멈추고 그 장면이 보고 싶어 서둘러 달려갔다.

나무들 사이로 적당한 넓이의 공터가 나타났다. 아무도 밟지 않은 눈 위에는 희고 푸른 깃털과 붉은 핏자국이 선명했다. 사투가 계속되는지 소리가 더욱 격렬해지고 있었다. 한명회는 꿩의 핏자국을 따라 발걸음을 옮기다가 눈에 덮인 딱딱한 무언가를 밟고 넘어질 뻔했다.

바위인가? 한명회는 그냥 지나치려다가 긴 노끈을 발견하고 의아해했다. 피와 털이 엉긴 노끈에 꿩의 깃털도 꽂혀 있었다. 침침한 눈을 비비고 자세히 보니 노끈은 통나무 같은 것에 묶여 있었다.

왜 꿩을 풀어놓지 않고 묶어놓았지? 한명회는 자신이 밟은 것이 단순히 통나무가 아니라는 것을 깨닫고 저도 모르게 숨을 멈췄다.

자신이 밟은 것은 흰 눈에 더욱 대비되는, 검은 손이었다.

한명회는 이런 검은 손을 예전에도 본 적이 있었다.

이자는 누구인가. 임금의 사냥터에 시신이라니, 한명회는 그 정체가 궁금해 눈 쌓인 얼굴 부분을 손으로 털어냈다. 확연히 드러난 새카만 얼굴은 잊을 수 없는 질긴 연의 사내, 민수영이었다.

사냥이 끝났는지 더 이상 소란스러운 소리는 들리지 않았고, 숲 저편에서 고요한 가운데 발자국 소리만이 천천히 다가왔다. 한명회는 저 멀리서 다가오는 사람의 그림자를 노려보며 신호를 내릴 준비를 했다.

임금의 모습이 서서히 드러났다. 임금의 손에는 꿩이 아닌, 피에 젖은 백송골의 시체가 축 늘어져 있었다. 여기저기 찢기고 뜯긴 모습이 혈투를 짐작하게 했지만, 흰 깃이 붉은 피로 젖어 기묘하게 아름다웠다.

"전하께서 이기셨군요."

한명회가 비아냥거렸다. 임금은 한명회의 앞으로 다가왔다. 아끼던 매의 시신 때문인지, 자신을 농락하는 민수영의 시신 때문인지 한명회는 분노한 얼굴로 임금을 노려보았다. 임금은 아쉽다는 듯 손에 들린 매를 한명회에게 건넸다.

"상당군이 이겼네. 먼저 꿩을 잡은 것은 이놈이었는데, 내 보라매가 흥분했는지 이놈을 공격해 죽이고는 달아나버렸지 뭔가."

임금의 의중을 파악하지 못한 한명회는 죽은 매를 건네받고 생각에 잠겼다. 무엇부터 따져야 하는가. 순(順). 순을 생각했다.

"신의 매가 전하의 매에게 졌으니, 내기는 진 것이 아닙니까?"

"꿩을 두고 한 내기이니, 상당군이 이긴 것이네."

"그렇다면, 제가 원하는 것을 들어주시겠습니까?"

"얼마든지."

"사초의 나머지 부분을 내어주시지요."

임금은 품에서 초를 먹인 종이봉투를 꺼냈다. 이렇게 순순히? 한명회는 임금이 의심스러웠지만 군말 않고 봉투를 받았다. 봉투 안에서 빛바랜 낡은 종이가 나왔다. 그리고 나타난 익숙한 민수영의 글씨체. 한명회는 발치의 민수영의 시신에 대해 물어볼까 하다가 사초의 내용을 확인하는 것이 더 급했기에 글씨를 읽어 내려갔다.

사관은 말한다. 의경세자가 졸한 지 겨우 이틀인데 권력에 눈이 먼 자들은 기회를 이용하여 다음 세자를 정하라 임금을 촉구하니, 어찌 통탄하지 않을까. 더욱이 의경세자의 시신이 이틀 만에 검게 변색되고 육봉(肉縫)에 약간의 피가 멍울진 것으로 보아 그 죽음의 내막을 밝히기 위해 동분서주해야 함이 마땅하거늘, 불충한 신하들 사이에서 세자의 죽음에 대한 진상을 덮기 위한 움직임이 보이고 있다.

이 글을 쓰는 사관이 세자의 진료를 맡았던 내의원들의 의견을 들어본 바, 열에 아홉은 시신의 상태가 필경 독에 의한 중독 증세와 흡사하다는 소견이다. 세자의 복약을 논의했던 이들은 고령군, 상당군, 창녕군 등 여덟 원상들이다. 그러나 내의원들조차 자칫 이 일에 연루되어 원상들의 눈 밖에 날까 두려워 섣불리 입 밖에 내지 못하고 있다.

임금마저도 슬픔으로 인해 총기가 흐려져 있으니, 이른 나이에 억울하게 졸한 세자의 원통함을 그 누가 알리오. 다만 기록으로 남겨 후대에 세자의 한을 풀어주기를 바랄 따름이다.

종이의 뒤로 무언가 번뜩이는 빛을 본 한명회는 종이를 내렸다. 사초의 바로 뒤, 임금의 어도가 한명회의 목을 정면으로 겨누고 있었다.

"사초는 내어줄 것이나, 네 목숨까지 내어줄 수는 없다."

하루 전.

임금을 찾아온 월산대군은 퇴청 명에도 나가지 않고 자리를 지켰다.

임금은 상관하지 않고 침전을 나서려 했다. 나희 전에 각종 업무와 해야 할 경연이 산더미처럼 쌓여 있었다. 월산대군은 그런 임금을 바라보며 말을 이었다.

"다른 소식이 있습니다."

임금은 내관을 들이려다가 멈췄다. 월산대군의 얼굴이 너무도 처연하여, 임금은 안쓰러운 마음이 들었다. 언제나 바람처럼 구름처럼 자유롭고 싶었던 형님이었다. 무엇이 그를, 우리를 이렇게 만들었을까. 임금은 가슴이 미어졌다.

"사초를 둘러싼 싸움에서 사망자가 다수 있었습니다. 그 중 민수영도 있었지요. 비록 중한 죄를 저질렀던 죄인이지만, 자신의 과오를 되돌리기 위해 죽기 전까지 사명을 다했습니다. 전하께서는 혹 그의 죽음을 애도할 의향이 있으십니까?"

사초도 빼앗긴 마당에 일개 백성의 죽음은 신경 쓸 일도 아니었다. 게다가 이 모든 일의 원흉이지 않던가. 임금은 그의 말을 무시하려다가 다시 생각해보았다. 그는 임금의 신하였고 그의 고초를 눈 앞에서 보기도 했다. 모든 것을 잃고도 권력자들의 농간에 남은 생마저 의미 없이 잃은 사내. 그의 죽음에는 자신의 책임도 있었다. 왕권과 신권의 전쟁 속에 무참히 희생된 불쌍한 백성이었다.

"나희가 끝나고 그의 빈소를 찾겠습니다. 임금의 신하였으니, 가는 길 배웅이라도 해야지요."

월산대군은 임금의 대답에 알 듯 모를 듯 희미한 미소를 지었다.

월산대군을 따라간 살곶이벌에서, 민수영의 시신을 마주한 임금
은 한시도 잊을 수 없었던 어떤 시신을 떠올렸다. 검게 변색된 시신
은 하루 전에 죽었다고 믿기 어려울 정도였다.

임금이 충격에서 헤어 나오지 못하고 있을 때, 월산대군의 부축을
받으며 얼굴이 흉한 노파가 들어왔다. 노파는 먼저 임금에게 큰 절
을 올렸다.

"못난 자식의 어미가 그 죄를 조금이나마 대신 갚고자 합니다."

노파는 애써 슬픔을 억누르며 임금에게 머리를 조아렸다. 자식 잃
은 어미가 슬픔조차 마음대로 누리지 못하는 모습, 임금은 그 옛날
예종의 시신을 앞두었던 정희대비의 모습을 기억하며 치를 떨었다.
무엇을 위해 세상의 순리를 거스르는가.

임금은 저도 모르게 노파에게 무릎을 꿇고 그녀의 어깨에 손을 얹
었다. 노파의 어깨가 가늘게 떨렸으나 눈물은 보이지 않았다.

노파는 품에서 옆이 터진 낡은 바늘 쌈지를 꺼내 잡아 뜯었다. 솜
과 함께 안에서 작게 접힌 종이가 나왔다. 종이를 펼쳐 임금 앞에 놓
은 노파는 말없이 인사를 올리고 자리를 떠났다.

임금이 종이를 들어 읽어보는 동안, 월산대군은 수영의 시신을 바
라보며 그의 마지막 말을 하나도 빠지지 않고 읊조리듯 말했다.

"그는 내게 이렇게 전했습니다. 사초의 내용이 무엇인지 기억합니
다. 원상들이 저질렀을지 모르는 의경세자의 독살 의혹을 적었지요.
이후 원상들의 기밀 장부에서 독초를 거래했던 기록이 있어 그것을
빼돌렸는데, 그 독초의 반응이 의경세자의 반응과 같을지, 내 몸으

로 직접 확인해보십시오."

수영이 생사의 기로에 서 있을 때, 월산대군의 명을 받고 황급히 약방으로 달려간 의원은 닥치는 대로 약초를 긁어모았다. 뒷거래로 은밀하게 구해 왔던, 잘 쓰지 않는 약재라서 양이 얼마 되지 않았다. 환자의 목숨이 경각인 마당에 왜 이런 종류의 약재를 가져오라 명했는지 납득할 수 없었지만 월산대군의 핏발 선 눈빛에서 일언반구도 할 수 없는 힘을 느꼈다.

그는 찾은 약재를 그러모아 서둘러 달인 다음 한 줌의 검붉은 약을 통 속에 잘 여몄다. 한 방울이라도 흘러서는 안 되는 귀한 약이었다. 물론 그 사람이 살아 있어야 이 약이 소용이 있을 것이다. 죽은 이에게 어떤 명약도, 어떤 독약도 소용 없는 일 아닌가.

살곶이벌의 초가로 돌아온 의원은 그의 손을 잡고 눈물을 흘리고 있는 노파와 여인 사이를 비집고 들어갔다. 그는 사경을 헤매고 있는 수영의 입을 벌려 약을 흘려넣었다. 곧 몸의 떨림이 멈추고 숨이 편안해졌다. 아이를 닮은 미소가 그의 입가에 번졌다.

의원이 수영에게 먹인 약은 그의 죽음을 늦추는 약이 아닌 앞당기는 약이었다. 수영의 마지막 부탁이었고, 이미 살 가망이 없었기에 월산대군은 그의 원대로 스스로 죽음의 사자가 되었다.

수영이 숨을 거두고 그의 시신이 아버지 덕종의 증상과 같이 새카맣게 변할 때까지, 월산대군은 수영의 곁을 지켰다.

"그는 의미 있는 죽음을 원했습니다."

임금은 이미 검게 변색된 수영의 손을 잡았다. 월산대군이 그런 임금의 어깨에 손을 올렸다. 아무 말은 없었지만, 임금은 그간의 마음이 정화되는 듯 평안해졌다. 모두 스스로의 불안에서 비롯된 마음이었다. 우애는 늘 그 자리에 있었고, 충의(忠毅)는 늘 먼발치에서도 변치 않았다. 임금은 나약하고 어리석은 군주가 바로 자신이었다는 것을 깨달았다. 군주가 해야 할 일은 왕권을 세우거나 신하들과 정치 싸움을 하는 게 아니었다. 군주는 억울하게 죽은 백성의 어미와 그 처를 돌봐야 할 의무가 있었다.

왈패들이 주변을 어슬렁거렸고, 한명회가 사초의 나머지 부분을 찾기 위해 눈에 불을 켜고 한양을 이 잡듯이 뒤지고 있었기에 보다 안전한 장소가 필요했다. 임금은 그의 죽음을 헛되지 않게 하려 시신을 살곶이벌 근처 왕실 사냥터로 옮겼다.

함부로 들어올 수 없는 장소이니 제 아무리 한명회라도 민수영과 그 일가를 찾지 못할 것이었다. 누구에게도 부탁할 수 없었으므로 임금은 월산대군과 함께 수영의 시신을 사냥터로 옮기는 일도 마다하지 않았다.

궐로 다시 들어가기 전, 임금은 한명회를 만나 그의 속내를 떠보았다. 만에 하나라도 한명회가 마음을 돌렸다면 임금은 그만 민수영을 편히 보내주고 싶었다. 그러나 변하지 않은, 오히려 더욱 맹렬한 욕망으로 자신을 옭아매는 한명회를 보고 임금은 민수영의 유지를 따랐다.

한 사관이 지키고 싶었던 자긍심은, 한명회가 평생 놓지 못했던 욕망을 파멸로 인도하고 있었다.

한명회는 사초를 품에 넣고 임금을 마주보았다. 어도의 끝은 흔들림 없이 한명회의 목을 노리고 있었다. 베일에 싸여 있던 아버지의 죽음을 밝히고자 하는 칼날치고는 차갑고 무거웠다. 한명회는 그를 비웃었다.

"이것으로 무엇을 증명하겠습니까? 단지 사관의 사견일 뿐이오, 어리석은 풍문을 적은 것뿐입니다."

"풍문이라, 민수영이 과연 사초만 훔쳤을 거라 생각하는가?"

임금의 다른 손에 종이 한 장이 쥐어져 있었다. 종이는 돌돌 말려 있어 내용이 보이지 않았지만, 한명회는 그것이 무엇인지 눈치 챘다. 임금이 단지 사초만을 믿고 한명회를 몰아붙일 리 없었다.

"왜 이 장부가 너의 집에 있던 궤에서 나왔는지 설명해보라."

한명회는 죽은 자신의 백송골을 보았다. 임금이 건 내기는 단순히 꿩 사냥이 아니었다. 독을 먹은 쥐새끼를 미끼로 한, 늙은 호랑이 사냥이었던 것이다. 한명회는 임금이 내민 증거에 더 이상 일언반구도 할 수 없었다.

그것은 여우손풀이라는 약초를 독점 거래한 내역이었다. 원상들 대부분이 혜민서 제조를 겸직했었고, 사행단을 통해 들여온 약초의 거래 내역들을 나눠 가지고 있었다. 이들이 하나 둘 세상을 떠나면서 마지막 남은 한명회가 모든 장부를 관리하고 있었는데, 일일이다 확인할 수 없는 노릇이었다. 그저 어느 날부터 보이지 않아 또 어디엔가 뒀겠거니 했건만, 민수영이 사초를 훔쳐내듯 장부도 훔쳐갔던 것이다.

여우손풀은 소량을 쓰면 심장 질환에 효능이 있는 약재가 되지만 본디 맹독성의 무서운 풀이었다. 당시까지만 해도 여우손풀을 먹고 사망에 이른 사람이 없었다. 다만 그것을 먹은 민수영의 시신의 증상과 사초의 나머지 부분에 적혀 있는 의경세자의 시신 상태가 같다는 사실이 중요했다. 마지막 순간 기억을 되찾은 민수영이 죽어서까지 증명하려 했던 것은 바로 의경세자의 시신이 변색된 원인이었다.

한명회는 한때 길렀던 개에게 제대로 뒤통수를 얻어맞았다. 영리한 사냥개인줄 알았더니, 쥐새끼였구나. 쥐새끼를 먹잇감 가득한 곳간에 드나들게 허락했으니, 그 이빨이 결국 내 목을 갉아 먹는구나…….

"사초에 묘사된 내 아버지의 증상과 저기 있는 시신의 증상이 일치한다. 그리고 또 한 사람, 같은 증상을 보였던 사체를 직접 본 적이 있다. 선대왕 예종, 나는 즉위식 날 그분의 시신을 직접 보았다."

예종이 훙서하고 훈구대신들이 당시의 자을산군을 용상에 앉히고자 정희대비를 몰아붙였을 때, 자을산군은 사가에서 정희대비의 명을 받아 은밀히 입궐했다. 정희대비는 그를 임금의 시신이 있는 자미당으로 불렀다.

검게 변한 아들의 시신 앞에서, 정희대비는 한 치의 흐트러짐 없이 직접 그의 멍울진 육봉까지 어린 자을산군에게 보여주었다. 자을산군은 대비의 의도를, 그 안에 흘리는 피눈물을 알았다.

"명심하거라. 이제 너는 왕으로 추대되어 용상에 오를 것이다. 조선의 군주이자 너의 숙부는 독살을 당했다. 네 아버지인 의경세자 역시 제 명에 죽지 못했다. 내 자식들을 죽인 자는 필시 여덟 명의 원상 중 한 명이겠지만 누구인지 알 수 없다. 행동으로 옮긴 이는 따로 있겠으나 임금을 미워하고 두려워했던 자들 모두일지도 모른다. 허나 지금은 힘이 없으니 그들의 원대로 따를 수밖에 없다. 원한을 잊지는 말되, 앞으로 백성을 받들고 신하들을 견제하여 성군이 되거라. 그것이 네가 복수하는 길이다."

어좌에 처음 앉아서 문무백관들을 내려다보던 순간부터, 임금은 이 순간만을 바라왔다. 훈구파와 그들의 수장을 굴복시키고 조선의 군주가 누구인가를 명확히 보여주며, 그들의 죄상을 낱낱이 까발리는 순간을, 발톱을 숨기고 몸을 낮추어 노려왔다.

한때 훈구대신들의 권력이 임금을 넘어섰다는 사실을 깨달으면서 복수의 기회는 영영 사라지는가 싶었다. 그러나 역사는, 그것을 기록한 사초는 결코 세자와 임금의 죽음을 잊지 않았다.

한명회는 천천히 손을 들었다. 덕종과 예종. 같은 방식의 죽음. 그리고 민수영. 더 이상의 증험은 필요치 않았다. 한명회는 임금의 정통성을 문제 삼아 용상을 뺏을 수 있겠지만, 임금은 왕의 살해 혐의로 한명회의 목숨줄을 틀어쥐고 있다. 멀리 가지 않더라도 바로 지금, 죽은 혈육들의 원수를 갚기 위해 목숨을 끊어버릴지도 모른다. 자신의 손으로 직접. 그 전에, 먼저 살아야 한다. 한명회가 들어올린 손은 살기 위한 신호였다. 대비하라.

살을 꿰뚫는 소리와 함께 비명소리가 났다.

눈앞의 임금이 아닌, 임금의 뒤편에서 난 소리였다.

나무 뒤에서 심복이 피가 쏟아지는 어깨를 쥐고 나타났고, 그 뒤에 심복의 팔을 잡은 월산대군이 모습을 드러냈다.

심복의 어깨에 꽂힌 화살은 월산대군의 것이었다. 월산대군은 특유의 장난스러운 웃음을 띠고 있었다.

"출입이 금지된 임금의 사냥터에 누군가 숨어들어 있었습니다. 자객일까요?"

임금이 뒤를 돌아본 사이, 한명회는 임금을 향해 성큼 다가갔다. 무방비상태의 임금이 주춤 물러났고 자객을 잡고 있던 월산대군이 손을 쓸 새도 없이, 한명회는 임금의 코앞까지 다가가 각을 좁혔다. 시큼한 땀 냄새가 살기와 함께 짙게 풍겨왔다. 임금은 피해보려 했지만 그의 손이 이미 어도의 손잡이를 잡았다. 노인의 것이라고 믿기지 않는 손힘으로, 한명회는 임금에게서 어도를 빼앗았다.

어도를 든 한명회는 지체 없이 심복에게 다가가 그의 머리를 날렸다. 칼이 반쯤 박힌 목에서 피가 뿜어져 나왔다. 임금과 월산대군은 주춤 물러섰다. 옷과 어도에 온통 피를 묻힌 한명회가 지나치게 평온한 얼굴로 죽은 자를 내려다보았다. 차디찬 눈빛. 월산대군은 임금의 앞을 막고 서서 화살을 뽑아 활시위를 당겼다.

"허튼 짓 하지 마라. 어도를 내려놓아라."

"전하뿐 아니라 저의 목숨을 노린 자일 수 있습니다. 급한 마음에 불충을 저질렀으니 벌하여주소서."

한명회는 칼에 묻은 피를 조금 털어내고 엎드려 어도를 임금에게 바쳤다. 그리고 품속에 넣었던 모든 사초까지 꺼내어 임금의 발치에 두었다.

사초를 주워든 임금은 착잡한 얼굴로 월산대군에게 눈짓했다. 임금을 향해 조금 걱정스러운 표정을 지어 보인 월산대군은 임금의 뒤, 민수영의 시신을 보며 속삭였다. 그만 끝내시지요. 그 말만 남기고, 월산대군은 두 사람을 위해 자리를 비켜주었다.

월산대군이 사라진 것을 본 임금은 엎드린 한명회를 향해 조용히 물었다.

"그 날의 일, 그 입으로 직접 고하라."

한명회는 엎드린 채 임금을 올려다보았다. 임금은 사초를 펼쳐 그에게 보였다. 의경세자의 죽음을 적은 한 사관의 기록. 한명회는 다시 고개를 조아렸다.

"신은 아는 바가 없사옵니다."

"예종께서 훙서하신 때, 내가 용상에 오르던 그날의 일도 아는 바가 없는가?"

"인명은 재천이옵고, 천명의 순을 따랐을 뿐이옵니다."

임금의 어도가 한명회의 코앞에 내리꽂혔다. 얼어붙은 흙바닥이었지만 임금의 분노만큼 어도의 끝이 한 뼘이나 들어갔다.

"인명이 재천이라? 내 아버지와 숙부님이, 세조대왕의 장남과 차남이 같은 방법으로 돌아가셨다. 네가 그토록 숨기려던 증거까지 눈앞에 있다. 어찌 손바닥으로 하늘을 가리려 하느냐!"

어도가 한명회의 목을 겨냥했다. 잘 벼려진 칼날은 곧 동맥을 끊을 듯 아슬아슬하게 살갗을 베어 들어갔다. 어도가 한명회의 목으로 점점 파고들었다. 누구의 것인지 모를 피가 길게 흘러내려 하얀 바닥에 점점이 떨어졌다. 백송골의 흰 털이 붉게 물든 것처럼, 한명회 주변의 눈이 피로 붉게 물들었다. 한명회는 두려움 없는 눈으로 임금을 올려다보았다.

"신은 세조대왕의 충신이기에, 두 분의 자손 또한 저의 군주이시옵니다. 신에게 죄가 있다면 조선과 군주에 대한 충정으로 일평생 몸과 마음을 바쳐왔다는 것뿐. 사초를 빼돌린 죄인이 쓴 거짓 증거로 왕을 시해했다는 모함을 씌우시려거든, 차라리 이 자리에서 죽여주시옵소서!"

"네가 아니라도, 원상들 중 필경 이 극악무도한 일을 꾸민 주동자가 있을 터. 누구인가, 말하라!"

"이미 모두 세상을 하직한 지 오래. 죽은 자들에게 죄를 뒤집어 씌워, 부관참시(剖棺斬屍)[55]라도 하시려옵니까? 세조대왕의 충신들에게 그런 수모를 겪게 하여 전하께서 얻을 것이 무엇이옵니까?"

임금의 머릿속에 그간의 세월이 스쳐지나갔다.

---

55) 죽은 후에 생전의 중죄가 드러나면 무덤을 파헤쳐서 관을 쪼개고 송장의 목을 베는 형벌.

용상에 오른 지 십 수 년, 이 순간을 떠올리며 고뇌하고 갈등했다. 아버지와 숙부의 죽음, 살아남은 사람들과 죽어간 자들, 복수심과 대의, 군주와 인간 사이의 간극, 풀 길 없는 억울함과 조선의 미래…….

처음에는 정희대비의 전언이 진실인지 알고 싶었다. 월산대군으로부터 귀성군의 이야기를 전해 듣고 확신이 들었다. 빠져나갈 수 없는 증거, 그것만 손에 넣으면 된다고 생각했다. 그러나 그 이후에는? 죄가 있어도 처벌할 수 없는, 법보다 높은 권세. 부정부패가 만연하고 선인이 악인이 되어야 살아남는 권력의 법칙. 보다 근본적인 것이 바로잡혀야 순리가 통하고 어그러진 세상에 질서가 생긴다. 인간 이혈(李娎)[56]의 순은 아비와 숙부를 죽인 자를 죽이면 된다. 허나 군주의 순은 다르다. 무엇보다 조선과 백성을 위해야 한다.

임금은 발치에 엎드린 한명회와 그의 뒤에 있는 사관의 시신을 바라보았다.

순.

어미가 자식의 죽음을 마음껏 비통해할 수 있는 세상이 먼저다.

임금은 소매 속에 넣어두었던 독초의 장부를 꺼내어, 별안간 장부를 반으로 찢었다. 한명회는 임금의 손에서 갈가리 찢어지는 종이를 바라보며 놀랐다. 종잇조각은 강바람을 타고 눈송이처럼 눈 위로 내려앉았다.

---

56) 성종의 휘(諱).

"일에는 순이 있고 역이 있다, 그리 말했지. 내가 얻고자 하는 것은 무엇에도 방해받지 않고 흔들리지 않는 절대적인 순, 그런 순리를 원한다."

임금은 어도를 들어 사초를 가리켰다. 바람에 날아갈 듯 위태롭게 흔들리던 사초는 검기에 반응하듯 휙 날아갔다. 한명회는 무의식적으로 사초를 잡으려다 임금의 말에 행동을 멈췄다.

"예종께서는 왜 그 해에 급서하셨을까? 예종께서 오랜 숙원이었던 〈경국대전〉을 완성하고 이듬해 반포하려 했던 기축년……. 선대왕이 살해당한 이유, 그것은 순리를 어겨 기득을 취해왔던 너희들이 순리가 법으로 정해지는 것이 두려웠으니까."

예종 치세 1년, 기축년 11월 16일, 임금은 세조 때부터 추진해왔던 〈경국대전〉의 반포를 이듬해 정월 초하루부터 준행하라고 전지했다. 예종이 어떤 반발을 누르고서라도 이루어내려 했던 것, 바로 완전한 법전의 반포였다.

선대왕들이 그간 쌓아온 덕치는 세조 대에 무너졌다. 힘이 있는 자들이 세상을 좌우해도 되는 세상. 힘을 갖기 위해 아귀다툼을 하는 정권. 무력을 앞세운 세조의 정난에는 한계가 있었다.

예종은 선대의 잘못을 바로잡기 위해 급진적으로 대신들을 견제하고 정책을 펼치려 했다. 특히 〈경국대전〉의 기본 틀인 이전, 호전, 예전, 병전, 형전, 공전으로 구성된 6조를 완성시켰고, 이듬해 반포하고자 했다. 법전의 반포는 실추된 조선의 기틀을 잡아 진정한 국가를 만들기 위해 예종이 선택한 최후의 도전이었다.

기축년 11월 16일 4번째 기사

예조에 전지하기를, "<경국대전>은 경인년 정월 초1일부터 준행하라."

하였다.

傳于禮曹曰 "<經國大典>, 自庚寅年正月初一日, 遵行"

그러나 그로부터 보름 후 예종이 갑작스럽게 훙서하는 바람에 법전의 반포는 무기한 연기됐다. 현 임금이 즉위한 후 유지를 받든 듯 〈경국대전〉이 완성되어 반포되었으나, 그것은 원래의 의도와 다른 불완전한 법전이었다. 임금은 재위 기간 동안 수차례 〈경국대전〉을 다시 반포하려 시도했으나 매번 대신들의 반대에 부딪혔다.

대신들은 아직 부족하다며 임금의 반포 의지를 막았다. 임금이 세우려는 대전은 곧 흔들 수 없는 정의가 세워진다는 의미였고, 그 위에 죄 없는 신하는 없었다. 법전은 수정에 수정을 거듭했고 그나마 정해진 법도 제대로 지켜지는 경우가 드물었다. 법전의 위용은 유명무실해졌다.

임금이, 예종이, 세조가, 더 거슬러 올라가 태조가 반포하려 했던 양법미의(良法美意).[57] 아름다운 의미의 좋은 법. 조선 군주의 숙원이던 진정한 의미의 〈경국대전〉을 만들겠다는 의지가 실현되기 위

---

57) '좋은 법, 아름다운 뜻'으로 좋고 아름다워 사람의 마음을 즐겁게 해주는 법이라는 〈경국대전〉의 입법 이념.

해서는 대신들의 반대를 꺾어야 했다.

가장 쉬운 방법은 신권의 정점에 서 있는 한명회를 본보기로 삼으면 된다. 진실이 어찌 되었든 사초를 빌미로 그에게 책임을 물어 국문하고 처단한다. 명을 달리한 일곱 원상들에게도 죄를 물어 부관참시라도 한다면 강력한 왕권을 세울 수 있을 것이다. 아비의 죽음에 대한 아들의 복수다. 폭군이라 비난한들, 감히 누가 막을 수 있으랴.

그러나 그것은 그들의 방식이었다. 임금은 달랐다. 순리에 따르는 법을 세우려면 군주가 먼저 앞장서야 했다. 그 첫 번째 시험이 눈앞에 있었다. 그를 죽이고 개인의 복수심을 충족시키느냐, 그를 살리고 조선을 바로 세우느냐.

임금은 어도를 저 멀리 던져버렸다.

"나는 어지럽혀진 조선의 순을 다시 바로잡고자 한다. 무엇이 우선인지 바로 정하고, 법 위에 순과 덕이 지켜지는 아름다운 조선을 만들고자 한다. 사람을 해하지 말고 이익을 탐하지 말며, 자연스레 인의예지(仁義禮智)가 행해지는 그런 조선을. 이 사초를 없애 역사에서도 면죄해주는 대신, 더 이상 새로운 법전의 반포를 막지 말라. 이것은 내가 아닌, 군주의 선택이다."

한명회는 임금을 뚫어지게 노려보았다. 양법미의의 조선? 헛된 이상이자 몽상이다. 인간의 욕망은 끝이 없고 개인이 모여 다수가 되면 본능적으로 아귀다툼이 벌어진다. 법을 세워 이상을 따르게 한다? 그런 나라가 과연 가능하다고 믿는 것일까?

한명회는 자신이 옳다는 것을 증명할 수 있었다. 처음 생각대로 덕종의 정통성을 문제 삼아 조정 대신들을 움직여 탄핵하고 이를 명에 알리면 아직 승산이 보였다. 세상의 순은 힘이 있는 자가 정하는 것. 한명회를 따르는 자들은 많았고 명에서도 그를 신뢰하고 있었다. 앞으로 얼마나 더 살지는 모르지만, 사초만 없앤다면 한명회의 남은 행보에 거리낄 것이 없었다.

순간 그의 머릿속에 무엇보다 먼저 떠오른 이가 있었다. 새벽에 잘 다녀오시라며 빼꼼 얼굴을 내밀고 인사를 올리던 손주였다. 사냥이 끝나고 집에 돌아가 손주에게 백송골 다루는 법을 알려주고 싶었다. 백송골에게도 곧 바뀔 주인을 익히게 하고. 그 백송골은 지금 임금의 발치에 피투성이가 되어 버려져 있다. 손주에게 물려주고 싶었건만.

지금의 임금을 함부로 건드리면 나와 내 일가가 무사할 수 있을까? 아비의 죽음마저 덮겠다는 임금의 의지로 인해 어떤 일이 벌어질지는 한명회도 가늠할 수 없었다. 그와 뜻을 같이 했던 다른 원상들은 시간의 흐름 속에 온데간데없이 사라졌다. 간혹 실수를 하더라도 편을 들어주며 보호해주던 그들은 저 세상에서 한명회를 기다리고 있다. 남은 생이 얼마나 될지는 모르지만, 잘못되면 손주에게 백송골뿐 아니라 다른 많은 것들도 물려주지 못할지 모를 일이었다.

사초는 바람에 날려 한 뼘 더 멀어졌다. 갖고 싶다는 욕망이 줄어들자, 잊고 있던 세월이 찾아왔다. 오랫동안 꿇어 앉아 다리가 저렸고, 간만의 운동으로 인해 피곤했다. 그는 기력이 쇠했다. 그저 아랫목에서 손주와 놀아주며 한 해를 마무리하고, 손주의 세배를 받으며 새로운 한 해를 시작하고 싶었다. 그는 늙었고, 그것만으로도 충분히 힘이 드는 일이었다.

한명회는 비틀거리며 천천히 일어났다. 임금에게 예를 갖추어 절을 올린 한명회는 사초를 임금에게 올리고 자리에서 일어났다. 그는 사초 대신 죽은 백송골을 품에 안고 숲속으로 사라졌다.

홀로 남겨진 임금은 하늘을 바라보았다. 구름이 조금씩 걷히고, 멀리 날아간 보라매가 푸른 원을 그리며 태양 주위를 돌고 있었다. 인간의 손에 갇혀 있던 하늘의 제왕이 제 영역을 찾아 기쁜 듯 우렁차고 긴 울음을 내뱉었다.

임금은 소임을 다한 사관을 향해 다가갔다. 임금의 손에 있던 사초는 원래 주인인 사관의 품으로 돌아갔다. 점점이 눈이 묻은 사관의 검은 얼굴에 햇살이 부서져 떨어졌다. 그의 얼굴이 평안하여, 임금은 조금쯤 마음이 놓였다. 잊지 않겠다.

월산대군이 두 여인을 데리고 시신이 놓인 곳으로 왔다.

가노들의 도움을 받아 시신을 나룻배에 옮기기까지, 여인들은 참고 참았던 울음을 쏟았다. 아프고 비통하여 시신을 옮기는 가노들조차 그들을 외면했다.

여인들은 후히 장사를 치러주겠다는 월산대군의 부탁을 한사코 사양했다. 배를 타고 어디로 가느냐는 물음에도 대답하지 않았다.

그저 감사하다는 말밖에는.

여인들의 의지를 꺾을 수 없어, 월산대군은 한강을 따라 떠나가는 그들을 바라볼 수밖에 없었다.

한이 많아서 한강이라고 지었던가. 세 식구와 사초의 사연을 품은 강은 여느 때와 다름없이 순리대로 흘러갔다. 그리고 어느 순간, 마치 처음부터 존재하지 않았던 것처럼, 완전히 모습을 드러낸 햇살 속으로 사라졌다.

돌이세운 붓

얼어붙었던 강이 계절의 순리를 따라 녹았다.

겨우내 움츠리고 있던 생명력이 태동하고 사람들은 분주히 한 해를 준비했다.

임금은 정사를 개시하자마자 세자 책봉을 위해 명에 보낼 사은사로 한명회를 지목했다. 명의 신임을 받고 있는 한명회를 사은사로 보내는 것은 이상할 것 없었으나 곧 칠순을 바라보는 국상(國喪)에게 굳이 시킬 일도 아니었다.

한명회도 '신이 노쇠하여 아침에 저녁을 염려할 수 없으니, 군명(君命)을 욕되게 할까 두렵습니다'라며 은근히 거부의 뜻을 표했다. 그러나 임금은 사양하지 말고 가도록 하라며 한명회의 청을 가볍게 묵살했다.

사은사로 떠나기에 앞서, 임금은 한명회를 전송하며 송행시(送行詩)를 지어 두루마리로 만들라고 전교했다. 한명회는 우승지 강자평에게 '성상께서 송행시를 지어 두루마리를 만들게 하였으나, 그것을 책에다 쓰면 보기에 편리하겠습니다.' 하니, 강자평이 그대로 따랐다.

이 일을 승정원에서 임금에게 아뢰었다. 임금은 당장 강자평을 불러 '임금의 명은 따르지 아니하고 대신의 말을 듣는 것이 옳은 일이냐'며 강자평의 국문을 명했다. 기훼제서율(棄毀制書律)[58]에 해당한다는 죄목이었다.

대신들은 그가 나쁜 마음에 전교를 따르지 않은 것은 아니라는 의견이 우세했으나 임금은 강자평을 지방에 부처(付處)[59]하게 하였다. 임금과 한명회 중 누구를 따를 것인지 경고하는 사건이었다.

어떤 변명도 통하지 않았다. 한명회는 아무 일 없었으니 되었다며, 가문의 평화를 지켜내었으니 명에 다녀오기만 하면 남은 생을 평안히 보낼 수 있을 것이라며 스스로 위안했다.

별수 없이 봄빛이 만연한 한양을 뒤로 하고 아직 추운 북쪽 땅으로 향하던 그는 도성을 나가는 어느 장례 행렬을 멍하니 바라보았다. 상여의 앞에 서서 망자가 갈 길을 여는 방상시의 창이 자신을 가리키는 듯하여, 한명회는 까닭 모를 불안에 부르르 몸을 떨었다.

---

58) 임금의 명인 제서(制書), 성지(聖旨) 등을 멋대로 파기하거나 고의로 고친 자를 다스리는 조문.
59) 어느 한 곳을 지정하여 머물러 있게 하는 형벌의 하나.

멀리서 한명회의 사은사 행렬이 고개를 넘어가는 것을 보고, 월산대군은 좀 더 깊은 산중으로 걸음을 옮겼다.

걱정대로 산중 초가는 눈이 녹으면서 지붕이 무너져 있었다. 담장이며 부엌이며 어느 하나 성한 곳이 없었다. 버려지고 만신창이가 된 초가가 괜히 안쓰러워, 그는 혼자 무너진 지붕을 대강 치우고 손볼 곳을 찾느라 집 이곳저곳을 살펴보았다.

사람의 흔적은 보이지 않았지만 벽에 쓰여 있는 글자들만이 아직도 살아 있는 것처럼 꿈틀거렸다. 월산대군은 글씨들이 어지럽게 수놓인 방에 발을 들여놓기 두려워 집 주변을 배회하다 발자국을 발견했다. 누가 온 모양이었다.

발자국을 따라 가니, 두 개의 크고 작은 봉분 앞에 한 남자가 서 있었다. 남자는 뒤를 돌아보고 씩 웃었다.

"형님과 길이 엇갈렸나 보군요."

"아우님께서 어쩐 일로 여기까지 오셨나."

"여기 매일 오르신다는 말을 들었습니다."

봉분 주변에 마구잡이로 뻗어 있던 가지들이 제법 정돈되어 있는 것을 보니, 임금이 손을 본 모양이었다. 월산대군은 파릇하니 새순이 돋은 봉분을 보며 미소 지었다.

"마치 없었던 일인 것 같아서……. 이 집의 주인이었던 노파의 시신은 그나마 간신히 찾았으나 민수영의 시신과 그 가족 모두 홀연히 사라졌으니."

"기록은 사라져도 기억은 사라지지 않습니다."

"글쎄, 과연 그럴까."

기억은 한시적인 것. 월산대군은 기억을 잃고 고통 받았던 사내를 생각하면서 회한에 잠겼다. 자신이 남긴 기록에 매달려야 했던, 그러나 그 기록으로 인해 모든 것을 잃을 수밖에 없었던 기구한 운명. 기억 한 켠에서 벌써 희미해지고 있는 민수영이란 이름을, 그는 애써 지우고 싶었다. 한 가지 의문만 떨쳐낸다면.

"그가 훔쳤다는 원상들의 기밀 장부, 어디서 찾으셨소?"

임금은 월산대군과 하산하는 내내 그의 눈치를 살피며 대답을 망설였다. 어차피 지난 일이고, 별로 기억하고 싶지 않은 순간이었다.

장부는 가짜였다. 수영은 자신이 기록한 일기들과 함께 그 장부를 보관했으나, 수영이 실종되고 연화와 어머니가 집을 정리하면서 분실되었다. 설령 어딘가에 보관되어 있었다고 하더라도 그 장소도 몰랐거니와 짧은 시간 안에 찾아내기란 불가능했다.

임금은 잔꾀를 부려 글씨와 양식을 필사하여 어두운 사냥터의 숲속에서 설핏 보여주었고, 행여 자세히 볼 세라 급히 찢어버렸다. 그 눈치 빠른 한명회도 진짜 사초를 본 이후여서였는지 의외로 속아 넘어갔다. 오래된 일이라 잘 기억을 못했을 수도, 어쩌면 알고 있었지만 이후의 일을 생각해 진위여부를 가리려 달려들지 않은 것일 수도 있다.

임금의 묵묵부답에 월산대군은 자신의 짐작이 맞았다고 여기고 크게 숨을 들이마셨다. 새 풀에서 솟아나는 생명의 내음을 음미하며, 그는 기억 속에서 민수영의 이름을 지웠다. 한명회가 말하지 않았던가. 의미 있는 삶이 있을 뿐이라고.

대전의 감교 작업은 무사천리로 진행되었다.

임금의 명에 따라 신하들은 신중한 입법 태도에 입각하여 '아름답고 좋은 법(良法美意)'으로 영구히 행할 수 있는 법전, 〈대명률〉에서 벗어나 조선의 실정에 맞춘 독자적인 법전을 만들기 위해 기존에 시행되었던 법전의 폐단을 의논하고 각 행정기관과 각 지방의 의견을 수집했다.

감교가 어느 정도 마무리되자, 임금은 '경국대전을 감교한 뒤에는 경솔하게 어지러이 고치지 못하게 하고, 고치기를 청하는 자가 있으면 법을 세워서 논죄(論罪)하라' 며 더 이상의 수정은 불가하다는 방침을 내렸다. 한명회가 사은사로 떠난 그 해부터 마침내 영원불멸의 대전이 마무리되기까지 1년이 넘는 시간이 걸렸다.

지난한 시간이었다. 거슬러 올라가자면 임금이 즉위 5년 째 되는 해에 〈경국대전〉과 그 속록(續錄) 72조를 한 차례 반포한 적이 있었다. 그러나 이는 당시 정권을 농단하던 원상들을 주축으로 만들어진 것이었고, 세금 조달이나 천민의 귀속 문제, 녹봉의 분배 등 여러 부분에서 민심을 반영하지 않은 부분이 많아 네 차례나 수정을 거듭할 수밖에 없었다.

또한 공신들의 권력과 재물을 규정짓는 부분에서는 유독 느슨했는데, 예컨대 공신의 반아(伴兒)[60]를 마음대로 증여(贈與)하는 부분에 대해 '세조 때 허락한 일이다'라며 상고하기를 일축했다. 여기에 '분경'과 같은 관리를 대상으로 한 죄목은 법전에 명시되어 있었어도 법전에 따라 처벌되는 일이 없었으니 유명무실했다.

물론 5년에 반포되었던 〈경국대전〉이 폐단만 있는 것은 아니었다. 예종이 갑작스럽게 홍서하기 두어 달 전, 세조 때부터 이어온 〈경국대전〉의 기본적인 틀인 6전 체제가 만들어졌다. 〈경국대전〉 편찬은 실추된 왕권과 어지러운 민심을 수습하기 위해 세조가 가장 공을 들인 작업이었다. 그는 조선의 법제가 번거롭고 자세하다 하여 6전(典)으로 고쳐 정하고, 고금의 법을 참고하여 자질구레한 규칙을 버리고 가장 기본적인 줄기를 두어서 간략하게 하였다.

세조 때 일단 완성된 '형전'과 '호전'을 바탕으로, 예종 때 이르러 6전이 모두 성취되었다. '이전'은 통치의 기본이 되는 궁중을 비롯한 중앙과 지방의 직제 및 관제, 관리의 임면과 사령에 대한 규정을 명시했고, '호전'은 재정을 비롯한 호적·조세·녹봉·통화·부채·상업과 잠업·창고와 환곡·토지와 가옥 등의 매매와 채무에 관련된 재정 경제 등을 규정했다.

---

60) 조선시대 종친·공신·당상관들에게 그 특권을 보장하고 신변 안전을 도모하기 위해 지급한 호위병. 예종·성종대로 들어오면서 그 성격이 크게 변질되어 호위병으로서만이 아니라 피급자들의 농장 관리인 또는 경영인의 소임을 하기도 하였다.

'예전'에는 문·무·잡과 등 과거 규정을 비롯해 관리의 의장, 외교, 의례, 제례, 공문서 등 공식적인 예법과 더불어 친족법에 관한 규범이 마련되었고, '병전'은 군제와 군사에 관련된 규정을, '형전'은 형벌·재판·노비·상속 등의 규정을 실었다. '공전'은 도로·교량·도량형·식산(殖産) 등에 대한 규정이었다.

기존의 법전을 일신한 〈경국대전〉 전에는 태조 때 편찬된 〈경제육전〉과 태종과 세종 때 수정된 〈속육전〉이 있었다.

특히 〈속육전〉에는 세종의 민본주의가 여실히 반영되었는데, 조세 제도를 공법으로 규정짓기 위해 세종은 적극적으로 백성들의 의견을 조사하여 입법에 반영하였다. 이를 위해 서울 고위관료부터 지방 수령과 종9품 훈도관까지 모두 150명의 관료들을 모아 의견을 제출하게 했다. 모든 입론의 근거는 백성들을 위하며 백성들이 원하는 법이었다.

〈경제육전〉과 〈속육전〉, 반포 직전 예종의 죽음과 반포 후에도 지속된 네 차례의 수정과정을 통해 〈경국대전〉이 완성되었다. 아홉 임금을 거쳤으며, 근 한 세기 만의 일이었다. 그에 비하면 1년이란 시간은 짧았으나, 모두 건국 초부터 민본정치 위의 법치국가를 추구한 역대 왕들과 신하들이 축적한 노고가 있었기에 가능했다.

신중론자들은 선의에서 '하나의 법을 만들면 하나의 폐단이 생긴다(法立而弊生)'며 반대했고, 회의론자들은 '법을 만들기는 쉽지만 집행하기는 어렵다(法立易而執法難)'고 반대했으며, 불법적인 힘으로 권력을 휘둘렀던 자들은 법 아래에서 가진 것을 빼앗길까 두려워 반대했다. 그러나 '좋고 아름다워 사람의 마음을 즐겁게 해주는 법' 을 만든다는 군주들의 열망은 강했다. 결국 1485년, 〈경국대전〉을 통치기반으로 한 법치국가 조선이 탄생할 수 있었다.

1484년 12월 4일, 사정전에는 임금과 내관 그리고 젊은 사관 하나가 늦은 밤까지 자리를 지키고 있었다.

임금은 며칠 전부터 수라도 미루고 〈경국대전〉의 초판을 읽느라 밤을 지새웠다. 내관이 수차례 침소에 드셔야 한다고 알렸지만 임금은 대답조차 하지 않았다. 완성된 〈경국대전〉에 아쉬움이 많이 남는 듯하였다. 그는 법전을 읽던 도중 맨 앞으로 되돌아가 서거정이 쓴 서문을 읽었다.

> 천지가 광대하여 만물 중 하늘이 덮고 땅이 싣지 않은 것이 없으며, 사시의 운행으로 만물이 생육하지 않은 것이 없고, 성인이 법제를 지으심에 만물 중 흔쾌히 보지 않은 것이 없으니, 참으로 성인이 지으신 법 제도는 천지와 사시의 운행법칙과 같은 것이다.

사관은 욱신거리는 허리의 고통을 참고 임금의 말과 행동 하나라도 놓치지 않기 위해 집중했다. 임금이 먹고 자지 않으면 사관 역시 먹고 잘 수 없었다. 며칠 째 이어온 강행군으로 인해 사관은 정신마저 혼미해질 지경이었다.

붓이 후들거리는 것을 다잡으며, 사관은 소리가 나지 않도록 조심스럽게 먹을 갈았다. 냉기 때문에 연적 안의 물이 얼었는지 흔들어도 잘 나오지 않았다. 사관은 연적을 몇 번 흔들다가 손이 미끄러져 떨어뜨리고 말았다. 그 소리에 임금은 사관을 바라보았다.

놀란 사관이 임금 앞에 머리를 조아렸다.

임금은 사관에게 고개를 들라 명했다.

"사관이 하는 일은 인군(人君)의 좌우에서 인군의 말과 행동을 기록하여 사초에 올리는 것 아니겠는가? 그런데도 그처럼 엎드려 있으면 어찌 정확한 기록을 할 수 있겠는가. 이제부터 사관은 허리를 펴고 나의 행동거지를 잘 살피도록 하라. 나를 어려워하지 말고 내 과실을 지적하여 수시로 바로 잡도록 하라."

사관은 황송해하며 허리를 더욱 숙였다. 임금의 호통이 떨어지자 그제야 그는 내관의 눈치를 보며 어색하게 허리를 폈다.

용안을 정면에서 보기는 처음이었다. 임금의 깊고, 조금은 슬픈 듯한 눈을 마주한 사관은 오래 쳐다보기 어려워 얼른 눈을 내리깔고 다시 붓을 잡았다.

임금도 곧 대전의 마지막 장을 읽어 내려갔고, 잠시 생각에 잠겨 있던 임금은 승정원에 전지를 내렸다.

사관은 임금의 말을 한 단어도 빠뜨리지 않고 그대로 사초에 옮겨 적었다.

갑진년[61] 12월 4일

예조에 전지하기를,

"새로 교감한 <대전>은 오는 을사년[62]

정월 초1일부터 시작하여 시행하도록 하라."

하였다.

傳旨禮曹曰:

"新勘校《大典》, 來乙巳年正月初一日爲始, 行用"

---

61) 1484년(성종15년).
62) 1485년(성종16년).

經國大典序

自古帝王之有天下國家也創業之主
經綸草昧而未遑於典故守文之君導
守舊章而又無事於制作雖曰漢高筆
無遺策而三章之法略存規模史稱唐
家萬目俱張而六典之作猶俟中葉況
下於漢唐者予恭惟
世祖握符中興功無創守文昭武定禮備樂
興猶

經國大典